D1142074

afgeschreven

RECHT VAN SPREKEN

PHILLIP MARGOLIN

RECHT VAN SPREKEN

Bibliotheek Slotermeer
Plein '40 - '45 nr. 1
1064 SW Amsterdam
Tel.: 020 - 613.10.6

2008 – De Boekerij – Amsterdam

Oorspronkelijke titel: Executive Privilege (HarperCollins Publishers)
Vertaling: Willem Verhulst
Omslagontwerp: Wil Immink Design
Omslagfoto: Erik Fitkau/Getty Images

ISBN 978-90-225-4974-2

© 2008 by Phillip Margolin
© 2008 voor de Nederlandse taal: De Boekerij bv, Amsterdam

Niets uit deze uitgave mag worden openbaar gemaakt door middel van druk, fotokopie, microfilm of op welke andere wijze ook zonder voorafgaande schriftelijke toestemming van de uitgever.

Voor zover het maken van kopieën uit deze uitgave is toegestaan op grond van artikelen 16h t/m 16m Auteurswet, dient men de daarvoor wettelijk verschuldigde vergoeding te voldoen aan de Stichting Reprorecht te Hoofddorp (Postbus 3060, 2130 KB) of contact op te nemen met de uitgever voor het treffen van een rechtstreekse regeling.

Op 8 januari 2007, om tien over half twee in de middag,
overleed mijn vrouw Doreen, met wie ik 38 jaar was getrouwd.
Zij was mijn heldin, de verpersoonlijking van stijl en zo dicht in de
buurt van volmaaktheid als een mens maar zijn kan. Iedereen hield
van haar. Zij leeft voort in mijn hart.

PROLOOG

Brad Miller werd om zes uur in de ochtend wakker, hoewel de bijeenkomst met Roy Kineer, de gepensioneerde opperrechter van het Amerikaanse Hooggerechtshof, pas om negen uur zou plaatsvinden. Hij was te nerveus om weer in slaap te kunnen komen en dus liep hij de badkamer in om zich klaar te maken voor de belangrijkste bijeenkomst van zijn leven. Onder gewone omstandigheden zou Brad opgewonden zijn geraakt van het idee dat hij zich straks in de aanwezigheid van een intellectuele reus zou bevinden. Het was nog niet zo lang geleden dat hij tijdens zijn rechtenstudie Kineers baanbrekende inzichten had bestudeerd. Maar het kwam niet door het aanzien van Kineer dat Brads hand beefde terwijl hij zich stond te scheren. Wat hem angst aanjoeg, was de mogelijkheid dat hij het bij het verkeerde eind had, dat hij het bewijsmateriaal verkeerd had geïnterpreteerd. En stel nou dat zou blijken dat hij gelijk had?

Brad staarde in de spiegel naar zijn half geschoren gezicht. Er was niets bijzonders aan zijn onopvallende verschijning of zijn levensverhaal. Hij was zesentwintig. Hij had zwart krulhaar, een rechte neus en helderblauwe ogen. Niet dat hij lelijk was, maar hij was beslist geen fotomodel. Op sportgebied waren zijn prestaties redelijk, goed genoeg om de op een na beste speler van de tennisploeg van de universiteit te zijn, maar zijn talenten waren nooit van kampioensniveau geweest. Brads studieprestaties hadden hem een redacteurschap van de *Law Review* opgeleverd, maar daar was het bij gebleven: hij had nooit prijzen gewonnen en had genoegen moeten nemen met een baan als jongste medewerker bij het grootste advocatenkantoor in Oregon, wat inhield dat hij op de onderste sport van een erg hoge maatschappelijke ladder stond. Tot vandaag had hij op een vrij onopvallende manier deel uitgemaakt van het menselijk ras. Als hij gelijk had, stond hij op het punt om een sleutelfiguur in het grootste politieke schandaal uit de Amerikaanse geschiedenis te worden.

Dana Cutler, die altijd moeite had met slapen, werd wakker van het geluid van stromend water. Het duurde even voordat ze zich herinnerde dat ze zich op het onderduikadres bevond dat de FBI voor haar had geregeld, en weer even later drong het tot haar door dat ze geen gevaar liep. De kamer naast de hare was die van Brad Miller, die vermoedelijk stond te douchen. Terwijl haar ademhaling wat rustiger werd, concentreerde ze zich op de schaduwen die langs het vaalwitte plafond bewogen. Toen ze helemaal gekalmeerd was, stond ze op. Dana had in een T-shirt en een slipje liggen slapen. Ze zag er sexy uit, maar toen ze het T-shirt uittrok, werden de littekens op haar borsten en in haar maagstreek zichtbaar. Door plastische chirurgie waren de meeste veranderd in bleke, vreemd gevormde herinneringen aan iets vreselijks. Terwijl ze zich waste en aankleedde, gingen haar gedachten naar de bijeenkomst die ze die ochtend zou bijwonen. Ze hoopte dat het het begin van haar terugkeer naar een normaal leven zou zijn. Ze was het geweld zat. Ze had er genoeg van om steeds maar achternagezeten te worden; ze verlangde naar rust en kalmte.

Toen Brad klaar was in de badkamer trok hij zijn beste kostuum aan. Voordat hij naar beneden ging, trok hij het gordijn opzij en keek uit het raam van het huis waar hij ondergedoken zat. Tussen het huis en de bossen lag een breed terrein. De kleur van de bladeren aan de bomen was aan het veranderen: het groen maakte plaats voor levendige rode en gele tinten. De hemel was helder en in het felle zonlicht leken de kleuren nog intenser. Onder zijn raam liep een agent over het terrein te patrouilleren. De bewaker ademde uit. Zijn adem was in de kille herfstlucht als een wit wolkje zichtbaar.

Brad draaide zich om en liep de trap af naar de keuken. Hij had geen honger, maar hij wist dat hij iets moest eten. Hij zou al zijn energie nodig hebben voor zijn gesprek met rechter Kineer, die na zijn pensionering was benoemd tot hoofd van het onderzoek dat de voorpagina's van alle kranten in beslag nam. In het verleden waren er presidenten van de Verenigde Staten geweest die verdacht werden van seksuele misstappen, financiële manipulaties en criminele activiteiten, maar geen enkele president was tijdens zijn ambtsperiode ooit onderwerp geweest van een moordonderzoek.

Brad herkende de agent die bij het aanrecht koffie stond te zetten niet. Zijn dienst moest begonnen zijn terwijl Brad lag te slapen.

'Wilt u koffie?' vroeg de agent, naar de pot wijzend.

'Ja, graag. Waar kan ik wat te eten vinden?'

'De kast ligt vol. U kunt pakken wat u wilt. Eieren, spek, cornflakes.'

Gewoonlijk hield Brad van pannenkoeken en omelet, maar deze ochtend had hij niet erg veel trek, zodat hij zich beperkte tot een kom cornflakes, waarna hij met een mok koffie naar de woonkamer liep.

Hij had graag wat frisse lucht gewild, maar Keith Evans, het hoofd van de bewaking, had hem en Dana Cutler bevolen om binnenshuis te blijven en niet bij de ramen te gaan staan. Brad werd misselijk bij de gedachte dat hij daarnet, toen hij het gordijn opzij had geschoven om naar buiten te kijken, een perfect doelwit voor een sluipschutter was geweest.

'Hoe is de koffie?'

Brad draaide zich om en zag Dana de trap af komen. Ze droeg een mantelpakje, wat hem even in verwarring bracht. Hij had haar nog nooit zo keurig gekleed gezien.

'Prima, lekker sterk,' zei hij. 'Ik heb vannacht niet zo goed geslapen en dit is precies wat ik nodig heb.'

'Ik heb ook amper geslapen.'

'Je moet iets eten voor we weggaan.'

Dana knikte en liep naar de keuken. Brad keek haar na. Ondanks het feit dat ze aan dezelfde kant stonden, maakte Dana hem nerveus. Hij was opgegroeid in een aardig, burgerlijk gezin. Totdat de zaak-Clarence Little zijn leven was binnengekomen, had hij een erkende burgerlijke levensweg bewandeld: universiteit, rechtstudie, een baan bij een goed kantoor. Hij had plannen om in een van de voorsteden te gaan wonen en zelf een gezin te stichten. In deze carrièreplanning was geen plaats voor buitensporig geweld, het opgraven van lijken, contacten met seriemoordenaars of pogingen om de president van de Verenigde Staten van Amerika ten val te brengen, allemaal zaken waar hij zich de laatste tijd veel te veel mee bezig had gehouden.

Brad hoorde dat de bewaker in de keuken Dana goedemorgen wenste en vervolgens naar de achterkant van het huis liep. In de keuken werd met borden gerammeld: Dana maakte ontbijt klaar. Brad wist zeker dat hij niet in dit huis zou hebben gezeten, waar hij omringd werd door gewapende bewakers, als het niet aan haar had gelegen. Hij zou waarschijnlijk in zijn kantoortje, niet groter dan een bezemkast, bezig zijn geweest met een memo voor een van de compagnons over een minuscuul aspect dat te maken had met de afsluiting van een miljoenencontract op onroerendgoedgebied. Maar je had natuurlijk altijd mensen die vonden dat het beter was om je dood te vervelen dan om echt dood te zijn.

DEEL I

Een eenvoudige opdracht

WASHINGTON
TWEEËNHALVE MAAND EERDER

1

Vlak nadat Jake Teeny met zijn pick-up om de hoek was verdwenen ging Dana Cutlers mobieltje over. Een paar tellen eerder had ze de deur van Jakes huis dichtgedaan. Ze paste op het huis terwijl hij weg was om aan een opdracht te werken.

'Cutler?' vroeg een schorre stem zodra Dana haar telefoon open had geklapt.

'Wat is er, Andy?' vroeg ze.

Andy Zipay was een voormalig politieagent, die een jaar voordat Dana om heel andere redenen ontslag had genomen, onder verdachte omstandigheden bij de politie in Washington was vertrokken. Dana was een van de weinige agenten geweest die Zipay niet links hadden laten liggen en had hem werk bezorgd nadat hij zich als privédetective had gevestigd. Zes maanden na haar ontslag uit het ziekenhuis had Dana tegen hem gezegd dat ze best wat detectivewerk voor hem wilde doen als hij het zelf te druk had en het om klussen ging waar ze in alle rust aan kon werken. Zipay gaf haar opdrachten wanneer hij maar kon, en ze stelde het op prijs dat hij haar nooit had gevraagd wat er bij de boerderij was gebeurd.

'Heb je zin om nog een klus voor Dale Perry te doen?'

'Perry is een hufter.'

'Klopt, maar hij was tevreden over de laatste klus die je voor hem gedaan hebt, en hij betaalt goed.'

'Wat moet er gebeuren?'

'Iemand schaduwen. Het lijkt een makkie. Hij heeft meteen iemand nodig en ik zit helemaal vol. Doe je het of niet?'

Dana's bankrekening kon wel wat geld gebruiken. Ze zuchtte.

'Wil hij dat ik naar zijn kantoor kom?'

'Nee.' Zipay zei waar ze naartoe moest gaan.

'Dat méén je niet.'

Het was twee uur in de ochtend toen Dana de Harley van Jake Teeny neerzette op een van de parkeerplaatsen voor een pannenkoekenhuis in een voorstad van Maryland. De eetgelegenheid was 24 uur per dag open. Dana droeg een zwartleren jasje, een zwart T-shirt en een strakke spijkerbroek, kleding die duidelijk maakte dat er met haar niet te spotten viel. Zelfs zonder de Harley en de kleding als extra's deinsden mensen automatisch achteruit als Dana in de buurt was. Ze was negenentwintig jaar, een meter vijfenzeventig lang en slank en gespierd. Het leek of ze altijd gespannen was. De intense blik van haar smaragdgroene ogen werd vaak als bedreigend ervaren.

Voordat ze The Pancake House binnen ging, zette Dana haar helm af en schudde haar schouderlange kastanjebruine haar uit. Zodra ze in de deuropening stond, zag ze Dale Perry achter in het restaurant zitten. Ze negeerde de gastvrouw en liep meteen door naar zijn zitje. De advocaat was een man van achter in de vijftig met een gedrongen postuur, hij was zwaarlijvig, kalend en verwikkeld in zijn derde echtscheiding. Zijn vollemaansgezicht deed Dana aan een buldog denken, maar ze was ervan overtuigd dat Perry niet zag wat anderen zagen als hij in de spiegel keek, omdat hij elke min of meer aantrekkelijke vrouw die hij tegenkwam probeerde te versieren. De vorige keer dat ze een klus voor hem deed, had hij het bij haar ook geprobeerd. Ze had hem op een handige manier af weten te schudden en zelfs gesuggereerd dat ze lesbisch was om hem te ontmoedigen, maar dat leek voor de wellustige advocaat alleen maar een uitdaging te zijn.

Dana glimlachte zelden, maar heel even krulden haar mondhoeken van vermaak toen ze bedacht wat voor plek Dale Perry had uitgekozen voor hun ontmoeting en hoe hij zich had aangekleed. Perry was een van de oudste compagnons van een groot advocatenkantoor in Washington en nauw bevriend met de president. In de landelijke politiek oefende hij achter de schermen grote invloed uit. Perry was iemand die zich in scherpgesneden maatkostuums van drieduizend dollar kleedde en zakendeed aan de bar van het Hay-Adamshotel, waar de invloedrijken van Washington onder het genot van vijfentwintig jaar oude single malt whisky het lot van de wereld bepaalden. Maar deze avond zat de advocaat met een beschadigde mok Pancake House-koffie in zijn handen. Hij droeg een spijkerbroek en een jasje van de Washington Redskins en had een donkere bril op. Op zijn hoofd droeg hij een honkbalpet van de Washington Nationals, waarvan hij de klep diep over zijn ogen had getrokken.

'*Que pasa?*' vroeg Dana terwijl ze tegenover Perry in het zitje plaatsnam en haar motorhelm op het gebarsten vinyl legde.

'Zo, ben je daar eindelijk?' gromde Perry. Dana reageerde niet. Ze was eraan gewend dat Perry op zijn strepen ging staan. Hij was een macho hufter die graag kritiek leverde op zijn ondergeschikten. Dana beschouwde zichzelf niet als een van zijn ondergeschikten, maar ze schoot er niets mee op als ze Perry liet merken hoe ze over hem dacht. Ze liet zich nooit door haar ego hinderen als er geld te verdienen viel.

'Wat zijn de problemen, meneer Perry?' vroeg Dana terwijl ze haar jasje uittrok.

Er kwam een serveerster en Dana bestelde koffie. Toen de serveerster buiten gehoorsafstand was, zette de advocaat het gesprek voort. Hoewel er geen andere klanten bij hen in de buurt zaten, ging hij voorover zitten en sprak op gedempte toon.

'Weet je nog die klus die je vorig jaar voor me hebt gedaan?'

'Die kerel achtervolgen die voor die senator werkte?'

Perry knikte.

'Hoe is dat afgelopen?' vroeg Dana.

Perry glimlachte. 'Heel aardig. Ik heb het cassettebandje voor hem afgespeeld. Hij dreigde dat hij een proces ging aanspannen en me zou laten arresteren, blablabla. Maar uiteindelijk krabbelde hij terug.'

'Ben blij dat het goed is afgelopen.'

'Jij doet prima werk.'

Nu was het Dana's beurt om te knikken. Ze deed inderdaad uitstekend werk. Als privédetective werken was echt iets voor haar. Als ze bezig was met een opdracht die Perry's kantoor nooit aan een van hun eigen detectives zou geven, kon ze een groot deel van de tijd op de achtergrond blijven, en de betaling voor opdrachten die niet helemaal koosjer waren, lag boven het gemiddelde uurloon. Haar loon was ook belastingvrij, want de betaling verliep buiten de boeken om en in contanten.

De serveerster kwam terug met Dana's koffie. Toen ze wegliep, dook Perry in een bruine envelop die naast hem op de bank lag. Hij schoof een kleurenfoto van een jonge vrouw over de tafel.

'Ze heet Charlotte Walsh. Ze is negentien en studeert aan The American University. Voordat je weggaat, zal ik je haar adres en nog wat andere informatie geven.'

Dana bekeek de foto aandachtig. Het was een aardig meisje. Nee, aardig was eigenlijk niet het juiste woord: ze had een knap, fris gezicht, net als het brave meisje in een film over tieners op de middelbare school, met blauwe ogen en zacht blond haar. Dana wist bijna zeker dat ze cheerleader was geweest.

'Mijn cliënt wil dat ze overal waar ze heen gaat geschaduwd wordt.' Perry gaf Dana een mobiele telefoon. 'De cliënt wil ook een doorlopend verslag van alles wat ze doet.' Perry schoof een notitieblaadje met een telefoonnummer over de tafel. 'Iedere keer dat ze iets doet, moet je een bericht met precieze gegevens daarover inspreken. En ook foto's sturen. Ik wil alles van je hebben, dus geen kopieën achterhouden.'

Dana keek bedenkelijk. 'Een doodgewone studente?'

'Tweedejaars politicologie.'

Er verschenen nog meer rimpels op Dana's voorhoofd. 'Wie is de cliënt? Zijn het haar ouders? Maken ze zich soms zorgen over hun kleine meid?'

'Dat hoef je niet te weten. Gewoon je werk doen, meer niet.'

'Natuurlijk, meneer Perry.'

De advocaat pakte een dikke envelop vol bankbiljetten, die naast hem op de bank lag, en gaf die aan Dana.

'Is dat genoeg, denk je?'

Dana liet de envelop onder het tafelblad zakken en telde het geld. Toen ze daarmee klaar was, knikte ze. Perry gaf haar de bruine envelop waar de foto van Walsh in had gezeten.

'Hier zit nog meer informatie over haar in. Als je het gelezen hebt, moet je het vernietigen.'

'Wilt u dat ik ook aan u rapporteer?' vroeg ze.

'Nee, ik wil alleen de foto's. Ik wil niet dat er iets op papier komt. Houd mij erbuiten, tenzij er problemen zijn.'

'Komt voor elkaar.' Dana ging staan. Haar koffiemok zat nog voor drie kwart vol. Ze trok haar jasje aan, stopte het geld in een zak en ritste de zak dicht. Perry nam geen afscheid van haar.

Tijdens de rit terug naar Jake Teeny's huis dacht Dana over het gesprek na. Het leek een eenvoudige opdracht, maar ze wist dat er meer achter stak. Het ging er niet alleen om dat ze te weten moest zien te komen hoe een aardige studente haar dagen doorbracht. Het geld dat Perry haar had gegeven was meer dan voor eenvoudig schaduwwerk gebruikelijk was, en als het om een gewone opdracht ging, zou Perry haar niet om twee uur in de ochtend hebben laten opdraven in een verlopen pannenkoekenhuis in een buitenwijk. En Perry had niet geprobeerd haar te versieren, wat ook een bewijs was dat er iets vreemds aan de hand was. Maar het werd goed betaald en een studente schaduwen kon geen al te lastig karwei zijn. Dana dacht niet meer over de opdracht na. Ze gaf vol gas en genoot van de rit op de Harley.

2

Charlotte Walsh keek op uit het economische rapport dat ze zogenaamd had zitten lezen en keek het hoofdkwartier rond van het verkiezingscomité dat zich bezighield met de campagne van senator Gaylord om president van de Verenigde Staten te worden. Het was half zes, en de meeste vrijwilligers en medewerkers zaten te eten of waren op weg naar huis. Er was alleen nog een rudimentaire bezetting aanwezig. Toen ze er zeker van was dat zich niemand in de buurt van het kantoor van Reggie Styles, de coördinator van senator Maureen Gaylords campagne, bevond, haalde Walsh diep adem en liep naar de andere kant van het kantoor. Styles was niet op kantoor. Hij was naar een vergadering en de bureaus in de buurt van zijn kantoor waren op dat moment onbezet, maar daar kon elk ogenblik verandering in komen. Gewoonlijk liepen er altijd luidruchtige vrijwilligers rond.

De enige reden dat Walsh over het economische rapport beschikte was omdat het uit een dik pak losse vellen bestond. Ze liep met het rapport het kantoor van Styles binnen. Als ze betrapt werd, zou ze zeggen dat ze het op zijn bureau wilde leggen. Ze had een licht gevoel in haar hoofd en voelde zich een beetje misselijk. Ze voelde zich ook schuldig. Toen ze zich als vrijwilliger had aangemeld bij het comité dat de herverkiezing van president Farrington voorbereidde, was het nooit haar bedoeling geweest om als spion te gaan fungeren, maar Chuck Hawkins, de naaste medewerker van de president, had haar gevraagd om, bij wijze van persoonlijke dienst aan de president, als infiltrant op Gaylords hoofdkwartier te gaan werken. Als beloning was haar een baan bij het Witte Huis in het vooruitzicht gesteld. En in Chicago had ze president Farrington persoonlijk ontmoet.

Walsh slikte moeizaam toen ze zich die middernachtelijke ontmoeting in de hotelsuite van de president herinnerde, maar toen dwong ze zichzelf om zich op haar taak te concentreren. Ze had gezien dat Styles de spreadsheets van het geheime smeergeldfonds in de onderste rechterlade van zijn bureau had gelegd. Walsh keek over haar schouder. Toen ze zich ervan had overtuigd dat er niemand stond te kijken, gebruikte ze de sleutel die ze had laten namaken en pakte de vijf vellen uit de la. Toen ze die op willekeurige plaatsen tussen de bladen van het economische rapport had gestopt, haastte ze zich naar de kopieermachine en begon de stapel in het apparaat te voeren. Als ze klaar was met kopiëren en de originelen van het gejatte materiaal in Styles' bureaula had teruggelegd, zou ze de kopieën meenemen.

'Nog zo laat bezig?'

Charlotte schrok zich rot. Ze had zich zo staan concentreren dat ze niet had gemerkt dat Tim Moultrie achter haar was komen staan. Moultrie was een derdejaarsstudent aan de universiteit van Georgetown en een vurig aanhanger van senator Gaylord. Hij was ook stapelgek op Charlotte en had meteen toen ze als vrijwilliger was begonnen, geprobeerd haar te versieren. Moultrie zag er niet onknap uit, en hij was vreselijk pienter, maar hij was maar een student, en Charlotte had geen belangstelling meer voor jongens van haar eigen leeftijd.

'Ha, Tim,' antwoordde ze. Het lukte haar niet om haar stem niet te laten trillen.

'Ik wilde je niet aan het schrikken maken,' zei hij lachend. 'Maar zo reageren vrouwen altijd als ik in de buurt kom.'

Er verscheen een flauwe glimlach op Charlottes gezicht. Vanuit haar ooghoek zag ze dat de bladen zich in de plastic opvangbak van de kopieermachine verzamelden.

'Wat ben je aan het doen?' vroeg Tim.

'Even een rapport kopiëren over het handelstekort in Azië. Senator Gaylord wil Farrington met zijn handelsbeleid om de oren slaan.'

'Dat kan niet moeilijk zijn. Farringtons handelsbeleid is een ramp. Als hij gekozen wordt, zijn we voordat zijn ambtstermijn is afgelopen een territorium van China.'

'Dat ben ik helemaal met je eens,' zei Charlotte, die Tim wilde aanmoedigen in de hoop dat hij zo zou opgaan in het toelichten van zijn theorieën dat hij geen aandacht zou schenken aan de paperassen die ze stond te kopiëren.

Haar list werkte en op het moment dat Tim halverwege zijn tirade was tegen het kwaad dat werd aangericht door de subsidie die Japan aan een van zijn industrieën verstrekte, schoot het laatste vel uit het apparaat.

'Ik ben blij dat jij me al die economiedingen kunt uitleggen,' zei Charlotte, die bij haar studieonderdeel Internationale Economische Theorieën de hoogste cijfers had behaald.

'Graag gedaan,' zei Tim terwijl Charlotte van de originelen en de kopieën twee nette stapels maakte.

'Hé, het is bijna etenstijd. Zullen we ergens wat gaan eten?' vroeg Tim.

Charlotte keek op de klok aan de muur. Het was nog maar even na zessen. Haar volgende afspraak was pas over een paar uur.

'Dat lijkt me een goed idee. Waar wil je heen?'

Tim noemde de naam van een Thais restaurant, een paar straten bij het campagnehoofdkwartier vandaan.

'Thais klinkt fantastisch. Ik moet nog even mijn bureau opruimen en een paar kleine dingetjes doen, maar over een paar minuten ben ik klaar. Zie ik je in de hal?'

'Natuurlijk.' Tim straalde.

Charlotte rekte de tijd nog wat door in de kopieerkamer een van de stapels door te bladeren. Zodra Tim uit het zicht was, haalde ze de vijf gestolen spreadsheets uit de stapel originelen en liep terug naar het kantoor van Reggie Styles. Ze had ze nog maar net terug in de lade gelegd toen Tim aan kwam lopen.

'Wat ben je aan het doen?' vroeg hij. Dit keer klonk er achterdocht door in zijn stem.

'Jezus, Tim! Je moet me niet steeds besluipen. Straks krijg ik nog een hartaanval. Dan lig ik in het ziekenhuis in plaats van met jou te gaan eten.'

Tims gezicht klaarde op. Hij glimlachte. 'Dat zou ik niet graag willen,' zei hij.

Charlotte legde het economische rapport boven op de stapel in Styles' postbakje en liep met de kopie waarin de lijst met sponsoren van het smeergeldfonds zat naar haar bureau.

'Tot zo,' zei ze, terwijl ze de documenten in haar rugzak stopte en paperassen begon recht te leggen om zo de indruk te wekken dat ze echt met iets bezig was.

'Tot straks in de hal.'

Tim deed de deur achter zich dicht. Charlotte haalde opgelucht adem. Het was haar gelukt! Ze zou natuurlijk moeten voorwenden dat ze echt van het etentje met Tim genoot. Ze kon geen manier bedenken om eraan te ontkomen zonder zijn achterdocht te wekken, maar dat was een klein offer. Ze had trouwens razende honger gekregen van haar avontuur als politiek spion, en ze kon ervan uitgaan dat Tim erop zou staan dat hij voor het eten betaalde. Op het nippertje ontsnapt en ook nog een gratis maaltijd: tot nu toe ging het niet slecht, bedacht ze, en over een paar uur zou het er alleen maar nóg beter op worden.

3

Toen hij pas president was, had Christopher Farrington het gevoel gehad dat hij een bedrieger was. Hij vroeg zich af hoeveel andere presidenten dat gevoel ook hadden gekend. Farrington was ervan overtuigd dat iedereen die zich in de politiek begaf er stiekem van droomde dat hij of zij ooit president van de Verenigde Staten zou worden, maar als de weinige uitverkorenen eenmaal hun droom hadden verwezenlijkt, zou het bekleden van dat ambt hun dan net zo'n onwerkelijk gevoel hebben bezorgd als zijn promotie tot president hem dat deed?

In zijn geval werd het onwezenlijke karakter van zijn presidentschap nog verhevigd omdat er geen verkiezingen hadden plaatsgevonden. Er was alleen het bezoek geweest, 's morgens in de vroegte, van een agent van de Geheime Dienst, die hem kwam vertellen dat president Nolan een fatale hartaanval had gehad en dat hij nu staatshoofd was. Het ene moment diende hij het land in de naar verhouding anonieme functie van vicepresident, en het volgende was hij de leider van de Vrije Wereld.

Niemand die Christopher Farrington de gang door zag lopen op weg naar de kamer van zijn zoon, zou vermoed hebben dat hij twijfels koesterde over zijn geschiktheid als staatshoofd. Farrington had een presidentieel voorkomen. Hij was lang en breedgeschouderd, en zijn volle, glanzende zwarte haardos bevatte genoeg grijs om tegelijkertijd de indruk van zowel daadkracht als rijpheid te wekken, en aan zijn uitnodigende glimlach kon je zien dat hij dan weliswaar tot grote hoogten was gestegen, maar toch ook een gewone vent was gebleven, met wie je thuis aan de keukentafel een kop koffie kon drinken. Toen hij op deze avond in de deuropening stond te kijken hoe zijn vrouw hun zesjarige zoon Patrick instopte, maakte hij dezelfde indruk als iedere andere trotse ouder. Zijn borst zwol toen Claire vooroverboog en Patricks voorhoofd kuste.

Farringtons zoon zou niet dezelfde jeugdherinneringen als de president hebben. Chris was op het platteland van Oregon in armoede opgegroeid. Hij herinnerde zich maar amper de vader die hem, zijn moeder en zijn broers en zussen in de steek had gelaten. 's Avonds was zijn moeder, na een dag werken in twee verschillende banen, vaak te moe geweest om Chris of zijn broers en zussen in bed te stoppen. Bij de zeldzame gelegenheden dat ze toch de moeite nam om dat te doen, had haar adem naar pepermunt en goedkope sterke drank geroken.

Sport had Farringtons leven gered. Hij was ruim een meter negentig lang en zijn jumpshot was goed genoeg om er een studiebeurs aan de staatsuniversiteit van Oregon mee in de wacht te slepen, waar hij het basketbalteam van de universiteit tweemaal een plaats in het NCAA-toernooi had bezorgd. Hij was ook een pientere student, en zijn studieresultaten en financiële behoeften hadden hem een volledige beurs voor een rechtenstudie in Oregon opgeleverd. Hij maakte een goede kans om tot een van de beste rechtenfaculteiten in de VS toegelaten te worden, maar sinds hij op de middelbare school tot klassenvertegenwoordiger was gekozen, had Christopher Farrington zijn zinnen gezet op een politieke functie. Een titel van Harvard of Yale sprak hem minder aan dan de mogelijkheid om tijdens zijn drie jaar durende rechtenstudie contacten te leggen met invloedrijke personen, en hierin was hij wonderwel geslaagd. Bij zijn eerste poging hadden de steun van relaties met een machtspositie en zijn faam als sportheld hem geholpen om een zetel in de staatssenaat te winnen. Toen hij besloot om het op te nemen tegen een zittende gouverneur die ten val werd gebracht door een financieel schandaal dat twee maanden voor de verkiezingen door een onversaagde journalist aan het licht werd gebracht, was hij inmiddels opgeklommen tot fractievoorzitter van de grootste partij. Farringtons beste vriend en naaste medewerker Charles Hawkins was al van de misstappen van de gouverneur op de hoogte geweest voordat hij zijn baas aanraadde om een poging te wagen en had de informatie over de gouverneur op het juiste moment aan de verslaggever doorgespeeld.

Claire trok het rolgordijn in Patricks kamer omlaag, zodat het verlichte Washington-monument uit het zicht verdween. Ze draaide zich om naar de deuropening en glimlachte.

'Hoe lang stond je daar al?' vroeg ze toen ze in de gang stonden.

'Een paar tellen,' antwoordde Farrington terwijl hij de deur zachtjes achter hen dichttrok.

De gang langs de slaapkamers deed de Farringtons denken aan de vloer van een rustiek hotelletje. Het dure blauwe tapijt paste goed bij het ouderwetse, gebroken witte behang dat de echtgenote van president Nolan had uitgekozen. Een paar negentiende-eeuwse olieverfschilderijen van het Amerikaanse platteland in zijn volle glorie hingen tussen portretten van enkele minder bekende presidenten. Hun pad werd verlicht door vrijstaande schemerlampen en een paar kleine kroonluchters. De Farringtons hechtten niet veel waarde aan binnenhuisarchitectuur en dus was er sinds Christopher president was geworden niets aan het interieur veranderd.

De president was gekleed in een donkerblauw krijtstreepkostuum. Zijn vrouw droeg een kobaltblauw broekpak en een roomkleurige zijden blouse. Terwijl ze door de gang liepen sloeg Farrington zijn arm om Claires schouder. Dat was niet moeilijk, omdat Claire maar een paar centimeter kleiner was dan haar man.

De presidentsvrouw was een stevig gebouwde vrouw, die als volleybalster een studiebeurs had gekregen en tijdens het laatste jaar van haar studie met haar team als derde was geëindigd in de nationale kampioenschappen. Haar schouderlange donkerblonde haar zat vol krullen, haar neus was iets te groot en haar blauwe ogen waren een fractie te klein voor haar gezicht. Ze had een hoog voorhoofd en platte jukbeenderen. Hoewel ze niet lelijk was, was ze beslist ook niet meisjesachtig knap, maar ze beschikte over charisma, en haar postuur en haar intelligentie domineerden elke bijeenkomst. Ze was aanvoerster geweest van haar volleybalteams op de highschool en de universiteit, en van het basketbalteam op de middelbare school, waar ze ook namens haar klas de afscheidsrede had gehouden. Ze was een van de beste studenten aan de universiteit en aan de medische faculteit geweest.

Chris en Claire waren getrouwd toen Claire in Portland medicijnen studeerde en Chris op het punt stond zijn eerste gooi naar een bestuursfunctie te doen. Na de geboorte van Patrick had Claire haar praktijk ingekrompen. Toen Christopher tot vicepresident werd gekozen en ze naar Washington verhuisden, was ze met haar praktijk gestopt.

'Je had wel even binnen kunnen komen om Patrick een nachtzoen te geven,' zei Claire.

'Jullie leken zo'n vreedzaam moment te hebben dat ik het niet wilde bederven.'

De president kuste zijn vrouw op haar voorhoofd. 'Heb ik je ooit verteld dat je een fantastische moeder bent?'

'Een paar keer,' antwoordde Claire met een schalkse glimlach, 'en die kans krijg je binnenkort nog veel vaker.'

Farrington leek even in de war. Claire lachte. 'Ik ben zwanger.'

Farrington bleef als aan de grond genageld staan. Hij leek volkomen verbluft.

'Meen je dat nou?'

De glimlach verdween van Claires gezicht. 'Dat vind je toch niet erg, hoop ik?'

'Nee, nee, het is alleen maar… Ik dacht dat je de pil gebruikte.'

'Daar ben ik twee maanden geleden mee gestopt.' Ze legde haar handen op Chris' schouders en keek hem recht in de ogen. 'Ben je boos?'

Het gezicht van de president vertoonde een mengeling van emoties, maar de woorden die hij sprak waren goed gekozen.

'We hebben altijd meer kinderen gewild. Ik dacht alleen maar dat een nieuwe zwangerschap lastig zou zijn met al je verplichtingen als first lady.'

'Maak je over mij maar geen zorgen. Bij de campagne voor het gouverneurschap heb ik ook geen last van mijn zwangerschap gehad.'

'Dat is zo. Als ik me goed herinner, was het eigenlijk een pluspunt.'

'En dat zal deze keer ook zo zijn. De vrouwen zullen de waarde die je aan het gezin hecht toejuichen en de mannen zullen ontzag hebben voor je potentie.'

Farrington lachte. Toen omhelsde hij Claire.

'Je bent een schat.' Hij stapte achteruit tot ze op armlengte van elkaar stonden. 'Denk je dat vanavond alles goed gaat?'

'Ja, hoor. Mijn toespraak is kort en het lijkt me leuk om nog een keer in het openbaar te verschijnen voordat ik er als een walvis uit ga zien.'

'Voel je je niet misselijk?'

'Ik was vanmorgen niet lekker, maar nu voel ik me prima. Ik heb alvast naar het hotel gebeld om een suite te reserveren voor het geval ik moet rusten.'

'Ik hou van je,' zei Farrington en hij omhelsde haar opnieuw. 'Je weet dat ik je niet op het allerlaatste moment hiermee zou hebben opgezadeld als het niet om een belangrijke bijeenkomst ging, maar Gaylord trekt alle registers open. Volgens Chuck heeft ze al heel wat geld ingezameld.'

Farrington klonk bezorgd. Claire legde haar handpalm tegen zijn wang. Haar hand was warm en haar aanraking ontspande hem.

'Maureen zal het niet leuk vinden als we bekendmaken dat ik zwanger ben. Laat haar nu maar eens proberen hoog van de toren te blazen over het gezin als hoeksteen van de samenleving.'

'Ik zal vragen of Chuck met je meegaat.'

'Heb je hem niet nodig bij de bijeenkomst?'

'Ik heb liever dat hij bij jou is, Claire. Dan weet ik tenminste dat iemand je beschermt.'

Claire kuste haar man op zijn wang. 'Maak je over mij maar geen zorgen, en maak je vooral geen zorgen om Maureen Gaylord.'

4

Dana Cutler verveelde zich rot. Nadat ze Charlotte Walsh drie dagen lang achtervolgd had naar haar colleges, de supermarkt, restaurants en haar appartement, begon ze zelfmoordneigingen te krijgen. Het meisje had zo'n saai leven dat Charlotte zich niet kon voorstellen dat ook maar iemand daar in geïnteresseerd was. Ze zou ermee gekapt zijn als het niet zo goed betaalde.

Even na zes uur in de middag had Dana een boodschap voor haar onbekende cliënt ingesproken op het nummer dat Dale Perry haar had gegeven, en uitgelegd dat Walsh in gezelschap van een blanke man, ongeveer een meter tachtig lang, met golvend blond haar en een keurig geknipte snor, het campagnehoofdkwartier van senator Gaylord had verlaten. De te schaduwen persoon en haar begeleider hadden zich naar The House of Thai begeven, waar ze op dat moment samen zaten te eten van wat vermoedelijk phad thai, loempia's en een soort curry waren. Cutler kon een gedetailleerd verslag uitbrengen omdat ze haar auto op een invalidenparkeerplaats had neergezet, waarvandaan ze het stel door de lens van een Leica M8 digitale camera, eigendom van Jake Teeny, kon observeren. Op haar dashboard lag een parkeervergunning voor invaliden, die ze van een kennis bij de dienst voor het Wegverkeer had gekregen, die valse rijbewijzen, parkeervergunningen voor invaliden en andere nuttige zaken verkocht die bij de dienst verkrijgbaar waren om zo haar inkomen aan te vullen. Als iemand er ooit naar zou vragen, zou Dana uitleggen dat ze herstellende was van een heupoperatie. Om die bewering te ondersteunen kon ze ook een brief laten zien van een kwakzalver die tegen betaling voor die kennis werkte.

Zodra Walsh en haar vriendje hun bestelling hadden geplaatst, had Dana het erop gewaagd en bij een ander restaurant, twee deuren verderop, van het toilet gebruikgemaakt. Het was nu een uur later. Ze hoefde niet meer naar het toilet, maar haar maag knorde. Dana pakte een donut uit de doos op de zitting naast haar en nam net een hap toen Walsh opstond. Ze legde de donut opzij. Walsh pakte haar rugzak en liep naar de uitgang. Dana legde de camera naast de doos met donuts en startte de motor van haar onopvallende bruine Toyota. De auto zag eruit als een wrak, maar Dana had er een motor in gezet waar een rallyrijder jaloers van zou worden. Haar vader had vroeger een garage en was in zijn jeugd zelf coureur geweest. Dana hield van snelheid en had bijna meteen nadat ze had leren lezen geleerd hoe een auto werkte. Voordat ze klaar was met de motor was haar vader aan een beroerte gestorven, en ze had het altijd jammer gevonden dat ze nooit samen een rit in haar rammelkast hadden kunnen maken.

De gedachten aan haar vader brachten jeugdherinneringen naar boven. Ze wist zeker dat haar herinneringen heel anders waren dan die van Charlotte Walsh. Toen Dana in de tweede klas van de middelbare school zat, had haar moeder het gezin verlaten. Ze praatten af en toe nog wel met elkaar, maar Dana had haar moeder nooit vergeven dat ze bij hen was weggelopen. Walsh genoot waarschijnlijk van gezellige Thanksgiving- en kerstvieringen, samen met liefhebbende ouders en pientere, meer dan gemiddeld presterende broers en zussen.

Dana's familie was niet arm geweest, maar er was nooit geld voor leuke dingen. Tijdens haar tijd op de middelbare school had Dana moeten werken om aan zakgeld te komen. En lange avonden als serveerster hadden het geld opgeleverd voor haar studie aan een volksuniversiteit. Tot ze in dienst trad bij de politie had ze er op de universiteit de kantjes vanaf gelopen. De rol van agent was echt iets voor haar, maar haar dagen bij de politie behoorden nu tot het verleden. Die tijd zou nooit meer terugkomen.

Walsh liep terug naar Gaylords campagnehoofdkwartier in K Street. Veel van de mensen die in K Street werkten waren advocaten, lobbyisten of waren in dienst van adviescommissies. De meesten waren naar huis om te eten. De cafés waar de elite van Washington bijeenkwam voor zakenlunches waren gesloten en veel van de ramen van de kantoortorens waren donker. Er liepen maar een paar voetgangers op straat en de straatverkopers die bloemen en imitatie-Rolexhorloges en Prada-tasjes verkochten, hadden hun handel gestaakt.

Dana vermoedde dat haar prooi op weg was naar de garage waar ze een paar uur eerder haar auto had geparkeerd. Walsh ging inderdaad naar de garage en kwam een paar minuten later naar buiten rijden.

Er waren niet veel auto's op de weg, zodat Dana een eind uit de buurt bleef en alleen harder ging rijden als ze bang was dat ze de achterlichten van Walsh' auto uit het oog zou verliezen. Ze hoopte dat Walsh op weg was naar huis en naar bed zou gaan, zodat ze zelf ook kon gaan slapen. De Toyota reed over een kuil in de weg en de camera op de passagiersstoel wipte op en neer. Toen ze aan de camera dacht, gingen haar gedachten vanzelf naar Jake Teeny. Hij was fotojournalist, en Dana had hem leren kennen toen hij foto's voor een artikel over vrouwelijke agenten moest maken. Toen ze bij de politie wegging, had hij haar door de moeilijkste tijd heen geholpen.

Het was niet ongebruikelijk dat Jake wekenlang van huis was om op een of andere exotische locatie of in een oorlogsgebied te werken. Als hij in Washington was en ze er allebei behoefte aan hadden, logeerde Dana bij Jake, die in zijn huis meer ruimte had dan Dana in het kleine appartement dat ze haar thuis noemde. Ze waren al jaren bevriend en bij tijd en wijle ook elkaars minnaars, maar geen van beiden wilde vastigheid. Het was een relatie die hen beiden goed uitkwam. Jake was de enige met wie ze vrijuit kon spreken over wat er bij de boerderij was gebeurd, maar ze had hem bij lange na niet het hele verhaal verteld. Ze kon niet het risico lopen dat ze hem kwijt zou raken, wat heel goed kon gebeuren als hij alles wat ze had gedaan zou horen.

Toen Walsh bij E Street de snelweg op reed, wist Dana dat haar prooi niet terug naar haar appartement reed. Haar droom over vroeg naar bed gaan kon ze wel vergeten. Ze zette de radio aan. Ze hoorde het laatste stukje van een nieuwsuitzending, een bericht over het jongste slachtoffer van de Slachter van Washington, een seriemoordenaar die in en om Washington vrouwen had vermoord. De nieuwslezer legde uit dat het politieonderzoek vast leek te zitten. Dana draaide aan de knop en stemde af op DC101. Nadat ze uit het ziekenhuis was gekomen had Dana gemerkt dat ze niet meer goed naar verhalen over geweld tegen vrouwen kon luisteren. Toen ze nog bij de politie was, had ze naar verhalen van slachtoffers van verkrachting, mishandeling en dat soort zaken geluisterd met een professionele afstandelijkheid waartoe ze nu niet meer in staat was.

'Highway to Hell' van AC/DC begon op het moment dat de stad plaatsmaakte voor een weg met aan weerszijden bomen, die uitkwam op snelweg 66-west. Walsh nam de afslag naar de Dulles-tolweg en volgde de VA-267. Vijfentwintig kilometer verder nam ze de afslag naar Sully Road. Nadat ze langs een paar verlichte bouwterreinen en half bebouwde wijken waren gereden, verscheen in de verte plotseling Dulles Towne Center. Dana kreunde toen het tot haar doordrong dat Walsh op weg was naar het winkelcentrum.

Het was laat, zodat het grootste deel van het uitgestrekte parkeerterrein onbezet was. Dana nam aan dat Walsh zou parkeren in de buurt van de goed verlichte ingang van het winkelcentrum, waar de auto's stonden van de mensen die nog aan het winkelen waren, maar tot Dana's verbazing reed ze langs JCPenney en Old Navy naar een afgelegen deel van het parkeerterrein, dat buiten bereik lag van het licht van de reclameborden van Sears en Nordstrom. Dana reed bij Walsh uit de buurt, doofde haar verlichting en keerde om. Ze parkeerde een eind verderop, op een plek waarvandaan ze onbelemmerd uitzicht had op de bestuurderskant van de auto van de studente.

Meteen nadat Dana had geparkeerd, keek ze op haar horloge. Het was kwart voor acht. Ze had er dus bijna drie kwartier over gedaan om van K Street naar het winkelcentrum te rijden. Ze nam een paar foto's van de auto en belde vervolgens haar cliënt om te melden waar ze waren en waar Walsh haar auto geparkeerd had. Daarna dronk ze uit haar thermosfles wat koffie om wakker te blijven en pakte de donut waar ze bij het Thaise restaurant aan begonnen was. Ze at de donut op en ging overeind zitten toen ze merkte dat Walsh nog steeds in haar auto zat. Dit was de eerste keer dat er tijdens haar achtervolgingswerk iets interessants gebeurde. Als Walsh niet naar het winkelcentrum was gegaan om inkopen te doen zat ze waarschijnlijk op iemand te wachten. Als ze met die persoon op een donkere, afgelegen plek van het parkeerterrein bij het winkelcentrum had afgesproken en niet in het winkelcentrum zelf, kon dat betekenen dat ze wilde dat niemand hen zou zien. Misschien was er toch een reden om de studente in de gaten houden.

Dana richtte Teeny's camera op de auto van Walsh. Ze stond op het punt om nog een paar foto's te maken toen ze vanuit haar ooghoeken iets zag bewegen. Toen ze naar rechts keek, zag ze dat er een donkerblauwe Ford Walsh' rij in reed en twee plaatsen verderop naast haar ging staan. Op de camera van Teeny zat een diafragma van 3,4, zodat Dana het kenteken van de Ford kon zien. Als ze verder weg had gestaan, zou ze het kentekennummer niet hebben kunnen lezen, maar ze kon er wel een foto van maken en die op haar laptop uitvergroten. Dana noteerde het kenteken van de Ford. Een paar tellen later stapte Walsh uit haar auto, ze keek zenuwachtig om zich heen en stapte achter in de Ford. De Ford ging ervandoor en Dana zette de achtervolging in. Ze zorgde ervoor dat er genoeg tussenruimte tussen de beide auto's bleef, zodat haar koplampen haar hopelijk niet zouden verraden.

In minder dan geen tijd reed Dana over een tweebaansweg Virginia binnen. Het werd moeilijker om zo dicht in de buurt van de Ford te blijven dat ze hem nog kon zien, maar gelukkig waren er een paar andere auto's op de weg om haar Toyota af te schermen. Algauw stonden er meer bomen dan gebouwen langs de weg. Ze noteerde het nummer van de weg op een blocnote die ze op de passagiersstoel had gelegd en draaide aan de afstemknop van de radio tot ze een zender had gevonden die oude hits draaide. Ze viel midden in een nummer van Bruce Springsteen.

Dana reed nog anderhalve kilometer door. Op dat moment lichtten de remlichten van de Ford op. Ze ging stapvoets rijden. De Ford sloeg een smal landweggetje in, stak een onbewaakte overweg over en reed langs de donkere etalages in de hoofdstraat van een slaperig dorpje. Dana noteerde de naam van het plaatsje. Een paar kilometer voorbij de dorpsgrens sloeg de Ford rechts af een onverharde weg op, die amper breed genoeg was voor twee auto's. Dana noteerde de afstand die ze vanaf het dorp tot de zijweg had afgelegd, doofde haar verlichting en volgde de achterlampen van de andere auto.

Na vierhonderd meter beschenen de koplampen van de Ford het latwerk van een witgeverfde afrastering en nog eens vierhonderd meter verder stopte de auto bij een hek. Tot haar verbazing zag Dana een gewapende bewaker. Terwijl de bewaker zijn aandacht op de inzittenden van de Ford richtte, schakelde ze de Toyota in zijn achteruit en reed een zijweggetje in. Als ze zou moeten vluchten, wilde ze geen tijd verspillen met keren. Dana stopte het mobieltje in haar jaszak en pakte een grote zaklantaarn en de camera. Ze maakte zich zo klein mogelijk, stak de weg over, klom over de afrastering en dook het bos in. Ze baande zich een weg door het gebladerte, waarbij ze de straal van de zaklantaarn omlaag hield om niet de aandacht te trekken. Na een korte wandeling bevond ze zich boven op een heuveltje. Beneden zich zag ze op ongeveer honderdtwintig meter afstand een wit, houten huis. De Ford stond bij de voordeur geparkeerd, maar er zat niemand in. Het had Dana verbaasd dat er een gewapende bewaker hij het hek stond, en haar verbazing werd nog groter toen ze zag dat er nog meer bewakers over het terrein liepen. Het was kil. Dana zette haar kraag op, waarna ze met haar rug tegen een boom ging zitten. De grond was keihard en ze moest een paar keer van houding veranderen voordat ze goed zat. Een tijd lang gebeurde er niets. Dana trok haar knieën op, hield de lens van de camera erop in evenwicht en besteedde haar tijd aan het observeren van het huis. Het gebouw leek een beetje op een huis uit de koloniale tijd, dat in de loop der jaren gemoderniseerd was met aanbouwsels die qua stijl bijna niet van het origineel te onderscheiden waren. Op de begane grond brandde licht, maar meer kon ze niet zien omdat de dikke gordijnen voor de ramen aan de voorkant het interieur aan het zicht onttrokken. Er viel maar weinig licht door naar buiten.

Om nog meer tijd te doden, sprak Dana op fluistertoon een verslag voor haar cliënt in en nam een paar foto's van het huis, de bewakers en het nummerbord van een donkerblauwe Lincoln vierdeurs personenauto die naast het huis stond geparkeerd. Ze noteerde het nummer op het blocnotevelletje waarop ze het nummer geschreven had van de auto die Walsh naar het huis had gebracht. Dana stond op het punt om nog een foto te nemen toen er in een kamer op de bovenverdieping licht begon te branden. Ze richtte de telelens op het raam. Voor het raam verscheen heel even een man, die met zijn rug naar haar toe stond, maar voor ze een foto kon maken was hij alweer verdwenen. Dana tuurde de kamer in, maar vanaf de plaats waar ze zat kon ze alleen twee bewegende schaduwen op de muur onderscheiden. De schaduwen bewogen zich afzonderlijk en vloeiden toen ineen tot er nog maar één zwarte vlek op de muur te zien was. Een paar tellen later verdwenen de schaduwen onder de vensterbank en werd het donker in de kamer.

Dana leunde achterover tegen de boom. Ze wilde dat ze eraan had gedacht om de thermosfles mee te nemen. Ze hoopte ook dat Walsh niet van plan was om de hele nacht te blijven, want ze voelde er niets voor om in de buitenlucht te kamperen. Het begon haar te vervelen en dus keek ze naar de bewakers die over het terrein liepen en probeerde erachter te komen wat hun routine was. Een van de gewapende mannen had rossig, kortgeknipt haar. Toen hij tijdens zijn ronde het punt bereikte waarop hij het dichtst bij Dana in de buurt was, keek ze wat voor wapens hij droeg. In zijn holster zat wat zo te zien een Sig Sauer

9-mm pistool was, en hij droeg een Heckler & Koch MP5 halfautomatisch machinegeweer. Ze probeerde via de telelens de wapens beter te bekijken, maar op dat moment ging in de kamer op de bovenverdieping het licht weer aan. Op de muur verscheen een schaduw. Vlak daarna ging Charlotte Walsh voor het raam staan. Dana kon niet horen wat ze zei, maar ze stond driftig met haar armen te zwaaien en het leek of ze tegen iemand tekeerging.

Dana keek op haar horloge. Het was half tien. Ze had er iets meer dan een uur over gedaan om van het winkelcentrum naar de boerderij te rijden en Walsh was al een half uur in de kamer op de bovenverdieping. Ze was net klaar met haar berekeningen toen de voordeur openging en Walsh naar buiten stormde. Dana nam snel een paar foto's. Walsh liep terug naar het huis en praatte tegen een man in de deuropening. Ze stond licht voorovergebogen en haar vuisten waren gebald. Haar woede dreef de heuvel op in de frisse avondlucht maar Dana was te ver weg om te kunnen verstaan wat ze zei.

Dana richtte de lens op de man in de deuropening. Ze kon een mouw van zijn overhemd en een deel van een broekspijp zien, maar niet zijn gezicht. Een van de bewakers stapte aan de bestuurderskant in de auto die ze vanaf het winkelcentrum had gevolgd en Walsh plofte op de achterbank neer. Terwijl de auto wegreed, gebruikte Dana haar mobieltje om te melden dat Walsh waarschijnlijk weer op weg was naar het winkelcentrum. Terwijl ze praatte, hield ze de voordeur in de gaten in de hoop dat de man die bij Walsh had gestaan zich nog een keer zou laten zien. Op het moment dat ze haar boodschap had ingesproken, stapte de man naar buiten. Dana legde het mobieltje opzij en richtte haar camera. De man draaide zich om in haar richting. Hij stond te ver weg om zijn gelaatstrekken duidelijk te kunnen onderscheiden, maar hij kwam Dana vaag bekend voor. Ze maakte snel een foto en wilde er nog een nemen toen er een tak brak.

Dana bleef heel even als verstijfd zitten en liet zich toen achter de boom rollen waar ze tegen had gezeten. Uit het geritsel van bladeren kon ze afleiden dat er iemand snel haar kant op kwam. Ze vermoedde dat het een bewaker was die in de bossen patrouilleerde en vond het ontzettend stom van zichzelf dat ze ervan uitgegaan was dat er alleen maar bewakers rond het huis waren opgesteld.

Voorzichtig gluurde Dana vanachter de boom en ze zag een man met een MP5 haar richting uit komen. Ze vloekte stilletjes en stopte het mobieltje in haar zak. Snel overwoog ze haar kansen. Ze was gewapend, maar ze wilde de bewaker niet neerschieten. Onder deze omstandigheden zou dat neerkomen op zware mishandeling of moord in koelen bloede. Ze kon niet vluchten zonder gezien te worden en hij was zo dichtbij dat hij, zelfs als hij geen goede schutter was, haar zeker zou raken. Toen ze besefte dat ze enkel de keuze had tot zich overgeven of verzet bieden gingen haar gedachten terug naar de kelder.

Dana kreeg een licht gevoel in haar hoofd en begon te beven. Haar flashbacks waren geen herinneringen. Het waren meer dromen waarin het leek of wat ze droomde echt gebeurde. Dana kon de muffe geur van schimmel op de keldermuren en het smerige water dat er langs liep ruiken. En wat nog erger was: ze rook ook de zweetlucht van de mannen die haar gevangen hielden.

Steeds als ze die flashbacks had, dwong Dana zichzelf om diep adem te halen. Dat deed ze nu ook, omdat ze zich niet kon veroorloven om door angst verlamd te raken. Haar diepe ademhaling leidde haar even af. Toen ze weer keek, was de bewaker uit het zicht verdwenen. Dana keek in paniek het bos rond. De man kwam weer tevoorschijn. Hij was nu veel dichterbij. Het was duidelijk dat hij haar zocht. Toen hij weer achter een boom verdween, verplaatste ze zich. De bewaker rende naar de plek waar ze net had gezeten en bleef staan. Hij was verbaasd dat ze verdwenen was.

Dana rende zigzaggend door het kreupelhout om de bewaker zo min mogelijk een doelwit te bieden. De bewaker rende op de geluiden af die Dana bij haar vlucht maakte. Ze wist dat hij haar gauw te pakken zou hebben of dichtbij genoeg zou zijn om een schot te wagen, en dus liet ze zich achter een boom glijden, in de hoop dat de bewaker door zijn eigen zware ademhaling niet zou merken dat ze geen geluid meer maakte. Toen de bewaker langs haar boom rende, beukte ze hem met de zaklantaarn op de achterkant van zijn schedel. Hij zakte op zijn knieën. Het geweer ging af. Boomstammen en struiken werden met kogels doorzeefd. Ze rukte het wapen uit zijn handen en smeet het het bos in. De bewaker kwam moeizaam overeind. Ze gaf hem nog een dreun. Hij zakte in elkaar op het moment dat Dana aan het geluid van krakende takken, ritselend gebladerte en onderdrukt gehijg dat vanaf de voet van de heuvel kwam, kon horen dat de andere bewakers de schoten hadden gehoord en snel op haar af kwamen.

Dana kwam tussen de bomen vandaan en klom over de afrastering.

Ze had ongeveer geschat waar haar auto stond. Ze zat er maar een paar meter naast. Ze rukte het portier aan de bestuurderskant open, smeet de camera en de zaklantaarn op de passagiersstoel en startte de motor. Terwijl ze de zijweg uit spurtte, keek ze in de achteruitkijkspiegel en ze zag de roodharige bewaker over de afrastering klimmen. Dana gaf plankgas en de opgevoerde motor deed wat er van hem verwacht werd. Ze zwenkte heen en weer, waarbij de banden wolken stof deden opwaaien. Ze hoopte dat het zo voor de bewaker moeilijk zou zijn om goed te mikken, maar hij schoot niet. Toen ze weer in haar achteruitkijkspiegel keek, zag ze dat hij iets in een notitieboekje stond te schrijven. Als het haar kentekennummer was, was ze de klos. Ze was een heel eind van huis. Als er een opsporingsbevel werd uitgezonden, was de kans groot dat ze onderweg zou worden aangehouden of dat de politie haar bij haar appartement stond op te wachten.

Dana schakelde haar gps in en volgde zijstraten tot ze bij een grote woonwijk kwam. Toen ze er zeker van was dat ze niet werd achtervolgd, parkeerde ze in een van de zijstraten. Ze had nu even de tijd gehad om na te denken en een beslissing genomen. Dana belde de geheimzinnige cliënt en hoorde de bekende neutrale stem, die zei dat ze een bericht moest achterlaten.

'Hier ben ik weer,' zei ze na de pieptoon. 'Ik ben zojuist door een man in de bossen achternagezeten. Ik moest hem neerslaan om te kunnen vluchten. Door gewapende mannen achternagezeten worden stond niet in mijn taakomschrijving. Het is beslist niet iets waarvoor ik me heb aangemeld. Dit wordt dus mijn laatste verslag.

De te volgen persoon leek behoorlijk overstuur toen ze wegging. Ik neem aan dat ze nu terug op weg is naar haar auto bij het winkelcentrum en daarna waarschijnlijk naar huis gaat, dus ik verwacht niet dat er vandaag nog veel te melden valt. Ik zal de foto's die ik heb gemaakt naar uw advocaat brengen, zodat hij ze aan u kan geven.

Ik weet niet wat hier aan de hand is, maar ik heb geen idee wie u bent, zodat ik geen aangifte kan doen. De vertrouwensrelatie tussen advocaat en cliënt biedt u ook bescherming. U hoeft u dus geen zorgen te maken dat iemand achter uw identiteit komt. Het moet voor uw advocaat geen probleem zijn om iemand anders te vinden om deze persoon te schaduwen.'

Dana kon verder niets bedenken, zodat ze het gesprek beëindigde. Ze bleef een hele tijd zitten en probeerde een plan te bedenken om te voorkomen dat ze in de gevangenis belandde wegens inbraak en zware mishandeling, maar ze was te opgewonden om logisch te denken. Dana deed haar ogen dicht en zag het beeld van de man die met Charlotte Walsh had staan praten. Waarom had ze het gevoel dat ze hem eerder gezien had? Het moest een belangrijk iemand zijn, want anders zou er niet zo veel bewaking zijn geweest. Wie was het? Was het een beroemd persoon? Had ze hem soms op televisie gezien?

Dana kreeg een idee. Ze legde het mobieltje dat Dale Perry haar had gegeven opzij, pakte haar eigen toestel en belde het nummer van Andy Zipay.

'Zip, met Dana. Ken jij iemand die een paar kentekennummers voor me na kan trekken?'

'Heeft het met die klus voor Perry te maken?'

'Ja.'

'Ik ken een agent die dat voor me kan doen, maar daar wil ik niet te veel gebruik van maken.'

'Het is belangrijk.'

'Geef me de nummers maar,' zei Zipay.

Dana gaf hem het kenteken van de Ford die Walsh naar het huis had gebracht en van de vierdeurs Lincoln die bij het huis stond. Voor de volledigheid gaf ze hem ook nog het kenteken van Walsh' auto. Misschien stond die op naam van haar ouders, wat een aanwijzing zou kunnen opleveren waarom Walsh zo belangrijk was. Ze wist dat de zaak wat haar betrof afgelopen was, maar ze was nog steeds nieuwsgierig naar wat er aan de hand was.

'Hoe gauw moet je die gegevens hebben?' vroeg Zipay.

'Zo gauw mogelijk.'

'Ik maak er meteen werk van.'

Dana beëindigde het gesprek en dacht na over wat haar te doen stond. Het was donker geweest toen ze ontsnapte en ze had een heleboel stofwolken veroorzaakt. Misschien was het de roodharige bewaker niet gelukt om haar nummer te noteren of had hij het verkeerd opgeschreven. Daar zou ze gauw genoeg achter komen, maar daar wilde ze vanavond niet meer aan beginnen. De meest vanzelfsprekende plek om te gaan slapen was bij Jake, omdat ze toch al op zijn huis paste. Dana startte de auto en reed erheen. Ze was blij dat ze van het karwei voor Dale Perry verlost was.

5

Het licht van tientallen kristallen kroonluchters bescheen de in smokings en avondjurken geklede elite die de grote balzaal van het Theodore Roosevelt-hotel in het centrum van Washington bevolkte. Overal in de enorme balzaal stonden ronde tafels, waarop witte tafelkleden lagen en die versierd waren met elegante bloemstukjes. Voor duizend dollar per couvert of tienduizend dollar sponsorgeld per tafel hadden degenen die financieel aan Christopher Farringtons campagne hadden bijgedragen een diner van kip of zalm, aardappelpuree en asperges voorgezet gekregen. Niemand bezocht dergelijke inzamelingsacties vanwege het eten. Veel van de aanwezigen betaalden goudgeld voor een taai stuk kip omdat ze verwachtten dat de partij in de toekomst in gunstige zin aan hen zou denken. En meer dan een van de aanwezigen had zich, voor het geval Farrington niet als overwinnaar uit de bus zou komen, ingedekt door ook aan de verkiezingskas van Maureen Gaylord bij te dragen.

Onder het grote aantal aanwezigen bevonden zich enkele vurige aanhangers van Christopher Farrington, die speciaal gekomen waren om de president te horen spreken. Ze waren teleurgesteld toen bekend werd gemaakt dat belangrijke staatszaken hem hadden verhinderd aanwezig te zijn, maar de stemming sloeg om toen zijn echtgenote het woord had genomen. Claire Farringtons ferme toespraak was niet van humor ontbloot, en het hoogtepunt was haar uiteenzetting van het onderwijsbeleid van de president geweest, waarbij ze begonnen was met, als moeder én aanstaande moeder, haar bezorgdheid uit te spreken over de Amerikaanse scholen. De bekendmaking van haar zwangerschap was met daverend applaus begroet, en aan het eind van haar toespraak hadden de aanwezigen met al even onstuimig handgeklap hun goedkeuring laten blijken.

'Ze lagen aan je voeten,' zei Charles Hawkins tegen Claire toen hij haar van het podium leidde. Hawkins was een meter vijfentachtig lang, een slanke man met stevige spieren en kortgeknipt grijzend haar. Voordat een tijdens een gevechtsmissie opgelopen knieblessure hem had gedwongen ontslag te nemen uit het leger, had hij bij de commando's gediend. Hij trok met zijn been, maar dat viel nauwelijks op: hij liep nog steeds alsof hij in vijandelijk gebied patrouilleerde. Hij had een harde blik in de ogen en keek voortdurend rond, op zoek naar zaken die voor de president en zijn gezin een bedreiging konden vormen. Hij stond altijd klaar om iedereen uit te schakelen die het op Claire Farrington of haar man gemunt kon hebben.

'Vond je echt dat het goed ging?' vroeg Claire.

'Ze aten uit je hand, en het nieuws dat je weer moeder gaat worden was een geniale zet. Dat staat morgen op de voorpagina's van alle kranten.'

'Dat hoop ik zeker,' zei Claire, terwijl het zes man sterke team van de Geheime Dienst om haar heen ging staan en haar door een gang achter de keuken leidde. 'Die arme Maureen. Ze houdt vanavond een grote toespraak in Georgetown, waarin ze haar buitenlandse beleid uiteenzet. Dat wordt vast ergens weggestopt, op pagina 6 of zo.'

Aan het eind van de gang bevond zich de lift die haar naar een chique ingerichte vergaderzaal op de eerste verdieping van het hotel zou brengen. Het was afgesproken dat ze daar met een kleine groep belangrijke sponsoren zou poseren voor foto's. Ze waren al bijna bij de ingang van de lift toen er een uitdrukking van pijn op Claires gezicht verscheen en ze haar hand tegen haar maag drukte.

'Is er iets niet in orde?' vroeg Hawkins bezorgd.

'Ik had er niet aan gedacht dat ochtendziekte niet alleen 's morgens voorkomt. Laten we dit snel afwerken, Chuck.'

'Ik zeg de fotosessie af als je dat wilt. Daar zal iedereen begrip voor hebben.'

'Voor hoeveel foto's moet ik poseren?'

'Vijfentwintig volgens mij, maar ze zijn allemaal meer geïnteresseerd in contact leggen met Chris dan in de zoveelste foto voor op de schoorsteenmantel. We beloven ze wel een privéfotosessie op het Witte Huis.'

Claire legde haar hand op Hawkins' onderarm. 'Nee, het gaat best. Als ik het echt moeilijk krijg, zeg ik het wel. Ik heb de suite. Als ik uitgeput raak, kan ik altijd even gaan liggen.'

'Weet je zeker dat je ermee door wilt gaan?'

'Dat zal wel lukken,' verzekerde ze Hawkins. 'Als jij maar zorgt dat de rij een beetje doorloopt en de fotograaf niet gaat staan treuzelen.'

'Ray,' zei ze, zich wendend tot Ray Cinnegar, het hoofd van het detachement van de Geheime Dienst, 'kun je even met me naar het toilet lopen? Ik heb maar een paar minuten nodig.'

'Natuurlijk. Maxine.' Hij riep de vrouw die belast was met de voorbereidende werkzaamheden van het detachement en de route van tevoren verkend had. 'Mevrouw F. wil even van het toilet gebruikmaken.'

'Er is een toilet vlak om de volgende hoek. Ik ga wel even kijken.'

'Graag.'

Toen Claire de hoek om sloeg, was Maxine al in het toilet. Cinnegar bleef met de presidentsvrouw voor de deur wachten tot Maxine hem verzekerde dat het toilet veilig was. Claire slaakte een zucht van opluchting.

Toen ze bij vergaderzaal van het Theodore Roosevelt-hotel arriveerden, leidde Hawkins de presidentsvrouw naar binnen. De ruime zaal was gemeubileerd met antiek meubilair, dat president Roosevelt uit zijn ouderlijk huis in Sagamore Hill had meegebracht naar het Witte Huis. Tussen de muur en een roodfluwelen koord dat aan koperen steunen hing, stond een rij mannen en vrouwen. De rij hield op bij het beroemdste stuk antiek dat het hotel rijk was, een staande klok die in de zitkamer van het Witte Huis had gestaan en op het omslag van de brochure van het hotel stond afgebeeld. De fotograaf stond voor de klok te wachten. Een paar tellen nadat de presidentsvrouw binnen was gekomen, sloeg de klok negen keer.

De meeste mannen en vrouwen in de rij waren invloedrijke advocaten, rijke financiers, directeuren van grote ondernemingen en hun echtgenotes, maar de meesten leken net kinderen die ongeduldig stonden te wachten tot ze bij de Kerstman op schoot mochten komen zitten. Het amuseerde Claire. Ze had dit tijdens haar jaren in het Witte Huis al vaak meegemaakt: rijke, machtige mannen en vrouwen die zich als toeristen stonden te vergapen als er een beroemdheid in de buurt was.

Verscheidene andere mensen liepen de zaal rond en nipten van hun champagne of aten van de hors-d'oeuvres die voor de leden van de betere kringen waren klaargezet. Een van de mannen had net een stukje toast met kaviaar in zijn mond gestopt. Toen hij de presidentsvrouw zag, wreef hij zijn handen af aan een servet en slikte de lekkernij snel door, waarna hij naar haar toe liep.

'Dale!' zei ze toen ze de advocaat zag.

'Ik wilde je alleen maar even waarschuwen,' zei Perry. 'De vijfde man in de rij is Herman Kava, een industrieel uit Ohio en een van mijn cliënten. Wil je een beetje aardig tegen hem doen?'

'Aardig tegen iemand doen' was een uitdrukking die aangaf dat er van die persoon een grote bijdrage verwacht kon worden. Claire glimlachte.

'Bedankt, Dale.'

'Graag gedaan. Hé, Chuck.'

Hawkins knikte en liep vervolgens met de presidentsvrouw naar haar plaats vlak voor de klok.

Zo'n veertig minuten later bedankte Claire de laatste persoon uit de rij. Zodra een assistent de gelddonor de zaal uit had geleid, slaakte ze een zucht van verlichting.

'Hoe voel je je nu?' vroeg Hawkins.

'Doodop. Ik wil even gaan zitten.'

'Gaat het?' vroeg Dale Perry toen Claire op een stoel neerplofte.

'O, Dale, ik dacht dat je weg was.'

'Ik was al weg, maar ik wilde je toch even het goede nieuws meedelen. Kava gaat een cheque uitschrijven en hij zegt dat Chris daar heel blij mee zal zijn.'

'Fijn,' zei ze, terwijl ze haar hoofd tegen de rugleuning van de stoel liet rusten en haar ogen dichtdeed.

Hawkins stond op het punt om iets te zeggen toen zijn mobiele telefoon overging. Hij leek even in tweestrijd, maar Perry gebaarde dat hij weg kon gaan.

'Neem maar op. Ik let wel op Claire.'

Hawkins hield het toestel aan zijn oor en vloekte. 'Er is hierbinnen geen ontvangst. Ik moet naar buiten.'

'Geeft niet, Chuck,' verzekerde Claire hem. 'Dale brengt me wel naar boven.'

Hawkins haastte zich naar buiten en Claire kwam moeizaam overeind.

'Wat is er boven?' vroeg Ray Cinnegar.

'Ik heb Chuck een suite voor me laten reserveren voor het geval ik misselijk of uitgeput zou raken.'

Cinnegar keek bedenkelijk. 'Dat is voor het eerst dat ik iets over een suite hoor.'

'Dat spijt me. Dat heb ik op het laatste moment gedaan en er niet aan gedacht het jou te vertellen.'

'Het is de bedoeling dat u ons eerst om toestemming vraagt zodat we de ruimte van tevoren kunnen controleren.'

'Dat weet ik, Ray. Het spijt me.'

'Ik ben bang dat ik u niet zonder meer naar boven kan laten gaan. We weten niet wie er in de suite ernaast zit en we hebben de ruimte niet op explosieven onderzocht…'

'Chuck heeft ook de suite ernaast gereserveerd en er is niemand die verwacht dat ik in het hotel blijf. Controleer de suite maar, maar wel snel graag. Ik voel me echt niet goed.'

'Weet u zeker dat u niet terug naar het Witte Huis wilt?' vroeg Cinnegar.

'Voor honderd procent. Ik heb nu alleen maar behoefte aan rust.'

'Waar is die suite?' vroeg Cinnegar. Ze legde het hem uit en hij gaf een van zijn mannen instructies.

'Laat me je helpen,' zei Dale Perry terwijl hij haar zijn arm aanbood. Claire liep naar de deur en het team van de Geheime Dienst ging om haar heen staan. Cinnegar vroeg Claire of ze in staat was om de trap op te lopen. Toen ze zei dat dat wel zou gaan, liepen ze naar de volgende verdieping. Zodra Cinnegar de gang had gecontroleerd, leidde de agent hen langs de deur van de suite tegenover het trappenhuis en de hoek om naar de suite die het hotel voor de presidentsvrouw had gereserveerd. Cinnegar had op de dag vóór de inzamelingsactie een loper van het hotel bemachtigd en opende de deur. Twee agenten gingen Claires suite binnen om die te controleren. Nog twee agenten stonden op het punt om de suite ernaast te onderzoeken toen de deur opening en Chuck Hawkins naar buiten kwam.

'Waar is mevrouw Farrington?' vroeg Hawkins.

'Om de hoek.'

Hawkins liep de hoek om en trof daar Claire en Dale Perry aan, die stonden te wachten tot de agenten klaar waren met het onderzoek van de suite.

'Claire, ik moet ervandoor. Is dat een probleem?'

'Nee, ga maar. Ik red me wel.'

'Weet je dat zeker?'

'Je kunt gaan,' zei Claire. Op hetzelfde moment gaven de agenten haar toestemming om naar binnen te gaan.

Hawkins ging weg een paar tellen voordat de ploeg die de suite ernaast had doorzocht het sein 'veilig' gaf.

De voordeur van Claires suite gaf toegang tot een zitkamer die was voorzien van een sofa, een grote kast waarin een televisie stond, een paar leunstoelen en een schrijfbureau. Claire besteedde geen aandacht aan de kamer en liep de slaapkamer in, waar een kingsize bed stond. Ze trok haar schoenen en haar jasje uit en ging met haar volle gewicht op het bed zitten.

'Dale, wil je zorgen dat iedereen weggaat en dat alle lichten uit zijn? Ik wil nu even slapen. Zeg tegen Ray dat ik hem wel laat weten als ik gereed ben om terug naar het Witte Huis te gaan.'

'Je toespraak was een groot succes. En gefeliciteerd met de baby.'

Claire glimlachte. 'Dank je, Dale. Stuur iedereen nu weg, dan kan ik gaan slapen.'

'Natuurlijk,' zei Dale en hij liep naar de zitkamer waar Cinnegar en een vrouwelijke agent zaten te wachten.

'Mevrouw F. wil iedereen weg, zodat ze een dutje kan doen,' hoorde Claire Dale zeggen terwijl ze zich uitkleedde. Een paar tellen nadat ze de lichten in de slaapkamer had uitgedaan en de rolgordijnen had laten zakken, ging de voordeur dicht.

6

Zodra Charlotte Walsh op de achterbank van de Ford zat, drukte ze zich tegen het portier, sloeg haar armen om haar lichaam en begon te huilen. Ze voelde een beklemming op haar borst, maar vanbinnen was ze leeg. Hij had nooit van haar gehouden. Hij had haar alleen maar gebruikt om voor hem te spioneren en haar daarna als hoer gebruikt. Hoe had ze ooit ook maar iets van wat hij had gezegd kunnen geloven? In haar dromen had hij zijn vrouw voor haar verlaten, maar haar dromen waren alleen maar luchtkastelen geweest, een belachelijke fantasie. Belachelijk, dat was wat ze was. Dat zag ze nu wel in.

'Gaat het?' vroeg de chauffeur.

Ze had niet in de gaten gehad dat ze zo hard huilde dat hij het kon horen.

'Ja, hoor,' kon ze nog net met verstikte stem uitbrengen terwijl ze met haar onderarm over haar ogen wreef.

'Wil je wat water? Ik heb hier een fles.'

'Nee, dank u. Het gaat wel weer.'

Charlotte haalde een paar keer diep adem en probeerde tot bedaren te komen. Ze had het helemaal niet aan zien komen. Ze was zo trots op zichzelf geweest omdat ze de gegevens van Gaylords geheime smeergeldfonds te pakken had weten te krijgen dat ze als een pauw had staan pronken toen de president haar complimenteerde. Ze had geen kwaad vermoed toen ze de liefde bedreven, hoewel het achteraf gezien een grap was om wat ze bedreven hadden 'liefde' te noemen.

Charlotte was totaal verbijsterd geweest toen Farrington tegen haar zei dat dit hun laatste samenzijn was, omdat zijn vrouw een kind verwachtte. Hij verzekerde haar dat hij van haar hield, maar vroeg om begrip voor het feit dat hij Claire niet in de steek kon laten omdat zij zwanger van hem was. Wat een onzin! Ze voelde zich idioot. Nee, ze

43

wás een idioot, een klein kind. Hoe had ze ooit kunnen geloven dat iemand in zo'n machtige positie alles opzij zou zetten voor een schoolmeisje? Ze was een idioot, een idioot die zichzelf voor de gek hield.

Charlotte dacht terug aan Chicago. Chuck Hawkins had haar verteld dat de president onder de indruk van haar was toen ze hem op het campagnehoofdkwartier in Washington had leren kennen en wilde dat ze naar Chicago vloog om met hem over een bijzonder project te praten. Alleen een idioot zou daar ingetrapt zijn, want de president had nog geen minuut met haar gepraat, maar ze had geloofd wat ze wilde geloven.

Hawkins had uitgelegd dat het noodzakelijk was om haar via de dienstingang van het hotel naar binnen te smokkelen. Hij had gezegd dat ze als spion ontmaskerd zou worden als iemand uit Gaylords kamp haar zou zien. Wat was ze een uilskuiken geweest om dat te geloven! Het was nu duidelijk dat Hawkins als pooier voor Farrington was opgetreden, maar ze was zo opgewonden bij het vooruitzicht van haar belangrijke geheime missie dat ze niet normaal had kunnen denken.

De president had haar alleen in zijn suite ontvangen. Hij had haar gevraagd om hem alles over zichzelf te vertellen en hij had aandachtig naar ieder woord geluisterd. Ondertussen schonk hij steeds haar glas vol met een drankje dat ze niet wilde drinken, maar ze had het gênant gevonden om te weigeren. De bedwelmende sensatie van het uitstorten van haar hart tegen een president die zo knap was als Christopher Farrington, haar geheime missie en de alcohol hadden het hem gemakkelijk gemaakt om haar te verleiden. Maar verdomme, ze wílde ook verleid worden. De verleiding was helemaal geen uitdaging geweest.

Charlotte haalde een paar keer diep adem. Dat hielp, net als de woede die ze in zich voelde opkomen. Het Monica Lewinsky-schandaal kwam haar voor de geest. Clinton was er bijna door ten val gekomen. En vóór Lewinsky was er Watergate geweest, waarbij een president geprobeerd had een inbraak te verdoezelen. Wat zou er met meneer Hoeksteen-van-de-Samenleving gebeuren als de pers erachter kwam dat hij met een campagnevrijwilligster, een tiener, naar bed was geweest om haar zover te krijgen dat ze geheime documenten uit het campagnehoofdkwartier van zijn tegenstander zou ontvreemden?

Nu waren er geen tranen meer, alleen een withete woede die Charlottes geest scherpte. Ze kon Farrington kapotmaken als ze dat wilde, maar was het dat waard? Lewinsky was een paria geworden, een mikpunt van spot en het onderwerp van flauwe grappen in late televisieprogramma's. Wilde ze dat iedereen van haar zielige seksleven wist? En dan was er ook nog de mogelijkheid dat ze vervolgd zou kunnen worden. Ze had documenten gestolen die betrekking hadden op de verkiezingscampagne. Dat was vast een misdrijf. Als ze eenmaal de pers had ingelicht zou de president alles doen wat hij kon om haar verdacht te maken en haar kapot te krijgen.

De gedachte dat ze in de gevangenis zou belanden en de negatieve publiciteit daaromheen ontnuchterden Walsh. Als ze zou vertellen wat ze wist, zou dat haar ondergang betekenen. Charlotte deed haar ogen dicht en leunde met haar hoofd achterover. Ze was emotioneel aan het eind van haar Latijn en viel bijna in slaap, maar de auto moest remmen voor een verkeerslicht. Ze deed haar ogen open. Ze waren in het dorp waar ze doorheen gereden waren even voordat ze de weg naar de boerderij in sloegen.

Charlotte keek uit het raampje naar de verduisterde etalages. 's Avonds zag alles er zo vredig uit. Ze zuchtte. Ze was boos, maar misschien was dat niet terecht. Ze had een avontuurtje gehad. Op een dag zou ze iemand met wie ze een hechte band had vertellen over de korte periode in haar leven dat ze de minnares van de president van de Verenigde Staten was geweest. Ze glimlachte. Het was haar kleine ondeugende geheimpje, en ze was ervan overtuigd dat Farrington zich op hetzelfde moment af liep te vragen of ze haar geheimpje zou bewaren. Haar glimlach werd breder toen ze besefte dat Christopher Farrington heel wat meer had om zich zorgen over te maken dan zij.

De glimlach verdween van haar gezicht. Wat had ze gezegd toen ze tegen hem tekeerging? Had ze hem bedreigd? Ze wist zeker dat ze dat had gedaan. Plotseling werd ze bang, maar toen schudde ze haar hoofd. Ze was duidelijk te emotioneel om normaal te kunnen denken. Ze moest ontspannen, zodat ze een besluit kon nemen over wat haar te doen stond. Waarschijnlijk niets, was haar bittere conclusie. Farrington had haar gebruikt, maar het zou haar te veel kosten om terug te slaan. Ze probeerde wat er met haar was gebeurd te zien als iets wat net zo onbelangrijk was als door een willekeurig vriendje in de steek gelaten worden. Dat deed natuurlijk even pijn, maar daar was overheen te komen.

'We zijn er,' meldde de chauffeur. Charlotte was zo in gedachten verzonken geweest dat ze niet had gemerkt dat ze weer terug waren bij het winkelcentrum.

De chauffeur draaide zich om en bekeek Walsh aandachtig. Hij leek een jaar of veertig. Hij had een schraal gezicht, maar ze kon zien dat hij rimpels had en dat zijn haar grijs begon te worden. Hij keek bezorgd.

'Weet je zeker dat alles in orde is?' vroeg hij.

'Ja hoor, het gaat wel weer,' zei ze. Ze had het gevoel dat dat over een poosje inderdaad het geval zou zijn. Het was nooit leuk als je aan de kant werd gezet en ze was erg in de wolken geweest dat ze haar hart bij een president had kunnen luchten, maar ze had kunnen weten dat daar ooit een einde aan zou komen.

Charlotte stapte uit en deed het achterportier dicht. De chauffeur wachtte met wegrijden tot Charlotte in haar eigen auto was gestapt.

Toen Charlotte eenmaal zat, probeerde ze weer tot zichzelf te komen. Het was al laat, en ze was doodop. Ze zou de volgende morgen helderder kunnen denken, maar ze was er zeker van dat haar conclusie dezelfde zou zijn: dat ze wat er gebeurd was achter zich moest laten en verdergaan met haar eigen leven. De seks was fijn geweest en ze had haar vijftien minuten roem beleefd, al zou niemand dat ooit te weten komen. Ze zuchtte en stak de sleutel in het contact. Er gebeurde niets. Ze probeerde het nog een keer, maar de auto wilde niet starten.

Fantastisch, dacht ze. Toen schoot ze in de lach. Wat kan er nu nog meer fout gaan?

Ze boog voorover om haar mobieltje uit haar handtas te pakken toen het portier aan de bestuurderskant met geweld open werd gerukt.

7

Toen Charles Hawkins bij de boerderij arriveerde, werd hij naar de bibliotheek gebracht. Twee muren werden in beslag genomen door boeken, die zowaar de indruk maakten gelezen te zijn. Een andere muur werd gedomineerd door een stenen open haard. Iemand had de haard aangestoken. In de vierde muur zat een raam, dat uitzicht bood op een breed gazon achter het huis. Een ongebruikelijk aspect van de ruimte was het kogelvrije glas van het raam.

'Waar was je al die tijd?' vroeg Farrington zodra Hawkins de bibliotheek binnen kwam. Hij had een half gevuld glas whisky in zijn hand en Hawkins vermoedde dat het niet zijn eerste was.

'Ik kan niet vliegen, Chris,' antwoordde Hawkins kalm. Hij was gewend aan Farringtons buien.

'Spijt me,' zei Farrington. 'Ik ben een beetje in de war.'

Hawkins ging op een sofa zitten en keek aandachtig naar zijn vriend. Farrington maakte een uitgeputte indruk, hij had zijn jasje uitgetrokken, zijn das zat scheef en zijn haar zat door de war alsof de president er een hele tijd met zijn handen in had zitten woelen.

'Kun je me vertellen waarom ik hiernaartoe moest komen?' vroeg Hawkins.

'Vanwege dat meisje, die Walsh. Weet je nog dat we het over de gegevens van Maureens smeergeldfonds hadden?'

'Die zou ze voor ons te pakken zien te krijgen.'

'Dat klopt. Ze belde op. Ze zei dat ze de gegevens vanavond zou hebben. Ik zei dat ze hierheen moest komen.'

'Waar heeft ze je gebeld?'

'Op het Witte Huis.'

'Hoe heeft ze je daar kunnen bereiken?'

'Ik had haar mijn mobiele nummer gegeven.'

'Jezus, Chris, dat is niet beveiligd.'

'Maak je geen zorgen. Ze heeft onder een andere naam gebeld.'

'We hadden toch afgesproken dat ik dit zou behandelen, als ik het wel heb?'

Farrington staarde naar de vloer.

'Je bent met haar naar bed geweest. Klopt dat?' zei Hawkins.

'Ik kon me niet beheersen.'

'Ben je in Chicago soms ook met haar naar bed geweest?'

Farrington reageerde niet.

'Verdomme, Chris, je hebt me bezworen dat je haar niet had aangeraakt. Je zou haar er alleen maar toe overhalen om als spion voor ons op het campagnehoofdkwartier van Maureen te gaan werken.'

'Weet ik, weet ik.'

'Je hebt me beloofd dat je zulke fratsen niet meer zou uithalen.'

'Ik heb de relatie beëindigd,' antwoordde Farrington. Het viel Hawkins op dat de president hem nog steeds niet recht in de ogen keek.

'Dus je hebt haar een diefstal voor je laten plegen, haar een beurt gegeven en daarna gezegd "O ja, het is uit tussen ons".'

'Dat wilde ik tegen haar zeggen toen ze hier kwam. Dat we een eind aan onze verhouding moesten maken. Maar ze is ook zo verdomd mooi.'

Hawkins zuchtte. Boos worden op Farrington had geen enkele zin; hij was altijd zijn pik achternagelopen en Hawkins wist dat er behalve castratie geen enkele manier was om daar verandering in te brengen.

'Claire is zwanger, Chris,' zei Hawkins geduldig. 'Dat heeft ze vanavond tijdens de inzamelingsactie bekendgemaakt. Dat komt in het hele land groot in alle kranten en in elke actualiteitenrubriek. Weet je wat er gebeurt als de kiezers erachter komen dat jij je zwangere vrouw bedriegt?'

'Het spijt me. Ik weet dat het stom van me was.'

Hawkins telde tot tien. 'Hoe vatte Walsh het op?' vroeg hij.

'Helemaal verkeerd. Ze dreigde dat ze het openbaar zou maken.'

'Godverdomme.'

'Ik weet niet of ze die bedreiging gaat uitvoeren.'

'Je kunt maar beter hopen van niet, anders ben je zo weer in Portland om op klanten te jagen. Waar is ze nu?'

'Dat weet ik niet, maar ze had haar auto bij het winkelcentrum in

Dulles Towne Center laten staan. En dan is er nog iets.'

'Je hebt haar toch niet geslagen?' vroeg Hawkins, die in paniek raakte bij de mogelijkheid dat Farrington geweld had gebruikt.

'Nee, het is iets heel anders.' De president zweeg even. 'Er zat iemand in de bossen.'

'Hoe bedoel je?'

'Er zat iemand foto's te maken.'

'Jezus christus! Besef je wel hoe erg dat is? Foto's van jou en Walsh brengen bij verkoop aan een roddelblad duizenden op. Ze kunnen ook gebruikt worden om je te chanteren.'

Farringtons hoofd schoot overeind. Hij was woedend. 'Ik ben verdomme niet achterlijk, Chuck. Ik weet precies wat de gevolgen kunnen zijn. Daarom heb ik jou nodig om dit op te knappen.'

'Hoe weet je dat er iemand foto's heeft genomen?'

'Een van de agenten van de Geheime Dienst heeft haar gezien.'

'Was het een vrouw?'

'Dat vermoeden we.'

'Waarom vermoed je dat alleen maar?'

'Een van de bewakers zag dat er iemand op de heuvel foto's zat te nemen. Ze zette het op een lopen, dus hij kon niet dicht bij haar in de buurt komen. Het was donker. Ze heeft hem een klap op zijn kop gegeven, waardoor hij bewusteloos raakte. Maar hij dacht wel dat de fotograaf een vrouw was.

De andere bewakers hoorden lawaai en renden naar boven om te kijken wat er aan de hand was. Een van hen heeft de indringer achtervolgd. Toen hij bij de weg kwam, reed er een auto weg. Hij denkt dat hij het nummerbord heeft genoteerd, maar het was donker en er waaide een heleboel stof omhoog toen de auto wegreed. Het nummerbord dat we hebben nagetrokken staat op naam van een zekere Dana Cutler, een voormalige politieagente uit Washington die als privédetective werkt. Dat zou kunnen verklaren waarom ze daar rondliep en foto's nam.'

'Dat klinkt nogal vaag.'

'Meer gegevens hebben we niet. Kun jij misschien iets doen?'

'Waaraan?'

'Allebei die kwesties, Charlotte en die privédetective.'

Hawkins wist precies wat Farrington van hem verlangde. Hij kwam overeind.

'Het is al laat. Als we geluk hebben, duurt het tot morgen voordat die vrouwen iets doen. Dat geeft me een paar uur de tijd.'

'Dank je, Chuck. Ik zou niet weten wat ik zonder jou moest beginnen.'

Hawkins reageerde niet. Hij was veel te boos. In plaats daarvan schudde hij vol afschuw zijn hoofd en liep de kamer uit. Zodra hij er zeker van was dat niemand hem kon horen haalde hij zijn mobieltje tevoorschijn en belde een nummer.

Christopher Farrington had zich zorgen gemaakt toen alles tegen begon te zitten, maar hij was vol vertrouwen dat Chuck alles in orde zou maken. Dat deed hij altijd. En hoewel hij af en toe door plotselinge angst en momenten van twijfel werd overvallen voelde de president zich niet schuldig dat hij Charlotte Walsh had misbruikt. Schuld was een gevoel dat hem vreemd was.

Farrington keerde even voor twee uur in de ochtend terug op het Witte Huis. Hij nam snel een douche en liep op zijn tenen naar het bed. Hij voelde zich een stuk beter nu hij schoon was, alsof het warme water samen met het vuil ook zijn zonden had weggespoeld. Alles zou goed komen, zei hij bij zichzelf. Farrington glimlachte toen hij tussen de schone lakens gleed.

'Hoe ging de vergadering?' vroeg Claire met slaapdronken stem.

Farrington draaide zich naar haar toe en legde zijn hand op haar achterste. Hij hield echt van haar. Die andere vrouwen dienden alleen om zijn fysieke nood te lenigen, maar Claire was zijn kracht, zijn levensgezellin. Zonder haar was hij nergens.

'Ik heb je toch niet wakker gemaakt, hoop ik? Ik probeerde zo stilletjes mogelijk te doen.'

Claire gaf hem een zoen. 'Geeft niet. Ik wilde wakker zijn als jij terugkwam, maar ik moet in slaap zijn gevallen.'

'Ging het goed met jouw toespraak?'

'Heeft Chuck je dat niet verteld?'

'Sorry, maar ik was zo verdiept in waar we mee bezig waren dat ik vergeten ben het te vragen.'

Claire raakte zijn wang aan. 'Je hoeft je nergens voor te verontschuldigen. Ik weet onder welke druk je staat. Maar om kort te gaan, ik heb ze plat gekregen. Ze misten jou niet eens.'

Farrington glimlachte. 'Ik ben blij dat jij niet mijn tegenkandidaat bent. Er zou helemaal niemand op mij stemmen.'

'Maar ik wel,' fluisterde Claire. De president voelde bekende vingers de gulp van zijn pyjamabroek binnenglippen en hem strelen.

Hij lachte. 'Ik dacht dat de geslachtsdrift van een vrouw tijdens de zwangerschap afnam.'

'Dan herinner je je de vorige keer dat ik zwanger was zeker niet. Ik word er juist hartstikke geil van. Doe er iets aan, anders ga ik Barbara Walters op televisie vertellen dat je impotent bent.'

'Wat een wijf,' fluisterde hij terwijl hij ver genoeg achteruit schoof om zijn pyjamabroek omlaag te kunnen trekken.

8

Jake Teeny's baan was altijd spannend; voor zijn werk moest hij de meest exotische en gevaarlijke plekken op de aardbol afreizen, maar hij woonde in een saai huis in een voorstad van Maryland, omdat hij, zo had hij Dana verteld, een alledaags, risicovrij bestaan prefereerde als hij niet de gevaren van een oorlogsgebied, de extreme hitte van Afrika of de bittere kou van een poolnacht moest trotseren. Als hij een weekend thuis was, rommelde Jake wat in zijn tuin, keek naar wedstrijden van de NBA en de NFL en leidde het leven van een burgerman.

Dana parkeerde een eindje verderop in de straat waar Jake woonde, als voorzorgsmaatregel voor het geval er een opsporingsbevel voor haar auto was rondgestuurd. Ze was doodop, maar ze moest nog werken. Ze liep de keuken in en zette een kop instantkoffie. Ze liep met haar mok de trap af naar Jakes kantoor toen haar mobieltje overging. Dana zette de mok op een traptrede en nam op.

'Wat is er aan de hand, Dana?' vroeg Andy Zipay. Hij klonk nerveus.

'Hoe bedoel je?'

'Mijn kennis heeft die nummerborden nagetrokken. Een ervan is van Charlotte Walsh, en een staat op naam van Monarch Electronics, een firma in Landover, Maryland, maar de derde auto staat op naam van de Geheime Dienst. En dat elektronicabedrijf is het soort firma dat de Dienst als dekmantel gebruikt voor de auto's die ze niet voor beveiligingswerk gebruiken.'

Dana kreeg het koud. 'Welk kenteken hoort bij de auto van de Geheime Dienst?'

Zipay las het kentekennummer op van de donkerblauwe Lincoln die bij de boerderij had gestaan. Nu wist Dana waarom de man tegen wie Charlotte Walsh tekeer had staan gaan haar bekend voorkwam.

'Bedankt, Zip,' zei ze automatisch, terwijl haar hersens de sprong maakten naar de enig mogelijke logische conclusie.

'Ga je me nog vertellen waarom je in de Geheime Dienst geïnteresseerd bent?'

'Dat wil je niet weten. Oké?'

'Zoals je wilt, maar ik wil hier geen gedonder mee krijgen.'

'Dat krijg je ook niet.'

Dana beëindigde het gesprek en liep zo snel ze kon verder naar beneden. Ze deed het licht in Jakes kantoor aan en startte zijn computer. Terwijl ze zat te wachten bekeek ze de muren van het krappe kantoortje. Overal hingen foto's waarmee Jake prijzen had gewonnen of waar hij bijzonder op gesteld was. De foto's waren zo treffend dat ze steeds weer haar aandacht trokken, ook al had ze ze al meerdere keren gezien: een bloot kind dat water dronk uit een plas in een door oorlog geteisterde straat in Somalië, een doodsbang bruidspaar, enkele ogenblikken nadat er tijdens hun huwelijksfeest in Fallujah een zelfmoordaanslag was gepleegd, een blinde bergbeklimmer op de top van Mount Everest.

Uit de computer klonk een pieptoon, die aangaf dat het apparaat klaar was om te beginnen. Dana draaide haar stoel weer naar het toetsenbord en typte een paar commando's in. Nadat ze de beelden van de camera had gedownload brandde ze een dvd, die Perry aan zijn cliënt kon geven. Vervolgens nam ze zelf de foto's door. Ze nam een slok uit haar mok terwijl ze de foto's uit het Thaise restaurant zat te bekijken. De close-ups waren goed gelukt en ze moest er maar een paar uitvergroten om de details beter te kunnen zien. De foto's bij het winkelcentrum waren ook goed, hoewel het daar donker was geweest. Er was een duidelijke opname bij van het nummerbord van de auto die Walsh naar de boerderij had gebracht.

Haar eerste opnamen bij de boerderij waren redelijk van kwaliteit, maar de foto's die ze door het raam op de bovenverdieping had genomen waren minder goed gelukt. Dana bladerde snel door de afbeeldingen heen tot ze bij de foto's kwam die ze had gemaakt toen Walsh de boerderij uit rende. Toen ze bij de foto kwam die ze vlak voordat ze moest vluchten had genomen, boog ze voorover en tuurde naar het scherm. De geheimzinnige man stond naar de wegrijdende Ford te kijken en zijn gezicht stond goed op de foto, maar hij stond te ver weg om zijn gelaatstrekken zonder vergroting duidelijk te kunnen onderscheiden. Dana zoomde in. De gelaatstrekken van de man kwamen duidelijker in beeld. Ze vergrootte de foto nog wat en leunde achterover in haar stoel. Haar hart ging als een razende tekeer. Dana twijfelde niet aan de identiteit van de man met wie Walsh op de boerderij had gesproken. Het gezicht van president Farrington stond elke dag in de krant en kwam elke avond op televisie. Waar was ze door Perry in verzeild geraakt?

Dana wilde een slokje koffie nemen, maar haar hand beefde en een golf van het hete vocht liep over haar pols en veroorzaakte hevige pijn.

'Verdomme!'

Ze wreef haar hand af aan haar overhemd en schudde er even mee om hem te laten afkoelen. Als Farringtons bewakers haar kenteken hadden, zou ze heel wat meer zorgen aan haar hoofd hebben dan alleen maar een brandwond.

Dana stond op en ijsbeerde de kamer rond. Zou ze Perry kunnen vragen om tussenbeide te komen? Hij had connecties. Verdorie, hij was persoonlijk met de Farringtons bevriend. Toen drong het tot haar door dat Perry niet namens haar kon bemiddelen. Als hij dat deed, zou hij de president moeten vertellen dat hij iemand in dienst had genomen om hem te bespioneren. Perry zou elke band met haar en haar spionagewerk ontkennen en ze kon op geen enkele manier bewijzen dat hij loog. Perry had met haar afgesproken op een plek waar niemand hen kende. De serveerster was de enige getuige en die zou nooit in staat zijn om Dale te identificeren. Hij had een donkere bril en dat honkbalpetje op gehad. En er stond niets op papier. Hij had haar contant betaald. Ze was de pineut.

Toen ze voldoende tot bedaren was gekomen om na te kunnen denken schoot haar nog iets te binnen. Misschien kon ze dit fiasco in haar voordeel ombuigen. Als Christopher Farrington een verhouding met Charlotte Walsh had, zouden de foto's een heleboel geld waard zijn. Farrington maakte altijd een hoop ophef over het gezin als hoeksteen van de samenleving. Als er bewijzen waren dat hij een verhouding had met een tiener zou de mediahonger niet te stillen zijn. Een roddelblad als *Exposed* zou haar een fortuin voor de foto's betalen. En dan waren er nog de rechts georiënteerde televisiestations. Ze wist bijna zeker dat die over de brug zouden komen.

Natuurlijk zou ze niets aan het geld hebben als ze in de gevangenis belandde omdat ze de bewaker had neergeslagen of zelf dood zou zijn. Misschien kon ze de foto's als troef gebruiken bij onderhandelingen om uit de gevangenis te blijven of ervoor te zorgen dat Farrington haar met rust liet. Misschien zou Farrington haar er wat voor betalen en kon ze de foto's als verzekeringspolis gebruiken. Dana besloot een kopie van de foto's op een veilige plaats te bewaren, misschien zou ze ze aan een advocaat geven of in een bankkluis deponeren. Maar had ze wel een troef nodig als ze ging onderhandelen? Als de Geheime Dienst wist wie ze was, zou dat wel het geval zijn, maar ze wist nog steeds niet zeker of ze haar kenteken hadden. Er was maar één manier om daarachter te komen. Ze zou naar haar appartement moeten gaan om te kijken of dat in de gaten gehouden werd. Ze kon er niet met haar auto heen, omdat die herkend zou worden. Jakes Harley was ook een mogelijkheid, maar ze wilde hem niet in moeilijkheden brengen. Uiteindelijk koos Dana toch voor de motorfiets.

Dana stopte een dvd met de foto's en een begeleidende brief in een envelop met Jakes naam erop en liet die op zijn bureau achter. Jake zou ongetwijfeld weten hoe hij de foto's moest gebruiken als haar iets overkwam. Ze schreef het adres van een advocaat die haar juridisch advies had gegeven toen ze overwoog om ontslag te nemen bij de politie op een andere envelop met de tweede kopie van de dvd. Onderweg naar haar appartement liet ze de envelop voor de advocaat in een brievenbus glijden. Haar woning bevond zich op de tweede etage van een drie verdiepingen hoog appartementenblok aan Wisconsin Avenue, niet ver van de National Cathedral. Op de begane grond zat een Grieks restaurant. De ingang van de appartementen bevond zich tussen het restaurant en een stomerij. Dana reed langzaam langs het gebouw en hield beide kanten van de straat nauwlettend in de gaten. Rond deze tijd was er niet veel verkeer. Als het huis door de politie in de gaten werd gehouden zou dat onmiddellijk opvallen. Voor zover Dana kon zien zat er niemand in de auto's aan weerszijden van de straat en ze zag ook geen verdacht uitziende bestelwagens.

Dana wachtte een kwartier in een zijstraat voordat ze de rest van de straat verkende en langs de andere kant van de straat terug naar haar appartement reed. Ze zag niets wat haar verdacht voorkwam. Als iemand haar woning in de gaten hield, was dat niet vanaf de straat, maar er kon ook iemand in een van de appartementen aan de overkant zitten. Ze probeerde te kijken of ze in een van de huizen iets verdachts zag, maar het was binnen te donker om iets te onderscheiden.

Nadat ze zich ervan had overtuigd dat de achterkant van het gebouw niet in de gaten werd gehouden parkeerde Dana de Harley achter de appartementen en ging naar binnen door een stalen deur die toegang bood tot het souterrain. Misschien maakte ze zich onnodig zorgen. Misschien had ze geluk gehad en was het te donker geweest om haar nummerbord te kunnen zien.

Dana liep via de trap naar boven en bleef in de gang voor haar deur staan. De goedkope linoleumvloer werd zwak verlicht door een paar spaarlampen langs het plafond, dat vol vochtplekken zat. Het linoleum zou gaan piepen als ze eroverheen liep. Ze ging dus zo stilletjes mogelijk verder. De voordeuren van de appartementen waren van dun hout en boden weinig privacy. Als ze op de gang stond, kon Dana het geluid van televisies en familieruzies horen. Ze bleef een minuut met haar oor tegen de deur van haar woning staan. Toen ze binnen geen geluid hoorde, stak ze haar sleutel in het slot.

Dana deed het licht aan en keek de smalle gang in die van de voordeur naar de slaapkamer aan de achterkant van het appartement leidde. Meteen links was de deur naar de keuken, en de ingang van de kleine woonkamer was daarnaast. Dana deed de voordeur dicht. Ze deed de deur op slot en luisterde of ze iets hoorde. Toen alles stil bleef, slaakte ze een zucht van opluchting en ging de keuken binnen.

De klap in haar maagstreek deed haar naar lucht happen. Ze zakte door haar knieën. Een grote hand greep haar bij de keel en trok haar overeind. Ze probeerde adem te halen.

'Waar zijn de camera en de foto's, kreng?' vroeg een grote man in een zwart T-shirt. Hij ging met zijn gezicht vlak voor haar staan. Hij had een gebroken neus en fletsblauwe ogen. Zijn adem rook muf. Ze kon de donkere baardstoppels op zijn wangen zien.

Dana wilde antwoord geven, maar haar adem stokte. De man smeet haar op de grond en gaf haar een trap in haar zij. Haar motorjasje ving een deel van de klap op, maar niet genoeg om een pijnscheut in haar ribbenkast te voorkomen.

'Geen geintjes. Geef ons de camera en alle foto's. Nu, of ik verkracht je voordat ik je doodschop.'

Dana's hersens hielden haar voor de gek: ze dacht dat de stem van de aanvaller dezelfde was als die van een van de mannen die haar in de kelder aan de muur hadden geketend. Ze kroop achteruit de gang door tot ze tegen de voordeur zat. Ze maakte zich zo klein mogelijk.

Haar aanvaller keek over zijn schouder naar een andere man, die een lichtgrijs jasje, een spijkerbroek en sportschoenen droeg. Zijn blonde haar hing bijna tot op zijn schouders en zijn baard was netjes bijgeknipt.

'Volgens mij speelt ze stommetje omdat ze geneukt wil worden,' zei de man die haar had geschopt. 'Wat denk jij?'

'Ik heb de jongedame niet horen zeggen waar de foto's zijn. Jij wel?'

'Nop. Volgens mij heeft ze er zin in.' Haar aanvaller betastte zijn kruis en kwam dichterbij. 'Hmm, dat zal lekker zijn.'

Dana was doodsbang, maar ze had ook een wapen bij zich. Sinds haar beproeving had ze altijd verschillende wapens bij zich, en het wapen waar ze het gemakkelijkst bij kon als ze in foetushouding lag, was het pistool dat ze aan haar enkel droeg.

Haar aanvaller keek haar met grote ogen aan toen Dana schoot. De kogel ging dwars door zijn dijbeen. Hij brulde van de pijn en zakte in elkaar. Door de explosie en het geschreeuw in de kleine ruimte bleef de andere man als verlamd staan. Toen hij zich weer kon bewegen stond Dana al overeind en hield het pistool op zijn hart gericht. Uit haar blik sprak moordzucht.

'Doe kalm aan,' smeekte de andere man met onvaste stem. Zijn handen, die hij ten teken van overgave omhoog had gestoken, beefden erg.

Dana kreeg een rood waas voor haar ogen. Waanzinnige stemmen in haar hoofd schreeuwden dat ze moest schieten. Alleen de lessen die ze tijdens haar maandenlange therapeutische sessies had geleerd weerhielden haar ervan om de man neer te schieten of iets veel ergers te doen.

'Kalm aan doen?' schreeuwde ze. 'Dat waren jullie zo te horen ook niet van plan.'

Dana's hand beefde. De blik van de indringer was gefixeerd op de bevende vinger die ze aan de trekker hield. Hij stak zijn handen naar haar uit.

'Je gaat me toch niet per vergissing neerknallen, hè? Kalmeer een beetje.'

'Als je dat nog een keer zegt, schiet ik je in je pens.'

De man verbleekte. 'We waren heus niet van plan om je te verkrachten,' zei hij. Zijn stem beefde net zo erg als die van Dana. 'Wij zijn van de federale recherche. We wilden je alleen maar bang maken.'

De man die haar had geschopt, had met beide handen zijn dijbeen gegrepen en rolde kreunend van de pijn op de vloer heen en weer. Dana gaf hem een trap in zijn gezicht. 'Hou verdomme je bek,' gilde ze, zodat ze zich boven zijn gekreun uit verstaanbaar kon maken. Er kwam een golf bloed uit zijn neus en hij zakte bewusteloos achterover.

Omdat Dana even niet op hem lette, maakte de andere man van de gelegenheid gebruik om een wapen te trekken, maar ze had haar pistool weer op hem gericht voordat hij ook maar halverwege was. Hij aarzelde even voordat hij zijn handen weer omhoog stak.

'Niet schieten. We zijn echt van de FBI. Laat me mijn identiteitskaart uit mijn zak pakken.'

'Het kan me geen bliksem schelen wie jullie zijn. Jullie gaan heel anders gekleed dan J. Edgar Hoover. Jullie lopen erbij als inbrekers en verkrachters en als ik jullie voor je kloten schiet is dat uit zelfverdediging.'

'Doe niet zo stom. Als je ons vermoordt krijg je alle ordediensten in het land achter je aan.'

'Daar zijn ze al mee bezig.'

Dana spande de haan van haar pistool.

'Niet doen, in godsnaam. Ik ben getrouwd. Ik heb kinderen.'

'Denk je dat me dat iets kan schelen?'

Dana hoorde sirenes. Iemand had de schoten en het geschreeuw gehoord en de politie gebeld. Ze nam een besluit.

'Heb je handboeien bij je?'

'Ja.'

'Haal ze heel voorzichtig tevoorschijn, ga op de grond liggen en maak jezelf aan die klootzak vast.'

De man was maar al te blij om hieraan gevolg te geven. Zodra de beide agenten aan elkaar vastzaten, maakte Dana dat ze uit het appartement wegkwam en rende de trap af. Ze was in de verleiding geweest om haar belagers te doden, maar ze had geen behoefte aan nog meer spookbeelden in haar nachtmerries.

Zodra ze op de Harley zat, ging Dana ervandoor, waarbij ze willekeurig links en rechts straten in reed tot ze een flink eind uit de buurt van haar woning was. Ze probeerde zich te herinneren hoeveel geld ze in haar portefeuille had. Ze had pas nog geld uit de muur gehaald; volgens haar had ze honderdvijftig dollar op zak. Als ze weer een geldautomaat gebruikte, zou de politie daarachter komen, maar ze had geen andere keus. Ze had al het geld dat ze te pakken kon krijgen hard nodig. Ze kon vanaf nu geen gebruik meer maken van haar creditcard.

Dana kwam in een buitenwijk van Chevy Chase een bank tegen en haalde het maximaal toegestane bedrag uit de geldautomaat. Toen ging ze er zonder bepaald plan vandoor. Haar leven was een vreselijke nachtmerrie geworden. De president van de Verenigde Staten zat achter haar aan en hij had de beschikking over de fbi, de cia, de nsa en alle andere letters van het alfabet. Dana beschikte over 372 dollar en veertig cent, een .38 Special met vier kogels en een geleende Harley met een driekwart volle tank.

DEEL II

Een hopeloze zaak

OREGON

9

Kort nadat Brad Miller naar Portland was verhuisd en bij Reed, Briggs, Stephens, Stottlemeyer & Compton, het grootste advocatenkantoor van Oregon, in dienst was getreden, huurde hij een appartement aan de rivier met uitzicht op Mount Hood. Toen hij op deze milde morgen tegen het eind van juni de rolgordijnen opende, zag hij de zon opkomen vanachter de majestueuze berg met zijn sneeuwkap. Aan de overkant van de rivier de Willamette zag hij een acht met stuurman, waarvan de vrouwelijke bemanning stevig aan de riemen trok. Het was een schouwspel dat een glimlach op Brads gezicht had moeten doen verschijnen, maar op deze ochtend had hij goede reden om zich leeg en verdrietig te voelen.

Sinds hij voor zijn werk naar de andere kant van de Verenigde Staten was verhuisd had Brad goede en slechte dagen meegemaakt. Hoe langer hij uit New York weg was en niet meer de dagelijkse beelden zag die herinneringen aan Bridget Malloy bij hem wakker riepen, hoe vaker hij een goede dag had, maar vandaag was het precies zeven maanden geleden dat Bridget hun verloving had verbroken, en er was geen enkel uitzicht, hoe prachtig ook, dat kon voorkomen dat hij zich depressief voelde.

Onder de douche verdween een deel van Brads somberheid. Hij kleedde zich aan om naar zijn werk te gaan en liep naar kantoor, waarbij hij onderweg in een van zijn favoriete eetgelegenheden aan Third Avenue ontbeet. Meestal at hij 's morgens thuis snel wat, maar het was op kantoor erg rustig wat werk betrof, zodat hij zich niet hoefde te haasten. Terwijl hij zijn eieren opat, las hij de krant. De overwinning van de Yankees, die met een extra slagbeurt van Boston hadden gewonnen, hielp hem om Bridget even te vergeten. Brad had dan wel het oosten de rug toegekeerd, maar hij was en bleef een Yankee-supporter.

Toen hij ontbeten had, liep Brad een paar straten door naar een dertig verdiepingen hoog kantoorgebouw van glas en staal in het centrum van Portland. De hoofdingang van Reed, Briggs bevond zich op de negenentwintigste verdieping. De eerste persoon die de cliënten zagen als ze de ruime wachtruimte betraden, was een adembenemend mooie receptioniste, die achter een perfect geboende houten verhoging zat waarop in glimmende metalen letters de naam van het kantoor stond. Achter de receptioniste lagen een aantal vergaderzalen met glazen wanden, die een magnifiek uitzicht boden op drie bergen met sneeuw op de top en de rivier. Tijdens het wachten konden de cliënten plaatsnemen op zachtleren banken en nummers doorbladeren van *U.S. News & World Report* of *The Wall Street Journal*. Op deze verdieping sloten de compagnons in enorme, door binnenhuisarchitecten ingerichte kantoren grote overeenkomsten af voor belangrijke cliënten.

Brad nam niet de lift naar de negenentwintigste verdieping. Junioradvocaten betraden de heilige grond van Reed, Briggs via de zesentwintigste verdieping en liepen dan door een saaie gang zonder ramen naar een deur zonder opschrift, waar ze op een aan de muur bevestigd paneeltje een toegangscode intoetsten. Binnen zat het ondersteunend personeel in hokjes die het midden van de verdieping in beslag namen. Eromheen bevonden zich de weinig indrukwekkende kantoren van de medewerkers die pas in dienst waren getreden.

In de personeelskantine schonk Brad een mok vol koffie en hij liep ermee naar zijn piepkleine kantoor. Een smal raam boven zijn lage opbergkast keek uit op het overdekte parkeerterrein van een hotel. De rest van het kantoortje stond stampvol met een bureau, twee stoelen voor cliënten, een grijsmetalen archiefkast en een boekenkast waarin het Wetboek van Strafrecht van de staat Oregon en de belastingwetten stonden. De enige versieringen in Brads kantoor waren ingelijste exemplaren van zijn diploma's van de universiteit en de rechtenfaculteit.

Brads bureau lag doorgaans vol met opdrachten van de compagnons, maar toen hij de vorige avond zijn kantoor had verlaten had hij nog minder dossiers te behandelen dan anders. Dat kwam doordat de compagnon voor wie hij had gewerkt pas een schikking had getroffen in de zaak waaraan Brad sinds zijn indiensttreding een groot deel van zijn tijd had besteed. Toen Brad het kantoor betrad, bleef hij staan en kreunde. Er lagen drie nieuwe dossiers op zijn onderlegger. Een vluchtige blik op de memo op het middelste dossier zei hem dat het die dag een latertje zou worden.

Terwijl zijn computer opstartte, nam Brad een slokje koffie. Nadat hij zijn e-mails had bekeken begon hij een contract van veertig pagina's door te nemen, dat was opgesteld tussen een onderaannemer en een bouwbedrijf dat aan de kust bij Lincoln City koopflats aan het bouwen was. Hij was op pagina 7 toen zijn intercom begon te zoemen en de receptioniste tegen hem zei dat Susan Tuchman hem wilde spreken. Brad zuchtte, plakte een geeltje op de alinea die hij had zitten lezen en liep naar de trap die hem naar de negenentwintigste verdieping zou brengen.

De medewerkers hadden Tuchman de bijnaam 'Dragon Lady' gegeven, en het arendsnest waar de hoogste bazen van Reed, Briggs de dienst uitmaakten heette 'de hemel'. Brad had er met de lift naartoe kunnen gaan, maar trappenlopen was een van de weinige vormen van lichaamsbeweging waar hij nog aan deed sinds hij veertien uur per dag werkte. Enkele andere medewerkers jogden of trainden bij een sportschool voor ze met hun dagelijkse werk begonnen, maar Brad was geen ochtendmens. Zo nu en dan speelde hij een partijtje tennis bij de Pettygrove Athletic Club, waar alle compagnons en medewerkers lid van waren, en in het weekend liep hij een paar keer hard, maar hij had ontdekt dat de cijfers op de weegschaal in zijn badkamer langzaam maar zeker hoger werden, en het begon hem ook steeds meer moeite te kosten om forehandslagen te pareren. Toen hij de deur naar de negenentwintigste verdieping opende, had hij zich voorgenomen om beter op te letten wat hij at en iedere week minstens vier uur aan lichaamsbeweging te doen.

Het kantoor van Susan Tuchman was een eerbetoon aan het minimalisme. In een van de hoeken kwamen twee grote ramen samen, waardoor ze een onbelemmerd uitzicht op Portland had. Tegen een muur stond een zwartleren bank onder een volkomen wit schilderij. Het bureau van de leidinggevende compagnon was een grote glasplaat die door aluminium buizen werd gesteund. Het enige wat erop stond waren twee postbakjes van gepolijst metaal en een dik dossier. De enige rommelige plek was een muur die versierd was met prijzen die Tuchman had gekregen van de Inns of Court, de American Bar Association en andere juridische genootschappen, en foto's waarop Tuchman stond afgebeeld met beroemdheden uit de politiek, het zakenleven en de amusementswereld.

Tuchman was een meter vijfenzestig lang en zo mager als een lat.

Haar blonde haar vertoonde dankzij chemicaliën geen spoortje grijs en een landelijk befaamd chirurg uit Beverly Hills kon zich erop beroemen dat hij degene was die ervoor had gezorgd dat haar huid zo strak als een vacuümverpakking om haar lichaam zat. De compagnon droeg een zwart Armani-broekpak, een witzijden blouse en een halsketting van zwarte parels. Ze was negenenveertig, maar ze was al tien jaar compagnon, wat te danken was aan een reeks overwinningen die ze voor een farmaceutische cliënt en een tabaksfabrikant had behaald.

Tuchmans eerste man werkte bij een ander kantoor, maar ze was van hem gescheiden om zo een situatie te vermijden waarin een opponent van zijn kantoor een verzoek kon indienen om haar op grond van tegenstrijdige belangen een zaak uit handen te nemen. Een stormachtig tweede huwelijk met een federale rechter had geduurd tot Tuchman het verschil in inkomensbijdragen aan hun gezamenlijke bankrekening had uitgerekend.

'Ga zitten,' beval Tuchman, op een stoel voor een cliënt wijzend die van hetzelfde zwarte leer was gemaakt als de bank en overeind gehouden werd door dezelfde aluminium buizen als haar bureau. Brad liet zich voorzichtig in de stoel zakken, bang dat hij elk moment achterover zou kunnen kieperen.

'Ik heb een gunstig rapport over je gekregen van George Ogilvey,' zei Tuchman, de naam noemend van de compagnon die pas de schikking had getroffen in de zaak waar Brad aan had gewerkt. 'Hij zegt dat je een eersteklas onderzoeker bent.'

Brad haalde zijn schouders op, niet uit bescheidenheid maar uit angst dat alles wat hij zei om George Ogilveys mening te ondersteunen Tuchman alleen maar zou aanmoedigen om hem met nog meer werk te belasten.

Tuchman glimlachte. 'Ik zoek een medewerker voor een interessant project en ik ben, afgaand op wat George over je heeft gezegd, tot de conclusie gekomen dat jij de juiste man voor dit karwei bent.'

Met al het werk dat Brad al had liggen had hij geen behoefte aan nog een project, interessant of niet, maar hij wist dat het verstandiger was om die mening voor zich te houden.

'Je weet dat we er bij Reed, Briggs prat op gaan dat het ons niet alleen om het geld te doen is. We geloven dat onze advocaten ook iets terug moeten doen voor de samenleving, en dus nemen we pro-Deoprojecten aan. Dat zijn interessante projecten, waarbij onze nieuwe medewerkers de kans krijgen om een-op-een met cliënten te werken en ervaring in de rechtszaal op te doen.'

Brad wist alles van deze pro-Deoprojecten. Ze betekenden goede reclame voor het kantoor, maar ze waren ook tijdrovend en brachten geen geld op, zodat de compagnons ze liever op de nieuwe medewerkers afschoven.

Tuchman schoof het dossier dat midden op haar bureau lag naar Brad toe.

'Jij komt niet uit Oregon, is het wel?'

'Uit New York. Ik was nog nooit aan de westkust geweest voordat ik hier voor mijn sollicitatiegesprek moest komen.'

Tuchman knikte. 'Zegt de naam Clarence Little je iets?'

'Bij mijn weten niet.'

Tuchman glimlachte. 'Even een vraag tussendoor: hoe heet de president van de Verenigde Staten?'

Brad glimlachte terug. 'Christopher Farrington.'

'Goed geantwoord. En je weet ook dat hij gouverneur van Oregon was voordat president Nolan hem als vicepresident koos?'

'Eh... ja. Daar staat me iets van bij.'

President Nolan was tijdens het tweede jaar van zijn ambtstermijn aan een hartaanval overleden, waarna Farrington onverwacht president van de Verenigde Staten was geworden. Brad draaide zich naar de foto's waarop Tuchman met belangrijke mensen stond te babbelen en plotseling viel hem op op hoeveel ervan de glimlachende Christopher Farrington stond.

Tuchman merkte waar Brad naar keek. 'De president is een van mijn goede vrienden. Tijdens zijn verkiezingscampagne voor het gouverneurschap was ik voorzitter van de kascommissie.'

'Wat heeft president Farrington met mijn opdracht te maken?'

'Meneer Little heeft een verzoek tot voorgeleiding ingediend, dat nu bij het hof van beroep in het negende arrondissement ligt. Hij is een veroordeelde seriemoordenaar en hij gaat in beroep tegen een doodvonnis dat in Oregon tegen hem is uitgesproken. De moord vond plaats toen president Farrington nog gouverneur was. Het slachtoffer was de dochter van zijn privésecretaresse. De zaak heeft hier heel wat stof doen opwaaien vanwege de band met de gouverneur, maar misschien dat het in New York minder uitgebreid in de kranten heeft gestaan.'

'Ik heb er geloof ik iets over gehoord,' zei Brad om Tuchman niet de indruk te geven dat hij een typische New Yorker was, die dacht dat je van het randje van de aarde viel als je de stad verliet, maar de zaak deed bij hem geen belletje rinkelen.

'Het kantoor heeft de vertegenwoordiging van meneer Little bij het federale hof op zich genomen. Ik denk dat je het een heel uitdagende opdracht zult vinden. Bekijk het dossier, en neem contact met me op als je nog vragen hebt.'

'Ik begin er meteen aan,' zei Brad terwijl hij opstond.

'Ik zal de archiefdozen met de rest van het dossier naar je kantoor laten brengen.'

O nee toch, dacht Brad. Archiefdozen waren doorgaans erg groot, en Tuchman had net gezegd dat het er meer dan één waren. Hij dacht aan de stapels nieuw werk die hij daarnet op zijn bureau had aangetroffen.

'Denk eraan, Brad, dit is letterlijk een kwestie van leven of dood, en,' voegde ze er op vertrouwelijke toon aan toe, 'misschien kom je er wel mee voor het Amerikaanse hooggerechtshof. Dat zou toch fantastisch zijn?'

'Ik zal heel hard aan de zaak van meneer Little werken, daar kunt u zeker van zijn,' zei Brad vol enthousiasme, dat meteen verdween zodra hij het kantoor van de compagnon had verlaten.

'Net wat ik nodig heb,' mompelde Brad terwijl hij de trap af liep. Niet alleen was hij overbelast met werk voor andere compagnons, maar hij wist ook totaal niets van strafrecht, dat hem nog nooit geïnteresseerd had. Hij had tijdens het eerste jaar van zijn rechtenstudie de verplichte cursus Strafrecht gevolgd, en later nog een herhalingscursus, maar hij kon zich van het geleerde bijna niets meer herinneren. En dan was er nog de extra druk van het feit dat er iemand zou sterven als hij het verknoeide. Die iemand was weliswaar een veroordeelde seriemoordenaar, en Brad vond het eigenlijk niet de moeite waard om hem van de doodstraf te redden. Als Little het echt had gedaan zou de maatschappij beter af zijn als hij terechtgesteld werd.

'Waarom ik, Heer?' vroeg Brad in alle oprechtheid toen hij de deur naar de zesentwintigste verdieping open duwde. Toen hij geen antwoord kreeg, kwam hij tot de conclusie dat de Schepper niet in zijn problemen geïnteresseerd was of dat de goden op de negenentwintigste verdieping machtiger waren dan degene die hij voorheen voor Grote Baas had aangezien.

Brad besteedde de rest van de ochtend en middag aan het contract voor de koopflats in Lincoln City. Het was kwart voor zes toen hij eindelijk de compagnon die hem de opdracht had gegeven een memo mailde, waarin hij de problemen aangaf waarmee de aannemer geconfronteerd zou worden. Hij was doodop en speelde met het idee om naar huis te gaan, maar hij had te veel werk en de opdrachten zouden binnen blijven stromen.

Brad zuchtte en bestelde een pizza. Terwijl hij op de bezorger wachtte, ging hij naar het toilet, waar hij de koffie die hij naar binnen had gegoten loosde en water op zijn gezicht plensde. Voor de cafeïne haalde hij een cola uit de koelkast in de personeelskantine en hij begon aan de archiefdozen met de dossiers van de zaak 'Little versus de staat Oregon'. Een doos bevatte de vijftien delen van het procesverslag en de negen delen met de rechterlijke uitspraak. Een andere doos bevatte dossiers met de pleidooien, rekesten en memo's. In een derde doos zaten de correspondentie, de politierapporten en diverse andere zaken als het autopsierapport en de foto's van de plaats van het misdrijf en de lijkschouwing.

Twee uur later zat Brad nog steeds aan zijn bureau. Hij wierp angstige blikken naar een bruine envelop die vlak voor hem midden op zijn onderlegger lag. Zover hij zich kon herinneren was zijn overgrootmoeder de enige dode die hij ooit gezien had. Hij kon zich haar begrafenis niet duidelijk voor de geest halen, omdat hij pas vijf was toen ze stierf. Hij wist dat zijn overgrootmoeder vredig in haar slaap was overleden. Ze was niet gemarteld en aan stukken gehakt zoals Laurie Erickson, de tiener van wie de foto's van de plaats waar ze was vermoord en de lijkschouwing in de envelop zaten.

Brad wist dat Laurie Erickson gemarteld en in stukken was gehakt, omdat hij net Lauries autopsierapport had gelezen. Het was een zenuwslopend document, dat deed denken aan een gedetailleerde recensie van een slasherfilm. Brad meed dit soort films als de pest. Volgens de patholoog-anatoom bestond er geen twijfel over Ericksons doodsoorzaak. Ze was bijna onthoofd toen Clarence Little met een machete of een vergelijkbaar instrument op iedere centimeter van haar hals had losgehakt, waarbij haar huid aan flarden was gereten. Boven de hersenstam had de patholoog-anatoom sporen van een bloeding onder het harde hersenvlies aangetroffen, waarvoor hij geen verklaring kon vinden. Toen Little niet tevreden was met het resultaat van zijn moord op het ongelukkige meisje, had hij na haar dood verschillende lichaamsdelen verwijderd.

De verleiding om de foto's van de afschuwelijke moord te bekijken bezorgde Brad hetzelfde gevoel dat iedere chauffeur heeft als hij of zij langs de plaats van een motorongeluk rijdt. Wat tegen het openen van de envelop pleitte waren de gruwelijke details van de lijkschouwing en het feit dat hij net drie pizzapunten met peperoni naar binnen had gewerkt. Uiteindelijk won Brads morbide nieuwsgierigheid het. Hij trok de envelop naar zich toe, opende de klep en trok de bovenste foto eruit, waarbij hij zijn hoofd afwendde om niet meteen met iets afgrijselijks geconfronteerd te worden. Hij draaide zijn hoofd langzaam naar de foto. De foto toonde een jonge vrouw, wier huid de kleur had van was. Haar naakte lichaam lag languit op een roestvrijstalen snijtafel. Ze lag met haar armen naast haar zij. Het duurde even voordat de gruwelijke aard van de verwondingen die het arme meisje had opgelopen tot Brad doordrong. Toen hij besefte waar hij naar keek, kreeg hij een licht gevoel in zijn hoofd. Zijn maag draaide zich om. Hij wilde dat hij zijn instinct had gehoorzaamd en de foto's in de envelop had laten zitten.

'Wat is hier aan de hand?' vroeg Ginny Striker vanuit de deuropening. Brad schoot overeind in zijn stoel en liet de envelop vallen. Een stroom gruwelijke foto's verspreidde zich op zijn onderlegger.

'Gedver!' gilde Ginny met gemaakte afschuw. 'Is dat een eiser in een van onze giflozingszaken?'

Brad sloeg een hand voor zijn borst. 'Jezus, Ginny, je hebt me bijna een hartaanval bezorgd.'

'En een geweldige kans om een ongevallenuitkering te eisen. Waarom zit je die afschuwelijke foto's te bekijken?'

'Susan Tuchman heeft me met een verzoek tot voorgeleiding in een beroepszaak opgezadeld,' zei Brad. Hij gebaarde naar de dossiers die overal op zijn bureau lagen. 'Alsof ik nog niet genoeg te doen heb.'

'De medewerker is paraat, van 's morgens vroeg tot 's avonds laat.'

Brad gebaarde naar de open pizzadoos. 'Wil je ook een punt? Na het zien van deze foto's heb ik geen trek meer.'

Ginny pakte een koude pizzapunt en een servetje. Ze ging op een van Brads cliëntenstoelen zitten. Ginny, een lange, slanke blondine met grote, blauwe ogen, was een paar jaar ouder dan Brad en afkomstig uit het Midwesten. Ze was agressief, geestig en slim en ze was een maand vóór Brads komst naar Portland bij Reed, Briggs in dienst getreden. Tijdens zijn eerste week in zijn nieuwe baan had ze hem wegwijs gemaakt. Brad vond haar aardig, maar vanwege de geruchten over een vriendje die ergens in het oosten medicijnen studeerde en de tragische afloop van zijn eigen relatie met Bridget Malloy was hun verhouding altijd platonisch gebleven.

'Ik wist niet dat je zo overgevoelig was,' zei Ginny.

'Dat ben ik ook niet, maar zoiets heb ik nog nooit gezien. Jij wel?'

'Ja, hoor. Ik ben verpleegkundige geweest voordat ik rechten ging studeren. Ik heb meer dan genoeg gapende wonden en inwendige organen gezien.'

Brad trok wit weg. Ginny schoot in de lach. Vervolgens nam ze een hap van de pizza, terwijl Brad de gruwelijke foto's bij elkaar raapte en weer in de envelop stopte.

'Wat is dat voor zaak waar je mee bezig bent?'

Ginny had haar mond half vol pizza en het duurde even voordat Brad begreep wat ze gezegd had.

'Clarence Little, mijn nieuwe cliënt, is een seriemoordenaar die momenteel in de staatsgevangenis van Oregon in de dodencel zit. Hij heeft een aantal vrouwen vermoord, onder wie een achttienjarig meisje, Laurie Erickson. Men heeft mij verteld dat de Erickson-zaak hier veel belangstelling heeft getrokken, omdat het slachtoffer verdween terwijl ze bij de gouverneur aan het babysitten was.'

'Daar heb ik iets over gehoord! Is ze niet uit het huis van de gouverneur ontvoerd?'

'Daar gaat men van uit.'

'Ze hebben er in een van de actualiteitenrubrieken op televisie een heel uur aan besteed. Was dat niet een paar jaar geleden?'

'Klopt. Het was een jaar voordat Nolan en Farrington samen aan de verkiezingen meededen.'

'Best gaaf, eigenlijk. Wat loop je nou te zeuren? Een moordzaak is een stuk interessanter dan al de troep waar we doorgaans aan moeten werken.'

'Als ik niets anders te doen had, zou ik het misschien net zo boeiend vinden als jij, maar ik zit tot aan m'n nek in het werk. En ik ben ook niet zo gemotiveerd dat ik het leven wil redden van een of andere perverse maniak die aan zijn trekken komt door onschuldige meisjes te martelen.'

'Dat snap ik. Dus je weet zeker dat hij de dader is?'

'Ik heb het procesverslag nog niet bekeken. Het bestaat uit vierentwintig delen, maar ik heb wel het resumé gelezen dat na het doodvonnis bij het Hooggerechtshof van Oregon is gedeponeerd. Het was weliswaar geen uitgemaakte zaak voor de Staat, maar ze hadden behoorlijk sterke bewijzen in handen.'

'Wat is er precies gebeurd?' vroeg Ginny terwijl ze nog een pizzapunt pakte.

'Laurie Erickson was de dochter van Marsha Erickson, die Farringtons privésecretaresse was in de tijd dat hij gouverneur was. Vóór zijn verkiezing heeft ze geloof ik bij zijn advocatenkantoor gewerkt. Maar goed, Laurie zat in de vierde klas van de middelbare school en ze paste af en toe op Patrick, het zoontje van de Farringtons. De Farringtons gingen naar een inzamelingsactie, die in de bibliotheek van Salem gehouden werd. De bibliotheek ligt niet ver van het huis van de gouverneur.

Patrick was toen twee en hij was zwaar verkouden. Hij lag te slapen toen Laurie kwam om op te passen. Weet je dat Farringtons vrouw arts is?'

Ginny knikte.

'Goed, mevrouw Farrington had een of ander medicijn op recept gekregen, dat Laurie het kind moest geven als hij wakker werd en hoestte. De gouverneur en zijn naaste medewerker, Charles Hawkins, liepen naar de auto terwijl zijn vrouw in Patricks kamer aan Laurie uitlegde wat ze met de medicijnen moest doen. Mevrouw Farrington heeft onder ede verklaard dat ze even na zeven uur Laurie goedenavond wenste.

Dat was in december, dus het was al donker toen ze naar de bibliotheek reden. De beveiligingsploeg bij het huis heeft niemand gezien die zich verdacht op het terrein ophield, maar het huis is een historisch gebouw dat midden in de bossen ligt. Het is in de negentiende eeuw gebouwd door een houtbaron op een groot stuk grond en na een inzamelingsactie aan het eind van de jaren negentig gerenoveerd. Er zijn een heleboel manieren om ongezien het terrein op te komen. Er staat een bewaker bij het hek aan de ingang, er loopt er nog een over het terrein en er zijn een paar beveiligingscamera's, maar het is geen geweldig systeem.'

'Dus de bewakers hebben niemand naar het huis zien gaan nadat de gouverneur vertrokken was?'

'Ja, toch wel. Charles Hawkins, de naaste medewerker van de gouverneur, kwam omstreeks half acht terug om een velletje met statistische gegevens op te halen dat de gouverneur voor zijn toespraak nodig had en vergeten had mee te nemen. Hawkins parkeerde achter het huis en ging via de dienstingang aan de achterkant naar binnen. Op weg naar zijn kantoor moest hij langs de kamer van Patrick. Mevrouw Farrington had hem gevraagd of hij even naar Patrick wilde kijken. Hawkins heeft verklaard dat Laurie hem vertelde dat Patrick nog steeds lag te slapen. Daarna ging hij het velletje papier halen en reed terug naar de bibliotheek om op tijd terug te zijn voor de toespraak van de gouverneur.'

'Heeft iemand na het vertrek van Hawkins Laurie nog in leven gezien?'

'Nee, hij was de laatste, behalve de moordenaar natuurlijk. Toen de Farringtons later op de avond terugkwamen, lag Patrick nog steeds te slapen, maar Laurie was nergens te bekennen. Ze hebben het terrein en de bossen afgezocht, maar de politie heeft geen spoor van haar kunnen vinden. Een paar dagen later werd haar verminkte lijk door wandelaars in een nationaal park gevonden, kilometers bij het huis vandaan.'

'Wat is er volgens de politie gebeurd?'

'Aan de achterkant van het huis is een deur naar het souterrain. Die stond open toen de politie het huis doorzocht, en er zaten bloedsporen van Erickson op een stortkoker voor wasgoed, die in het souterrain uitkomt. Volgens de patholoog-anatoom was Erickson klein van postuur, en zo slank dat ze in de stortkoker paste. De politie denkt dat Little door de bossen is gekomen en via het souterrain het huis binnen is gedrongen, Erickson bewusteloos heeft geslagen, haar in de stortkoker heeft gegooid en via de deur van het souterrain met haar naar buiten is gegaan.'

'Dat lijkt een heel karwei.'

'Die vent is gek. Waarschijnlijk vond hij het zelf een goed idee.'

'Hoe kon hij weten dat ze oppaste? Hij moet ook geweten hebben waar de stortkoker was, en dat die breed genoeg was om er iemand van Ericksons postuur in te stoppen. Hoe kon hij op de hoogte zijn van de inrichting van het huis?'

'Dat weet ik niet,' antwoordde Brad geërgerd. Hij vond het niet leuk dat Ginny voor detective speelde.

'Waarom heeft de politie Little voor de moord op Erickson gearresteerd als niemand hem het huis binnen heeft zien gaan of met Erickson heeft zien vertrekken?'

'De duidelijkste aanwijzing was haar pink. Hij ontvoerde de meisjes, vermoordde ze en als ze dood waren sneed hij altijd hun pink af. De politie denkt dat hij ze als aandenken bewaarde, maar ze hebben ze nooit gevonden. Bij Erickson ontbrak een pink, en ze was op dezelfde manier in stukken gehakt als Little de andere slachtoffers had verminkt.'

'Het lijkt me nog steeds geen sterke argumentatie.'

'Daar heb je gelijk in. Volgens mij had Little een goede kans gemaakt om zich met succes te verweren als dit de enige aanklacht was geweest, maar hij is gearresteerd voor de moord op dertien meisjes, en bij een aantal van de andere moorden had de Staat heel sterke bewijzen. Little werd pas voor de moord op Erickson vervolgd nadat hij voor twee andere moorden was veroordeeld. De aanklager bracht bewijsmateriaal uit die zaken naar voren toen Little terechtstond wegens de moord op Erickson. De werkwijze kwam in alle gevallen zo sterk overeen dat het erop wees dat de moorden door een en dezelfde persoon waren gepleegd.'

'Hoe staan zijn andere zaken ervoor?'

'Het hooggerechtshof van Oregon heeft de vonnissen bekrachtigd. Alleen een wonder bij het federale hof kan hem nog van de doodstraf redden.'

Ginny keek verbaasd. 'Als hij toch al twee keer geëxecuteerd wordt, waarom gaat hij dan in deze zaak in beroep?'

Brad haalde zijn schouders op. 'Dat mag Joost weten.'

'Bestaat er een kans dat hij onschuldig is?'

'Wie anders zou de dader kunnen zijn?'

'Hawkins was de laatste die haar in leven heeft gezien,' zei Ginny tussen twee happen door. 'Een van de bewakers kan naar boven geslopen zijn toen de anderen niet keken. En als het Little lukte om het huis binnen te dringen, had iemand anders dat ook gekund.'

'Een andere seriemoordenaar die toevallig dezelfde werkwijze heeft als Clarence Little, bedoel je?'

'Daar zit wat in.'

'Dat doet er trouwens allemaal niet toe. Bij een verzoek tot voorgeleiding kan ik niet terugkomen op eerdere bewijzen. Ik kan alleen grondwettelijke kwesties aanroeren die door Little bij de hoorzitting zijn aangevoerd.'

'Waarom vindt Little dat hij een nieuw proces moet krijgen?'

'Hij beweert dat hij een alibi heeft voor de avond waarop Erickson vermoord werd en dat zijn advocaat daar bij het proces niet op is ingegaan.'

'Hij gooit het dus op onbekwaamheid van de verdediging?'

'Ja, maar hij heeft geen poot om op te staan. Zijn advocaat heeft bij de hoorzitting onder ede verklaard dat Little wel heeft beweerd dat hij een alibi had, maar hem niet wilde vertellen waaruit dat bestond. Hij zegt dat hij er bij Little op heeft aangedrongen om hem meer informatie te geven, maar dat Little zich altijd zo op de vlakte hield dat hij in zijn pleidooi het alibi niet als argument naar voren kon brengen.'

'Wat heeft Little zelf gezegd?'

'Niet veel. Ik heb zijn verklaring gelezen. Hij beweerde alleen dat hij de advocaat genoeg informatie had verstrekt, maar dat hij niet aan de rechter wilde vertellen waar hij dan wel was geweest. Hij ging met de aanklager in debat. Uit het verslag komt hij naar voren als iemand die alle vragen ontwijkt. De rechter beschuldigde hem ervan dat hij een spelletje met het hof speelde. Zijn beslissing kwam erop neer dat de advocaat van Little bekwaam was en daarmee was voor hem de kous af.'

'Spelen er nog andere kwesties?'

'Zover ik weet niet.'

'En wat ga je nu doen?'

Brad haalde zijn schouders op. 'Ik denk dat ik het verslag nog even doorblader en al de argumenten bestudeer, alleen maar voor de zekerheid. Die vent zit in de dodencel, ik moet dus doen wat ik kan. Ja toch? Maar volgens mij is het alleen maar tijdverspilling. Ik ga wat onderzoek doen, dat ben ik de cliënt verschuldigd. Als ik niets ontdek, ga ik naar Tuchman toe om haar te vertellen dat we de cliënt moeten adviseren om het beroep in te trekken.'

Ginny wreef haar handen en haar mond af aan een servetje. 'Ik heb een schitterend voorstel.'

'Over deze zaak?'

'Nee, over het leven in het algemeen. Het is bijna negen uur en je ziet eruit als een vaatdoek. Volgens mij kan de Dragon Lady nog wel een dag wachten tot ze jouw inzichten in de zaak van meneer Little te horen krijgt, maar ik geloof niet dat jij nog veel langer zonder een biertje kunt. Dus stel ik voor dat je je dossiers opbergt en met me naar de bar bij de Shanghai Clipper gaat.'

Brad keek op zijn horloge. Hij had niet op de tijd gelet en zijn motivatie om nog langer door te gaan was ook verdwenen.

'Dat is een prima voorstel. Jij was zeker de beste van je klas?'

'Ik was heel goed in het onderdeel Drankwetten.' Ginny ging staan. 'Ik ga m'n jas pakken en dan zie ik je bij de lift.'

De Shanghai Clipper, een modern ingericht Aziatisch fusionrestaurant, bevond zich op de eerste verdieping van een kantoortoren op een paar straten afstand van het kantoor van Reed, Briggs. Vanuit grote ramen keek men neer op een deel van de Park Blocks, een rij parken die bij de universiteit van Portland begon en zich met slechts een paar onderbrekingen van noord naar zuid over de hele stad uitstrekte. Brad en Ginny vonden een tafeltje bij een raam in een donker hoekje van de bar en bestelden bier en wat hapjes.

'Eindelijk rust,' zei Ginny.

'Blij dat ik even weg ben van kantoor.'

'Je moet jezelf in de gaten houden, maatje. Een beetje overwerk kan geen kwaad, maar je hoeft niet naar een zenuwinzinking te solliciteren.'

'Is dat goede raad in de geest van "doe wat ik zeg, niet wat ik doe"? Jij was nog net zo laat bezig als ik.'

'Dat is ook zo.'

'Het maakt trouwens niet veel uit of ik thuis zit of op kantoor.'

'Hé, je begint toch geen medelijden met jezelf te krijgen?'

'Eigenlijk wel. Vandaag is het precies zeven maanden geleden dat ik iets heel vervelends heb meegemaakt.'

De ober kwam en zette twee flesjes gekoelde Widmer Hefeweizen, verschillende soorten sushi en een schaaltje gefrituurde wontons met een dipsaus tussen de beide juristen neer. Toen hij weg was, hield Ginny haar hoofd schuin en keek Brad even aandachtig aan. Toen deed ze haar ogen dicht, ging weer met haar hoofd rechtop zitten en hield haar vingertoppen tegen haar voorhoofd.

'Ik zie het beeld van een vrouw,' zei ze op de toon van een waarzegster.

Brad zuchtte. 'Valt het zo op?'

'Als een man chagrijnig is, kun je er doorgaans van uitgaan dat het door een vrouw komt.'

'Goed geraden.'

'Heb je zin om erover te praten? Ik kan goed luisteren.'

'Welja, waarom zou ik je niet vervelen met mijn smartelijke verhaal? Ooit was ik smoorverliefd op Bridget Malloy. Ze was het meisje van mijn dromen en misschien is ze dat nog steeds. Ze is pienter en knap. Toen ik haar voor de derde keer een huwelijksaanzoek deed, zei ze ja.'

'O... hm.'

'Ja, ik weet het, ik had de eerste keer genoegen moeten nemen met haar afwijzing, of anders de tweede keer, maar als het om Bridget gaat, kan ik niet normaal denken.'

'Dit verhaal loopt vast niet goed af.'

'Nee. We zouden na mijn rechtenstudie gaan trouwen. Het hotel was besproken, de uitnodigingen waren verstuurd en we hadden een ceremoniemeester geregeld. Toen vroeg Bridget me om samen iets te gaan drinken in het restaurant waar ik haar voor de tweede keer ten huwelijk had gevraagd.'

Ginny sloeg haar hand voor haar ogen. 'Dit kan ik niet aanzien.'

Brad lachte verbitterd. 'Je hebt de clou van deze trieste grap natuurlijk al door. Bridget zei dat wat haar betrof het huwelijk niet doorging. Als ik me goed herinner zei ze ook nog iets over dat ik een fantastische kerel was en dat ik zeker iemand zou vinden die beter bij me paste dan zij, en nog iets over dat ze er nog niet aan toe was om zich te settelen, maar dat weet ik niet meer zeker. Van wat er die avond nog verder is gebeurd kan ik me amper iets herinneren.'

'Volgens mij kon je het moeilijk verwerken.'

'Nee hoor. Alleen in het begin niet. Ik heb de twee dagen daarna dronken of in bed doorgebracht. Ik was er echt beroerd aan toe. Maar toen trokken de wolken op en ging de zon weer schijnen. Opeens zag ik het: Bridget zei dat ze te jong was om zich te settelen en ik kwam tot de conclusie dat ze daar gelijk in had en dat ik misschien zelf ook nog te jong was.

Voordat Bridget van het huwelijk afzag, waren we van plan om in mijn appartement in de stad te gaan wonen. Ik was al in de derde sollicitatieronde bij vier advocatenkantoren in Manhattan en ik was van plan om het beste aanbod te accepteren en me op te werken tot compagnon. Ondertussen zou Bridget de kunstacademie afmaken en proberen haar droom om schrijver te worden te verwezenlijken. We zouden een paar kinderen krijgen en naar de buitenwijk verhuizen waar we allebei waren opgegroeid. Ergens was er ook nog sprake van een groot huis in een rijke buurt in het North Shore-gedeelte en het lidmaatschap van een buitensociëteit, gevolgd door middelbare leeftijd en pensionering zodra de kinderen met hun studie klaar waren. Allemaal heel netjes en het kwam allemaal erg overeen met het leven van onze ouders.

Toen ik weer nuchter was, overzag ik mijn leven. Ik had in Westbury, op Long Island, op de middelbare school gezeten en aan Hofstra University, ook op Long Island, gestudeerd. Allemaal dicht bij huis. Op een reisje naar Europa met mijn ouders en een tocht in m'n eentje naar dat werelddeel na heb ik het grootste deel van mijn leven aan de oostkust van de Verenigde Staten doorgebracht. Nu mijn huwelijksplannen van de baan waren, vroeg ik me af waarom ik in Manhattan zou blijven als er daarbuiten nog een wijde wereld was. En dus ging ik internet op en zocht bij kantoren in Colorado, Californië, Oregon en de staat Washington. Toen Reed, Briggs me uitnodigde voor een sollicitatiegesprek ben ik naar het westen gevlogen en ik kwam terug met een baan op zak. En nu zit ik hier.'

'Maar je hebt Bridget nog steeds niet helemaal kunnen vergeten?'

'Het gros van de tijd lukt dat wel. Hier in Portland is bijna niets wat me aan haar herinnert. Dat helpt ook. Maar om de zoveel tijd hoor ik haar lievelingsliedje op de radio, of er komt een oude film die we samen gezien hebben op televisie, en dan komt het allemaal weer terug.'

'En dat is nu zeven maanden geleden?'

'Ja.'

'Had je je daarom onder die dossiers van Clarence Little begraven?'

'Over die zaak lezen hielp me om het allemaal even te vergeten.'

'Tot ik de oude wonde weer opende. Het spijt me.'

'Dat hoeft niet. Erover praten helpt ook. Het is beter om het eruit te gooien dan om alles op te kroppen.'

'Fijn dat ik je heb kunnen helpen, zullen we dan maar zeggen.'

'En jij? Zijn er in jouw verleden tragische liefdesrelaties?'

Ginny nam een flinke slok bier voor ze antwoord gaf. 'Dat weet ik niet precies.'

'Wat wil zeggen dat...'

'Ik heb wel een vriend. Hij studeert medicijnen in Philadelphia.'

'Dat is een behoorlijk eind weg.'

'Ja, we hebben onze relatie even op een laag pitje gezet om te zien of afwezigheid de liefde versterkt.'

'Was dat jouw voorstel of het zijne?'

'Nu word je wel erg persoonlijk.'

'Ik heb mijn hart uitgestort. Dat kun jij ook doen.'

'Eigenlijk was het met wederzijdse instemming. Ik bedoel, hij stelde het voor maar ik heb me er niet echt tegen verzet.'

'Hoe lang hebben jullie al verkering?'

'Sinds het eerste jaar aan de universiteit.'

'Dat is een hele tijd.'

'Ja, maar mensen veranderen. Bovendien zijn we zeven jaar bij elkaar geweest. Zeven jaar, dan beginnen bij getrouwde mensen ook de huwelijkskriebels op te spelen. Daar moet toch een reden voor zijn, denk je niet?'

'Dus je bent in Portland om erachter te komen of je hem mist?'

Ze pakte haar bierflesje op en knikte.

'En…?'

Ginny haalde haar schouders op. 'Daar ben ik niet zeker van. We bellen vaak met elkaar, en dat is fijn. Maar ik denk dat hij een ander heeft.'

'O?'

Ze haalde haar schouders op. 'Matt kan niet goed liegen. Wat me nog het meest dwarszit, is dat het me niet kan schelen. Het is eigenlijk meer een opluchting voor me. Misschien had hij gelijk en moeten we verder met ons leven.' Ze zuchtte. 'De tijd zal het leren. Tot volgende week, luisteraars.'

Brad glimlachte. 'Zijn we niet allebei zielige figuren?'

'Jij misschien, maar ik zie mezelf als iemand die op het punt staat zich in nieuwe avonturen te storten.' Ze keek op haar horloge. 'Ik zie ook dat al ver na mijn bedtijd is.'

Brad wilde de rekening vragen, maar Ginny was hem voor. 'Jij hebt voor die vette pizza betaald. Nu trakteer ik. Volgende keer mag jij betalen.'

'Akkoord,' zei Brad. Hij wist dat Ginny een stijfkop was en dat het geen zin had om hierover met haar in discussie te gaan. En het stemde hem gelukkig dat ze ervan uitging dat er een volgende keer zou zijn.

10

De rit via de I-5 van Portland naar de staatsgevangenis in Salem, de hoofdstad van Oregon, duurde een uur. Onderweg dacht Brad Miller beurtelings aan zijn komende bezoek aan Clarence Little en het gesprek dat hij twee dagen eerder met de Dragon Lady had gevoerd. Zodra hij zijn onderzoek had afgerond had Brad tegen Susan Tuchman gezegd dat de zaak van Clarence Little geen enkel onderwerp bevatte dat hij met een uitgestreken gezicht bij een hof van beroep ter sprake kon brengen. Hij was ervan uitgegaan dat Tuchman tegen hem zou zeggen dat hij, nadat hij Little schriftelijk had uitgelegd dat er geen gronden waren om een proces te beginnen, een verzoek moest indienen om het beroep in te trekken. In geen van beide gevallen zou Brad zich binnen een straal van zeventig kilometer van zijn moorddadige cliënt hoeven te begeven. Maar in plaats daarvan had Tuchman hem opgedragen om naar de gevangenis te rijden om zijn conclusie persoonlijk aan de gevangene in de dodencel toe te lichten. Brad had geprobeerd zijn baas uit te leggen dat hij declarabele uren voor het kantoor moest maken in plaats van niet-declarabele uren door te brengen achter hoge betonnen muren met iemand die het fijn vond de pinken van de vrouwen die hij vermoord had af te hakken. Tuchman had geglimlacht – sadistisch, volgens Brad – en uitgelegd dat contact met een cliënt goed was voor zijn juridische ontwikkeling.

Brads kennis van het gevangenisleven was voor het grootste deel afkomstig uit films waarin gevangenen elkaar onder de douche bruut verkrachtten of tijdens een gevangenisopstand onschuldige burgers gijzelden. De enige misdadiger die Brad zich kon herinneren was een ruwe knaap uit de gymnastieklessen op de middelbare school, die, zo wilde het gerucht, zowat een jaar nadat hij van school was gekomen wegens autodiefstal in de gevangenis was beland. Het idee dat hij straks met psychotische moordenaars, gestoorde verkrachters en gewelddadige drugshandelaars achter gesloten deuren zou zitten, sprak hem niet in het minst aan, en het idee dat hij tegenover een massamoordenaar zou komen te zitten bezorgde hem een onbehaaglijk gevoel. De gevangenismedewerker die Brads bezoek aan Clarence Little had geregeld had Brad verzekerd dat ze door kogelvrij glas en beton gescheiden zouden zijn, maar Brad had *The Silence of the Lambs* gezien. Hij was er dus niet helemaal van overtuigd dat gevangenismedewerkers in staat waren om echt slimme seriemoordenaars achter de tralies te houden.

In de nacht voor zijn rit naar de gevangenis had Brad een levendige droom over de lijkschouwing van Laurie Erickson. In een deel van zijn nachtmerrie lag Laurie op de snijtafel, maar in andere lugubere droombeelden lag er een man die vaag op Brad leek onder het met bloed bevlekte ontleedmes van de lijkschouwer. Tijdens de nacht was Brad een paar keer wakker geschrokken en elke keer dat hij bij bewustzijn kwam, ging zijn hart als een razende tekeer en waren zijn lakens nat van het zweet. Toen hij om kwart voor zes in de ochtend zijn pogingen om verder te slapen opgaf, was hij doodop en vol zorgen. Tegen de tijd dat hij zijn auto op de bezoekersparkeerplaats van de gevangenis parkeerde, was hij een wrak.

Brad overtuigde zich ervan dat zijn auto op slot zat en liep vervolgens langs een pad met aan weerszijden bomen, dat van het parkeerterrein naar de ingang van het gevangeniscomplex liep. De zon scheen en er stond een lichte bries. Langs het pad stonden fraaie witte huizen, die ooit woonhuizen waren geweest maar nu als kantoren voor het gevangenispersoneel dienden. Het zou een idyllische omgeving zijn geweest als zich boven de aantrekkelijke huizen met hun keurig onderhouden gazons niet de dreigende, aan de bovenkant van prikkeldraad voorziene en door geschuttorens bewaakte eigele gevangenismuren hadden verheven.

Brad liep een paar treden op naar een deur die toegang bood tot een groen betegelde wachtkamer, waar langs de muren eenvoudige, in de gevangenis vervaardigde zitbanken met roestkleurige stoffering stonden. Midden in de wachtkamer stonden twee bewakers achter een ronde balie. Nadat Brad het doel van zijn bezoek had uitgelegd en zijn legitimatie en rijbewijs had laten zien zeiden ze dat hij kon gaan zitten.

Op een van de banken zaten twee zwaargebouwde oudere vrouwen. De ene was een Afro-Amerikaanse en de andere was blank. Het leek of ze elkaar kenden. Brad vermoedde dat hun zonen in de gevangenis zaten en dat ze tijdens eerdere bezoeken een vriendschap hadden opgebouwd. Op een andere bank zat een vrouw van begin twintig met een jongen van een jaar of vier, vijf. De vrouw zag er aantrekkelijk uit, maar ze was te zwaar opgemaakt. De jongen zat te dreinen en probeerde zich aan de hand die hem stevig vasthield te ontrukken. Zijn moeder maakte een uitgeputte indruk en leek op het punt te staan om geweld te gebruiken om de jongen te laten gehoorzamen.

Brad vond een onbezette bank, zo ver mogelijk bij de moeder en haar kind vandaan, en bestudeerde zijn aantekeningen voor het gesprek. Het kind krijste nu en Brad kon zich niet concentreren. Hij was opgelucht toen een van de bewakers naar een metaaldetector liep en zijn naam en nog een paar andere afriep. De oudere vrouwen waren op het moment dat de bewaker zijn plaats achter de balie had verlaten naar de metaaldetector gelopen. De moeder pakte haar zoontje op en droeg hem naar het eind van de rij die de oudere vrouwen hadden gevormd. Brad ging bij hen staan. Toen hij aan de beurt was, zei de bewaker dat hij, voordat hij door de poort liep, eerst zijn schoenen en zijn broekriem uit moest trekken en zijn zakken leegmaken. Toen Brad zijn riem en zijn schoenen weer aan had, liep de bewaker met de bezoekers een helling af. Aan het eind daarvan bevonden zich stalen traliehekken. Hun begeleider gaf een teken aan een andere bewaker die in de controlekamer zat. Het metaal kreunde toen het hek een paar tellen later open schoof. Ze stonden nu in een tussenruimte. Zodra het eerste hek dichtging, ging er een tweede hek open en liep het groepje achter de bewaker aan een kleine gang door, waar ze wachtten terwijl hij de zware metalen deur naar de bezoekersruimte van het slot deed.

Aan de ene kant van een grote open ruimte zat een bewaker op een verhoogd podium. Er stonden nog meer door gevangenen gemaakte zitbanken en wrakke salontafeltjes. Langs een muur stonden automaten met frisdrank, koffie en snoep. Een man met grijs haar schuifelde naar de koffieautomaat. Het was niet moeilijk te zien dat hij een van de gevangenen was, omdat de gevangenen allemaal blauwe overhemden en spijkerbroeken droegen.

Brad wachtte tot de vrouwen met de bewaker hadden gepraat. Hij zei tegen hem dat hij een afspraak had voor een gesprek met Clarence Little. Brad verwachtte dat de bewaker onder de indruk zou zijn of vol afschuw zou reageren bij het horen van de naam van Brads cliënt, maar hij keek alleen maar verveeld toen hij de dodencellen belde om te vragen of ze Little naar beneden wilden brengen.

'U zit aan de overkant van de gang,' zei hij toen hij had opgehangen. 'Het duurt ongeveer een kwartier om hem naar beneden te brengen. Wilt u hier wachten of in de gesloten bezoekkamer?'

Brad wierp een vluchtige blik op de personen in de bezoekersruimte. Hij had verwacht dat die vol zou zitten met getatoeëerde Hell's Angels en psychopaten met woeste blikken en kaalgeschoren hoofden, maar geen van de gevangenen zag er bedreigend uit. Op de vloer zaten een paar mannen met jonge kinderen te spelen. Anderen zaten over de tafeltjes gebogen en voerden op fluistertoon gesprekken met hun vrouw of vriendin. Maar toch werd Brad nerveus van het zich in de nabijheid bevinden van lieden die iets op hun geweten hadden wat ernstig genoeg was om hen gevangen te zetten.

'Ik wacht wel in de bezoekkamer,' zei hij tegen de bewaker.

Tegenover de gang naar de open bezoekersruimte was nog een ruimte voor bezoek. In twee van de muren zaten ramen van kogelvrij glas. Achter een paar van die ramen zaten gevangenen die te gevaarlijk werden geacht om in de open bezoekersruimte te worden toegelaten. Hun bezoek zat op klapstoeltjes en de gesprekken werden gevoerd via telefoonhoorns. Aan het eind waren twee kamers waar amper een kuipstoeltje kon staan. De bewaker deed de deur van een van de kamers open en liet Brad binnen. De stoel stond voor een raam dat tussen in de voorgeschreven kleur bruin geverfde betonblokken was gemonteerd. Aan de onderkant van het raam zat een gleuf waardoor papieren konden worden geschoven. Uit de muur onder het raam stak een metalen vensterbank die net breed genoeg was om er een notitieblok op te leggen. Aan de muur hing dezelfde telefoonhoorn die Brad de andere bezoekers had zien gebruiken.

De bewaker vertrok en Brad staarde gespannen naar een deur die toegang bood tot een identieke kamer aan de andere kant van het glas. Er zaten geen foto's van zijn cliënt in zijn dossier en Brad had in zijn verbeelding het beeld van een moordenaar geschapen dat het midden hield tussen Hannibal Lecter, Jason en Freddy Krueger. De man die door twee bewakers de kamer binnen werd gebracht was bijna een meter tachtig en slank. Hij zag eruit als een boekhouder. Zijn donkerblonde haar was keurig gekamd, zodat de scheiding duidelijk zichtbaar was. Hij had een gave huid en een kleine, onopvallende neus.

Grijsblauwe ogen keken vanachter een eenvoudige, montuurloze bril Brad aandachtig aan. Ondertussen maakten de bewakers de boeien aan zijn handen en voeten los. Een van de bewakers had een map bij zich. De randen ervan waren beduimeld en er stond van alles op geschreven. De bewaker gaf de map aan Little. In het bijzijn van de bewakers sprak zowel Brad als zijn cliënt geen woord. Zodra ze de deur achter zich hadden dichtgetrokken trok Little zijn klapstoeltje naar de telefoonhoorn en ging zitten. Hij legde de map voor zich op de vensterbank en pakte de hoorn beet. Brad voelde zijn maag samentrekken.

'Meneer Little, ik ben Brad Miller,' zei hij, in de hoop dat de lichte beving in zijn stem zijn cliënt zou ontgaan. 'Ik ben medewerker van Reed, Briggs, Stephens, Stottlemeyer & Compton uit Portland. Ons kantoor werd verzocht uw verzoek tot voorgeleiding bij het hof van beroep in het negende arrondissement te behandelen.'

Little glimlachte. 'Uw kantoor heeft een uitstekende naam, meneer Miller. Ze verrichten eersteklas werk. Ik ben gevleid dat het hof me door Reed, Briggs laat bijstaan. En ik stel het op prijs dat u ondanks uw drukke werkzaamheden tijd hebt kunnen vrijmaken om mij te bezoeken.'

Het was voor Brad een opluchting dat Little zich zo hoffelijk opstelde.

'U bent onze cliënt,' zei hij vergoelijkend. 'En u kon immers zelf niet naar ons kantoor komen,' voegde hij er met een glimlach aan toe, in de hoop dat een beetje humor de deprimerende omgeving wat draaglijker zou maken.

Little grijnsde. 'Nee, daar lijkt het op.'

Brad begon zich te ontspannen. Misschien viel het achteraf allemaal wel mee. Toen herinnerde hij zich dat hij de seriemoordenaar aan de andere kant van het glas het slechte nieuws nog niet had meegedeeld.

'Ik ben naar Salem gekomen om een paar problemen die ik in uw zaak ben tegengekomen te bespreken,' stak Brad diplomatiek van wal.

'Wat voor problemen?'

'In het verzoek tot voorgeleiding dat u hebt ingediend was sprake van vermeende onbekwaamheid bij de verdediging.'

Little knikte instemmend.

'En de rechter die de hoorzitting leidde was het met u oneens over de kwaliteit van de vertegenwoordiging tijdens uw proces.'

'Daar had hij ongelijk in.'

'Eh... ja. Ik weet dat dat uw standpunt is, maar er is een probleem. Het Amerikaanse hooggerechtshof heeft bij het vonnis in de zaak "Strickland versus Washington" de volgende motivering gegeven. Ze zeiden dat, en ik citeer,' zei Brad, terwijl hij een kopie van de motivering uit zijn map haalde, '"een rechtbank die zich uitspreekt over een bewering van feitelijke onbekwaamheid daarbij de redelijkheid van het gewraakte gedrag met betrekking tot de feiten uit de onderhavige zaak in zijn oordeel moet betrekken zoals die golden op het moment dat dit gedrag plaatsvond. Een veroordeelde verdachte die beweert dat hij onvoldoende is bijgestaan moet de handelingen of nalatigheden van de verdediging aantonen, waarvan mag worden uitgegaan dat die niet het gevolg zijn van een op rede gebaseerde, deskundige rechtspleging. Het hof moet vervolgens beslissen of, in het licht van alle omstandigheden, de aangetoonde handelingen of nalatigheden binnen de criteria van beroepsmatig bekwame bijstand vallen..."'

'Ik heb "Strickland" gelezen,' zei Little.

'Goed. Dan begrijpt u ook dat ik uw advocaat niet zomaar van knoeiwerk kan beschuldigen. U moet de rechtbank tot in de kleinste details vertellen waar uw beschuldiging van onvoldoende bijstand op is gebaseerd.'

'Dat heb ik gedaan. Ik heb tegen mijn advocaat gezegd dat ik een alibi had voor de tijd waarin ik volgens de aanklacht Laurie Erickson ontvoerd en vermoord zou moeten hebben. Hij heeft mijn bewering niet onderzocht.'

'Goed, dat is dus het probleem. Het staat buiten kijf dat uw advocaat volledig verplicht was om de feiten in uw zaak aan een deugdelijk onderzoek te onderwerpen om zodoende een alibi te kunnen vaststellen. Hij heeft verklaard dat u gezegd hebt dat u een alibi had, maar hij zei ook dat u hem geen enkel feit hebt genoemd dat hij kon onderzoeken. Ik heb het verslag van uw hoorzitting met betrekking tot het verzoek tot voorgeleiding gelezen. De rechter vroeg waar u was en u hebt daarop ontwijkend gereageerd. Volgens mij is de kous daarmee af, ik zie namelijk geen enkele manier waarop we uw zaak in hoger beroep kunnen winnen, omdat het negende arrondissement gewoon zal zeggen dat u niet naar behoren hebt aangetoond dat uw advocaat iets verkeerd heeft gedaan.'

'Ik wil toch in beroep gaan.'

'Misschien heb ik mezelf niet duidelijk gemaakt, meneer Little. Ik heb het verslag van uw zaak gelezen. Daarna heb ik deze kwestie uitgebreid onderzocht. En daarna heb ik met andere juristen van ons kantoor overlegd. Niemand gelooft dat u een kans maakt om te winnen. Doorgaan met uw beroepsprocedure betekent alleen maar tijdverspilling.'

Nu glimlachte Little niet. 'Hoe lang bent u al advocaat, meneer Miller?'

'Eh… nog niet zo lang.'

'En hoeveel strafzaken hebt u behandeld?'

'Dit is, eh… Dit is eigenlijk mijn eerste zaak.'

Little knikte. 'Dat dacht ik al. Vertel me eens, bent u nog zo nieuw in het door u gekozen vak dat u gelooft in het nastreven van rechtvaardigheid?'

'Ja, natuurlijk geloof ik daarin.'

'En ik neem aan dat u het niet goed zou keuren als iemand vals beschuldigd wordt?'

'Natuurlijk niet.'

'En u zou ook niet willen dat een onschuldige geëxecuteerd wordt vanwege een misdaad die hij niet heeft gepleegd?'

'Dat zou niemand willen.'

'Maar degene die Laurie Erickson vermoord heeft, misschien wel.'

Brad fronste zijn voorhoofd. 'Bedoelt u dat u mevrouw Erickson niet vermoord hebt?'

Little keek Brad recht in de ogen en knikte langzaam.

'Hebt u dan echt een alibi voor het moment waarop ze verdween?' vroeg Brad, ook al geloofde hij geen woord van wat zijn cliënt beweerde.

'Ja, dat klopt.'

'Waarom doet u daar dan zo geheimzinnig over? Als u bewijzen had die tot uw vrijspraak zouden hebben geleid, waarom hebt u dat tijdens het proces dan niet tegen uw advocaat gezegd of bij de hoorzitting aan de rechter uitgelegd?'

'Dat is niet zo eenvoudig.'

'Luister, ik wil hier niet over oordelen, maar ik krijg de indruk dat u mijn vragen over uw alibi ontwijkt op dezelfde manier als waarop u tijdens de hoorzitting de vragen van de rechter omzeilde. Als u niet eerlijk tegenover me bent, kan ik niets voor u doen.'

'Het zit zo, meneer Miller. Er was een getuige die me volledig vrij zou kunnen pleiten, maar mijn relatie tot haar zou mijn betrokkenheid bij een ander misdrijf aan het licht brengen.'

'Meneer Little, wat hebt u te verliezen? U zit niet alleen in de dodencel voor de moord op Laurie Erickson. U bent voor twee andere moorden ter dood veroordeeld. Het hooggerechtshof heeft die vonnissen een week na uw hoorzitting vanwege uw verzoek om voorgeleid te worden bekrachtigd. Zelfs als ik deze zaak win, wordt u toch terechtgesteld.'

'Maar niet voor iets wat ik niet gedaan heb. Het is een erezaak, meneer Miller.'

'Goed, ik kan erin komen dat u niet wilt dat iemand zijn straf ontloopt omdat hij u erin heeft geluisd. Maar wat ik niet begrijp is waarom u niet met uw advocaat over uw alibi hebt gesproken als u dat zo belangrijk vindt. Alles wat u hem vertelt is strikt vertrouwelijk, zelfs al bekent u nog een ander misdrijf.'

'En die vertrouwelijkheid geldt ook voor wat ik u vertel, naar ik aanneem?'

'Ja. Ik ben uw advocaat, dus alles wat u me vertelt is strikt vertrouwelijk. Als u me iets vertelt over een misdrijf dat u hebt gepleegd verbiedt de wet me om daar met iemand over te praten. Ik neem aan dat uw advocaat u hetzelfde heeft verteld. Waarom hebt u hem niet de naam van de getuige gegeven?'

'Omdat hij een idioot is. De rechtbank heeft me met een volstrekt onbekwaam iemand opgezadeld. Ik had er geen vertrouwen in dat hij passende maatregelen zou nemen als ik hem in vertrouwen nam. En mijn andere zaken dienden in hoger beroep. Ik wilde geen belastende verklaringen afleggen in verband met een ander misdrijf voordat ik wist hoe deze zaken zouden aflopen.'

Little aarzelde. Brad kon zien dat hij in tweestrijd verkeerde.

'Er is nog iets,' zei Little. 'Om mijn onschuld te bewijzen moet ik afstand doen van een aantal souvenirs waar ik erg aan gehecht ben. Ik kon ze gewoon niet aan die klungel geven. Maar de kans is nu groot dat ik ze alleen nog maar in de rechtszaal te zien krijg als ze als bewijsmateriaal worden ingediend. Ik heb dus niets te verliezen als ik u erover vertel.'

'U kent me pas, meneer Little. Waarom denkt u dat ik slimmer ben dan uw procesadvocaat?'

'Omdat het kantoor van Reed, Briggs, Stephens, Stottlemeyer & Compton u in dienst heeft genomen. Die nemen geen idioten aan.'

Brad zuchtte. 'Ik stel uw blijk van vertrouwen op prijs, maar misschien is het te laat om nog iets voor u te kunnen doen. Ik behandel uw beroepszaak. Een beroepszaak is gebaseerd op het verslag van een lagere rechtbank. We kunnen bij het negende arrondissement geen nieuw bewijsmateriaal indienen.'

'Maar als u daarmee kunt bewijzen dat ik onschuldig ben? De autoriteiten luisteren echt wel naar een advocaat van Reed, Briggs. Als de politie ervan overtuigd is dat ik Laurie Erickson niet vermoord heb, moet de gouverneur me toch gratie verlenen?'

'Dat weet ik echt niet. Ik ben goed in onderzoek, daarom hebben ze me ook uw zaak toegewezen, maar ik ben niet goed op de hoogte van strafrecht of rechtelijke procedures. Waarschijnlijk is er een manier om u te helpen als u me kunt vertellen hoe ik kan bewijzen dat u die moord niet hebt gepleegd.'

Little was even stil. Brad kon hem bijna de voors en tegens van het in vertrouwen nemen van zijn nieuwe advocaat horen afwegen.

'Goed dan, ik waag het erop. Op dit moment heb ik toch niets te verliezen, zoals u me daarnet zo treffend duidelijk hebt gemaakt.' Little leunde voorover. 'Op de avond dat Laurie Erickson werd ontvoerd en vermoord was ik bij iemand.'

'Dat hebt u al gezegd, maar ik moet een naam hebben. En ik moet ook weten hoe ik met deze getuige in contact kan komen.'

'Ze heet Peggy Farmer.'

Brad noteerde de naam op zijn notitieblok. 'Weet u hoe ik haar kan bereiken?' vroeg hij.

'Ja. In het Deschutes National Forest, op ongeveer acht kilometer van het parkeerterrein bij Reynolds Campground. Op de avond waarop ik volgens de politie Laurie Erickson ontvoerd heb, was ik Peggy aan het opensnijden.'

Brads maag keerde zich om en hij had het gevoel dat hij over moest geven. Little merkte dat hij het moeilijk had en glimlachte.

'Ze was met haar vriendje aan het kamperen. Ze waren diep de bossen in getrokken, een heel sportief stel. Ik ging ze achterna en heb haar vriendje vermoord terwijl hij lag te slapen en wat met Peggy gespeeld tot het me begon te vervelen. De verwarring is ontstaan omdat niemand de lijken ontdekt heeft. Ze staan als vermist te boek. Er zijn wel opsporingsteams geweest, maar ik heb ze heel goed verstopt.'

'Meneer Little,' zei Brad, die zijn best deed om zijn stem niet te laten beven, 'als mevrouw Farmer dood is, hoe kan ze dan helpen bij de verdediging van uw alibi?'

'Bent u op de hoogte van mijn pinkenverzameling?'

Brad knikte alleen maar, uit angst dat het niet goed zou gaan als hij iets zei. Hij voelde de gal al in zijn keel omhoog komen.

'Als er door een forensisch expert afdrukken van mijn verzameling gemaakt zouden worden, zou hij daarbij wel een pink van Peggy tegenkomen, maar niet die van Laurie Erickson.'

Het beeld van een weckfles vol pinken zweefde Brad voor de geest. Hij voelde zich slap worden.

'Peggy's flatgenote zal u vertellen dat Peggy en haar vriend woensdagmiddag gingen kamperen. Ze zouden vrijdagavond weer terug zijn, omdat ze zaterdag naar een bruiloft moesten. Ik was donderdag en vrijdag op mijn werk. Ik had me op woensdag ziek gemeld. Als ik Peggy heb vermoord, moet dat dus op woensdag zijn gebeurd. Laurie werd op woensdagavond ontvoerd. Ik kan onmogelijk op twee plaatsen tegelijk zijn geweest.'

Dit was meer dan waar Brad op gerekend had. Zijn werk bestond uit het beoordelen van contracten en het controleren van onroerendgoedtransacties, niet uit het pal tegenover een psychopaat met een pinkenverzameling zitten.

'Ik zie dat het u wat te veel wordt,' zei Little vriendelijk. 'U kunt de bewaker om wat water vragen.'

'Nee, het gaat wel,' zei Brad, al voelde hij zich allesbehalve goed.

'U hoeft u niet groot te houden, meneer Miller. We storten allemaal in als we in een situatie belanden waarin alles ons boven het hoofd lijkt te groeien. Geloof me, ik heb dat van heel dichtbij meegemaakt.' Er verscheen een weemoedige uitdrukking op Littles gezicht. 'Er zijn erbij die meteen beginnen te huilen en te smeken. Anderen vloeken en dreigen. Dat zijn degenen die zich groot proberen te houden. Maar zelfs de sterksten gaan smeken als de pijn ondraaglijk wordt.'

'Goed,' zei Brad, die moeite had om zijn waardigheid intact te laten. 'Ik ga nu weg.'

'Het spijt me als ik u geschokt heb. Maar ik moet u eraan herinneren dat u mijn advocaat bent en dat het uw plicht is om mij naar beste vermogen bij te staan. Als u dat niet doet, kunnen ze u royeren.'

'Het zit zo, meneer Little: ons kantoor behandelt deze zaak. Ik werk er alleen maar aan. Ik zal namens u een verweerschrift indienen met betrekking tot de kwesties die bij de hoorzitting naar voren zijn gebracht, maar meer kan ik niet doen.'

'Daar ben ik het niet mee eens. Ik heb u verteld hoe u mijn onschuld kunt bewijzen. Als u daar verder niet op ingaat, dien ik een klacht tegen u in en span ik een proces aan. Dan schakel ik de pers in en vertel ze dat u me niet hebt kunnen helpen omdat u te bang was. Wat voor gevolgen denkt u dat dergelijke publiciteit op uw carrière zal hebben?'

'Met een proces of een klacht komt u geen stap verder.'

'Dat is misschien wel zo, maar u staat op de voorpagina's omdat ik daar ook sta. Niemand wil een lafaard als advocaat. Denk nog eens na over wat ik u net verteld heb en neem dan contact met me op, dan zal ik u vertellen hoe u mijn geliefde souvenirtjes kunt vinden.'

Brad liep als verdoofd terug naar zijn auto. Tijdens de rit terug naar Portland had hij moeite zijn aandacht bij de weg te houden. De beelden in zijn hoofd schoten heen en weer tussen Clarence Littles verzameling afgesneden pinken en het opengesneden lijk van Peggy Farmer. Zijn emoties gingen beurtelings van woede omdat Little hem voor het blok had gezet en een irrationele angst dat de veroordeelde aan de doodstraf zou ontkomen en hem dood zou martelen, naar nieuwsgierigheid naar de waarheid die achter de beweringen van zijn cliënt stak.

Wie kon je beter voor een moord laten opdraaien dan een seriemoordenaar? Niemand zou de beweringen van een moorddadige maniak serieus nemen.

Halverwege de rit belde Brad via zijn mobieltje.

'Met Ginny Striker,' zei de stem aan de andere kant.

'Hallo, met Brad, Brad Miller.'

'Hoi, wat is er?'

'Heb je tijd om samen koffie te drinken?'

'Ik heb het nogal druk. Paul Rostoff heeft me een spoedopdracht gegeven.'

'Dit is belangrijk. Ik zit te springen om goede raad.'

Het bleef even stil. Brad hield zijn adem in. Hij had Ginny gebeld omdat ze erg slim was en dingen goed kon beoordelen. Hij kon ook niemand anders bij het kantoor bedenken bij wie hij zijn hart kon luchten.

'Even pauzeren zou niet gek zijn.'

'Kun je naar die koffietent op de hoek van Broadway en Washington komen?'

'Brad, dit is Portland. Ik kan zo vanuit mijn raam een paar honderd plaatsen zien waar we koffie kunnen drinken. Waarom niet wat dichter bij kantoor?'

'Ik wil niet het risico lopen dat we bekenden tegenkomen.'

'Wat is er aan de hand, Brad?'

'Dat vertel ik je over vijfentwintig minuten.'

Toen Brad binnenkwam, zat Ginny met een koffie verkeerd aan een tafeltje achter in het restaurant. Hij stak zijn hand naar haar op, bestelde een zwarte koffie en liep ermee naar het tafeltje. Hij dronk zijn hele leven al zwarte koffie en had nog geen behoefte ontwikkeld aan koffie verkeerd, cappuccino en andere luxe koffiedrankjes waar de Portlanders aan verslaafd leken te zijn.

'Ik voel me net Mata Hari,' zei Ginny toen Brad ging zitten. 'Waarom al die geheimzinnigheid?'

Brad keek om zich heen om er zeker van te zijn dat er niemand van het kantoor in de zaak was.

'Ik ga je vertellen over een vertrouwelijke mededeling die ik net van een cliënt heb gekregen. Wat ik je vertel valt onder de vertrouwelijkheidsregels, omdat we allebei voor Reed, Briggs werken. Is dat duidelijk?'

'Ja, de regels zijn me bekend.'

'Je mag namelijk met niemand praten over wat ik je vertel.'

Ginny stak haar hand op. 'Op mijn erewoord,' zei ze met een grijns.

'Dit is niet grappig.'

'Sorry, maar je bent zo serieus. Ik wilde je wat opvrolijken.'

'Als je hoort wat ik te zeggen heb, zal het lachen je wel vergaan. Ik heb net in de staatsgevangenis met Clarence Little gesproken.'

'Wat is hij voor iemand?' vroeg Ginny nieuwsgierig.

'Erger dan ik me had voorgesteld,' antwoordde Brad. Hij vertelde Ginny over het gesprek. Toen hij uitgepraat was, was de glimlach van haar gezicht verdwenen.

'Geloof je dat hij de waarheid spreekt?' vroeg Ginny.

'Dat weet ik niet. Die vent is volkomen gestoord. Toen hij me vertelde dat hij dat arme meisje had opengesneden vertoonde hij geen greintje emotie. Ik dacht dat ik over moest geven. Ik weet zeker dat hij het amusant vond dat ik het moeilijk had. Little is een zieke geest. Een sadist.'

'Maar is hij ook een leugenaar?'

'Dat weet ik niet, maar volgens mij spreekt hij de waarheid . Hij leek echt verontwaardigd bij het idee dat hij veroordeeld zou worden voor iets waarvan hij beweert dat hij het niet heeft gedaan, en hij stond erop dat zijn onschuld bewezen moest worden, ook al heeft hij daar geen ene mallemoer aan omdat hij toch geëxecuteerd wordt.'

'Waarom heb je me hierheen laten komen?' vroeg Ginny.

'Ik weet niet wat ik moet doen. Mijn opdracht is om onderzoek te doen en Littles beroep aanhangig te maken. Het is niet mijn taak om te bewijzen dat hij onschuldig is. En juridisch gezien is dat bij het negende arrondissement ook van geen enkel belang. De rechtbank is er alleen in geïnteresseerd of zijn verdediger bekwaam was of niet. Zelfs als ik die pinken vind, wordt dat door de rechtbank niet als bewijs in aanmerking genomen.'

'Doe het dan niet en schrijf alleen maar dat verweerschrift.'

'Moet ik het daarbij laten? Ik ben zijn advocaat. Zou het geen teken van onbekwaamheid zijn als Little me het bewijs van zijn onschuld heeft gegeven en ik geen onderzoek deed? En wat gebeurt er als ik geen onderzoek doe en hij de pers inschakelt? Hoe zal het kantoor daarop reageren?'

'Dat kan ik wel inschatten,' zei Ginny. 'De compagnons hebben het land aan slechte publiciteit. Het weerhoudt welgestelde cliënten ervan om de kas van Reed, Briggs te spekken. Ik denk dat ze je voor de leeuwen gooien.'

'Daar zat ik ook aan te denken. Maar zouden ze het meer op prijs stellen als ik de vrijspraak van de meest duivelse moordenaar uit de geschiedenis van Oregon op mijn geweten heb?'

'Daar zit wat in. Dan kunnen ze in ieder geval beweren dat Reed, Briggs zelfs voor zijn meest verachtelijke cliënten tot het uiterste gaat. Dat zal ze geliefd maken bij de tabaksfabrikanten en de olie-industrie.'

'Vind je dus dat ik moet proberen om die pinken te vinden?'

'Het lijkt heel wat interessanter dan het zoeken naar de juiste betekenis van het deel van de belastingwetten waar ze mij aan hebben gezet. En je moet ook nog aan iets anders denken. Stel dat hij onschuldig is en dat jij dat kunt bewijzen? Dan zou je beroemd worden. Het zou zo'n goede reclame voor het kantoor zijn dat het werk binnen brengt en je carrière op weg naar een compagnonschap bespoedigt. Dan ben jij degene die op vrijdagmiddag om vijf uur dossiers van duizend bladzijden kan uitdelen aan medewerkers die plannen voor het weekend hadden. Zou dat niet geweldig zijn?'

Brad zuchtte. 'Even serieus graag. Ik krijg barstende koppijn van die hele affaire.'

'Ik vind dat je het moet doen. Zeg tegen Little dat hij je moet vertellen waar hij de pinken heeft verstopt. Als blijkt dat hij een spelletje met je speelt, kun je je altijd nog terugtrekken.'

'En als hij geen spelletje speelt?'

'Zorg dat die pinken terechtkomen. Ik help je wel. Ik word je trouwe assistent.'

Opeens werd Brad achterdochtig. Ginny leek een beetje al te enthousiast. Hij kneep zijn ogen half dicht en keek haar aandachtig aan. 'Wat is er met je? Waarom wil je zo graag meewerken aan mijn zaak?' Ginny bloosde. Ze leek zich te generen. Brad vond dat het haar nog aantrekkelijker maakte.

'Na ons gesprek heb ik me in de moord op Laurie Erickson verdiept,' bekende Ginny. 'Ken je Jeff Hastings?' vroeg ze, de naam noemend van een andere medewerker die nog geen jaar bij Reed, Briggs in dienst was.

'Natuurlijk. We hebben een paar keer getennist.'

'Jeff is in Portland opgegroeid. Hij heeft hier rechten gestudeerd. Zijn ouders zijn schatrijk. Ze zijn lid van al de juiste clubs en kennen iedereen. Ze hebben ook connecties in de politiek. Jeff hoorde dus al de roddels over Christopher Farrington toen hij nog gouverneur was.'

'Wat voor roddels?'

Ginny boog voorover en sprak op gedempte toon. 'Er werd gezegd dat Farrington vreemdging met Laurie Erickson.'

'Wát? Dat geloof ik niet. Ze was nog een kind.'

'Weet je wat een ouwe viezerik is?' vroeg Ginny grijnzend.

Brad bloosde. 'Ik ben niet achterlijk, Ginny, maar denk je dat de media zich daar niet op zouden hebben gestort nu hij aan de presidentsverkiezingen meedoet?'

'Dat heb ik ook aan Jeff gevraagd. Hij zei dat Farrington iedereen te slim af was. Er deden geruchten over vreemdgaan de ronde, maar na de moord op Erickson hoorde je daar niets meer over. Volgens een van de geruchten hebben ze Lauries moeder omgekocht. Men vermoedt dat ze een heleboel geld heeft gekregen.'

'Ik dacht dat Farrington niet rijk was? Waar zou hij genoeg geld vandaan hebben moeten halen om een moeder wier kind net vermoord was om te kopen?'

'Farrington heeft de steun van rijke lieden, maar de meest voor de hand liggende bron is zijn vrouw. De familie van Claire Farrington is rijk. De Meadows hebben in het oosten van Oregon een fortuin verdiend in de landbouw. Later hebben ze hun belangen gespreid door er ook de vertegenwoordiging van Japanse automerken bij te gaan doen. En ze hebben ook het startkapitaal verschaft voor een aantal succesvolle hightech-bedrijven. Na hun verloving heeft de familie van mevrouw Farrington Christophers eerste campagne voor een overheidsfunctie gefinancierd. Als er geld nodig was om de carrière van haar man te redden, zou Claire dat zonder meer hebben kunnen verschaffen.'

'Zijn er bewijzen dat Farrington vreemdging, is er iets concreets?'

'Jeff zegt van niet, maar hij zegt ook dat als Farrington het met Erickson deed, het niet de eerste keer zou zijn dat hij achter lekkere jonge meiden aanzat.'

Brad grijnsde. 'Je hebt te veel boeketboekjes gelezen.'

'Misschien speelde Farrington die boekjes wel na. Jeff zegt dat Farrington een jaar of zo voor hij aan de senaatsverkiezingen meedeed een schikking heeft getroffen in een zaak die een privédetective namens een zeventienjarig meisje aanhangig had gemaakt. Ze was gewond geraakt bij een ski-ongeluk. Naar verluidt kwam hij de cheque met het schikkingsbedrag brengen in een limousine met chauffeur. Er was een lading champagne aan boord en god mag weten wat nog meer. Ze zeggen dat ze het samen op de achterbank gevierd hebben.'

'Waar heeft Jeff dat allemaal vandaan?'

'Van de chauffeur. Jeff zegt dat Farringtons chauffeur er zo van walgde dat hij naar de politie is gestapt. Zover bekend mocht het meisje van haar ouders niet met de politie praten, zodat er nooit een aanklacht is ingediend. Iedereen denkt dat ze door Chuck Hawkins, Farringtons rechterhand, zijn afgekocht.'

Brad nam een slokje koffie en dacht na over de prikkelende informatie die Ginny hem zojuist had gegeven. Hoe meer hij nadacht, hoe meer rimpels er op zijn voorhoofd verschenen.

'Dus,' zei hij ten slotte, 'je theorie komt hierop neer dat de president van de Verenigde Staten zijn babysitter heeft vermoord om haar het zwijgen op te leggen over hun verhouding.'

'Hawkins kan het voor hem gedaan hebben. Jeff heeft een paar keer met Hawkins gesproken. Hij zegt dat het een enge vent is. Hij was bij een speciale taakeenheid in het leger en draagt zijn haar nog steeds als een marinier. Men zegt dat hij en Farrington heel dik bevriend zijn en dat Hawkins niets zal nalaten om de president en zijn vrouw te beschermen.'

'Oké. Dit gaat allemaal ver boven mijn niveau. Ik ga de president niet van moord beschuldigen. Ik loop niet alleen de kans dat ik bij Reed, Briggs ontslagen word, maar ik zou ook nooit van m'n leven meer een andere baan kunnen krijgen.'

'Wie zegt dat je de president van moord moet beschuldigen? Heb je bij Strafrecht wel goed opgelet? Als je iemand verdedigt die van moord wordt beschuldigd hoef je niet te bewijzen wie het wel heeft gedaan. Je moet alleen aan zien te tonen dat er gerede twijfel bestaat over de schuld van je cliënt. Als je de politie ervan kunt overtuigen dat Little haar niet vermoord heeft, is het hun taak om Ericksons moordenaar te arresteren.'

Brad had bij zijn cursus Strafrecht niet echt goed opgelet. Hij was vergeten dat zijn verantwoordelijkheid ten opzichte van Clarence Little niet zover ging dat hij, net als de advocaten op televisie en in juridische thrillers, de echte moordenaar moest zien te vinden.

'Je hebt gelijk,' zei Brad opgelucht. Hij keek Ginny ernstig aan. 'Praat met niemand anders over je theorie over Farrington. Daar kun je moeilijkheden mee krijgen.'

'Ik ben niet gek, Brad. En daarnet speelde ik alleen maar voor advocaat van de duivel. Ik heb geen idee wie Laurie Erickson vermoord heeft. Maar ik wil je nog wel blijven helpen om erachter te komen of Littles bewering dat hij onschuldig is, klopt.'

'Ik weet het niet.'

'Kom nou, alsjeblieft. De troep waar ze me momenteel aan laten werken is stomvervelend. Ik wil een zaak waarover ik me kan opwinden.'

Brad fronste zijn voorhoofd. 'Ik moet nadenken.'

'Dat moet je zeker doen.'

'Ik stel je goede raad en de informatie die je me hebt gegeven echt op prijs.'

'Graag gedaan.'

'Geef me een dag de tijd om dit allemaal te verwerken.'

'Neem er alle tijd voor. Maar vergeet één ding niet: als Little onschuldig is en jij ziet werkeloos toe, help je de echte moordenaar vrijuit te gaan.'

DEEL III

De Slachter

WASHINGTON

11

Keith Evans was doodop. Hij had de leiding over het team dat aan de zaak van de Slachter van Washington werkte, en als zodanig werd van hem verwacht dat hij de FBI-agenten onder hem tot voorbeeld was en meer uren aan de zaak besteedde dan zij. De dag daarvoor was hij pas na middernacht zijn bed in gekropen. Nu was het vijf uur in de ochtend en was hij alweer op de been, slaapdronken, met bloeddoorlopen ogen en geen tijd om een douche te nemen voordat hij zich naar het toneel begaf van de jongste gruweldaad van de Slachter, een afvalcontainer in een steegje achter een Chinees restaurant in Bethesda, Maryland. Zodra de politie daar besefte dat het om een slachtoffer van de Slachter ging, had men het kantoor van de taakeenheid ingelicht. Evans vond het jammer dat de politie in Bethesda zo efficiënt was; hij had best wat extra slaap kunnen gebruiken. Maar de ellendeling was tenminste zo vriendelijk geweest om het lijk maar een paar kilometer van Evans' huis te dumpen.

Nadat hij een straat verderop een parkeerplaats had gevonden, nam Evans een slok uit zijn thermosfles en hij trok een vies gezicht. Hij had geen tijd gehad om een verse pot te zetten en de koffie van de vorige dag, die hij in de magnetron had opgewarmd, was amper te drinken. Terwijl Evans zich over het trottoir voortsleepte, blies de wind een pagina uit een krant naar hem toe. Hij was zo moe dat de weggewaaide sportpagina hem biologeerde en hij slechts met moeite zijn ogen ervan af kon houden. Evans schudde zijn hoofd om helder te kunnen denken. De zaak van de Slachter had hem volkomen uitgeput. Als hij in de spiegel keek, zag hij niet meer de fris ogende rechercheur uit Omaha die een seriemoord had opgelost waar de FBI geen raad mee had geweten. De agent die de leiding had over de taakeenheid van de FBI joeg al drie jaar op de moordenaar en was zo onder de indruk van

Evans' opzienbarende speurwerk dat hij de jonge politieman had overtuigd dat hij naar een functie bij de FBI moest solliciteren.

Toen Evans in Quantico met de opleiding begon, was hij negenentwintig jaar oud, een meter vijfentachtig lang en woog zijn gespierde lichaam iets meer dan zesentachtig kilo. Zijn haar was helemaal rossig, zijn huid strak en de blik in zijn blauwe ogen doordringend. Evans was nu bijna veertig en hij leek alleen nog maar vanaf een afstand op die jongere man. Zijn haardos begon sporen van grijs te vertonen, en als hij zijn leesbril afzette kon je de wallen onder zijn ogen zien. Rond zijn middel moest hij vierenhalve kilo extra gewicht meedragen en zijn schouders hingen enigszins af. En de waarheid was dat hij nooit de intuïtieve sprong had herhaald die hem had geholpen om die zaak in Nebraska op te lossen. Er waren wel successen geweest, anders zou hij niet aan het hoofd staan van de taakeenheid die zich met de Slachter bezighield, maar die waren tot stand gekomen dankzij keihard politiewerk en niet zozeer door geniale deducties.

In de loop van zijn carrière was Evans' huwelijk door zijn lange werktijden op de klippen gelopen. Die werktijden hadden hem uitgeput, wat niet de beste conditie was om je met een uiterst pientere moordenaar bezig te houden. Het kon niet ontkend worden dat de Slachter slim was. Hij was op de hoogte van de werkwijze van de politie en heel goed in het uitwissen van zijn sporen en het laten verdwijnen van bewijsmateriaal. De gebruikelijke theorieën deden de ronde: dat de dader een politieman was, of iemand die graag politieman had willen worden; misschien was het een of andere ontevreden veiligheidsmedewerker die er niet in was geslaagd om aan de toelatingseisen voor de politieopleiding te voldoen en nu de politie tartte, omdat hij wilde bewijzen dat ze een vergissing hadden gemaakt door hem niet aan te nemen. Maar iedereen met een beetje hersens kon online gaan en alles te weten komen over onderzoek op de plaats van een misdrijf. De waarheid was dat de taakeenheid geen idee had wie er achter de moorden zat waar de goede burgers van Washington en omgeving hysterisch van begonnen te worden.

De ingang van het steegje was afgezet en werd bewaakt door een agent van de politie van Bethesda, om de nieuwsgierige burgers te weren die ondanks het vroege uur alle moeite deden om erachter te komen wat zich rond de plaats van het misdrijf afspeelde. Evans baande zich een weg door de omstanders en bleef aan de andere kant van de afzetting staan om het veiligheidslogboek te tekenen waarin de namen en de aankomst- en vertrektijden stonden van iedereen die de plaats van het misdrijf betrad.

In het steegje krioelde het van technisch recherchepersoneel, geüniformeerde agenten en FBI-agenten, die herkenbaar waren aan hun blauwe windjacks met FBI in felgele letters op de rug. Evans trok een paar latexhandschoenen en een paar papieren laarsjes aan, al wist hij dat het er waarschijnlijk niet toe deed wat hij op de plaats van het misdrijf achterliet, nu die toch al verontreinigd was door de agenten, de technische recherche en de FBI-mensen die het steegje de laatste paar uur hadden doorzocht, om nog maar te zwijgen van de burgers die door het steegje waren gekomen sinds de moordenaar er zijn gruwelijke bagage had achtergelaten.

De afvalcontainer stond halverwege het steegje. Naast de container lag een lijkzak met daarin het slachtoffer. Aan de andere kant van het steegje stond de bestelwagen die het lijk naar het mortuarium zou brengen, waar de lijkschouwing zou plaatsvinden. Naast de lijkzak stond Arthur Standish, de lijkschouwer van Montgomery County, koffie te drinken uit een Starbucks-bekertje. Evans vertrouwde Standish, die voordat de FBI erbij betrokken raakte grondig werk had geleverd bij de lijkschouwing van het tweede slachtoffer van de Slachter.

Evans bukte zich om het lijk te kunnen bekijken, maar werd door een stevig gebouwde agent met kort peper-en-zoutkleurig haar tegengehouden.

'Ron Guthridge van de politie in Bethesda,' zei de man terwijl hij zijn hand uitstak. 'Ik had hier de leiding tot jullie jongens het overnamen.'

'Keith Evans. Ik heb de leiding over de taakeenheid van de FBI.'

'Dat weet ik,' zei Guthridge met een grijns. 'U bent een echte tv-persoonlijkheid.'

'Bedankt dat jullie zo snel hebben gebeld,' zei Evans, de sarcastische opmerking negerend. Hij was in deze zaak het gezicht van de FBI naar buiten. Zijn collega-agenten plaagden hem dat hij er bij zijn persconferenties altijd zo beroerd uitzag. Nu moest hij ook nog grapjes slikken van de plaatselijke politie.

'Geloof me, ik ben dolblij dat ik deze zaak aan u kan overdragen.'

'Is het slachtoffer geïdentificeerd?'

Guthridge knikte. 'Ze heet Charlotte Walsh. Ze studeerde aan de

American University. We hebben ook het adres van haar appartement.'

'En dat weten jullie omdat er onder haar in de afvalcontainer een legitimatie is gevonden.'

Guthridges wenkbrauwen schoten omhoog. 'Ja. Hoe weet u dat?'

'Omdat de Slachter altijd de legitimatie van zijn slachtoffer onder het lijk achterlaat,' zei Evans, die meteen nadat hij het gezegd had spijt kreeg dat hij de neiging om indruk te maken niet had kunnen onderdrukken. De uitputting tastte nu ook zijn IQ aan. 'Maar dat hebben we niet openbaar gemaakt,' voegde Evans er snel aan toe.

'Van mij komen ze niets te weten,' verzekerde Guthridge hem.

'Is er al iemand naar haar appartement geweest?' vroeg Evans.

'Nee. Zodra we doorhadden dat we misschien met de Slachter te maken hebben heb ik alles in de wacht gezet om u niet voor de voeten te lopen.'

'Dat stel ik zeer op prijs.'

'Graag gedaan. Zoals ik al zei, het is helemaal uw zaak.'

'Een goed begin van de dag,' zei dokter Standish tegen Evans toen die en Guthridge bij de afvalcontainer aankwamen.

'Er gaat 's morgens vroeg niets boven lijklucht en de geur van vuilnis.'

Standish grinnikte. Evans gebaarde met zijn hoofd naar de lijkzak. 'Waarom denk je dat we met een slachtoffer van de Slachter te maken hebben?'

Standish was opeens ernstig. 'De ogen ontbreken.'

De autoriteiten hadden het feit dat de Slachter de ogen van zijn slachtoffers verwijderde ook niet openbaar gemaakt. Het was altijd beter om bepaalde feiten achter te houden om valse bekentenissen te kunnen ondervangen.

'En hoe zit het met dat goedje dat we steeds in hun mond vinden?'

'Daar kan ik niets over zeggen tot ik de lijkschouwing heb verricht en een monster naar het laboratorium heb gestuurd.'

Minutieuze sporen van een substantie waren in de mond van alle vier de slachtoffers van de Slachter aangetroffen, maar de FBI had niet kunnen vaststellen om welke substantie het ging en waarom het daar zat.

'Hillerman, breng die portefeuille even hier,' riep Guthridge naar de lange, magere Afro-Amerikaanse politieagent die belast was met het vastleggen van het bewijsmateriaal dat op de plaats van het misdrijf was aangetroffen.

Hillerman kwam aanlopen met een plastic bewijszak, die onder meer een zwartleren Prada-portefeuille bevatte. Evans viste de portefeuille uit de zak en onderzocht de inhoud ervan. Het rijbewijs was van Charlotte Walsh en vermeldde een adres dat enkele kilometers van de American University lag.

Evans hurkte en ritste de lijkzak open. Hij wist wat hij kon verwachten, maar hij was desondanks ontzet bij het zien van de gruwelen die een zogenaamd menselijk wezen aan een ander lid van het menselijk ras kan toebrengen. De Slachter zorgde dat zijn slachtoffers er toonbaar uitzagen voordat hij zich van hun lijk ontdeed, maar Evans kon duidelijk de zwarte gaten zien waar de ogen van het arme meisje hadden moeten zitten. Het leek of haar keel door een wild beest aan stukken was gescheurd. Het was duidelijk dat het knappe meisje van de foto op het rijbewijs en de misbruikte jonge vrouw in de lijkzak een en dezelfde persoon waren.

'Heeft iemand hier in de buurt de auto van Walsh gevonden?' vroeg Evans aan Guthridge.

'Nee, maar we hebben een opsporingsbevel rondgestuurd,' antwoordde de politieman.

Evans ging staan en schreef het adres op het rijbewijs over in een notitieboekje, waarna hij de portefeuille weer in de bewijszak deed en die aan Hillerman teruggaf.

'Ik zal die klootzak te pakken krijgen,' mompelde Evans.

'Daar drink ik op,' zei Standish voordat hij een slok koffie nam.

Guthridges mobieltje ging over. Hij ging opzij staan en hield de telefoon aan zijn oor. Na een kort gesprek voegde de politieman zich weer bij het groepje.

'Ze hebben de auto van Walsh zojuist op een afgelegen deel van het parkeerterrein bij het winkelcentrum in Dulles Towne Center gevonden. De auto wil niet starten omdat iemand de accu heeft losgekoppeld en er zit bloed op de bestuurdersplaats.'

'Staat er een menigte rond de auto?' vroeg Evans.

'Nee. Voordat de winkels opengingen, zag een beveiligingsmedewerker de auto als enige op het parkeerterrein staan. Dat vond hij verdacht, en toen hij het bloed zag heeft hij ons meteen gebeld.'

'Ik stuur er een forensisch team heen. Maar we slepen de auto weg zo gauw ze zeggen dat het kan. We moeten hier niet te veel ruchtbaarheid aan geven.'

'Helemaal mee eens,' zei Guthridge.

Evans sprak met de leden van het forensische team voordat hij naar de afvalcontainer liep. Hij hield zijn adem in toen hij erin keek, zodat hij de geur van rottende etensresten die altijd achter het restaurant hing niet hoefde op te snuiven.

'Waar lag ze precies?' vroeg hij.

Hillerman gaf Evans een zak met foto's van de plaats van het misdrijf, die gemaakt waren voordat het lijk was verwijderd. Op de bovenste foto lag Walsh boven op een aantal zwarte vuilniszakken. Hij bladerde snel door de andere foto's, waarop de omgeving waar het lijk was gevonden en de toestand waarin de afvalcontainer zich bevond nadat het lijk was verwijderd waren vastgelegd. Al de andere slachtoffers waren in afvalcontainers gevonden. Evans hoefde geen Engelse literatuur gestudeerd te hebben om de symboliek waar de Slachter naar streefde te begrijpen.

'Ik kan hier niets meer doen. Je kunt het lijk meenemen, Art.'

Dokter Standish gebaarde naar twee mannen die stonden te wachten tot ze het stoffelijk overschot konden afvoeren.

'Ik rijd nu naar het appartement van Walsh.'

'Ik bel je zodra ik iets meer weet.'

'Bedankt,' zei Evans, die zich nu twee keer zo moe voelde als toen hij het steegje betrad.

Charlotte Walsh woonde op de zevende verdieping van een acht verdiepingen hoog gebouw, dat onderdeel was van een gloednieuw complex dat uit wooneenheden, hippe restaurants, filialen van dure winkelketens en aparte boetiekjes bestond. Zodra Evans het adres had gevonden wist hij dat Walsh uit een rijke familie kwam. Een arme student zou zich niet kunnen permitteren om in dit appartementengebouw te wonen, dat duidelijk bestemd was voor jonge mensen met een hogere opleiding en een baan met een salaris van zes cijfers.

Tijdens de rit vanaf de plaats van het misdrijf had Evans zijn collega Maggie Sparks gebeld en haar gevraagd om naar de flat van Walsh te gaan. Op het trottoir bij de ingang van het gebouw liep een slanke, sportieve vrouw van begin dertig heen en weer. Ze was gekleed in een zwart broekpak met een krijtstreepje en een wit herenoverhemd.

Sparks' glanzende zwarte haar, haar hoge jukbeenderen en haar donkere teint deden vermoeden dat haar DNA een indiaanse achtergrond had. Ze had wel wat Cherokee-bloed, maar onder haar voorouders bevonden zich ook Spanjaarden, Roemenen, Denen en anderen van onbekende herkomst, zodat ze niet helemaal zeker was van haar plaats in de genetische ratjetoe die het menselijk ras had voortgebracht.

'Sorry dat ik je uit bed heb gebeld,' zei Evans verontschuldigend.

'Daar meen je niets van,' zei Sparks met een glimlach. 'Gedeelde smart is halve smart.'

Evans glimlachte terug. Hij mocht Sparks graag. Ze werkte even hard als de andere leden van de taakeenheid, maar het lukte haar om daarbij haar gevoel voor humor niet te verliezen. Ze hadden een paar keer na werktijd samen wat gedronken, maar hij had nooit de moed gehad om aan te dringen op meer.

De hal was van marmer, hout en metaal en werd verlicht door muurlampen in art-decostijl. Aan de pastelgele muren hing kleurrijke abstracte kunst. Evans liet zijn legitimatie zien aan de veiligheidsmedewerker die aan een bureau in de hal zat. De bewaker was gekleed in een blauwe blazer en een grijze pantalon. Hij maakte de indruk dat hij aan gewichtheffen deed. Zijn zwarte, gepommadeerde haar was achterover gekamd. Hij wierp een achterdochtige blik op Evans' legitimatie.

'We willen graag weten waar we het appartement van Charlotte Walsh kunnen vinden,' zei Evans.

'Ik weet niet of ik u dat kan vertellen, meneer,' zei de bewaker terwijl hij zijn schouders rechtte en zijn best deed om er gevaarlijk uit te zien.

Evans las de zwarte letters op het goudkleurige naambordje van de bewaker.

'Mevrouw Walsh is vanmorgen vermoord, Bob. Ik neem aan dat je het onderzoek naar een moord niet wilt bemoeilijken.'

De bewaker zette grote ogen op. 'Wat erg,' zei hij, terwijl hij de lijst met huurders doorkeek. Van de pose van keiharde jongen was geen spoor meer over. 'Het is appartement 709.'

'Woont ze alleen?'

'Nee, ze heeft een flatgenote die Bethany Kitces heet. Die is een paar uur geleden thuisgekomen.'

'Bedankt. We gaan naar boven. Niets tegen mevrouw Kitces zeggen. Wij brengen haar het slechte nieuws wel.'

'Ja, ja, natuurlijk.' De bewaker schudde droevig zijn hoofd. 'Wat vreselijk. Zo'n aardige meid.'

'Hebt u haar gekend?' vroeg Sparks.

'We zeiden elkaar gedag. Ze was altijd vriendelijk.'

Tijdens de rit in de lift naar de zevende verdieping en de wandeling door een luxueus gestoffeerde gang met nog meer muurlampen vertelde Evans Sparks in het kort wat er gebeurd was. Evans bleef voor een zwartgelakte deur met een sierlijke klopper in de vorm van een goudkleurige leeuwenkop en een deurbel staan. Hij koos voor de bel en ze wachtten geduldig tot een slaapdronken stem na drie keer bellen zei dat ze op moesten houden met die herrie. Evans zei tegen Maggie Sparks dat ze haar legitimatie voor het kijkgaatje moest houden.

'Mevrouw Kitces,' zei Sparks door de dichte deur, 'ik ben agent Margaret Sparks van de FBI. Kan ik even met u praten?'

'Waarover?' vroeg Kitces. Evans kon de achterdocht in haar stem horen.

'Het gaat over Charlotte Walsh, uw flatgenote.'

'Is er iets met haar gebeurd?' vroeg Kitces. Ze klonk nu bezorgd.

'Ik praat liever binnen met u, vanwege de privacy.'

Evans hoorde sloten opengaan. De deur werd geopend door een vrouw op blote voeten, die zo te zien nog geen twintig was. Ze droeg een pyjamabroek en een T-shirt van de American University. Ze was beslist niet langer dan een meter vijfenvijftig. Het ronde gezicht van Bethany Kitces werd omgeven door een bos lange, onverzorgde blonde krullen. Ze had geen make-up op. Het was duidelijk dat ze haar uit bed hadden gebeld, maar de aanwezigheid van de FBI-agenten had als een kop sterke espresso gewerkt. Haar grote blauwe ogen stonden wijd open.

Evans stond nu in een halletje op een lichte, hardhouten vloer die deels schuilging onder een Perzisch tapijt. Voorbij de gang lag een grote, rommelige woonkamer, die gemeubileerd was met verwaarloosd, maar duur meubilair. Het oog van de agent viel op een dure geluidsinstallatie, een grote plasma-tv die net zo aan de muur hing als de abstracte kunst in de hal bij de ingang, een zwartleren bank en een salontafel. Over de leuning van de bank hing een trainingsbroek en op een salontafel stond een schaaltje gesmolten roomijs met een geopend blikje cola ernaast. Op de vloer en twee leren leunstoelen slingerden nog meer kledingstukken, muziek- en modetijdschriften en cd-doosjes met namen van popgroepen die Evans niets zeiden. Een boekenplank bevatte een bonte verzameling studieboeken en stuiverromans.

'Dit is FBI-agent Keith Evans, mevrouw Kitces. Hij werkt samen met mij aan de zaak van mevrouw Walsh.'

'Welke zaak? Wat is er met Lotte gebeurd?'

Sparks ging op een meer persoonlijke benadering over. 'Misschien is het beter dat je even gaat zitten, Bethany,' stelde ze voor, terwijl ze langs de behoedzaam reagerende jonge vrouw naar de bank liep. Evans hield zich op de achtergrond tot Walsh' flatgenote was gaan zitten. Ze maakte een nerveuze indruk.

'Het spijt ons dat we je wakker hebben gemaakt,' zei Sparks. 'Ik begrijp dat je pas een paar uur geleden thuis bent gekomen.'

Kitces knikte.

'Ben je de hele avond op stap geweest?'

'Ja.'

'Wanneer ben je hier gisteravond vertrokken?'

'Even na zeven uur.'

'Was mevrouw Walsh toen nog thuis?'

'Nee, ze is om een uur of vier weggegaan.'

'Weet je waar ze naartoe ging?'

'Nee. Ze zei alleen maar dat ze nog wat moest doen.'

'Waar ben je zelf naartoe geweest?'

'Waar gaat dit over? Is er iets met Lotte gebeurd?' vroeg Kitces weer.

'Ik zal straks je vragen beantwoorden,' zei Sparks, 'maar ik wil eerst een antwoord van jou.'

Het viel Sparks op dat Kitces haar schouders had opgetrokken en met haar handen ineengevouwen op haar schoot zat.

'Ik was bij mijn vriend. We waren de hele tijd in zijn appartement. Ik was pas om een uur of vijf terug.'

'Waarom ben je niet de hele nacht gebleven?' vroeg Sparks.

Kitces bloosde. 'We hadden ruzie. Ik werd boos en ben weggegaan.'

'Kun je ons de naam van je vriend geven?'

'Barry Sachs. Wilt u me nu alstublieft vertellen wat er met Charlotte is gebeurd?'

'Ik heb slecht nieuws, Bethany,' zei Sparks op vriendelijke toon. 'Je vriendin is dood. Ze is gisteravond vermoord.'

Kitces was volkomen perplex. 'Is ze... is ze dood?'

'Helaas wel.'

Kitces staarde een ogenblik in de verte, boog zich toen voorover en barstte in luid snikken uit. Sparks ging snel naast haar zitten en legde troostend een arm om haar schouders.

'Geeft niet, huil maar,' zei ze op geruststellende toon terwijl de jonge vrouw haar tranen de vrije loop liet. Evans liep naar de keuken en vulde een glas met water. Bethany zat geluidloos te snikken toen hij terugkwam.

Sparks pakte het glas van Evans aan en hielp Bethany het leeg te drinken.

'Ik wil je graag nog een paar dingen vragen,' zei Sparks toen Kitces voldoende tot bedaren was gekomen om vragen te kunnen beantwoorden.

'Dat is goed,' zei ze. Het klonk zo zachtjes dat Evans moeite moest doen om te verstaan wat ze zei.

'Heb je enig idee of er iemand is die mevrouw Walsh kwaad zou willen doen?'

'Nee, iedereen vond haar aardig.'

'Had ze geen vijanden, heeft ze het nooit over iemand gehad van wie ze bang was?'

'We wonen sinds het midden van het trimester samen. Vorig jaar zaten we samen in het studentenhuis. Ik heb haar nog nooit iets dergelijks horen zeggen en ik heb ook nog nooit van iemand iets slechts over Lotte gehoord.'

'Heb je hier of op het terrein van de universiteit wel eens iemand verdacht rond zien scharrelen, of heeft Lotte het daar ooit over gehad?'

'Nee.'

'Kun je je herinneren of er de laatste tijd iets bijzonders is gebeurd?'

'Nee, echt niet. Ze was altijd vrolijk. We waren allebei lid van de studentensociëteit. Lotte was ook betrokken bij de studentenraad. Ze had ook vriendjes.'

'Waren daar wel eens problemen mee?'

'Nee. Ze had een tijdje verkering met een jongen die lid was van Alpha Sigma, maar ze vonden allebei dat het niet klikte. Ze zijn… waren nog steeds goede vrienden.'

Kitces zweeg even. 'Jeetje, ik kan niet wennen aan…' Haar stem stokte. 'Begrijpt u?' kon ze nog net met een door tranen verstikte stem uitbrengen.

De agenten wachtten tot Bethany zichzelf weer in de hand had. Toen ze aangaf dat ze verder wilde stelde Sparks haar volgende vraag. 'Kun je ons iets over je vriendin vertellen? Dat zou ons kunnen helpen om de dader te vinden.'

Kitces veegde haar tranen af en nam nog een slokje water.

'Ze komt uit Kansas,' zei Bethany toen het haar lukte te praten zonder te huilen. 'Haar vader is orthodontist en haar moeder is advocaat bij een groot kantoor in Kansas City. Lotte is... was heel pienter. Ze haalde in het eerste jaar bijna allemaal tienen. Ze studeerde politicologie. Ze wilde rechten gaan studeren en daarna misschien in de politiek gaan. Toen ze op de middelbare school zat, werkte ze voor de verkiezingscampagne van een congreslid, en ze werkte de laatste tijd voor senator Gaylord.'

Bethany zweeg even. Ze fronste haar voorhoofd.

'Ga door,' drong Sparks aan.

'U vroeg of er iets vreemds was voorgevallen. Er was iets vreemds... Lotte werkte voor het verkiezingscomité van president Farrington. Maar daar is ze weggegaan om voor senator Gaylord te gaan werken.'

Evans fronste zijn voorhoofd. 'Je bedoelt dat ze naar de tegenpartij is overgestapt?'

'Ja. Het gekke was dat ze de president graag mocht, ze was een vurig aanhanger van hem en ze deed altijd heel negatief over Gaylord. Toen ze voor Gaylord ging werken, was ze niet echt enthousiast over haar campagne en haar standpunten. En, nu ik erover nadenk, wat het allemaal nog vreemder maakt is de manier waarop ze zich gedroeg toen ze uit Chicago terugkwam.'

'Wat is er in Chicago gebeurd?'

Kitces aarzelde. 'Ik heb haar beloofd dat ik daar met niemand over zou praten.'

'Ik kan begrijpen dat je loyaal wilt zijn tegenover je vriendin, maar ze is vermoord, Bethany. Je wilt toch geen informatie achterhouden die kan helpen om haar moordenaar op te sporen?'

Bethany wendde haar blik af. De agenten gunden haar rustig de tijd om na te denken.

'Goed dan,' zei ze, haar blik weer op de agenten richtend. 'Het had iets met president Farrington te maken. Meer wilde ze me niet vertellen. Toen ik op een middag na college thuiskwam, stond ze haar weekendtas te pakken. Dat was toen ze nog op het hoofdkwartier van Farringtons campagne werkte. Ik vroeg haar wát ze van plan was. Ik dacht dat ze misschien een nieuw vriendje had en bij hem ging slapen. Niet dat ze dat vaak deed, want ze was nogal conservatief op dat gebied. Ze ging alleen met jongens naar bed die ze echt graag mocht en ook niet meteen. Ik bedoel, niet bij het eerste afspraakje, en zelfs niet bij het tweede.'

Bethany keek naar Sparks om zich ervan te overtuigen dat het de agente duidelijk was dat haar flatgenote geen sloerie was. Sparks knikte.

'Dus zat ik haar te plagen over dat ze wat met een jongen had, maar ze zei dat het om iets anders ging. Ze vertelde me dat de president een toespraak hield in Chicago en dat ze was uitgenodigd om te komen luisteren en om te komen assisteren bij de inzamelingsactie, maar dat het allemaal heel stiekem moest en dat ze er met niemand over mocht praten. Ze heeft me toen laten zweren dat ik erover zou zwijgen.'

'Heeft ze je niet gezegd wat er stiekem was aan haar reisje?'

'Nee. Ik heb geprobeerd erachter te komen, maar ze wilde het me niet vertellen.' Kitces sloeg haar ogen neer. 'Ik heb er spijt van dat ik het u verteld heb. Ze wilde niet dat ik er iets over zou zeggen en dat heb ik beloofd.'

'Maar je hebt er goed aan gedaan om het ons te vertellen.'

'Dat hoop ik.'

'Deed Lotte opgewonden over die reis naar Chicago?'

'Ja, maar toen ze terugkwam was dat over. Ze deed geen vrijwilligerswerk meer voor Farrington en ze was de hele tijd stil en ze leek erg gespannen. Ongeveer een week later begon ze als vrijwilliger bij Gaylord.'

'Heeft ze je ooit verteld waarom ze voor de andere partij ging werken?'

'Nee.'

'Je zei daarnet dat haar stemming na de reis naar Chicago anders was. Op wat voor manier?' vroeg Sparks.

'Lotte was altijd opgewekt. Na Chicago leek het of haar stemming steeds wisselde. Dan was ze een paar dagen stil en dan weer opgewonden en geheimzinnig en daarna weer stil en nerveus.'

'En je weet niet waardoor dat veroorzaakt werd?'

'Nee. Ik heb haar een paar keer gevraagd of alles in orde was. Ik dacht dat het iets met een jongen te maken had.'

'En weet je zeker dat dat niet zo was?'

'Als ze iets met iemand had gehad zou ze me dat wel verteld hebben.'

'Heb je het telefoonnummer van Lottes ouders?' vroeg Sparks.

Alle kleur trok weg uit Bethany's gezicht. 'O mijn god, haar ouders. Ik hoef het hun toch niet te vertellen?'

'Nee, daar zorgen wij wel voor.'

'Ik zal wel met hen over de begrafenis en zo moeten praten. Ik wil er graag bij zijn.'

'Zo te horen waren jullie goede vrienden,' zei Sparks.

'Dat was niet moeilijk,' zei Bethany. 'Ze was zo'n lieve meid,' liet ze er snikkend op volgen.

'Kun je ons Lottes kamer laten zien?' vroeg ze toen Kitces uitgehuild was.

Terwijl Bethany de agenten voorging door een kleine gang droogde ze de tranen die langs haar wangen stroomden. In vergelijking met de meeste studentenkamers was de kamer van Walsh een toonbeeld van luxe en veel netter ingericht dan een typische kamer in een studentenhuis. Het bed was opgemaakt, er lagen geen kleren op de vloer en haar toilettafel en bureau waren keurig opgeruimd. Evans vermoedde dat Bethany verantwoordelijk was voor de rommel in de woonkamer. Hij liep naar het bureau terwijl Sparks in de laden van de toilettafel en in de kleerkast keek. Op het bureau lag een net stapeltje boeken over het Amerikaanse Congres.

'Ze werkte voor haar studie aan een scriptie over de voorzitter van de grootste partij in de Senaat,' legde Bethany uit.

'Bedankt,' zei Evans. Aan de andere kant van het bureau vond hij een natuurkundeboek en een paar boeken over internationale politiek. Evans fronste zijn voorhoofd. Er klopte iets niet, maar hij kwam er niet achter wat hem dwarszat. Hij trok een bureaula open en rommelde er wat in. Hij bladerde door een chequeboek maar kon niets interessants vinden. Er lagen pennen, geeltjes, wat paperclips en een nietmachine in de la. In een andere la lagen brieven van Walsh' ouders. Er ging Evans een licht op. Walsh' ouders waren misschien wel zo oud dat ze alleen via de gewone post communiceerden, maar iemand van haar leeftijd zou gebruikmaken van e-mail. Evans keek de kamer rond, maar hij vond niet wat hij zocht.

'Waar is de computer van mevrouw Walsh?'

Bethany keek ook de kamer rond voordat ze antwoord gaf. 'Als hij hier niet staat, moet ze hem hebben meegenomen. Ze had een laptop.

Die nam ze overal mee naartoe. Ze droeg hem in haar rugzak.'

Evans pakte zijn mobieltje en belde de agent aan wie de politie van Bethesda het bewijsmateriaal dat op de plaats van het misdrijf was aangetroffen had overgedragen. Hij vroeg of er een rugzak of een computer in het steegje was gevonden. Daarna vroeg hij of er in Walsh' auto een laptop of een rugzak was gevonden. Na een paar minuten beëindigde hij het gesprek.

'Bethany, als mevrouw Walsh de laptop niet bij zich had, waar zou hij dan kunnen zijn?'

Bethany schudde haar hoofd. 'Nergens. Ze verloor hem nooit uit het oog. Ze had alles erop staan: haar scripties, en al haar privézaken. Als hij niet op haar bureau stond, zat hij in haar rugzak.'

'Misschien had ze een back-up van haar harde schijf gemaakt,' zei Sparks.

'Uiteraard,' zei Bethany. 'Dat doet iedereen. Ze bewaarde haar back-upschijfjes in een plastic doos in haar bureau.'

Evans trok de laden van Walsh' bureau weer open maar hij kon de doos niet vinden.

'Bethany,' vroeg Evans, 'ik wil geen paniek zaaien. Misschien is er een eenvoudige verklaring voor het ontbreken van de laptop en de back-ups, maar kun je in deze kamer en in de rest van het appartement kijken of er verder iets ontbreekt?'

Kitces keek hem geschrokken aan. 'Denkt u dat er is ingebroken?'

'Ik weet niet hoe jullie appartement er gewoonlijk uitziet, dus daar kan ik niets over zeggen. Heb je iets ongewoons gemerkt toen je vanmorgen thuiskwam?'

'Nee, maar ik was nogal moe. Ik ben meteen naar bed gegaan. Ik heb niet rondgekeken.'

Sparks en Evans hielpen Bethany het appartement doorzoeken, maar ze vonden de laptop of iets anders dat hen bij het onderzoek kon helpen niet. Bethany kon ook niet zeggen of er iets anders ontbrak of verplaatst was. Toen ze er zeker van waren dat ze verder niets konden doen, vroeg Sparks aan Bethany of ze wilde dat ze een vriend of vriendin van haar belden om te vragen om naar haar toe te komen. Bethany zei dat ze zelf wel haar vriendje zou bellen. Evans belde naar het hoofdbureau van politie en vroeg of er een agent kon komen om Bethany's verklaring met betrekking tot de ontbrekende laptop en de back-upschijfjes te noteren. Zodra de politieman arriveerde, bedankten de agenten Bethany nogmaals, gaven haar hun visitekaartje en vertrokken.

'Denk je dat er gisteravond door iemand is ingebroken?' vroeg Sparks terwijl ze in de lift naar beneden stonden.

'Dat weet ik niet.'

'Wat denk je dat er met de laptop is gebeurd?'

'Als ze hem bij zich had, heeft de Slachter hem misschien zelf als souvenir gehouden. Als hij hem bij het lijk heeft achtergelaten kan iemand anders hem ook meegenomen hebben.'

Ze liepen een tijdje zwijgend verder. Op een gegeven moment wendde Sparks zich tot Evans.

'We moeten zorgen dat er iemand van het bureau in Kansas City naar Walsh' ouders gaat om het hun te vertellen.'

Evans huiverde. Hij had altijd vreselijk medelijden met de ouders. Hij kon zich niet voorstellen hoe het was om te horen dat je kind dood was en dan te horen krijgen dat ze een afschuwelijke, pijnlijke dood was gestorven. Hij voelde zich schuldig omdat een of andere arme stakker de verantwoordelijkheid zou krijgen om Charlottes ouders te bezoeken.

'Wanneer gaat die klootzak eens een fout maken?' mompelde hij boos.

'Dat komt wel, Keith. Dat doen ze altijd.'

Evans fronste zijn voorhoofd. 'Dat met die verkiezingscampagnes is een beetje vreemd. Ik wou dat ik wist wat er in Chicago gebeurd is.'

'Dat kun je aan iemand op Farringtons hoofdkwartier vragen. Waarschijnlijk is er een simpele verklaring voor.'

'Dat denk ik niet. Je loopt niet zomaar naar de andere kant over. Er moet iets gebeurd zijn.' Evans dacht even na. 'Misschien werkt de Slachter ook bij Farringtons campagne. Misschien heeft hij iets bij haar geprobeerd en is ze daarom halsoverkop vertrokken.'

'Dat zou kunnen verklaren waarom Walsh bij Farringtons campagne is opgestapt, maar niet waarom ze voor Gaylord ging werken.'

'Dat is zo. Daar had ik niet aan gedacht. Hebben we een verband ontdekt tussen de andere slachtoffers en een van de campagnes?'

'Niet dat ik weet, maar ik zal het door iemand na laten gaan. Maar ik durf erom te wedden dat de reden dat Walsh naar Gaylord is overgestapt niets met onze zaak te maken heeft.'

12

Dana reed op goed geluk rond tot ze het soort verlopen motel had gevonden dat aan de rand ligt van kleine steden die betere tijden hebben gekend. De accommodatie bij de Traveler's Rest bestond uit eenvoudige houten cabines, waarvan de afbladderende verflaag voor het laatst tijdens de Tweede Wereldoorlog was bijgewerkt. De enige aanwijzingen dat het een eenentwintigste-eeuws motel was, waren de reclameborden waarop gratis kabel-tv en toegang tot internet werd beloofd. Even na vijf uur in de ochtend betaalde Dana de receptionist contant voor een verblijf van een paar dagen en zette vervolgens Jakes Harley achter de vierde cabine vanaf het kantoor, zodat de motor vanaf de weg niet te zien was. Het enige voordeel dat ze had, was dat niemand wist wat voor vervoermiddel ze gebruikte en dat wilde ze zo houden.

In een kleine supermarkt bij een benzinestation, een paar uur bij het motel vandaan, had Dana contant betaald voor een tandenborstel, tandpasta en andere noodzakelijke toiletartikelen, en voor een voorraadje voorverpakte broodjes, tacochips en flessen water, voldoende voor een paar dagen. Ze was ook bij een Wal-Mart geweest, waar ze wat kleren en een plunjezak had gekocht. Nadat ze snel had gedoucht en haar tanden had gepoetst had ze een paar uur onrustig geslapen. Toen ze wakker werd, ging ze in haar T-shirt en onderbroekje naar CNN zitten kijken en at ondertussen de helft van een broodje ham en kaas en dronk een fles water.

Het belangrijkste nieuwsonderwerp ging over de Slachter van Washington, die weer een slachtoffer had gemaakt. De politie maakte de naam van het slachtoffer niet bekend totdat haar ouders waren ingelicht. Er werd niets gezegd over de schietpartij in Dana's appartement, maar dat had ze ook niet verwacht. De lieden die haar hadden belaagd bleven liever buiten de publiciteit. Waarschijnlijk hadden ze al hun sporen in het appartement uitgewist en iemand met onaantastbaar gezag ingeschakeld om de politie het zwijgen op te leggen. Als het haar zou lukken een paar dagen onder te duiken zouden ze misschien de conclusie trekken dat ze ervandoor was gegaan naar een plek ver uit de buurt van Washington. Dat zou haar een kleine adempauze geven. Nu ze nergens heen kon en verder niets te doen had, doodde Dana de tijd met naar oude films te kijken en af en toe even het nieuws te volgen.

Achter het motel stroomde een rivier. Ergens in een ver verleden had een van de eigenaars tussen een groepje populieren bij de oever een picknickplaats met drie tafels ingericht. De zon ging bijna onder toen Dana claustrofobische neigingen begon te krijgen en naar buiten liep. Het was een warme dag geweest en ze ging naar buiten in een T-shirt dat het pistool bedekte dat ze aan de achterkant van haar spijkerbroek tussen haar broekriem had gestoken. Dana liep met een broodje en een zak chips naar een van de tafels en spoelde alles weg met een paar grote slokken water. Tijdens het eten dacht ze na over de mogelijkheden die ze had. Dat waren er niet veel. Ze kon niet voor eeuwig zonder geld op de vlucht blijven en de foto's van Walsh en Farrington waren de enige waardevolle zaken die ze bezat. Hoe moest ze die te gelde maken? Ze kon niet naar het Witte Huis rijden en eisen dat ze de president te spreken kreeg.

De zon ging onder en een kille wind blies de warmte weg. Dana besloot naar binnen te gaan en wat onderzoek naar Christopher Farrington te doen. Hopelijk kon ze daarbij een manier ontdekken om hem haar eisen duidelijk te maken. Het bleek dat de beloofde toegang tot internet vanuit het motel wat overdreven was. Vanuit Dana's kamer was geen toegang mogelijk, maar in een hoekje van het kantoor van het motel stond een oude computer waar de gasten gebruik van konden maken. Het was niet gratis: Dana moest betalen voor het gebruik van het wachtwoord van het motel. Dat vond ze prima, omdat haar surfgedrag op naam van het motel zou komen te staan. Als ze op een lijst met gezochte personen voorkwam, was dat wel zo handig.

De tienerdochter van de eigenaar zat aan het bureau in het kantoor. Dana betaalde voor het wachtwoord. Het meisje stopte de bankbiljetten in de kassa en richtte haar aandacht toen weer op de televisie die op de hoek van de balie stond. Dana ging online en typte 'Christopher Farrington' als zoekopdracht in. Op het scherm verscheen een duizelingwekkend aantal verwijzingen en ze begon ze door te bladeren om te kijken of er iets bruikbaars bij was.

Tijdens haar verblijf in het psychiatrisch ziekenhuis had Dana haar belangstelling voor actualiteiten verloren. Toen de behandeling poliklinisch werd voortgezet was die belangstelling niet teruggekeerd. Ze had al een tijd geen stem uitgebracht bij de verkiezingen, zodat een heleboel informatie die voor de doorsneekiezer gesneden koek was, voor haar nieuws betekende. Dana las hoe Farrington van armoede tot rijkdom was gestegen, en een biografie van zijn vrouw. Nadat ze had gelezen dat Charles Hawkins al sinds Farringtons eerste jaren als politicus in Oregon voor de president werkte, las ze ook diens biografie. Het artikel over Hawkins bevatte een alinea over zijn rol als getuige in het proces tegen Clarence Little, die ervan beschuldigd werd dat hij de babysitter van de Farringtons, een tiener, had vermoord toen de president nog gouverneur van Oregon was. Ze begon net aan een verslag van die zaak toen ze de naam van een andere tiener op televisie hoorde.

'Mevrouw Walsh is, naar wordt aangenomen, het jongste slachtoffer van de Slachter van Washington, die al meer dan een jaar vrouwen in en om Washington terroriseert,' zei de nieuwslezer terwijl het beeld op het scherm een steegje toonde waar het wemelde van de politiemensen.

Dana was te verbouwereerd om aan de computer te werken. Zodra ze weer in haar kamer was, begon ze heen en weer te ijsberen over het korte stukje vloer tussen het bed en de kast. Ze was kotsmisselijk en werd gekweld door schuldgevoelens. Zou Walsh nog in leven zijn geweest als ze haar was blijven achtervolgen? Had ze de aanslag door de Slachter kunnen voorkomen?

Toen ze in het ziekenhuis lag, hadden een paar van haar collega's die bij haar op bezoek kwamen haar verteld dat ze zich niet voor konden stellen wat ze had meegemaakt. Dana hoefde zich geen voorstelling te maken van wat Charlotte Walsh had meegemaakt. Ze was zelf tot voorbij de uiterste grenzen van terreur en wanhoop geweest. Het enige verschil tussen Walsh en haar was dat Dana het had overleefd.

Ze kreeg het koud toen er nog iets in haar opkwam. Stel dat Walsh niet het slachtoffer van de Slachter van Washington was, wat dan? Dana zat bevend op de rand van het bed. Ze dacht aan alles wat ze had meegemaakt en wat er met Walsh was gebeurd. Ze kwam tot de conclusie dat dit geen kwestie van stom toeval was. Dana geloofde niet dat Walsh het willekeurige slachtoffer van een seriemoordenaar was. Niet nadat ze zelf ternauwernood ontsnapt was aan een willekeurige inbraak/verkrachting/moord. Misschien waren de mannen in haar appartement inderdaad FBI-agenten geweest die op bevel van Farrington iedereen moesten uitschakelen die van zijn affaire op de hoogte was. Dana wist niet alleen dat Farrington en Walsh elkaar ontmoet hadden, ze had ook foto's die dat konden bewijzen.

Dana haalde diep adem en probeerde tot rust te komen. Zolang ze de foto's had, kon de president haar niet vermoorden, maar ze wist dat zijn agenten niets zouden nalaten om haar, en iedereen die haar hielp, te pakken te krijgen om erachter te komen waar de foto's waren. De foto's waren haar enige uitweg uit deze ellende en ze kon maar één persoon bedenken die met de president over haar veiligheid kon onderhandelen. Dale Perry had haar in deze puinhoop doen belanden en hij was degene die haar er uit kon redden.

13

De vergaderzalen van de Amerikaanse Senaat zijn indrukwekkend, maar ook klein, omdat er maar honderd ingezetenen van de Verenigde Staten recht hebben op een zetel. Een van hen was Maureen Gaylord. Iedereen die haar over de vloer van de Senaat naar het podium zag schrijden was onder de indruk van haar zelfverzekerde, autoritaire houding. Die indruk was geen toevallig. Gaylords kapper was die morgen bij haar thuis al vroeg met haar bezig geweest en de schoonheidsspecialiste was bij haar op kantoor gekomen. Het peperdure pakje dat ze droeg gaf haar een zakelijk, maar ook toegankelijk voorkomen. Dat wist ze omdat het pakje samen met nog een paar andere eerder die week aan een adviesgroep was getoond. Hetzelfde was gebeurd met verschillende versies van de toespraak die ze op het punt stond te gaan houden.

Senator Gaylord, een voormalige Miss Ohio, was een gezond ogende brunette die het geld dat ze met diverse schoonheidswedstrijden had gewonnen gebruikt had om haar economiestudie aan de staatsuniversiteit van Ohio en haar rechtenstudie aan de universiteit van Pennsylvania te bekostigen. Ze was afkomstig uit de arbeidersklasse, wat haar voor de gewone man aanvaardbaar maakte. De jaren dat ze als juridisch adviseur bij een groot bedrijf had gewerkt kwamen haar populariteit onder de conservatieven ten goede, en haar universitaire achtergrond deed het goed in intellectuele kringen. Als politicus sprak Gaylord mensen van alle rangen en standen aan. Ze was geslepen genoeg om zich niet aan links of rechts te binden, maar ze was dubbelhartig genoeg dat ze iedereen die haar benaderde kon laten geloven dat ze aan hun kant stond.

De waarnemend voorzitter van de Senaat riep de vergadering met zijn voorzittershamer tot de orde. Maureen keek recht in de televisiecamera's. Er zaten niet veel mensen op de publieke tribune boven de vergaderzaal, maar er waren veel vertegenwoordigers van de media aanwezig, en daar ging het tenslotte om.

'Het is dankzij de FBI dat ik u vandaag in de vergaderzaal van 's werelds aanzienlijkste overlegorgaan kan toespreken. Een half jaar geleden ontwierp een in Amerika ontstane groep radicale islamieten, die zichzelf betitelden als het Leger van de Heilige Jihad, een verderfelijk plan om een aanslag te plegen op de gebouwen van de Amerikaanse Senaat, waarbij zo veel explosieven gebruikt zouden worden dat er een groot aantal slachtoffers zou vallen. Mijn kantoor zou daarbij ook verwoest zijn. Als het uitstekende werk van de FBI deze aanslag niet had voorkomen, zouden deze kwade lieden in hun opzet zijn geslaagd. Het feit dat deze fanaten met hun waanideeën tot een dergelijke schaamteloze daad wilden overgaan, benadrukt eens te meer de bittere noodzaak van de steun die wij de dappere mannen en vrouwen moeten geven die elke dag hun leven wagen opdat wij in vrijheid kunnen leven.

Ik ben er trots op dat ik een van de mede-indieners ben van de Wet ter Bescherming van het Amerikaanse Volk, die een belangrijke bijdrage zal betekenen aan de instrumenten waarover de FBI, de Binnenlandse Veiligheidsdienst, de CIA en andere groepen in de frontlinie van de strijd tegen het terrorisme thans beschikken. Een aantal mensen hebben bezwaren gemaakt tegen een aantal bepalingen in deze wet. Een van de klachten waar ik me in het bijzonder aan stoor, heeft te maken met het herkennen, onderzoeken en mogelijk interneren van Arabieren die de Verenigde Staten bezoeken of er wonen. Hieronder vallen ook burgers van Arabische afkomst. Degenen die over deze belangrijke bepalingen hun beklag doen, hebben zich zo door hun politieke correctheid laten verblinden dat ze geen oog meer hebben voor de werkelijkheid. Op enkele uitzonderingen na zijn Arabieren de daders van in de hele wereld gepleegde gruweldaden en een aantal van deze Arabieren, zoals het Leger van de Heilige Jihad, bereiden hun daden binnen onze landsgrenzen voor. Ze hebben de voordelen geplukt van onze democratie en ons kapitalistische stelsel, en spugen op degenen die hen hebben opgeleid en beschermd en hun mogelijkheden hebben geboden die in maar weinig landen voor burgers zijn weggelegd.

Ja, een enkeling zal er wellicht ten onrechte onder lijden als deze wet wordt aangenomen, maar als we onze burgers willen beschermen zal dat offers van ons vergen, in deze tijd van zelfmoordaanslagen en terroristen die zich niet aan algemeen aanvaarde fatsoensnormen storen. Van de meeste van deze onrechtvaardigheden mag worden aangenomen dat ze door ons uitstekende rechtssysteem worden rechtgezet, maar onze prachtige Amerikaanse politieke en juridische stelsels moeten beschermd worden, zodat ze ertoe kunnen bijdragen dat Amerika het prachtigste land ter wereld blijft.'

Senator Gaylord sprak nog veertig minuten over verschillende onderdelen van de wet en gaf vervolgens een persconferentie, waarna ze terugliep naar het Russell-gebouw, dat deel uitmaakte van de kantoorgebouwen van de Senaat en via een ondergrondse gang met het Capitool was verbonden. Ze had ook het ondergrondse treintje kunnen nemen, waarvan de kleine, open wagentjes haar aan een rit door Disneyland deden denken, maar Gaylord gaf de voorkeur aan een wandeling om even tot rust te kunnen komen. Elke minuut van haar tijd werd in beslag genomen door lieden die haar aandacht vroegen voor een of andere belangengroep. Deze zeldzame momenten van eenzaamheid vormden voor haar het grootste geschenk dat ze zichzelf kon geven.

Gaylord wist dat de Wet ter Bescherming van het Amerikaanse Volk geen kans maakte om aangenomen te worden, maar haar verdediging van het wetsvoorstel had haar verzekerd van de duurzame steun van de conservatieven in haar partij. Ze wist ook zeker dat Christopher Farrington het wetsvoorstel zou verwerpen, wat haar de kans zou geven om zijn houding tegenover het terrorisme als lankmoedig af te schilderen. De president nam over zo veel zaken zulke slappe standpunten in dat het etiket 'lankmoedig' goede kans maakte om te beklijven. Het was doorgaans lastig om een zittende president te verslaan, maar Farrington was niet gekozen. Ze beschouwde hem niet eens als president, maar als een middelmatig politicus, wiens taak het was om tot de verkiezingen haar plaats in de lijn van opvolging bezet te houden. Maureen wist dat Farrington zonder het aanzien dat het presidentschap hem bood tegenover haar geen enkele kans zou maken. Ze was ervan overtuigd dat ze de dekmantel waaronder zijn ware aard schuilging van zijn schouders zou kunnen rukken om zo voor de hele wereld zijn onbekwaamheid bloot te leggen. Tegen de tijd dat senator Gaylord haar kantoor binnen liep, voelde ze zich rechtschapen en vol zelfvertrouwen. Ze was klaar voor alles wat nodig was om van Christopher Farrington gehakt te maken.

'Mooie toespraak,' zei Jack Bedford vanaf de bank. Haar stafchef was een voormalig professor in de politicologie, die zowel aan de staatsuniversiteit in Boise als aan de Kennedy-school van Harvard had gestudeerd.

'Dat wist ik wel. Zijn er al reacties uit de pers?'

'Fox vond hem prachtig en MSNBC deed er heel negatief over. Ze begonnen over de Japanners die we tijdens de Tweede Wereldoorlog geïnterneerd hadden.'

'Dat was te verwachten.'

'Maar ik wil niet over je toespraak praten.'

'O?'

'Er is iets gebeurd waarvan ik vond dat je het moest weten.'

'Wat dan?' vroeg Gaylord ongeïnteresseerd terwijl ze snel een stapel documenten doorkeek die een van haar medewerkers boven op de stapel met belangrijke stukken had gelegd.

'Een van de meisjes van het hoofdkwartier van de campagne, een zekere Charlotte Walsh, is door de Slachter van Washington vermoord.'

Gaylord onderbrak haar bezigheden en keek op. 'Dat is vreselijk,' zei ze met oprechte emotie. 'We moeten de ouders een condoleance-bericht sturen en bloemen voor de begrafenis bestellen. Bestel maar een duur bloemstuk.'

'Dat is al gebeurd.'

Gaylord leek geschokt. 'Ik hoop dat de Slachter niet een van onze vrijwilligers is.'

'De FBI heeft iedereen op het hoofdkwartier ondervraagd, maar Reggie Styles heeft alles in de hand. Er is geen enkel bewijs dat de Slachter bij je campagne is betrokken. Waarschijnlijk is het een of andere gestoorde blanke man, die in zijn eentje opereert en nog thuis bij zijn moeder woont. Zo staat het altijd in de profielschetsen.'

Gaylord bromde wat en verzonk toen in een ongebruikelijke stilte. Bedford bleef geduldig zitten wachten. Als zijn baas een idee had, reageerde ze altijd zo.

'Denk je dat we de aanwezigheid van een succesvolle seriemoordenaar in Washington kunnen gebruiken om Farringtons misdaadbeleid als zwak te bestempelen?'

'Daar heb ik al iets over opgeschreven wat je kunt gebruiken als je met de pers over de moord op Walsh gaat praten. "Als Farrington niet eens de mensen in deze stad kan beschermen, hoe kan hij dan een heel land bescherming bieden?" Wat vind je daarvan?'

Gaylord glimlachte. 'Dat klinkt goed.'

Bedford werd serieus. 'Er is nog iets. Het zou kunnen zijn dat Walsh voor Farrington spioneerde.'

'Wát?'

'Zodra we hadden ontdekt dat Walsh voor jou werkte, heb ik iemand gestuurd om haar flatgenote te condoleren en steun te bieden. Het bleek dat Walsh tot een week voordat ze zich als vrijwilliger bij onze campagne meldde een vurig aanhanger van Farrington was. Dat heb ik aan Reggie gemeld. Een van onze vrijwilligers is een jongeman uit Georgetown. Het schijnt dat hij op de avond van de moord met Walsh uit eten is geweest. Hij heeft tegen Reggie gezegd dat ze vrijwel als enige op kantoor was op een tijd dat ze daar niet hoorde te zijn en dat ze heel erg schrok toen hij zag dat ze een kopie stond te maken van een economisch rapport. Toen hij haar een paar minuten later in Reggies kantoor aantrof, schrok ze weer. Reggie heeft zijn hele kantoor gecontroleerd. Er is niets weg, maar er lag een geheime lijst met de namen van onze donateurs in een afgesloten la van zijn bureau.'

'Als Farrington een spion in ons kantoor heeft gestationeerd kunnen we dat misschien in ons voordeel gebruiken.'

'Dat dacht ik ook, maar we moeten voorzichtig te werk gaan, zeker nu ze dood is. We kunnen niet het slachtoffer van een vreselijk misdrijf belasteren.'

'Natuurlijk niet. Waarom kijk je niet wat verder of je harde bewijzen kunt vinden dat Farringtons mensen erbij betrokken waren? Kun je ondertussen ook een persconferentie voor me regelen? Misschien kunnen we de ouders over laten komen. Zou dat niet geweldig zijn?'

14

'Waar ben je verdomme al die tijd geweest?' vroeg Perry boos toen zijn secretaresse Dana had doorverbonden.

'Ik heb het nogal druk gehad.'

'Ik hoop dat je een verdomd goede verklaring voor je gedrag hebt. Mijn cliënt zegt dat je er midden in je opdracht de brui aan hebt gegeven, nadat je een of ander krankzinnig bericht over een aanval op iemand in de bossen had ingesproken.'

'Dat was geen krankzinnig bericht, Dale. De opdracht zelf was krankzinnig. En om eerlijk te zijn, ik geloof niet dat je mij volledige instructies hebt gegeven. Je hebt het niet gehad over gewapende agenten van de Geheime Dienst en nog een paar van die kleinigheden.'

'Wat voor agenten van de Geheime Dienst?' flapte Perry eruit. Dana vond dat hij oprecht verbijsterd klonk, maar advocaten leerden hoe ze moesten liegen.

'Daar gaan we het vanavond eens uitgebreid over hebben,' zei Dana.

'Dat had je verdomme gedacht. Wat jij gaat doen is de foto's die je gemaakt hebt en het mobieltje dat ik je heb gegeven als de bliksem naar mijn kantoor brengen.'

'En wat ga je doen als ik dat niet doe? Een proces aanspannen? Ik denk dat ze bij Court TV door het dolle heen raken als ze een proces kunnen uitzenden waarbij het voornamelijk gaat over wat zich afspeelt in het liefdesnestje van de president.'

'Waar heb je het over?'

'Gisteravond heeft president Christopher Farrington twee mannen op me afgestuurd omdat ik foto's heb waarop hij samen met Charlotte Walsh in een slaapkamer staat, kort voordat ze – naar men aanneemt – door de Slachter van Washington werd vermoord. Wat denk je dat meneer Hoeksteen-van-de-Samenleving met een meisje dat zijn dochter had kunnen zijn in die slaapkamer aan het doen was?'

'In godsnaam, Cutler, niet via de telefoon.'

'Het lijkt erop dat ik eindelijk je aandacht heb.'

'Hoe gauw kun je naar mijn kantoor komen?'

'Denk je dat ik helemaal gek ben? Ik blijf zo ver mogelijk bij jouw kantoor uit de buurt. Vanavond stap jij na zonsondergang in je auto. Vergeet je mobieltje niet. Ik zal je zeggen waar je me kunt vinden zodra ik er zeker van ben dat je niet wordt achtervolgd. En denk niet dat ik alleen ben. Ik laat je in de gaten houden,' loog ze, 'zonder dat je het zelf merkt. Als ze zien dat je achtervolgd wordt, gaan de foto's naar de pers. Begrepen?'

'Als je dat maar uit je hoofd laat. Die foto's mogen niet openbaar gemaakt worden.'

'Dat heb je zelf in de hand, Dale. Ik wil er geld voor zien. Van de president of van CNN, dat maakt me niet uit. Ik was trouwens toch niet van plan om op Farrington te stemmen.'

Dana koos voor het gesprek met Perry The 911, een bar in het zuidwesten van Washington, waar behalve de ingang nog twee uitgangen waren. De ene bevond zich bij de toiletten en kwam uit in een zijstraat en de andere was in de keuken en kwam uit in een achterafsteegje. Dat was handig als ze zou moeten vluchten. De eigenaar van de bar was Charlie Foster, een gepensioneerde politieman die ze nog kende uit de tijd dat ze zelf bij de politie was. Hij had er al zijn spaargeld in gestoken en Dana had de indruk dat de bar niet veel opbracht. The 911 was donker en er hing een lucht van verschaald bier en zweet. De muziek stond altijd keihard; het oorverdovende lawaai had iets dreigends. Voor Dana's doel was het beste aspect van de bar dat de klanten, net als de buurt, arm en zwart waren. Als Farrington een blanke ook maar in de buurt van The 911 zou sturen zou dat meteen opvallen.

Het feit dat het gesprek in een overwegend Afro-Amerikaanse buurt plaatsvond, werkte ook nog op een andere manier in Dana's voordeel. In de juridische gemeenschap stak Dale Perry's wrede reputatie die van Dracula naar de kroon. Verhalen over Perry's keiharde tactieken werden op juridische congressen net zo rondverteld als de verhalen over *no-hitters* die onder honkbalfans de ronde deden. Dana had die verhalen gehoord en wist dat ze moest zorgen dat ze in het voordeel was. The 911 bood haar die kans. Dale Perry hield niet van arme mensen en hij was bang voor zwarten, van wie hij aannam dat ze hem allemaal wilden beroven en vermoorden. Tijdens hun onderhandelingen zou Perry door angst uit zijn evenwicht zijn.

Twee uur lang verkende Dana het gebied rond The 911 voordat ze via de keuken de bar binnen ging en uit het niets opdook op de stoel tegenover de zich duidelijk niet op zijn gemak voelende advocaat. Ze had niet tegen Perry gezegd in wat voor gelegenheid het gesprek zou plaatsvinden. Hij droeg nog steeds een donker kostuum, een zijden overhemd en een Hermès-das, waardoor hij in The 911 net zo in het oog liep als iemand die zich als Kerstman had verkleed.

'Zit je van de sfeer te genieten, Dale?' vroeg ze met een grijns.

'Je boft dat ik hier nog zit,' antwoordde Perry, die probeerde om als een harde jongen te klinken. Dat zou misschien gelukt zijn als zijn voorhoofd niet glom van het zweet en zijn ogen tijdens het spreken niet nerveus heen en weer schoten.

'Dit is mijn voorstel, Dale,' zei Dana. 'Wat je mij hebt betaald om Charlotte Walsh te achtervolgen was meer dan redelijk voor een eenvoudige opdracht om iemand te schaduwen. Maar het is bij lange na niet genoeg om me te vergoeden voor een achtervolging door gewapende agenten van de Geheime Dienst of in mijn appartement door twee mannen te worden aangevallen, die zeiden dat ze me zouden verkrachten als ik hun niet de foto's gaf die ik van Farrington en Charlotte Walsh heb gemaakt. Je kent mijn voorgeschiedenis. Je weet dus wat zo'n bedreiging bij mij teweegbrengt.'

'Daar had ik niets mee te maken.'

'Wat mij betreft, ben jij ervoor verantwoordelijk dat mijn leven helemaal verziekt is. Ik moest een agent van de Geheime Dienst bewusteloos slaan toen ik bij Farringtons liefdesnest wegvluchtte. Daarna moest ik een vent die beweerde dat hij van de FBI was neerschieten om te voorkomen dat ik verkracht werd. Ik moet dus niet alleen rennen voor mijn leven, er staat me ook een zware federale aanklacht te wachten. Als ze me arresteren ga ik niet mijn opdrachtgever beschermen, Dale. Als het maar enigszins kan, gooi ik het op een akkoordje en noem de namen van alle betrokkenen, gewoon om mezelf te beschermen. Geloof me, het is in jouw eigen belang en ook in dat van je vriendje Christopher Farrington om me af te kopen en te zorgen dat dit ophoudt.'

'Wat wil je?'

'De verzekering dat ik niet meer achternagezeten word en dat ik nooit aangeklaagd of gearresteerd zal worden voor om het even welke misdaad er uit dit fiasco voortvloeit. En ik wil ook een miljoen dollar.'

'Dat meen je niet.'

'Je komt er met een koopje af, Dale. Ik had veel meer kunnen eisen. Maar ik denk dat een miljoen een bedrag is dat je vriendjes snel op kunnen hoesten en hoewel het voor mij een heleboel geld is, is het voor mensen uit jouw kringen een schijntje. Het is ook een redelijke vergoeding voor wat ik heb meegemaakt en een heel stuk minder dan wat Farrington aan een publicrelationsbureau moet betalen om zijn goede naam te redden als ik die foto's verkoop.'

'Stel dat ik voor dat geld kan zorgen, hoe denk je dan dat ik een federaal onderzoek kan voorkomen?'

Dana schudde vol walging haar hoofd. 'Als je die foto's wilt, moet je me niet gaan zitten treiteren. Je bent dik bevriend met iedere invloedrijke politicus in de regering, inclusief de minister van Justitie. De president is zijn baas.'

'Wat voor zekerheid heb ik dat je er niet met het geld vandoor gaat en de foto's toch verkoopt?'

'Dale, die miljoen dollar is niet mijn voornaamste doel. Het gaat me erom dat ik in leven blijf om het uit te kunnen geven. De president kan me laten vermoorden op elk moment dat hem dat uitkomt. Ik wil dat Farrington een reden heeft om me te vergeten. Ik houd zelf voor de zekerheid een stel foto's achter, die naar de media gaan als ik onder verdachte omstandigheden kom te overlijden, maar als iedereen eerlijk spel speelt, heb ik alle reden om die diep geheim te houden.'

Perry schudde zijn hoofd. 'Je bent een gek wijf, Cutler. Ik kan niet geloven dat jij het lef hebt om de president te chanteren.'

'Het is geen kwestie van lef hebben, Dale. Ik ben doodsbang. Die foto's zijn het enige wat me in leven houdt en ik zal ze op alle mogelijke manieren gebruiken om te zorgen dat ik adem kan blijven halen.'

Perry staarde naar het tafelblad. Toen hij zijn ogen opsloeg, leek het of hij berouw had.

'Het spijt me dat je in de problemen zit, en ik vind het heel erg wat er in je appartement is gebeurd, vooral vanwege wat je hebt meegemaakt toen je nog bij de politie was. Toen ik je vroeg voor dit karwei had ik echt geen flauw idee dat je er zulke moeilijkheden mee zou krijgen. Ik dacht dat het voor jou een makkelijke manier was om geld te verdienen.'

'Dat was het dus niet.'

'Ik voel me er verantwoordelijk voor dat je hierin verzeild bent geraakt en ik zal mijn best doen om je eruit te redden. Laten we opstappen, dan zal ik kijken wat ik kan doen.'

'Bedankt, Dale.'

'Hé, Cutler, ik mag jou. Je bent een keiharde en je hebt altijd prima werk geleverd. Je kunt me vertrouwen. Reken er maar op dat alles in orde komt.'

Dat 'kunnen vertrouwen' deed voor Dana de deur dicht. Ze was er bijna ingetrapt toen Perry plotseling een andere toon aansloeg, maar toen hij dat zei, wist ze dat er meer aan de hand was en dat het niet goed uit zou pakken. Terwijl ze vol 'vertrouwen' naar Perry glimlachte, gingen haar ogen de bar rond. Alles leek normaal. Perry's handlangers moesten zich dus buiten ophouden.

'Waarom geef je me geen nummer waar ik je kan bereiken als ik nieuws voor je heb?' zei Perry.

'Het is beter dat ik jou bel.'

'Dat is prima. Geef me een dag de tijd om aan het probleem te werken. Binnenkort weet ik meer.'

'Prima, Dale, en nogmaals bedankt.'

'Ik loop wel met je naar buiten,' zei Perry.

'Ik wil eerst even naar het toilet. Je hoeft niet te wachten.'

'Goed. Tot gauw.'

Dana keek Perry na. Ze kon zichzelf wel voor het hoofd slaan omdat ze de advocaat niet had gefouilleerd. Ze was er bijna zeker van dat hij apparatuur bij zich had waarmee hun gesprek was afgeluisterd. Als dat zo was, zouden er bij de uitgang bij de toiletten mannen staan wachten tot ze naar buiten kwam. Dana liep dus eerst die kant uit en dook toen de keuken in. De twee koks die de snelbuffetkeuken bemanden, keken haar met open mond aan toen ze haar spijkerbroek en haar T-shirt uittrok en de kleren die Charlie Foster haar had gegeven uit een plastic vuilniszak haalde. Ze trok een haarnetje over haar haar en trok een slobberbroek en verschillende truien aan om er dikker en zwaarder uit te zien dan ze ooit geweest was. Een schort, een bril met vensterglas en een .45 maakten haar uitrusting compleet. Toen ze zich had aangekleed vulde Dana een vuilniszak met afval en nog een met haar kleren voordat ze de achterdeur ver genoeg opende om in het steegje te kunnen gluren. Er stond niemand voor de deur te wachten, maar toen ze in de richting van de straat keek, zag ze aan het eind van het steegje een schaduw. Aan de andere kant van het steegje stond waarschijnlijk ook iemand.

'Klootzakken. Waarom moet ik altijd die troep naar buiten slepen?' schreeuwde ze zo hard ze kon in het Spaans. 'Ik ben chef, geen vuilnisman.'

Dana rukte het deksel van de afvalcontainer open en smeet er een zak in. Vervolgens beende ze in zichzelf mopperend het steegje in. Toen de man uit de schaduw stapte om haar beter te kunnen bekijken pakte ze het pistool onder haar kleren steviger beet en keek hem aan.

'Wat mot je, *pendajo*?' vroeg ze strijdlustig.

'Sorry,' zei de man terwijl hij weer wegdook in de schaduw.

Dana haalde diep adem en volgde snel de vluchtroute die ze een paar uur eerder had uitgestippeld. Onder het lopen stelde ze zich voor dat er priemende ogen op haar rug gericht waren. Ze verwachtte elk moment het geluid van een schot, maar de vermomming had gewerkt. Even later zat ze op de Harley en maakte ze dat ze pijlsnel bij The 911 uit de buurt kwam.

15

Op het moment dat de politie Charlotte Walsh als het jongste slachtoffer van de Slachter identificeerde, was Christopher Farrington in Iowa campagne aan het voeren. Hij gaf Charles Hawkins opdracht om naar de volgende plaats op zijn agenda te vliegen. Zodra hij bericht kreeg dat zijn medewerker nog op hem wachtte, haastte hij zich van de inzamelingsactie die hij had bijgewoond terug naar het hotel.

Farrington was witheet van woede toen hij zijn hotelsuite betrad. Nadat hij tegen de andere aanwezigen gezegd had dat ze moesten vertrekken riep hij zijn vriend bij zich.

'CNN zegt dat Charlotte het jongste slachtoffer van de Slachter is. Dat is wel heel toevallig.'

Hawkins haalde zijn schouders op. 'Het heeft je altijd meegezeten, Chris.'

Farrington keek Hawkins woedend aan. 'Wat mankeer je? De Slachter van Washington? Ben je wel goed bij je hoofd? Dat is de meest in het oog lopende zaak in Washington sinds die sluipschutters. We moesten zorgen dat we uit de publiciteit bleven, en nu komen we dankzij jou in het hele land op televisie.'

'Wíj komen niet in de publiciteit. Alle aandacht gaat naar de Slachter. Wie legt er nou een verband tussen een tweedejaarsstudent en de president van de Verenigde Staten?'

'Die verdomde privédetective doet dat. Ben je al wat meer over haar te weten gekomen?'

'Nee. Ze had een afspraak met Dale Perry en we hebben hem van afluisterapparatuur voorzien, maar ze is ontsnapt.'

'Verdomme, Chuck, hoe is dat mogelijk? Een of andere goedkope speurneus, terwijl jij de hele FBI en de nieuwste technische snufjes ter beschikking hebt. Waarom heb je haar niet met een satelliet gevolgd?'

'Dat vonden we niet nodig. We dachten dat we haar te pakken hadden, maar ze is erg slim.'

'Wat had ze met Dale te bespreken?'

'Ze wil de foto's voor een miljoen dollar verkopen en de verzekering dat we haar met rust laten.'

'Koop ze dan.'

'Zo eenvoudig is dat niet. Ze heeft tegen Dale gezegd dat ze een stel achterhoudt voor het geval we op onze deal terugkomen.'

'Dat moeten we dus niet doen.'

'Chris, als we haar betalen heeft ze er alleen maar belang bij om nog een stel aan de media te verkopen. Als de foto's eenmaal openbaar zijn, kunnen we het niet in ons hoofd halen om haar te vermoorden. Als ze doodgaat ben jij de hoofdverdachte, zelfs al is het een natuurlijke doodsoorzaak. Daar krijg je het grootste gedonder mee. Gaylord zal beweren dat je haar door de CIA hebt laten vermoorden met een of ander onbekend gif dat geen sporen achterlaat en haar dood het gevolg van een hartaanval doet lijken. Als we de meerderheid in het Congres hadden, zouden we een onderzoek tegen kunnen houden, maar die meerderheid hebben we niet. Zelfs al wordt je naam na verloop van tijd gezuiverd zou dat onderzoek de hele verkiezingsperiode duren en zo veel slechte publiciteit opleveren dat het je je kop kost.'

'Wat ga je aan die Cutler doen?'

'Proberen haar te vinden. Als we haar eenmaal te pakken hebben, kan ik je verzekeren dat ze ons alles vertelt wat we willen weten.'

'Vind haar dan, maar wel snel. Ik heb hier geen goed gevoel over.'

'Dat is nergens voor nodig. We hebben alles geregeld.'

'Zo klinkt het anders niet,' zei Farrington. 'Moet ik nog iets weten?'

Hawkins aarzelde.

'Wat verzwijg je voor me, Chuck?'

'Het kan zijn dat zich nog een paar problemen aandienen die ik niet heb voorzien, maar daar hoef jij je geen zorgen over te maken.'

'Wat voor problemen?'

'Een van onze mensen die voor Gaylord werkt, zegt dat ze de Slachtermoorden tegen je gaat gebruiken door te suggereren dat je niet in staat bent om Amerika te beschermen als het je niet eens lukt om de mensen in Washington te beschermen tegen één enkele moordenaar.'

'Dat is belachelijk. Het is niet mijn taak om de Slachter te vinden. Dat is een zaak voor de plaatselijke politie.'

'Het onderzoek staat onder leiding van een taakeenheid van de FBI,' verbeterde Hawkins hem.

'Dat kan zijn, maar daar heb ik niets mee te maken. Laat Hutchins dat rechtzetten,' beval hij, op Clem Hutchins, zijn perschef, doelend.

'Daar wordt aan gewerkt.'

'Goed. Je had het over "problemén". Wat is er nog meer fout gegaan?'

'Mijn informant heeft ook gezegd dat Gaylords mensen Walsh ervan verdenken dat ze als spion voor ons werkte.'

'Kunnen ze dat bewijzen?' vroeg Farrington bezorgd.

'Dat denk ik niet. Ze kunnen hooguit bewijzen dat ze als vrijwilligster voor ons werkte voordat ze naar haar overliep, maar ze kunnen niet bewijzen dat ze ons een kopie van de lijst met Gaylords geheime sponsoren heeft gegeven.'

'Als het ooit uitlekt dat we Charlotte hebben gevraagd om iets uit Gaylords hoofdkwartier te stelen betekent dat het einde van mijn carrière. Dat zou een tweede Watergate worden.'

'Daar hoef je je geen zorgen over te maken, Chris. Zelfs al kan Gaylord bewijzen dat Walsh onze spion was, kan ze die informatie niet gebruiken zonder die lijst openbaar te maken. Dan komt haar geheime smeergeldfonds aan het licht.'

'Daar heb je gelijk in,' zei Farrington met een opgeluchte glimlach, maar toen werd hij bedachtzaam.

'Hoe ver is de FBI met het onderzoek naar de Slachter?'

'Ik heb van de FBI gehoord dat ze geen idee hebben wie het is.'

'Uitstekend. Misschien krijgen ze hem nooit te pakken. Dat zou voor ons nog het beste zijn.'

'Mee eens. Maar als ze hem pakken zal hij waarschijnlijk de moord op Walsh opeisen om zo zijn aantal slachtoffers te vergroten. En wie zal hem geloven als hij zegt dat hij Walsh niet heeft vermoord?'

Farrington zuchtte. 'Je hebt gelijk. Richt je dus op die privédetective. Ik wil dat ze opgespoord en uitgeschakeld wordt. Als er met haar is afgerekend is er voor ons geen vuiltje meer aan de lucht.'

Farrington verzonk plotseling in gedachten. Toen hij sprak, keek hij bedroefd.

'Het was een prima meid,' zei hij zachtjes.

Hawkins wilde tegen zijn vriend zeggen dat hij aan de gevolgen van zijn daden had moeten denken voordat hij met de jonge vrijwilligster naar bed ging, maar hij hield wijselijk zijn mond.

16

Het uitgaansleven van Keith Evans stelde niets voor, zodat het voor hem geen offer betekende om het weekend op kantoor door te brengen. Toen zijn vorige vriendin een half jaar geleden de verkering had uitgemaakt, had ze tegen de FBI-agent gezegd dat ze was gaan geloven dat ze hem alleen nog te zien zou krijgen als ze een federale misdaad beging. Evans hield van voetbal, maar de Superbowl was al maanden geleden afgelopen. Hij hield niet van basketbal of honkbal en golf had hem nooit geïnteresseerd. Steeds als hij medelijden met zichzelf begon te krijgen dook hij alleen maar nog dieper in zijn werk. Als hij niet veel te doen had of, zoals nu, nutteloos werk moest verrichten werd het moeilijker om zijn privéproblemen te negeren.

Dit weekend had Evans ieder snippertje papier over de Slachtermoorden herlezen, in de hoop dat dat hem nieuwe inzichten zou verschaffen, maar het enige wat hij er aan overgehouden had was een paar vermoeide ogen. Het was nu maandag, en aan het eind van de ochtend kon hij niet bedenken wat hij moest gaan doen, omdat hij op zaterdag en zondag alle mogelijke oplossingen al had bestudeerd. Zo te zien kon hij alleen nog maar hopen dat de Slachter op een gegeven moment een vergissing zou begaan, wat niet waarschijnlijk was.

Sociopaten, psychopaten of aso's (of hoe ze tegenwoordig heetten) waren in staat om moeiteloos te doden omdat ze geen gevoelens voor hun slachtoffers koesterden. Volgens Evans kwam dat omdat ze nooit normaal in de maatschappij hadden gefunctioneerd. Hij geloofde dat alle kinderen sociopaten waren, die alleen aan zichzelf en hun eigen behoeften dachten. Ouders werden verondersteld om hun kinderen te leren nadenken over wat voor gevolgen hun daden op anderen konden hebben. Seriemoordenaars hadden dat nooit goed geleerd en dus nooit een geweten ontwikkeld. De reden dat Evans ervan overtuigd was dat

de Slachter een fatale vergissing zou begaan was omdat de meeste seriemoordenaars, net als de meeste kleine kinderen, zichzelf als het mid-
delpunt van het heelal beschouwden en geloofden dat ze onfeilbaar
waren. Als ze toch een fout maakten, gaven ze anderen daar meestal de
schuld van: het slachtoffer, hun advocaat of iedere persoon of instelling
die hun goed uitkwam. Het grote probleem met deze theorie was dat
seriemoordenaars vaak een bovengemiddelde intelligentie hadden, zodat het een hele tijd kon duren voordat de vergissing aan het licht trad.
En in de tussentijd zouden nog meer vrouwen de dood vinden.

Even voor twaalf uur, terwijl Evans het laatste stukje van een luxe-
broodje naar binnen werkte, pakte hij een rapport van de eerste Slach-
termoord en hij besefte dat hij dat een uur eerder ook al had zitten lezen. Hij kon geen andere manier bedenken om de tijd door te brengen
en dus kwam hij overeind en liep naar de koffiepot. Hij was halverwege toen zijn telefoon ging.

'Met Evans,' zei hij toen hij had opgenomen.

'Ik heb een zekere dokter Standish voor u op twee,' zei de receptioniste.

Evans drukte het knopje in en werd begroet door Standish' vrolijke
stem.

'Ik ben klaar met de autopsie van Charlotte Walsh. Daar wil ik even
met je over praten.'

Standish had erop gestaan om met Evans af te spreken bij een Italiaans
restaurant een paar straten bij het kantoor van de patholoog vandaan.
De agent trof de lijkschouwer achter in het restaurant aan. Standish
had dit restaurant uitgekozen omdat hij rekening wilde houden met
de gevoelens van andere klanten, wier maaltijd bedorven zou worden
als ze de expliciete anatomische beschrijvingen hoorden die bij een gesprek over een autopsierapport vaak aan de orde kwamen. Hoewel
Standish het bloed en de viezigheid waar hij iedere dag mee te maken
kreeg als vanzelfsprekend beschouwde, was hij zich ervan bewust dat
dat niet gold voor de overgrote meerderheid van de Amerikaanse be-
volking. Dat was hem duidelijk geworden toen tijdens een van zijn
eerste processen, waarin hij tegen een wrede drugshandelaar had
moeten getuigen, een van de juryleden, een tweeëndertigjarige verko-
per van een gereedschapswinkel, flauwviel bij zijn beschrijving van
een moord met een kettingzaag.

'Dag, Art,' zei Evans terwijl hij in het zitje schoof op het moment dat de ober naar hun tafeltje toe kwam.

'Je moet de kalfsoester eens proberen,' stelde de lijkschouwer voor, terwijl hij een hap nam van zijn bijgerecht, spaghetti Marinara.

'Ik heb al gegeten,' vertelde hij Standish. 'Alleen een koffie, graag,' zei hij tegen de ober.

'Zeg het eens. Wat heb je voor me?' vroeg Evans zodra de ober buiten gehoorsafstand was.

'Iets heel vreemds,' antwoordde Standish toen hij zijn mond leeg had.

'Hoezo?'

De lijkschouwer pakte een stapel papieren die naast hem op de plastic zitting lag en schoof die naar Evans toe.

'Om te beginnen de doodsoorzaak. De ogen waren verwijderd en het slachtoffer had een heleboel steekwonden van hetzelfde type dat we ook bij de andere moorden van de Slachter hebben aangetroffen. De romp en de geslachtsstreek waren zwaar verminkt en de halsstreek vertoonde een groot aantal snijwonden. In feite was de hele hals behoorlijk aan stukken gehakt.'

'Net als bij de andere moorden, zo te horen.'

'Precies, alleen werden de andere slachtoffers verminkt vóórdat ze stierven. De meeste verwondingen bij Walsh zijn aangebracht toen ze al dood was. Dat heb ik kunnen vaststellen omdat ik niet de hoeveelheid bloed heb aangetroffen die je kunt verwachten als iemand wordt neergestoken terwijl het hart nog klopt.'

'Wat is dan de doodsoorzaak bij Walsh geweest?'

'Dat is interessant. Toen ik de hersenen verwijderde, ontdekte ik een wond die erop wees dat ze met een scherp voorwerp aan de onderkant in haar nek, tussen de schedel en de eerste halswervel, is gestoken. Dat heeft haar ruggenmerg doorgesneden en onmiddellijk de dood veroorzaakt, maar daarbij was nauwelijks sprake van bloedverlies.'

'Dus Walsh' dood werd veroorzaakt door die steekwond in het ruggenmerg, en daarna ging de Slachter haar te lijf alsof ze nog leefde.'

'Zo kun je het bekijken, ja.'

'Misschien ergerde het hem zo dat ze al na één steek stierf dat hij die andere wonden in een vlaag van woede heeft toegebracht.'

'Dat zou ook kunnen,' zei Standish instemmend terwijl hij nog een hap kalfsvlees in zijn mond stopte. Evans nam een slokje koffie en dacht na terwijl hij wachtte tot de lijkschouwer zijn eten had doorge-slikt.

'We hebben nog een paar tegenstrijdigheden gevonden,' zei Standish terwijl hij met zijn vork, die rood zag van de saus, naar de FBI-agent wees. 'Ik heb geen bewijzen van gedwongen geslachtsgemeenschap gevonden zoals bij het eerste slachtoffer dat ik onderzocht heb. De autopsierapporten die je me van de andere vrouwen hebt gestuurd, ver-meldden schaafwonden rond de geslachtsdelen en andere aanwijzingen van verkrachting, maar bij Walsh was daarvan geen sprake.'

Evans spreidde zijn handen en haalde zijn schouders op. 'Misschien was hij niet in de stemming omdat ze al dood was.'

'Dat kan.'

'En de andere tegenstrijdigheden?'

'Je weet van het goedje dat in de mond van de slachtoffers is gevon-den?'

'Dat spul waarvan we niet kunnen vaststellen wat het is?'

'Precies. Dat heb je toch bij alle slachtoffers gevonden?'

Evans knikte.

'Het zat niet in de mond van Walsh.'

Evans fronste zijn voorhoofd. 'Bedoel je dat we met een imitator te maken hebben?'

'Ik bedoel helemaal niets. Ik houd me alleen met het medische ge-deelte bezig. Jij bent de rechercheur.'

'Hoeveel overeenkomst was er tussen de verwondingen in de ande-re zaken en de verwondingen van mevrouw Walsh?'

'O, de werkwijze is bijna dezelfde, op de uitgebreide beschadigingen van de hals na.'

'Is het mogelijk dat de halswonden na het overlijden zijn aange-bracht om de aandacht van de werkelijke doodsoorzaak af te leiden?'

Standish haalde zijn schouders op. 'Alles is mogelijk. Bij een derge-lijke slachtpartij is die kans zelfs heel groot. Ik zou de fatale verwon-ding nooit ontdekt hebben als ik niet besloten had om zelf de herse-nen te verwijderen.'

Evans was even stil en Standish maakte van de gelegenheid gebruik om de rest van zijn lunch te verorberen.

'Als we met een imitator te maken hebben die de modus operandi zo nauwkeurig kan na-apen, dan moet hij de andere lijken op de plaats van de misdrijven hebben gezien, of anders foto's die daar of bij de autopsie zijn gemaakt, of de autopsierapporten of de politieverslagen hebben gelezen,' overwoog Evans.

'Dat zou heel goed kunnen,' zei de arts. 'Tenzij er in de kranten een heel gedetailleerde beschrijving heeft gestaan van de verwondingen die ieder slachtoffer had opgelopen.'

'Nee, daar is in de pers of op tv helemaal niet over gesproken. Zeg eens, Art, kan het zijn dat de Slachter Walsh per ongeluk heeft vermoord? Dat zou de theorie kunnen ondersteunen dat hij haar na haar dood in een woedeaanval heeft verminkt. Ik bedoel dat ze op het moment dat hij er helemaal klaar voor is, zo brutaal is om dood te gaan. Misschien was dat de aanleiding.'

'Zoals ik al zei, alles is mogelijk, maar ik zie echt niet in waarom deze moord per abuis gepleegd zou zijn. Dat is net alsof een verkrachter beweert dat hij uitgleed en dat daarbij zijn pik per ongeluk in het slachtoffer terechtkwam. Die steekwond in haar hoofd is met grote precisie toegebracht.'

Evans wierp hem een norse blik toe en schudde zijn hoofd. 'Bedankt dat je mijn dag verziekt hebt.'

'Hé, daar moet je mij niet de schuld van geven. Ik doe alleen maar mijn werk.'

'Alsof ik nog niet genoeg te doen heb. Nu moet ik misschien op zoek naar twéé moordenaars.'

'Jij kunt die zaak best oplossen, Keith. Je weet: "Sneeuw noch regen of het duister van de nacht, weerhoudt hen van…" Nee, wacht even, dat gaat over de postbode. Wat doen jullie als het sneeuwt of regent?'

'Schurken achternazitten. Maar op sommige dagen gaat dat gemakkelijker dan op andere.'

DEEL IV

Rottende lijken en afgehakte vingers

OREGON

17

Op zaterdagmorgen reed Brad Miller naar Salem voor zijn tweede gesprek met Clarence Little. Ginny Striker zat naast hem in de auto. Hij was blij met haar gezelschap, want in het weekend was hij meestal alleen. Hij vond het ook fijn dat hij met de aantrekkelijke medewerkster zijn strategie kon bespreken. Eigenlijk vond hij alles aan Ginny leuk. Het enige goede dat de opdracht van Tuchman had opgeleverd was de kans die Brad kreeg om in gezelschap van Ginny te zijn. Als hij bij Ginny was, had hij geen last van de spanningen of de seksuele frustraties die hij steeds had gevoeld toen hij nog verkering had met Bridget Malloy, die altijd haar uiterste best leek te doen om hem op zijn zenuwen te werken. Ginny leek echt aardig en de enige spanning tussen hen was ontstaan toen hij weigerde om haar met Clarence Little te laten kennismaken.

'Ben je wel goed wijs?' had Brad geantwoord toen Ginny het onderwerp aansneed. 'Ik wil dat je minstens een kilometer bij Little uit de buurt blijft.'

'Er kan me niets gebeuren,' hield Ginny vol. 'Je zei dat jullie door beton en kogelvrij glas gescheiden waren. Hoe kan hij dan bij me komen?'

'Daar gaat het niet om. Ik wil niet dat hij van jouw bestaan op de hoogte is. Stel dat hij op een of andere manier vrijkomt, wat dan?'

'Ik denk niet dat vrijheid een van meneer Littles opties is, Brad. Hij heeft al drie doodvonnissen.'

'Ik wil geen enkel risico nemen.'

'Dat is erg lief van je,' zei Ginny op een toon die droop van sarcasme, 'maar die ridderlijke houding van je is een beetje achterhaald. Toen ik nog bij de Eerste Hulp werkte, moest ik helpen om paranoïde motorrijders die helemaal stoned waren in bedwang te houden. Ik weet hoe ik mezelf moet verdedigen. Als Clarence door die ruit duikt, bescherm ik je wel.'

Uit wanhoop speelde Brad zijn troefkaart uit. 'Luister, Ginny, ik weet dat je flink bent. Waarschijnlijk een stuk flinker dan ik. Maar om eerlijk te zijn: jouw aanwezigheid leidt alleen maar af.'

Ginny deed haar mond open, maar Brad stak zijn hand op. 'Laat me uitpraten. Die kerel houdt ervan om een spelletje te spelen. Dat doet hij op dit moment met mij ook. Ik zou er niet van staan kijken als zijn hele voorstel over die verzameling pinken niet een wrange practical joke is die ons heel Oregon rondstuurt, op jacht naar iets wat helemaal niet bestaat. God mag weten wat hij voor jou in petto heeft als we daar samen binnen komen. Little vindt het fijn om vrouwen te martelen. Als hij je niet te pakken kan krijgen, bedenkt hij wel een manier om je geestelijk te kwellen en dat maakt ons werk om erachter te komen of hij de waarheid over zijn alibi vertelt er alleen maar moeilijker op.'

Ginny ging met haar armen over elkaar zitten en staarde door de voorruit. Het was een goed teken dat ze zweeg. Het betekende dat ze nadacht over wat hij gezegd had. Het leek volkomen irrationeel, maar toch maakte hij zich zorgen over wat er zou kunnen gebeuren als Clarence Little Ginny Striker leerde kennen.

Bij Brads tweede bezoek aan de gevangenis zaten er andere bezoekers in de wachtruimte, maar ze hadden dezelfde vermoeide, wanhopige blik van gemaakte vreugde in hun ogen als de vrouwen met wie hij de eerste keer dat hij Clarence Little had bezocht samen had moeten wachten. Toen zijn naam werd afgeroepen voelde hij zich een ouwe rot terwijl hij door de metaaldetector liep, de helling naar de bezoekers-ruimte afdaalde en de gesloten bezoekkamer betrad die gereserveerd was voor bezoekers aan de gevangenen uit de dodencellen. Hij had, terwijl hij zat te wachten tot de bewakers zijn cliënt brachten, zijn ge-dachten moeten laten gaan over het gesprek dat hij ging voeren, maar in plaats daarvan zat hij alleen maar aan Ginny te denken. Ze was nog steeds boos op hem omdat hij niet had gewild dat ze de gevangenis binnen zou gaan. Ze had met tegenzin toegegeven dat hun doel, te ontdekken of er waarheid stak achter Littles beweringen van on-schuld, niet gediend werd door haar in de onmiddellijke nabijheid te brengen van een man die er heel vreemde ideeën over relaties tussen mannen en vrouwen op na hield. Terwijl hij op Little wachtte, zat Ginny in een koffietent in de buurt van de gevangenis op hem te wachten, waar ze op haar laptop aan haar opdrachten voor de compagnons werkte.

De deur ging open en Little werd door de bewakers de krappe ruimte aan de andere kant van het glas binnen geleid. Hij glimlachte toen hij Brad zag. Misschien was die glimlach voor de gevangene gewoon een manier om een bezoeker te begroeten, maar Brad vermoedde dat Little zijn voldoening over zijn overwinning in hun meningsverschil wilde laten blijken.

Zodra de bewakers zich hadden verwijderd pakten Little en Brad hun telefoonhoorns.

'Bedankt dat u weer gekomen bent,' zei Little. 'U hebt er geen idee van hoe saai het is om de hele dag in mijn cel te zitten en niets omhanden te hebben. Elke onderbreking van de sleur is voor mij een prachtig geschenk.'

'Ik ben blij dat ik uw dag een beetje heb kunnen opfleuren, meneer Little,' zei Brad op strenge toon, 'maar ik ben gekomen om erachter te komen waar u de pinken hebt verstopt, zodat ik uw naam voor wat betreft de zaak van Laurie Erickson kan zuiveren.'

Littles glimlach werd breder. 'Ik wist dat ik u kon vertrouwen.'

'Prima, maar waar zijn ze?' drong Brad aan. Hij wilde dit gesprek zo snel mogelijk achter de rug hebben.

'Voordat ik u vertel waar ik mijn souvenirtjes heb verstopt wil ik dat u me eerst wat over uzelf vertelt.'

Brad sloeg zijn ogen ten hemel. 'Dit wordt toch geen *Silence of the Lambs*, hoop ik? U denkt toch niet dat ik u in ruil voor aanwijzingen over de vindplaats van de pinken over persoonlijke zaken uit mijn leven ga vertellen?'

Little lachte. 'Helemaal niet. Ik heb alleen geen haast om terug naar mijn cel te gaan en ik vind dat ik het recht heb om wat meer te weten over de kwalificaties van iemand aan wie ik mijn leven heb toevertrouwd.'

'Goed. Wat wilt u weten?'

'Aan uw accent te horen hebt u uw jeugd aan de oostkust doorgebracht.'

'New York. Long Island, om precies te zijn.'

'En hebt u ook in New York gestudeerd?'

'Aan Hofstra University.'

'Wat was uw hoofdvak?'

'Engels.'

'Niet erg praktisch om dat als hoofdvak te hebben. Waarom niet iets in de bètawetenschappen of de techniek?'

'Ik ben niet zo goed in bètavakken. Ik lees graag.'

'Dan was het toch een goede keus. Waar hebt u rechten gestudeerd?'

'Aan Fordham University.'

'Waren uw resultaten niet goed genoeg voor een plaats aan Columbia of NYU?'

'Mijn resultaten waren prima, maar ik scoor niet goed bij standaardtests. Kunnen we het nu weer over de pinken hebben?'

'Ik merk dat uw geduld opraakt. Ongeduld is geen goede karaktereigenschap. Ik trok altijd heel veel tijd uit voor mijn vriendinnetjes. Ik kan je een tip geven, Brad. Je moet ze nooit snel doden, dat bederft de pret.'

'Zeg, ik begin hier genoeg van te krijgen. Ik geloof niet dat er zoiets als een verzameling pinken bestaat. Volgens mij houdt u mij voor de gek.'

'Als er geen verzameling pinken bestaat, wat is er dan mee gebeurd?'

'Weet u, meneer Little, dat kan me geen bal schelen. Ik ga er nu vandoor. Ik zal mijn best doen op uw verweerschrift en ik zal uw beroep bepleiten, maar ik ga niet mijn tijd en de tijd van mijn kantoor verdoen door stomme spelletjes met u te spelen.'

Brad ging staan. Little schoot in de lach.

'Ga zitten. Ik zit u te belazeren. Ik vond *Silence of the Lambs* best goed, al is het als verhaal zo onrealistisch als de pest. Al die films over seriemoordenaars zijn belachelijk. Ik kan het grootste deel van die troep niet uitzitten. Als ik naar die films kijk, is het voor mij trouwens net zoiets als doorwerken in je vrije tijd.'

Brad staarde de gevangene aan. Hij wist niet goed hoe hij hier op moest reageren.

'Ga zitten, alstublieft. Ik wilde alleen maar kijken hoe lang u dit spelletje zou meespelen. Ik praat niet eens zo. Als ik geen gesprek met u heb, zit mijn haar ook heel anders. Ik deed alleen maar mijn best om een zo goed mogelijke Hannibal Lecter-imitatie te geven.'

'Uw best om…' Brad schudde zijn hoofd. Little had hem volkomen in de war gebracht. 'Waar bent u in godsnaam mee bezig?'

'Ik ging ervan uit dat u verwachtte dat u hier een beetje raar figuur zou aantreffen en ik wilde u niet teleurstellen. Het was gewoon een lolletje, meer niet. Het spijt me dat ik u heb belazerd.'

'Ik vind het niet leuk om als geestelijke boksbal gebruikt te worden.'

'Ik zei toch dat het me speet. Het is alleen maar omdat het zo saai is om de hele dag in een dodencel te zitten en niets omhanden te hebben. Het was gewoon een manier om de tijd te doden.'

'Dus dat verhaal over die pinken was gewoon onzin?'

Little werd meteen ernstig. 'Nee, nee, dat klopt allemaal. Laat iemand vingerafdrukken van die pinken maken, dan zult u zien dat ik volkomen onschuldig ben aan de moord op die babysitter. En ik meen het als ik zeg dat ik de klootzak te pakken wil krijgen die de gore lef had om mij erin te luizen.'

Brad ging zitten. 'Nu geen geintjes meer. Waar zijn die pinken?'

'Die zijn niet zo gemakkelijk te vinden. Vertel me eens, houdt u van de buitenlucht?'

'Niet bepaald. Ik ben eigenlijk meer een stadsmens.'

'Ik kom zelf van het platteland. Ik ben gek op wandelen, jagen en avontuur. Er zijn zo veel prachtige stukken wildernis in Oregon. U zult me dankbaar zijn dat ik u met één daarvan kennis heb laten maken.'

Verdomme, dacht Brad, wiens idee van een tocht door de wildernis bestond uit een wandeling door Central Park.

'Hebt u de pinken in het bos begraven?'

Little knikte. 'Ik was op weg om er nog eentje aan mijn verzameling toe te voegen toen ik Peggy en haar vriend toevallig tegenkwam.' Hij keek schaapachtig. 'Ik was niet van plan om haar te vermoorden, maar ik kon die kans niet voorbij laten gaan.'

'Liggen de pinken in de buurt van hun lijken?'

'U bent beslist veel sneller van begrip dan mijn advocaat tijdens het proces. Ik weet zeker dat u mijn zaak gewonnen zou hebben als u mijn advocaat was geweest. Dan hadden we nu niet al die moeite hoeven te doen om mijn onschuld te bewijzen.'

'Moet ik voor die schatgraverij in de bossen gaan kamperen?' vroeg Brad, die zich al zorgen over beren en poema's begon te maken.

'Nee, dat is helemaal niet nodig. Ik heb u al verteld dat Peggy op woensdag uit Portland is vertrokken. Toen ik aankwam, hadden ze hun tent al opgezet. Je moet een paar uur rijden om vanuit Portland bij het begin van het wandelpad te komen. Ik heb mijn geheime voorraadje begraven bij een waterval, langs een zijpad ongeveer acht kilometer vanaf het begin. De lijken liggen daar vlakbij. Wilt u ze de groeten van me doen?'

'Bent u zich ervan bewust dat ik de autoriteiten zal moeten inlichten omtrent de verblijfplaats van de lijken en dat ik de pinken aan de politie moet overdragen?'

'U hebt mijn volledige toestemming om alles te doen wat nodig is om de klootzak die mij erin heeft geluisd te pakken te krijgen.' Plotseling verscheen er een dromerige uitdrukking op Littles gezicht. 'Zou het niet interessant zijn als hij ook in de dodencel belandde, bijvoorbeeld in de cel naast de mijne? Wie weet wat er dan allemaal zou kunnen gebeuren.'

18

Op zondagochtend reden Brad en Ginny de I-5 af. Voorbij de gevangenis sloegen ze een hoofdweg in die naar de Cascade Mountains in het oosten leidde. De winkelcentra, motels en benzinestations die langs de snelweg uit Oregon voor landschapsschoon moesten doorgaan maakten in minder dan geen tijd plaats voor akkers en daarna voor bossen. De werkdruk bij Reed, Briggs was zo hoog dat Brad nog geen kans had gehad om Oregon te verkennen en het verbaasde hem dat alles wat ook maar in de verte op de drukke, dichtbevolkte stadsgebieden en voorsteden leek waar hij aan de oostkust zijn jeugd had doorgebracht zo snel verdween. Het aantal inwoners van de stadjes waar ze doorheen reden liet zich vaak in drie of vier cijfers uitdrukken en de weg liep niet langs rijen winkels en landhuizen, maar langs rivieren en dichte bossen. Zo nu en dan maakte de tweebaansweg een bocht, en dan verscheen ineens de sneeuwkap van een enorme berg boven de uitgestrekte lagergelegen groene heuvels, die pas uit het zicht verdween als de weg weer een bocht maakte.

'Lijkt het hier een beetje op het Midwesten?' grapte Brad.

'Geintje, zeker? Waar ik vandaan kom zien ze een gebouw van vijf verdiepingen voor een berg aan. Wat een prachtig landschap is dit.'

'Long Island is ook zo plat als een pannenkoek. Daar zijn ooit de gletsjers gestopt. Toen de ijskap zich terugtrok, hebben ze er een parkeerterrein van gemaakt. En ik kan me niet herinneren dat ik ooit zo veel groen heb gezien. Dat zag je bij ons alleen op St. Patrick's Day.'

Ginny glimlachte en keek nog eens naar de routeaanwijzingen die ze bij Mapquest op internet had gevonden. Het was bijna anderhalf uur geleden dat ze de I-5 hadden verlaten.

'Je moet uitkijken naar borden met Reynolds Camping. Die moet hier links liggen.'

Ginny droeg een T-shirt en een korte broek en Brad had zichzelf erop betrapt dat hij steelse blikken op haar benen wierp. Hij had zelf een T-shirt, een spijkerbroek en sportschoenen aangetrokken, de enige kledingstukken uit zijn garderobe die geschikt leken voor een wandeling in de bossen. De laatste keer dat hij dat gedaan had, was tijdens een zomerkamp toen hij tien was.

'Daar is het,' zei ze, naar een richtingbord wijzend dat vlak voor een grindweg stond.

Brad sloeg af. Vierhonderd meter verder stonden ze op een eenvoudig parkeerterrein. Een houten bord wees naar een onverhard pad, dat het begin was van het wandelpad dat deel uitmaakte van de Pacific Crest Trail, die van Mexico naar Canada liep en zich hier door de wildernis van Mount Jefferson slingerde. Little had Brad instructies gegeven. Hij moest achthonderd meter het Pacific Crest-pad volgen en dan een ander pad inslaan, dat, als men Brads cliënt mocht geloven, hen na verloop van tijd bij twee in staat van ontbinding verkerende lijken en een weckfles vol pinken zou brengen.

Brad en Ginny hadden bij een buitensportwinkel wat inklapbaar graafgereedschap gekocht en stopten dat, samen met een paar blikjes limonade, een paar flessen water en wat broodjes, in hun rugzak. Ginny beweerde dat ze een uitstekend richtinggevoel had en stond erop dat zij voorop liep. Nadat Brad haar de aanwijzingen had gegeven die hij in de gevangenis van Little had gekregen begaven ze zich op pad.

Het was een ideale dag voor een wandeling. Toen ze uit Portland vertrokken was het warm en ongewoon drukkend geweest, maar nu bevonden ze zich bijna duizend meter boven de zeespiegel, waar de lucht veel koeler was. Toen ze eenmaal in de bossen liepen, werd de temperatuur in de schaduw van het dichte bladerdak nog wat lager. Maar na nog geen anderhalve kilometer werd Brads gebrek aan lichaamsbeweging merkbaar. Hij begon te zweten en nam een paar grote slokken flessenwater.

'Hoe ver nog?' vroeg hij even later.

'Dat heb je me tien minuten geleden ook al gevraagd. Het is net of ik met een kind van acht in een stationcar zit. "Mammie, zijn we er al?"'

'Laat me even. Ik ben niet gewend aan tochten door het oerwoud.'

'Volgens mij moeten we nog een half uur lopen voordat we bij het zijpad naar de waterval zijn, Jane. Denk je dat je dat haalt of zal ik je door de apen laten dragen?'

'Leuk hoor,' mompelde Brad terwijl hij verder ploeterde.

Het gebied rondom de waterval was idyllisch. Het grootste deel van de zonnestralen werd tegengehouden door de bomen aan de rand van het hoge klif waar de waterval begon, zodat het lagergelegen gedeelte in de schaduw bleef. Aan de glimmende zwarte rotsen hingen lagen mos, dat in het langsstromende water in velerlei tinten groen oplichtte. Aan de voet van de waterval, waar het water in een diep deel van de rivier stortte, vormde zich een fijne mist. Ze gingen op een boomstronk zitten om hun lunch te eten en keken naar de wervelende stroom die door het neerstortende water werd veroorzaakt en nauwelijks hoorbaar verder stroomde.

Brad was er niet zo zeker van dat het een goed idee was om te eten vlak voordat ze een rottend lijk gingen opgraven, maar hij had razende honger en was te moe om de kans om iets te eten te laten schieten. Als zijn maag op ging spelen kon hij daar altijd nog wat aan doen. Hij was er trouwens nog steeds niet helemaal van overtuigd dat ze iets zouden vinden. Af en toe dacht hij aan Clarence Little, die vol leedvermaak zijn medegevangenen in de dodencellen zat te vermaken met zijn hilarische verhaal over de onnozele advocaat en de denkbeeldige pinkenverzameling.

'Heb je al bedacht wat we gaan doen als we de lijken of de pinken vinden?' vroeg Ginny.

'Hoe bedoel je?'

'Moeten we tegen de politie zeggen waar ze zijn?'

'Ik neem aan dat Susan Tuchman daarover zal beslissen. Als we iets vinden wat het verhaal van Little ondersteunt, moeten we haar vertellen wat hij tegen ons heeft gezegd. Maar ik heb wat onderzoekwerk gedaan, zodat ik haar van advies kan dienen als ze me vraagt wat er verder moet gebeuren.

De meningen zijn verdeeld of we al dan niet de politie in moeten schakelen. Als we de pinken eenmaal in ons bezit hebben, zullen we waarschijnlijk te zijner tijd de politie daarover in moeten lichten, maar we moeten zorgen dat we genoeg tijd hebben om er door een onafhankelijke forensisch expert vingerafdrukken van te laten maken. Van de lijken weet ik het niet zeker. Als we ze vinden, nemen we ze niet mee.'

'Wat je zegt,' zei Ginny. 'Ik ga er niet mee lopen zeulen.'

'Ik was ook niet van plan om een rottend lijk mee terug te slepen. Maar sommige juridische experts vinden dat we de politie moeten vertellen waar de lijken zijn, en andere zeggen dat een advocaat die toevallig een lijk vindt niet verplicht is om de vindplaats aan de politie te melden.'

'Hoe zit het met de vertrouwensrelatie tussen advocaat en cliënt?' vroeg Ginny.

'Die heeft alleen betrekking op wat de cliënt je vertelt en niet op fysiek bewijsmateriaal. Ze kunnen ons niet dwingen om de autoriteiten te vertellen hoe we wisten waar de lijken of de pinken lagen, maar we kunnen het vermoedelijk niet geheimhouden.'

'Je hoeft geen geleerde te zijn om te concluderen dat die informatie van Clarence komt.'

'Dat is zo. Ze hoeven alleen maar de lijst met bezoekers aan de gevangenis te raadplegen om erachter te komen wie ik bezocht heb, of in de rechtbankverslagen te duiken om de lijst van mijn strafzaken, zegge en schrijve één, te bekijken. Maar ik denk niet dat daar veel discussie over zal zijn. Little wil dat ik de pinken aan de politie geef zodat hij kan bewijzen dat hij onschuldig is aan de moord op Erickson. Dat ze hem de moord op Farmer in de schoenen schuiven, kan hem geloof ik niets schelen.'

Ginny schudde haar hoofd. 'Je cliënt houdt er maar vreemde principes op na.'

'Dat is misschien wel een van de grootste understatements uit de geschiedenis.'

Ginny stond op en rekte zich uit. Haar T-shirt schoof over haar platte buik omhoog. Brad keek gegeneerd de andere kant op en concentreerde zich op het oprapen van zijn afval.

'Volgens de instructies van Little liggen de lijken iets meer dan drie kilometer bij het pad vandaan,' zei Ginny.

'Ik popel,' zei Brad huiverend.

Was hij maar tot in eeuwigheid blijven popelen, zei Brad bij zichzelf toen hij van Ginny een servetje had gekregen om zijn mond af te vegen nadat hij in de struiken, op een paar passen afstand van het lijk van Peggy Farmer, had staan overgeven.

'Sorry,' mompelde hij.

'Geeft niet,' zei Ginny terwijl ze het vuile servet in de zak stopte die ze voor hun afval hadden meegebracht en vervolgens Brad een fles water gaf om zijn mond uit te spoelen. 'Tijdens mijn verpleegopleiding heb ik dat de eerste keer dat ze een zwaargewond verkeersslachtoffer de Eerste Hulp binnen brachten ook gedaan. Zijn maag lag open en zijn ingewanden...'

'Ginny, alsjeblieft,' smeekte Brad zwakjes terwijl hij met zijn ogen dichtgeknepen vooroverboog en zijn best deed om niet nog een keer te hoeven kotsen.

'Sorry hoor,' zei Ginny bedeesd.

Little had Brad verteld dat hij Peggy Farmer en haar vriend een paar meter naast een omgevallen boom had begraven. De boom moest tweehonderd meter naast het pad liggen dat langs de waterval liep. Ginny gebruikte een afstandsmeter om de plek te vinden waar de boom lag en ze vonden de dikke omgevallen stam precies op de plaats die Little had genoemd. Daar vonden ze ook de lijken, al was daar veel minder van over dan toen ze daar jaren geleden werden begraven.

Roofdieren hadden het ondiepe graf blootgelegd en er zat nog maar heel weinig vlees op de skeletten. Maar toch raakte Brad bij het zien van een echt lijk nog meer van streek dan bij het zien van de autopsiefoto's van Laurie Erickson. Ginny hielp hem om met zijn rug tegen een boom te gaan zitten, op een plek waar hij de lijken niet kon zien. Terwijl hij zich vermaakte, ging Ginny terug naar de omgevallen boom en begon onder de stam te graven op de plek waarvan Little had gezegd dat hij er zijn verzameling afgesneden vingers had begraven.

'Hebbes,' zei ze tegen Brad. 'Je hoeft niet te kijken als je denkt dat je er misselijk van wordt. Ik kan de pot gewoon in mijn rugzak stoppen.'

'Nee, ik wil ze zien,' zei Brad terwijl hij zich overeind hees. 'Dat zal ik vroeg of laat toch moeten doen, en je hebt me mezelf al belachelijk zien maken.'

Brad haalde diep adem en dwong zichzelf ertoe om naar de weckfles te lopen die Ginny boven op de boomstam had gezet. Het verbaasde Brad dat het zien van de vingers niet dezelfde inwendige reactie teweegbracht die het opgraven van de lijken hem had bezorgd. Misschien was zijn vermogen om gruwelen in zich op te nemen tussen het bekijken van de autopsiefoto's van Laurie Erickson en het vinden van de lijken uitgeput geraakt. Brad bekeek de vingers aandachtig. Ze dwongen hem zijn cliënt in een helderder licht te zien dan voorheen.

Clarence Little was niet vreemd, en ook niet bijzonder intelligent. Clarence Little was het kwaad in eigen persoon. Toen hij bedacht dat het zijn plicht was om alles te doen wat in zijn vermogen lag om Little van de moord op Laurie Erickson vrij te pleiten voelde Brad zich beroerder dan na het vinden van het lijk van Peggy Farmer.

19

'Ga zitten, ga zitten,' zei Susan Tuchman toen haar secretaresse Brad Miller haar kantoor binnenliet. Hij was op maandagmorgen de eerste bezoeker. 'Hoe gaat het met je project?'

'Daar wilde ik even met u over praten,' antwoordde Brad nerveus. 'Er hebben zich een paar ontwikkelingen voorgedaan.'

'Mooi. Laat maar horen.'

'Ik ben naar Salem geweest, zoals u voorstelde. Naar de gevangenis.'

'Dat zal een hele ervaring zijn geweest.'

'Ja, dat was heel... interessant. Maar goed, ik heb met meneer Little over zijn zaak gesproken. Hij zegt dat hij onschuldig is.'

Tuchman glimlachte begrijpend. 'De vorige keer dat ik in Washington was, heb ik met de minister van Justitie gegeten. Hij vertelde me dat hij zich, toen hij nog officier van justitie in Arkansas was, vaak rot voelde omdat iedereen die hij naar de gevangenis stuurde, beweerde onschuldig te zijn. Hij zei dat hij graag iemand die schuldig was had willen veroordelen.'

Tuchman lachte. Brad glimlachte plichtmatig terug.

'Misschien is Little inderdaad onschuldig,' zei hij.

Tuchmans glimlach verdween. 'Waarom zeg je dat?'

Ze klonk niet vriendelijk en Brad vermoedde dat ze aanvoelde dat zijn pro-Deo-opdracht meer tijd in beslag in beslag ging nemen dan de bedoeling was, wat betekende dat het ten koste zou gaan van Brads declarabele uren.

'Tja... eh, ik heb zijn procesverslag gelezen. Er zijn alleen indirecte bewijzen die hem met het misdrijf in verband brengen.'

'De meeste moordenaars worden op grond van indirecte bewijzen veroordeeld, omdat de eventuele ooggetuigen meestal dood zijn.'

'Ja, maar toch... Als je de zaak objectief bekijkt, heeft het voornaamste bewijs tegen meneer Little te maken met andere moorden, die hij overigens niet ontkent. Als de manier waarop die andere moorden zijn gepleegd niet overeen zou komen met de manier waarop Laurie Erickson werd vermoord zou de rechter waarschijnlijk de zaak hebben geseponeerd op het moment dat Littles advocaat vrijspraak eiste.'

'Maar die kwam wel overeen.'

'Eh… ja.'

'En daarmee is de kous dus af.'

'Het zou kunnen dat iemand anders Laurie Erickson heeft vermoord en daarbij Littles werkwijze heeft nageaapt.'

Tuchman zuchtte. Ze leek teleurgesteld. Brad was blij dat Tuchman niet wist welke rol Ginny bij zijn onderzoek had gespeeld.

'Je bent nog jong, Brad. Ik ben blij te zien dat je nog idealistisch bent, maar je moet ook realistisch zijn. Moordenaars die de werkwijze van een andere moordenaar na-apen, komen alleen in films en juridische thrillers voor. In het echte leven doet één zieke geest al het smerige werk in z'n eentje.

Je hebt ook de kern van de zaak uit het oog verloren. Dit hele gesprek heeft niets met je opdracht te maken. Je bent met een zaak bezig waarin het er enkel om gaat of de advocaat van Little bekwaam was of niet. Het gaat jou niet aan of Clarence Little het wel of niet gedaan heeft.'

'Dat is een sterk argument, alleen heb ik bewijzen gevonden die de bewering van onze cliënt dat hij onschuldig is kunnen staven.'

'Bewijzen?'

'Ja. Meneer Little heeft me zijn alibi gegeven voor de avond waarop Laurie Erickson werd vermoord. Hij beweert dat hij op die avond in het Deschutes National Forest een ander slachtoffer, Peggy Farmer, heeft vermoord. Hij zei dat hij onmogelijk Laurie Erickson uit het huis van de gouverneur heeft kunnen ontvoeren, omdat hij op het moment dat Erickson werd ontvoerd niet in de buurt van Salem was. Ik heb dat nagetrokken. Hij heeft gelijk. Als hij Farmer vermoord heeft, kan hij Erickson niet vermoord hebben, en andersom.'

'Nu raak ik even in de war, Brad. Heeft hij bekend dat hij nóg een moord heeft gepleegd? In het bos?'

'Ja. De politie is daar niet van op de hoogte. Dat was zijn alibi, maar dat heeft hij niet tegen zijn advocaat gezegd omdat hij hem niet vertrouwde.'

'Maar hoe weten we of er inderdaad een dergelijke moord is ge-pleegd?'

'Eh... Dat weet ik omdat ik het lijk heb opgegraven.'

'Je hebt... wát?'

'Het was er trouwens meer dan één. Meneer Little heeft de vriend van Farmer ook vermoord. Hij heeft me verteld waar ik de stoffelijke overschotten kon vinden. En zijn verzameling pinken, die hij vlak bij de lijken onder een omgevallen boom had begraven.'

'Wat voor pinken?'

'Meneer Little sneed een pink van zijn slachtoffers af en bewaarde die als souvenir. De politie heeft ze nooit kunnen vinden.'

Tuchman leek volkomen verbouwereerd. Haar mond stond open en ze staarde Brad aan. Hij ging verder met zijn verhaal.

'Meneer Little zegt dat de pink van Farmer in de pot zit, maar die van Erickson niet. Ik heb de pinken, of liever gezegd, Paul Baylor heeft ze. Dat is een zelfstandig forensisch expert. Ik wist niet hoe ik ze moest bewaren. Ik wilde niet dat ze nog verder uit elkaar zouden vallen dan al het geval was, anders kunnen we er geen vingerafdrukken meer van maken. De heer Baylor is een alom erkend expert en hij weet hoe hij eh... lichaamsdelen moet preserveren.'

'Mijn god, Miller. Wat heb je in hemelsnaam gedaan? Dat is knoei-en met bewijsmateriaal en god mag weten wat nog meer. Waarom ben je er in je eentje op uit getrokken zonder mij eerst om toestemming te vragen?'

'Ik ben zaterdag naar de gevangenis geweest en ik heb zondag de lij-ken opgegraven. Ik wilde u in het weekend niet storen zolang ik niet wist of meneer Little me de waarheid had verteld. En toen ik het had gedaan... besloot ik dat het beter was om het pas tegen u te zeggen als u goed uitgerust was.'

'Ik geloof hier geen woord van.'

Tuchman haalde diep adem en kwam weer tot bedaren. 'Goed, we gaan het volgende doen. Ik haal Richard Fuentes hierheen. Hij is hulp-officier van justitie en assistent-procureur geweest voordat hij bij ons kwam werken. Jij gaat hem precies vertellen wat je gedaan hebt en dan gaat hij bekijken of jij of het kantoor strafrechtelijk aansprakelijk ge-steld kunnen worden voor jouw ondoordachte optreden. Daarna dra-gen we die vingers over aan de autoriteiten en vertellen hun waar die lijken liggen. Als dat allemaal achter de rug is, ga ik bedenken wat we met jou moeten doen.'

DEEL V

De imitator

WASHINGTON

20

'Ik heb een gesprek voor u op twee,' zei de receptioniste tegen Keith Evans.

'Wie is het?'

'Dat wil hij niet zeggen. Hij zegt dat hij informatie over de zaak-Charlotte Walsh heeft. Hij vroeg naar u.'

Dat vond Evans niet doorslaggevend, omdat hij elke keer dat de FBI het nodig achtte om een persconferentie over de zaak te beleggen op televisie verscheen. Hij kwam in de verleiding om het gesprek naar iemand anders door te schuiven, maar het onderzoek zat muurvast en je kon nooit weten of...

'Met Evans. Met wie spreek ik?'

'Ik ga u via de telefoon niet mijn naam geven. Het enige wat u moet weten is dat ik bij de politie werk en dat ik iets weet wat voor u bij het onderzoek naar de moord op Walsh van belang kan zijn.'

'Bij de politie? Hoor eens...'

'Nee, u moet luisteren. Ik ben degene die hier risico loopt, dus doen we het op mijn manier. Kom naar The Mall. Gebruik de ingang tussen het Museum of the American Indian en de Botanische Tuin.'

Evans wilde iets zeggen, maar de verbinding werd verbroken.

In The Mall wemelde het van de toeristen. Evans zag de man die hem had opgebeld pas toen er plotseling iemand in een sportcolbert en een bruine pantalon naast hem kwam lopen. Het was een stevig gebouwde man van gemiddelde lengte en het begin van een bierbuikje. Hij had zwart haar en een onopvallend, enigszins pokdalig gezicht met een borstelige snor, die hij kennelijk had gekweekt om zijn kalende hoofd mee te compenseren.

'Agent...?' begon Evans.

'Eerst wil ik een paar garanties,' viel de man hem in de rede. 'En dan geef ik u mijn naam en vertel ik wat ik weet.'

'Wat voor garanties?'

'Dat mij niets overkomt als ik u vertel wat ik weet.'

'Waarom wilt u die garantie?'

'Het is eigenlijk niets bijzonders. Ik heb het niet zo nauw genomen met de regels, alleen maar omdat ik iemand een plezier wilde doen en toen kwam ik erachter dat… Kijk, wat ik gedaan heb is niet iets ergs, maar ik kan er op mijn werk moeilijkheden mee krijgen. Ik wil dus zorgen dat ik ingedekt ben.'

'Zolang ik niet weet waar we het over hebben, kan ik u niets beloven.'

'Oké, laten we dan even het volgende aannemen: stel dat iemand die niet bij de politie werkt een politieagent belt en hem vraagt om een paar nummerborden na te trekken. Hoe erg is dat?'

'Niet zo heel erg, zou ik denken.'

'Dus, wat zou u voor die agent uit mijn theorie doen als die u informatie kan verstrekken die voor u van nut kan zijn bij het oplossen van een moord?'

'Ik zou hem beloven dat de FBI niet naar zijn baas zou stappen en hem in mijn rapport als anonieme betrouwbare getuige aanmerken, zodat ik zijn naam niet hoef te gebruiken.'

'En stel dat zijn baas erachter zou komen wat hij gedaan had?'

'Ik hoop dat u begrijpt dat ik bij de politie van Washington geen directe invloed heb.'

De man knikte.

'Het beste wat ik u kan beloven is dat ik hem zou verdedigen en daarbij de hoogst mogelijke regionen van de FBI zou inschakelen om me te steunen.'

'Oké, daar heb ik genoeg aan.'

'Wilt u me nu vertellen wie u bent?'

'Mijn naam is Victor Perez.'

'Bedankt, meneer Perez. En waarom dit gesprek?'

'Ik ken iemand die vroeger bij de politie is geweest en nu als privédetective werkt. Hij heet Andy Zipay. Vroeger pokerden we één keer in de maand. Op een avond ging het om een hoge inzet en toen heb ik iets stoms gedaan. Ik had heel goede kaarten en heb toen als inleg een ongedekte cheque gebruikt. Ik moest hem betalen, maar daar had ik dus het geld niet voor.'

'Wat heeft dit met Charlotte Walsh te maken?'

'Dat wil ik u net gaan vertellen. Zipay had moeilijk kunnen gaan doen over het geld, maar hij heeft het met me op een akkoordje gegooid. Zo nu en dan heeft hij inlichtingen nodig die hij als particulier niet kan krijgen, en dan belt hij me op en zo betaal ik de schuld af. Op de avond dat Walsh werd vermoord kreeg ik een telefoontje van Zipay met de vraag of ik een paar nummerborden wilde natrekken. Het waren er drie.'

Perez gaf Evans een lijst met de nummers en wachtte tot de FBI-agent ze had bekeken.

'Eén nummerbord staat op naam van Charlotte Walsh,' zei de politieman. 'Een dag later was het overal in het nieuws dat Walsh door de Slachter was vermoord. Ik wilde me er eerst niet mee bemoeien, maar toen bedacht ik dat het om iets belangrijks zou kunnen gaan en heb ik u gebeld.'

'Daar hebt u goed aan gedaan.'

Perez knikte.

'U zei dat Zipay u vroeg om drie nummerborden na te trekken,' zei Evans.

'Ja, het tweede stond op naam van een elektrotechnisch aannemersbedrijf, maar het andere is in gebruik bij de Geheime Dienst.'

Evans fronste zijn voorhoofd. 'Wat heeft de Geheime Dienst hiermee te maken?'

'Dat heb ik hem ook gevraagd. Andy zei dat hij het niet wist, omdat hij het namens iemand anders vroeg. Hij reageerde verbaasd toen ik de Geheime Dienst noemde. Ik heb het vermoeden dat hij niet had verwacht dat het om een auto van de Geheime Dienst ging. Maar ja, zeker weten doe ik het niet.'

21

Het kantoor van Andy Zipay lag op de tweede verdieping van een al wat ouder kantoorgebouw dat betere tijden had gekend, maar desondanks was het nog steeds een respectabel adres. Keith Evans vermoedde dat de zaken goed liepen, maar dat Zipay nog geen fortuin had gemaakt. De kleine wachtruimte werd bemand door een gezette, vriendelijk ogende dame van halverwege de veertig, die aan een computer zat te werken toen Evans binnenkwam. Hij zwaaide met zijn legitimatie en vroeg of hij haar baas kon spreken.

Een paar minuten later zat Evans tegenover het bureau van Zipay, een slanke man van ruim een meter tachtig. Zijn donkere kostuum contrasteerde scherp met zijn blanke huid, die de indruk maakte dat hij zelden in de zon kwam. Een dun snorretje scheidde een haakneus van een paar smalle lippen en zijn zwarte haar vertoonde sporen grijs. Door het eenvoudige kostuum en de snor leek Zipay een beetje op de privédetectives uit de zwart-witfilms uit de jaren veertig, die Evans 's avonds laat wel eens op televisie zag.

'Wat kan ik voor u doen, agent Evans?'

'Ik leid het onderzoek naar de Slachtermoorden, en u kunt me helpen door te vertellen waarom u belangstelling hebt voor een auto die op naam staat van Charlotte Walsh, zijn jongste slachtoffer, en een andere auto die eigendom is van de Geheime Dienst.'

Zipay ging met zijn handen onder zijn kin zitten. Voordat hij antwoord gaf, keek hij de FBI-agent een tijdje aandachtig aan.

'Als ik belangstelling had voor zulke zaken zou dat waarschijnlijk namens een cliënt zijn. En als die cliënt een advocaat was, die zelf ook weer namens een cliënt optrad, maakt mij dat een medewerker van die advocaat en verhindert de vertrouwensrelatie tussen advocaat en cliënt mij om hierover te discussiëren.'

Evans glimlachte en schakelde over op een minder formele benadering. 'Andy, het kan best zijn dat jij voor een advocaat werkt, maar voordat ik hierheen kwam, heb ik een paar kennissen bij de politie in Washington geraadpleegd en die zeggen dat je ook een ex-politieman bent die steekpenningen aannam en het geluk heeft gehad dat hij in een echt vervelende situatie de dans is ontsprongen. Die kennissen zijn in staat en bereid om je op een ongelooflijke manier te grazen te nemen als ze erachter zouden komen hóé je hebt ontdekt dat die auto's van de Geheime Dienst en van mevrouw Walsh waren. Ga me dus niet allerlei juridische foefjes voorhouden, dan doe ik dat bij jou ook niet.'

Zipay verschoot van kleur, maar hij wist zich te beheersen. 'Ik wist niet dat het voor FBI-agenten een standaardprocedure was om mensen te beledigen als ze om hun medewerking vragen.'

'Het was geen belediging. Ik heb alleen maar de feiten genoemd. Ik heb er geen behoefte aan om je te grazen te nemen. Ik wil alleen maar inlichtingen. Als ik die krijg, vergeet ik waarschijnlijk van wie, tenzij blijkt dat jij een hoofdgetuige bij de Slachtermoorden bent.'

Zipay dacht na over het voorstel van de FBI-man. Evans kon zien dat de privédetective zich zorgen maakte, wat hem verbaasde. Ten slotte haalde Zipay diep adem. Hij leek zich niet op zijn gemak te voelen.

'Goed, ik zal u helpen, maar ik weet niet veel en degene die wel op de hoogte... Ik wil niet dat ze in moeilijkheden komt. Dat zou niet goed zijn.'

'Waarom niet?'

'Ze was bij de politie en heeft een vreselijke rottijd achter de rug. Ze heeft een jaar in een psychiatrisch ziekenhuis gezeten.'

'Hoe kwam dat?'

'Niemand die ik heb gesproken kent het hele verhaal. Ik was toen al niet meer bij de politie, zodat ik niet alle details ken, en ik heb er ook nooit naar gevraagd, maar wat ik wel weet is behoorlijk afschuwelijk. Ze werkte als infiltrant en raakte bevriend met een drugshandelaar, die lid was van een motorbende. Heel gewelddadige lieden, maar het lukte haar toch om zich binnen te werken. Ze hadden een geheim laboratorium, maar niemand wist wáár. Ze wilde de politie op het spoor van het laboratorium zetten, maar toen namen de motorrijders haar te pakken.' Zipay sloeg zijn ogen neer. Hij schudde zijn hoofd. 'Het duurde drie dagen voor ze bevrijd werd.'

Zipay keek op en keek Evans recht in de ogen. 'U weet dat ik bij de politie ben weggegaan omdat ik in de problemen kwam. Bijna iedereen keerde zich van me af, maar zij niet. Toen ik voor mezelf begon, zorgde ze dat ik werk kreeg, ze heeft me geholpen waar ze maar kon. Ze heeft een pensioentje, maar dat stelt niet veel voor. Als het kan, bewijs ik haar een wederdienst door haar allerlei kleine opdrachten toe te spelen. Het werk aan die nummerborden hoorde daar ook bij.'

'Waarom wilde ze weten op wiens naam die auto's stonden?'

'Dat wilde ze me niet vertellen. Ze zei dat ik ons gesprek moest vergeten. Ik moet zeggen dat ze verbaasd klonk toen de Geheime Dienst ter sprake kwam. Ik geloof niet dat ze verwachtte dat ik zou zeggen dat een van de auto's op hun naam stond.'

Maggie Sparks klopte op de deur van Dana Cutlers appartement. Toen er niet open werd gedaan klopte ze nog een keer, maar nu harder.

'Mevrouw Cutler, dit is de FBI. We willen graag met u spreken.'

'En nu?' vroeg Sparks aan Evans toen ze lang genoeg op een reactie hadden gewacht. Hij stond op het punt te antwoorden toen de deur aan de overkant van de gang op een kier werd geopend.

'Bent u echt van de FBI?' vroeg een vrouw met een accent dat deed vermoeden dat ze ergens uit Oost-Europa kwam.

'Jawel, mevrouw,' antwoordde Evans.

'Mag ik uw legitimatie zien?'

Sparks en Evans hielden hun legitimatie voor de nauwe opening tussen de deurpost en de deur, die met een ketting was beveiligd. Een paar tellen later werd de ketting losgemaakt en stonden de agenten oog in oog met een oudere dame in een roze kamerjas.

'Ze is niet thuis,' zei de vrouw. 'Ze is hier sinds die opschudding niet meer geweest.'

'Wat voor opschudding?' vroeg Evans.

'Een paar avonden geleden. Ik heb de politie gebeld toen ik het schot hoorde.'

'Kunt u bij het begin beginnen, mevrouw...?'

'Goetz, jongeman. Alma Goetz.'

'Mevrouw Goetz, kunt u ons vertellen wat er gebeurd is?'

'De muren hier zijn erg dun. Toen ik het schot hoorde, heb ik de deur op een kier geopend om te zien wat er aan de hand was. Er was niemand op de gang, maar het schot leek van dichtbij te komen. Toen heb ik het alarmnummer gebeld. Daarna hoorde ik dat ze de deur aan de overkant open rukte.'

'Ze?' vroeg Evans.

'Dana Cutler, de dame die hier tegenover woont.'

'Hoe weet u dat het mevrouw Cutler was?' vroeg Evans.

'Ik zag haar naar de trappen rennen.'

'Is de politie geweest?' vroeg Sparks.

'Ja. Ze waren met z'n tweeën, maar ze deden heel ruw.'

'O?' zei Evans.

'Je zou verwachten dat ze aardig tegen me waren, omdat ik mijn leven had geriskeerd door te bellen. Ik had wel geraakt kunnen worden.'

'Ja, mevrouw,' zei Sparks. 'Dat was heel dapper van u.'

'Ik ben blij dat u dat zegt, want de politieagent deed heel kortaf tegen me. Hij zei dat ik naar binnen moest gaan. Hij stelde me zelfs helemaal geen vragen.'

'Heeft hij geen rapport gemaakt?' vroeg Evans verbaasd.

'Toen ik met hem probeerde te praten zei hij dat alles in orde was en dat ik mijn deur dicht moest doen. Hij zei dat het een zaak van de politie was en dat ze me konden arresteren omdat ik hun onderzoek belemmerde door me ermee te bemoeien. "Bemoeien", zo noemde hij het.'

'Dus u hebt verder niets gehoord of gezien?' vroeg Evans.

'Nou, ik heb van alles gehoord. Zoals ik zei, de muren hier zijn erg dun.'

'Wat hebt u gehoord?' vroeg Sparks.

'Voordat mevrouw Cutler naar buiten rende, hoorde ik iemand gillen. Dat was na het schot.'

'Gaat u verder,' drong Evans aan.

'De politie ging het appartement binnen. Ze hadden hun pistool getrokken. Toen riep een mannenstem: "Niet schieten, wij zijn van de FBI." Daarna gingen de politiemannen naar binnen en deden de deur dicht.'

'Hebt u verder nog iets gezien?'

'Zeker. Ongeveer een kwartier nadat de politie kwam, liepen er twee mannen het appartement uit. De ene man ondersteunde de andere. Het leek of hij pijn had. Tien minuten later ging de politie weg. Een kwartier daarna gingen er drie andere mannen het appartement binnen.'

'Waren die ook van de politie?'

'Dat weet ik niet. Ze droegen geen uniform.'

'Hoe lang zijn die drie mannen in het appartement gebleven?'

'Ongeveer een uur. Toen ze weggingen, hadden ze zwarte vuilnis-zakken bij zich.'

'Is mevrouw Cutler hier toen het weer rustig was ooit terug ge-weest?' vroeg Sparks.

'Ik heb niemand horen komen of weg horen gaan, maar misschien is ze teruggekomen terwijl ik lag te slapen of boodschappen aan het doen was.'

'Dank u zeer, mevrouw Goetz. U hebt ons uitstekend geholpen.' Evans gaf haar zijn kaartje. 'Als u nog iets te binnen schiet, wilt u me dan bellen?'

'Dat zal ik zeker doen. En jullie zijn veel aardiger dan die politie-mannen.'

'Dank u, mevrouw.'

'Volgens mij leren ze jullie bij de FBI goede manieren.'

'Kunt u me vertellen waar de conciërge woont? We willen graag even in mevrouw Cutlers appartement rondkijken.'

Mevrouw Goetz gaf hun het nummer van het appartement en Sparks bleef nog even met Cutlers buurvrouw staan praten terwijl Evans naar beneden ging. Tien minuten later kwam hij terug met de sleutel.

In de slaapkamer van Cutler was het zo'n chaos dat het moeilijk te zeggen viel of de kamer doorzocht was, en de kleine woonkamer zag er ook zo uit, maar iemand had in de gang en de keuken de vloer en de onderkant van de muren schoon geboend.

'Wat denk jij?' vroeg Evans.

'Als je mevrouw Goetz kunt geloven heeft Cutler iemand neerge-schoten die misschien van de FBI was.'

'Er is geen bewijs dat er iemand is neergeschoten.'

'Nee, maar er zijn sterke bewijzen dat iemand die heeft verwijderd. Moet je alleen al de gang en de keuken eens vergelijken met de slaap-kamer en de woonkamer. En je hebt tegen mij gezegd dat jouw infor-mant nummerborden heeft nagetrokken die van de Geheime Dienst waren. Als we het over mensen hier in de stad hebben met genoeg macht om een politieonderzoek stop te zetten, staat de Geheime Dienst bij mij bijna bovenaan.'

'We weten niet of het onderzoek is stopgezet. Misschien zijn er politierapporten en heeft de alarmcentrale opnamen van de gesprekken. Misschien is er een medisch rapport. Dat moeten we nagaan. Misschien is het alleen maar een huiselijke ruzie. Misschien had Cutler een relatie met iemand die voor de FBI werkt en is ze bij hem weggelopen.'

'Dat geloof je toch niet, hè?' vroeg Sparks.

'Niet echt.'

'Wat weten we nu? We hebben te maken met een privédetective die een paar nummerborden noteert. Waarom zou ze dat gedaan hebben?'

'Ze is met een zaak bezig; en we hebben het over nummerborden, dus is ze iemand aan het schaduwen,' antwoordde Evans.

'Charlotte Walsh?'

'Dat denk ik. Ze heeft aan mijn informant gevraagd om het kenteken van Walsh na te trekken en ze reageerde verbaasd toen hij tegen haar zei dat een van de andere nummerborden op naam van de Geheime Dienst stond. Ze zou het niet vreemd vinden als ze een agent van de Geheime Dienst moest schaduwen.'

'En Walsh kruist dus op een of andere manier het pad van de Geheime Dienst,' zei Sparks.

Evans liep naar de deur van de slaapkamer en keek nogmaals rond.

'Ze doorzochten het appartement. Cutler kwam thuis en heeft ze betrapt,' zei hij.

'Ze schiet een FBI-agent neer en slaat op de vlucht,' zei Sparks. 'Ze was óf in de veronderstelling dat ze een indringer had verrast óf ze heeft uit zelfverdediging geschoten.'

'Ze was vroeger bij de politie. Als ze een inbreker had betrapt zou ze hem vasthouden en aan de politie overdragen, of ze hem nu had neergeschoten of niet.'

'Ze heeft iemand neergeschoten van wie ze aannam dat het een inbreker was. Toen ze erachter kwam dat ze iemand van de FBI had neergeschoten is ze uit angst gevlucht,' zei Sparks.

'En als het zelfverdediging was? Stel dat ze iets zochten waarvan ze dachten dat Cutler het had? Dat ze thuiskomt en dat ze haar proberen te dwingen om te zeggen waar het is en dat ze hen dan op een of andere manier te slim af is?'

'Waar zouden ze naar gezocht hebben?'

'Als de indringers van de Geheime Dienst waren, moet het iets zijn wat verband houdt met Walsh en… Jezus, Maggie, Walsh werkte voor de campagne van Farrington en de Geheime Dienst bewaakt de president.'

'En privédetectives nemen foto's van de mensen die ze schaduwen,' zei Sparks.

Evans was even stil. 'Als Cutler hier foto's had verstopt zouden ze die gevonden moeten hebben. Het is een kleine ruimte.'

'Tenzij Cutler ze voordat ze ze vonden bij het zoeken heeft verrast.'

'Of dat ze ze ergens anders heeft opgeborgen.'

Evans' telefoon ging en hij klapte het apparaatje open. Terwijl hij stond te praten keek Sparks zorgvuldiger rond dan toen ze het appartement de eerste keer doorzochten. Het viel haar op dat alle afvalemmers en papiermanden geleegd waren en dat er nergens ook maar een snippertje beschreven papier te bekennen was. Ze trok de laden van een schrijfbureau in de woonkamer open en zag dat ze leeg waren. En ze zag nergens een computer staan. Degene die na het vertrek van de politie het appartement had doorzocht was heel grondig te werk gegaan.

'Ik heb iemand de gegevens van Cutlers mobiele telefoon en haar vaste lijn na laten trekken,' zei Evans toen hij het gesprek had beëindigd. 'Fredericks heeft ze doorgenomen en iets interessants ontdekt. Zegt de naam Dale Perry je iets?'

Sparks dacht even na en schudde toen haar hoofd.

'Perry is een advocaat met een heleboel connecties in de politiek, waaronder een paar in het Witte Huis.'

'Wéér dat verband met de Geheime Dienst,' zei Sparks.

'Cutler heeft hem dit jaar een paar keer gebeld. In de week voordat Walsh werd vermoord heeft ze twee keer met hem gesproken. Een paar van de gesprekken waren naar Perry's rechtstreekse nummer op zijn kantoor of naar zijn mobiel.'

'Waarom zou een onbelangrijke privédetective een grote piet uit de advocatuur met connecties bij het Witte Huis bellen?'

'Laten we dat aan hem vragen.'

'En nog iets interessants,' zei Evans. 'Ik heb Fredericks gevraagd om Cutlers dossier bij de politie te halen.'

'Wat staat daar in?'

'Dat zou ik graag willen weten, maar het is geheim.'

'Ze hebben hier vast meer ruimte dan ik in mijn appartement,' zei Maggie Sparks toen ze de receptie bij Kendall, Barrett en Van Kirk rondkeek.

'Ik denk dat ze ook meer huur betalen,' zei Evans.

'Van het bedrag dat ze per jaar aan huur betalen zou ik stil kunnen gaan leven.'

Er kwam abrupt een einde aan hun bespiegelingen over de receptieruimte van Dale Perry's kantoor toen er een verbijsterend mooie blondine met een zongebruinde huid binnenkwam. Ze droeg een vuurrode jurk en een heleboel gouden sieraden.

'Agenten Sparks en Evans?' vroeg ze met een stralende glimlach waarmee ze bij een stroomstoring de ruimte zou hebben kunnen verlichten.

'Ik ben Keith Evans en dit is Margaret Sparks.'

'Ik ben Irene Miles, de privésecretaresse van meneer Perry.'

Dat zal best, dacht Maggie Sparks. Ze zei hardop: 'Aangenaam, mevrouw Miles. We willen graag meneer Perry spreken.'

'Hij verwacht u,' zei Miles. 'Wilt u koffie of thee? Ik kan ook voor koffie verkeerd of cappuccino zorgen.'

De agenten bedankten voor het gebodene en volgden Miles een met tapijt beklede gang door. In een groot, smaakvol met antiek gemeubileerd kantoor in een hoek van het gebouw troffen ze Dale Perry aan. Voordat Miles vertrok, gebaarde ze naar de agenten dat ze plaats konden nemen op een sofa onder een prachtig olieverfschilderij van een Frans plattelandsdorpje dat verdacht veel op een werk van Cézanne leek dat Evans in de National Gallery had gezien. Vanuit het raam achter Perry's bureau keek men uit op het Witte Huis. Evans vroeg zich af of Perry en de president elkaar gecodeerde lichtsignalen stuurden als Perry namens een van zijn cliënten druk wilde uitoefenen.

'Fijn dat u tijd hebt kunnen vrijmaken om ons te ontvangen, meneer Perry.'

De advocaat glimlachte. 'Toen de receptioniste zei wie er in de wachtruimte zaten, werd ik nieuwsgierig. Ik krijg niet elke dag bezoek van de FBI.'

Evans glimlachte terug. 'Laat ik u geruststellen. We komen u niet arresteren. Uw naam dook op bij een onderzoek en we hopen dat u ons kunt helpen.'

'Graag, als ik daartoe in staat ben.'

'Dank u. Kent u een dame die Dana Cutler heet?' vroeg Evans.

Perry bleef glimlachen, maar hij schoof heen en weer in zijn stoel. 'Ze is privédetective.'

'Werkt ze voor uw kantoor?'

'Ze is niet bij Kendall, Barrett in dienst, maar ik heb haar een paar keer ingeschakeld toen ik bij een bepaald project hulp nodig had.'

'Heeft ze ook voor een van de andere compagnons gewerkt?'

'Dat weet ik niet.'

Perry voelde zich duidelijk niet op zijn gemak.

'Heeft Kendall, Barrett zelf geen detectives?' vroeg Maggie.

'Ja zeker.'

'Waar hebt u mevrouw Cutler dan voor nodig?'

Perry glimlachte nu niet meer. 'Als ik u dat zou vertellen, zou dat een inbreuk zijn op de vertrouwelijke mededelingen die ik van mijn cliënten krijg. Ethisch gezien is dat niet juist.'

'Ik begrijp uw bezorgdheid,' zei Evans, 'maar wij maken ons zorgen over mevrouw Cutler. Haar naam dook op in verband met een moordonderzoek. We hebben geprobeerd haar te spreken te krijgen, maar ze is spoorloos verdwenen. We maken ons zorgen over haar veiligheid.'

'Wie is er vermoord?'

'Een jongedame die Charlotte Walsh heette. We hebben reden om aan te nemen dat mevrouw Cutler haar schaduwde. Deed ze dat in opdracht van u?'

'Ik heb u net uitgelegd dat ik de zaken van ons kantoor niet met u kan bespreken.'

'Dus ze werkte in dit geval voor uw kantoor?'

Perry leek geïrriteerd. 'Dat heb ik niet gezegd. Ik ben gehouden aan de gedragscode die voor mijn beroep geldt en kan de eventuele betrokkenheid van mevrouw Cutler met betrekking tot deze persoon Walsh bevestigen noch ontkennen.'

'Kunt u me vertellen wanneer u voor het laatst met mevrouw Cutler hebt gesproken?'

'Nee.'

'Wilt u ons niet helpen haar te vinden? Misschien verkeert ze in gevaar.'

'Ik wil u helpen waar ik maar kan, zolang het niet om zaken van Kendall, Barrett gaat. Daar kan ik niet met u over praten, en volgens mij zijn uw vragen daar juist op gericht.'

Evans fronste zijn voorhoofd. 'Hoe kunnen de zaken van uw kantoor schade lijden als u me vertelt wanneer u voor het laatst met Dana Cutler hebt gesproken?'

'Bent u zich ervan bewust dat ik persoonlijk bevriend ben met de minister van Justitie en de directeur van de FBI?'

'Nee, meneer, daar was ik niet van op de hoogte.'

'Ik vind dat uw vragen dicht in de buurt van intimidatie komen. Ik heb tijd vrijgemaakt om met u te praten, maar ik heb het erg druk en moet dit gesprek nu beëindigen.'

Evans keek Perry een ogenblik doordringend aan. Toen stond hij op.

'Bedankt voor uw tijd, meneer.'

'Het spijt me dat ik u niet meer assistentie heb kunnen verlenen.'

Evans glimlachte. 'Dat geeft niet, meneer. Volgens mij was het een heel informatief gesprek.'

Perry moest op een knop onder zijn bureau hebben gedrukt, want Irene Miles deed de deur open en hield die open op een manier die duidelijk maakte dat ze verwachtte dat ze zouden vertrekken. Sparks en Evans zeiden geen woord tot ze bij de lift stonden.

'Volgens mij werden we afgepoeierd,' zei Maggie.

'Zeker, maar Perry heeft meer losgelaten dan hij zelf wilde.'

'Hij maakt zich zorgen over iets.'

'Dat is duidelijk, en het gaat over Charlotte Walsh.'

Evans wilde hier nog iets over zeggen, maar op dat moment ging zijn mobiele telefoon. Hij keek op het schermpje.

'We moeten terug naar het hoofdkantoor,' zei hij toen hij de verbinding had verbroken. 'Dat was Kyle. Ze hebben ontdekt hoe ze de Slachter kunnen vinden.'

22

Een half uur nadat ze uit Dale Perry's advocatenkantoor waren vertrokken, liep Keith Evans de vergaderruimte binnen die was toegewezen aan de taakeenheid die zich met de Slachter bezighield. De energie in de vergaderkamer had de stad een heel jaar van licht kunnen voorzien. Iedereen was in beweging, voerde opgewonden telefoongesprekken, liep met een doel rond of zat driftig op een toetsenbord te rammelen.

'Wat is er, mensen?' vroeg Evans, en iedereen begon meteen over polyvinylsiloxaan, kortweg pvs genoemd, het goedje dat in de mond van ieder slachtoffer van de Slachter, met uitzondering van Charlotte Walsh, was aangetroffen.

'Het is het afdrukmateriaal dat een tandarts gebruikt als hij een kroon of een brug voor een patiënt wil laten maken,' legde Kyle Hernandez uit. Kyle was een voormalige stervoetballer uit het team van de universiteit van Californië in Los Angeles, waar hij chemie had gestudeerd. 'Als de tandarts het over het gebit van de patiënt aanbrengt, is het zacht. Nadat het is uitgehard wordt het uit de mond verwijderd en wordt de afdruk volgegoten met stompsteengips, een extra harde gipssoort. Vervolgens wordt het pvs, dat erg elastisch is, verwijderd. Het gipsmodel wordt met behulp van een computer gescand en een robot slijpt de porseleinen kroon, of een tandtechnicus maakt een brug of een kroon met behulp van de verloren-wasmethode. We geloven dat we minieme sporen van pvs in de mond van de slachtoffers hebben gevonden omdat iemand een afdruk van hun gebit heeft gemaakt. Toen het pvs verwijderd werd, bleven er kleine deeltjes in hun mond achter.'

'Hoe kunnen we daar de Slachter mee vinden?' vroeg Evans.

'Tandartsen werken nauw samen met de technicus die het model gaat gebruiken. Soms laten ze de technicus naar de praktijk komen als ze met de patiënt bezig zijn. Soms sturen ze ook een foto van het hele gezicht van de patiënt naar het laboratorium.'

'Hebben die technici toegang tot de persoonlijke gegevens van patiënten, zoals adressen of telefoonnummers?'

Hernandez grijnsde. Hij knikte. 'Dat kan. Stel dat ze vlak naast de tandarts staan als de patiënt onderzocht wordt en dat de status van de patiënt vlakbij op de tafel ligt. De technicus hoeft alleen maar te kijken. Of, nog eenvoudiger: de tandarts stelt de patiënt aan de technicus voor.'

Evans was nu net zo opgewonden als de rest. 'Hadden alle slachtoffers kort voor hun dood een tandartsafspraak?'

'Bingo!' zei Hernandez. Zijn grijns werd nog breder. 'Maar bij verschillende tandartsen…'

'… die allemaal hetzelfde laboratorium gebruikten,' vulde Evans de zin van de agent zwierig aan.

'Sally Braman is nu bij het laboratorium om met de eigenaar ervan te praten en Bob Conaway van het bureau van de hoofdofficier van justitie staat klaar om een bevel tot huiszoeking op te stellen zo gauw we hem een beëdigde verklaring geven waarin sprake is van redelijke verdenking.'

Evans glimlachte. 'Goed werk, mensen. Laten we hopen dat het hiermee afgelopen is.'

'Hij rijdt twee straten verderop, in een bruin Toyota-busje. Hij slaat King Road in… nu,' rapporteerde de agent die het busje van Eric Loomis achtervolgde.

Evans en Sparks zaten samen met twee andere agenten in een anonieme auto aan de overkant van de straat tegenover Loomis' huis. Achter Loomis' vrijstaande garage stond een arrestatieteam opgesteld, dat hem in zou rekenen zodra Evans hun meldde dat Loomis was uitgestapt. Hij probeerde te kalmeren, maar hij had het gevoel alsof hij met methamfetamine was ingespoten. Zijn handen beefden, zijn handpalmen waren vochtig en de manier waarop zijn hart tekeerging deed hem vermoeden dat hij niet door zijn jaarlijkse medische keuring zou komen. Hij deed zijn ogen dicht en stelde zich een helder bergmeer voor, omgeven door groene weiden en overkoepeld door een blauwe hemel met schapenwolkjes. Die meditatietechniek liet hem gruwelijk in de steek op het moment dat de agent die Loomis achtervolgde meldde dat de tandtechnicus Humboldt Street in reed en elk moment bij de oprit voor zijn huis zou arriveren.

Het in koloniale stijl gebouwde huis van Loomis stond op een perceel van zo'n duizend vierkante meter. Het had twee verdiepingen en een souterrain, waarvan de ingang aan de zijkant van het huis in een bijkeuken tegenover de garage lag. Tussen de garage en het huis liep een smal paadje. De deuren aan de zijkant van de garage en het huis kwamen op dit paadje uit. Dat betekende dat Loomis zijn auto in de garage kon parkeren en zijn slachtoffers vrijwel ongezien het souterrain binnen kon dragen.

Het busje minderde vaart toen hij het huis naderde. Loomis gebruikte een afstandsbediening om de deur van de garage te openen en even later reed hij naar binnen.

'Nu!' zei Evans op het moment dat Loomis het portier van het busje achter zich dichtdeed. Vier in het zwart geklede agenten van het arrestatieteam renden de garage binnen en de auto die Loomis had achtervolgd ging voor het busje staan om een vluchtpoging te verijdelen.

' fbi, fbi!' hoorde Evans het arrestatieteam brullen terwijl hij naar de overkant van de straat rende. De mannen die door de garagedeur naar binnen waren gekomen hielden Loomis tegen het busje in bedwang. Op hetzelfde moment werd de zijdeur van de garage open gerukt. Evans verloor Loomis uit het oog toen hij door nog meer agenten werd omsingeld. Tegen de tijd dat hij de garage betrad, stond Loomis tegen de zijkant van het busje gedrukt en waren zijn handen op zijn rug geboeid.

Het arrestatieteam trok zich terug en liet hem oog in oog met de arrestant achter. Evans had naar een strafblad gezocht, maar had alleen maar twee bekeuringen wegens verkeersovertredingen kunnen vinden. Het strafblad van Loomis was even saai als zijn voorkomen. Als hij zijn gevangene in één woord zou moeten samenvatten zou hij 'softie' zeggen. De tandtechnicus was een meter vijfenzeventig lang en enigszins mollig. Zijn haar leek slap en hij droeg een bril met dikke glazen en een zwart plastic montuur. Zijn bovenlip werd gesierd door een onopvallende snor en zijn slappe kin ging schuil onder een onverzorgd sikje.

'Eric Loomis?' vroeg Evans.

Loomis keek hem versuft aan. 'Wat... wat is dit?' stamelde hij.

'Bent u Eric Loomis?' vroeg Evans nogmaals.

'Ja, maar…'

'Meneer Loomis, ik heb een huiszoekingsbevel voor uw woning. Als u het goedvindt, zal een van mijn mannen uw sleutels gebruiken om de deur te openen.'

'Waar hebt u het over?'

'Als u niet meewerkt door ons uw sleutels te laten gebruiken en ons de combinatie van uw alarmsysteem te geven, moeten we ons een weg naar binnen forceren, wat schade aan uw deur kan betekenen.'

'Wacht even. Wat is hier aan de hand? Waarom wilt u mijn huis doorzoeken?' vroeg Loomis met stemverheffing.

'Geeft u ons toestemming om uw sleutels te gebruiken?'

Loomis zweette en maakte een panische indruk. Zijn hoofd ging heen en weer. Overal stonden dreigend uitziende, in het zwart geklede mannen.

'Dat weet ik niet,' kon hij nog net uitbrengen.

'Goed dan, meneer Loomis, als u niet bereid bent om mee te werken zal ik een van mijn mannen het raampje in uw zijdeur laten forceren.'

'Wacht, niet doen. De sleutels zitten in mijn zak. Niets kapotmaken.'

Evans knikte en Maggie Sparks kwam naar voren. Toen Loomis zag dat hij door een aantrekkelijke vrouw gefouilleerd ging worden verschoot hij van kleur en leek nog meer opgewonden te raken. Toen Sparks in zijn broekzak naar de sleutels zocht, verstijfde hij.

'En ook de combinatie graag,' beval Evans.

Sparks opende de deur en schakelde het alarm uit. Loomis werd de woonkamer binnen gebracht en in een leunstoel gezet. De man verzette zich niet en ging met zijn hoofd omlaag naar de vloer zitten staren. Evans liet twee agenten bij hem achter en regelde vervolgens het onderzoek van de woning. Zodra de onderzoeksteams zich door het huis hadden verspreid begaven Evans en Sparks zich naar het souterrain. Het eerste wat hen trof toen ze de deur opendeden was de geur van rottend vlees. Evans deed een mondkapje voor en trok een paar papieren laarsjes en latexhandschoenen aan. Daarna deed hij het licht boven aan de trap aan en liep voorzichtig met getrokken pistool naar beneden. Iedereen nam aan dat de Slachter in zijn eentje opereerde, maar je kon nooit weten…

Het eerste wat Evans opviel was de geluidsisolatie. Loomis had zich ervan verzekerd dat de buren zijn slachtoffers niet zouden horen schreeuwen. Het volgende wat hij opmerkte was de plank aan de muur. Op de plank stonden vier glazen potten. Elke pot bevatte een model van een gebit. Evans verstijfde op de trap toen hij de gebitten zag. Ook Sparks bleef stokstijf staan. In de stilte hoorden ze iemand zwaar ademhalen.

Het souterrain leek op een operatiekamer. Er zaten bloedvlekken op de vloer en tegen de muur stond een tafel met chirurgische instrumenten. Maar hun oog werd niet getrokken door dit gereedschap, en ook niet door de twee grote hondenkooien die tegen een andere muur stonden. Wat Evans en Sparks perplex deed staan waren de tandartsstoel die midden in de ruimte stond en de naakte, de mond gesnoerde vrouw die erin was vastgebonden.

Jessica Vasquez was uitgehongerd en uitgedroogd, maar ze bleek geen verwondingen te hebben, behalve een paar schrammen die ze had opgelopen toen Loomis haar een paar dagen eerder op het parkeerterrein bij een winkelcentrum had ontvoerd. Terwijl ze op de ambulance wachtten die Vasquez naar het ziekenhuis zou brengen, praatten Evans en Sparks met haar. Ze zei dat Loomis haar zonder eten of drinken twee dagen lang in een van de hondenkooien had opgesloten en tijdens die beproeving geen woord met haar had gesproken. Op een avond had hij haar verdoofd en een afdruk van haar gebit gemaakt, waarna hij haar weer in de kooi had gestopt. Die ochtend had hij haar, voordat hij naar het laboratorium vertrok, in de stoel vastgebonden en haar een leren sm-masker voorgebonden met een bal in haar mond.

'Ik weet dat ik opgetogen zou moeten zijn, maar ik ben alleen maar misselijk en doodop,' zei Evans tegen Maggie terwijl ze toekeken hoe de ziekenauto met Vasquez om de hoek verdween.

'Doe even normaal, zeg. We hebben Jessica Vasquez' leven gered en een bijzonder kwaadaardige man gearresteerd. Je zou trots moeten zijn op wat we bereikt hebben.'

'Maar dat ben ik niet. Ik voel me alleen maar verdrietig om wat die arme meisjes hebben moeten doorstaan.'

Sparks legde een hand op zijn onderarm. 'Het zal je nooit lukken om iedereen te redden, Keith. Denk eens aan al de vrouwen die nu geen gevaar meer lopen omdat Loomis achter de tralies zit.'

'Daar heb je gelijk in, maar ik voel me toch misselijk door wat we in dat souterrain gezien hebben.'

'Je kunt je vanavond lekker douchen. En als we Loomis onder-vraagd hebben, trakteer ik je op een drankje.'

'Ik weet het niet, Maggie...'

'Maar ik wel. Je bent verdomme veel te sentimenteel voor iemand die met z'n team net een van de grootste seriemoorden in de geschie-denis van Washington heeft opgelost.'

'Agent Evans.'

Evans draaide zich om. Iemand van het technische rechercheteam kwam aanlopen. Hij had net zo'n soort pot in zijn handen als ze in het souterrain hadden gevonden. Er zat nog een model van een gebit in.

'Dit hebben we ook nog gevonden. Ted Balske dacht dat u dat wil-de weten.'

'Waar stond het?'

'Het lag achter in de auto van Loomis onder een deken verstopt.'

Evans en Sparks bekeken het gipsmodel nauwkeurig.

'Hoeveel van die modellen hebben we nu?' vroeg Evans aan de fo-rensisch expert.

'Er lagen er vier in het souterrain. Met deze mee vijf.'

'Bedankt.'

De forensisch expert vertrok om het gebit in te boeken. Evans fron-ste zijn voorhoofd.

'Wat is er?' vroeg Sparks.

'Loomis maakte een gipsmodel van het gebit van zijn slachtoffers als trofee.'

'Dat klopt. Dat verklaart het gebruik van PVS.'

'Maar dan zouden er zes gebitten moeten zijn. We hebben er maar vijf.'

'Dat is zo,' zei Sparks. Ze keek net zo bezorgd als Evans.

'De patholoog heeft geen PVS in de mond van Walsh gevonden,' zei Evans. 'Stel dat geen van de gebitten overeenkomt met dat van Walsh, wat dan?'

'Wat wil je daarmee zeggen?' vroeg Sparks. Ze was bang dat ze wist wat Keith zou gaan zeggen.

'Het kan zijn dat we met een imitator te maken hebben. Degene die Walsh heeft vermoord, heeft de methode van de Slachter nageaapt. Denk daar eens even over na. We hebben zelf net ontdekt wat voor goedje de slachtoffers in hun mond hadden, dus de moordenaar van Walsh kan dat stukje van Loomis' methode nooit nagedaan hebben. En hij kan ook nooit een gebit in Loomis' souterrain hebben achtergelaten, omdat we er nog maar net achter zijn dat Loomis de Slachter is. We moeten onderzoeken of de gebitten overeenkomen met die van al de andere slachtoffers behalve Walsh.'

'De methode bij de moord op Walsh komt vrijwel overeen met de manier waarop Loomis de andere slachtoffers heeft vermoord, tot en met de details die we voor de pers en het publiek hebben achtergehouden,' zei Sparks. 'Daarvoor zou de imitator toegang tot het dossier van de zaak moeten hebben gehad.'

'Een federale instelling heeft toegang tot zulke dossiers,' zei Evans, 'en bij sommige federale instellingen hebben ze mensen in dienst die het toneel van een schietpartij van bewijsmateriaal kunnen zuiveren.'

'Je hebt het nu over het appartement van Cutler.'

Evans knikte.

'Je lijkt wel zo'n halvegare op een website over samenzweringstheorieën.'

'Dat weet ik, maar soms zijn er echte samenzweringen. Ik ga nu met Eric Loomis praten. Kun jij ondertussen kijken of je een politierapport kunt vinden waarin staat wat er precies in het appartement van Cutler is gebeurd?'

23

Er was niets leuks aan de omgeving waarin Eric Loomis zich nu bevond. De doffe, bruine muren zaten vol vlekken, de tl-verlichting flikkerde af en toe en het kuipstoeltje waarop hij zat was hard en koud. Keith Evans wilde niets liever dan Loomis breken, maar hij wachtte geduldig en observeerde de gevangene eerst drie kwartier door een doorkijkspiegel voordat hij de verhoorkamer binnen ging. De benen van de tandtechnicus zaten aan een bout in de vloer vastgeketend, zodat zijn bewegingsvrijheid beperkt was. In het begin bleef hij rustig zitten, maar gaandeweg begon hij steeds meer heen en weer te schuiven. Het lukte hem niet om een gemakkelijke houding te vinden en hij werd met de minuut onrustiger.

Toen Evans ten slotte de kamer betrad, keek de geboeide gevangene op. De FBI-man ging op een gemakkelijke stoel aan de andere kant van een gehavende houten tafel zitten en deed zijn best om zijn afschuw niet te laten blijken. Loomis droeg een oranje gevangenisoverall, die met opzet een maat te klein was, zodat het om het vet rond zijn middel en op zijn dijen knelde. Zijn slappe, ongekamde haar was vettig, hij had pukkels op zijn voorhoofd, wangen en kin en hij verspreidde een geur die Evans aan beschimmelde kaas deed denken. De agent vroeg zich af of hij ook vol afschuw op Loomis zou hebben gereageerd als hij hem voor de eerste keer, en onder andere omstandigheden, had ontmoet en niet had geweten wat de tandtechnicus in het souterrain van zijn woning had gedaan.

'Goedenavond, meneer Loomis.'

Loomis gaf geen antwoord.

'Hebt u er bezwaar tegen dat ik ons gesprek opneem?' vroeg Evans terwijl hij een cassetterecorder tussen hen in op de tafel zette.

'Het kan me niet schelen wat u doet.'

'Het lijkt me beter dat u dat wel doet. U zit zwaar in de problemen.'

'Dat zullen we wel zien,' antwoordde Loomis met een raadselachtige glimlach.

'Voordat we beginnen, wil ik u eerst op uw rechten wijzen. Misschien denkt u dat u daarvan op de hoogte bent doordat u er op televisie of in films over hebt gehoord, maar u moet toch goed naar me luisteren.'

Loomis ging met zijn armen over elkaar zitten en keek de andere kant op terwijl Evans de voorgeschreven tekst opzei.

'Begrijpt u wat uw rechten zijn, meneer Loomis?' vroeg Evans toen hij klaar was.

'Zie ik er zo stom uit? Natuurlijk begrijp ik wat mijn rechten zijn. Ik ben afgestudeerd in de chemie.'

'Ik wilde niet suggereren dat u dom bent, meneer Loomis. Ik ben verplicht om iedereen die ik ondervraag te vragen of ze begrijpen wat hun rechten zijn. Niet iedereen heeft zo'n hoog IQ als u.'

Loomis' hoofd kwam langzaam omhoog tot hij Evans recht in de ogen keek. Er verscheen een grijns op zijn gezicht.

'Wat voor nummer heeft die ondervragingstechniek?'

'Wat zei u?'

'De gevangene vleien en zijn vertrouwen winnen. Doen alsof je aan zijn kant staat,' zei Loomis op de toon van een instructeur.

Evans lachte. 'Het was eigenlijk meer een gemeende opmerking. U bent intelligent en u was ons steeds te slim af. Als u geen foutje had gemaakt hadden we u misschien nooit te pakken gekregen.'

Loomis sloeg zijn ogen neer. Evans wist dat de gevangene dolgraag wilde weten hoe hij door de mand was gevallen, maar slim genoeg was om niet toe te happen.

'Voordat we verdergaan, wil ik weten of u door een advocaat wilt worden bijgestaan.'

Evans wilde het verhoor van Loomis voortzetten, maar als Loomis niet van zijn recht op een advocaat afzag, zouden zijn antwoorden voor een rechtbank niet toelaatbaar zijn.

'Ik ben van plan om mezelf te verdedigen, agent Evans.'

'Weet u dat zeker? Virginia en Maryland kennen de doodstraf. Met wat u gedaan hebt, komt u daar zeker voor in aanmerking.'

Loomis glimlachte. 'Nog zo'n knappe ondervragingstechniek. Als ik iets zeg waaruit blijkt dat ik weet dat ik voor de doodstraf in aanmerking kom, kunt u mijn woorden gebruiken als een bekentenis.'

'Daar had ik nog niet aan gedacht. Ik wil alleen dat u begrijpt hoe ernstig uw situatie is. De behandeling van een zaak waarin de doodstraf kan worden geëist is een vak apart. Als u geen advocaat kunt betalen, zal de regering u een advocaat toewijzen die ervaring heeft met misdrijven waarvoor de doodstraf geldt. Zelfs iemand met uw intelligentie zou er moeite mee hebben om alles te leren wat u moet weten als u uzelf wilt verdedigen.'

Loomis grijnsde weer. 'Ik waag het erop.'

'Weet u zeker dat u geen advocaat wilt?' vroeg Evans nogmaals, zodat er later geen vragen gesteld zouden worden als Loomis zijn verhoor wilde aanvechten.

'Oké,' zei Evans toen Loomis geen antwoord gaf. 'De heer Loomis ziet af van zijn recht op een advocaat en geeft er de voorkeur aan zelf zijn verdediging te voeren. Goed dan, Eric… Mag ik Eric zeggen?'

'Natuurlijk, Keith,' antwoordde Loomis sarcastisch.

Evans lachte. 'Het gaat prima zo. Er zijn maar weinig mensen die in een situatie als de jouwe hun gevoel voor humor kunnen bewaren. Wat ik niet begrijp is dat iemand die afgestudeerd chemicus is en een goede baan heeft vrouwen ontvoerd en vermoord.'

Loomis glimlachte weer en schudde zijn hoofd. 'Je bent niet erg goed in dit soort gesprekken voeren, Keith. Uit je vraag maak ik op dat je denkt dat ik geloof dat een FBI-agent die aan de grootste seriemoordzaak uit de geschiedenis van Washington werkt tijdens zijn opleiding in Quantico niet van de VICAP-deskundigen heeft geleerd hoe hij een psychologisch profiel moet opstellen van de seriemoordenaar die hij achternazit. Probeer het nog eens.'

'Goed, Eric. Waarom heb je het gedaan?'

'Wat gedaan?'

Evans haalde zijn schouders op. 'Laten we met Jessica Vasquez beginnen. Waarom heb je haar ontvoerd?'

'Dat heb ik niet gedaan.'

Evans keek verbaasd. 'Bedoel je dat ze op een of andere manier je souterrain binnen is gekomen en besloot om haar kleren uit te trekken, een sm-masker op te zetten en zichzelf in een tandartsstoel vast te binden? Dat is een beetje vreemd, vind je niet?'

'Ik heb geen idee hoe die vrouw in mijn souterrain terecht is gekomen. Maar ik vermoed dat de FBI er iets mee te maken heeft. Ondergeschoven bewijs, net als het andere zogenaamde bewijsmateriaal dat je beweert gevonden te hebben.'

Nu was het Evans' beurt om te glimlachen. 'Dus je bent het slachtoffer van een samenzwering van de overheid?'

'Dat is een mogelijke verklaring.'

Evans stelde de vraag waar hij even mee had gewacht.

'Denk je dat de FBI zo graag iemand wilde arresteren dat we Charlotte Walsh vermoord hebben en in een afvalcontainer hebben gegooid, of denk je dat de échte Slachter van Washington dat heeft gedaan?'

Loomis schoot overeind en rukte aan de ketting waarmee zijn benen aan de vloer vastzaten.

'Ik heb dat kreng niet vermoord. Dat is volkomen onzin. Dat is een manier om me erin te luizen.'

'Dat valt moeilijk te geloven, zeker als je bedenkt dat Charlotte Walsh op precies dezelfde manier is vermoord als de andere slachtoffers van de Slachter.'

'Niet als de FBI die moord heeft gepleegd om mij erin te luizen. Jullie weten donders goed hoe jullie de modus operandi van de Slachter kunnen na-apen. Jullie denken dat jullie slim zijn, maar ik ben een stuk slimmer dan jullie en dat zal ik…'

Loomis zweeg. Hij scheen te beseffen dat zijn zelfbeheersing hem in de steek liet. De woede was nog een paar tellen van zijn gezicht te lezen, maar toen zakte hij in elkaar op zijn stoel en staarde naar het tafelblad. Evans probeerde het gesprek voort te zetten, maar Loomis weigerde verder nog iets te zeggen.

Maggie Sparks trof agent Peter Brassos en zijn collega Jermaine Collins aan een tafeltje bij Starbucks aan. Ze had tegen hun chef gezegd dat ze de beide agenten daar wilde spreken. Brassos was dik en zeer gespierd. Sparks hield het erop dat hij vaak naar de sportschool ging. Collins was een slungelige Afro-Amerikaan met een lichte huidskleur. Er stonden geen koffiekopjes op de tafel en geen van beide agenten leek blij haar te zien.

'Bedankt dat jullie gekomen zijn,' zei Sparks nadat ze haar legitimatie had laten zien. 'Kan ik jullie een koffie aanbieden?'

'Waar gaat dit over?' wilde Brassos weten. Zijn toon was bars en hij negeerde haar aanbod.

'Ik werk bij de taakeenheid die zich bezighoudt met de Slachter.'

'Ik heb gehoord dat jullie hem te pakken hebben,' zei Collins.

'Dat denken we, maar er zijn altijd wel een paar losse eindjes.'

Brassos leek in de war. 'Wij hebben nooit iets met de Slachtermoorden te maken gehad.'

Sparks knikte. 'Misschien is het vergezocht, en ik weet dat jullie graag weer aan het werk willen, dus laat ik meteen ter zake komen. Een paar avonden geleden hebben jullie gereageerd op een telefoontje naar de alarmcentrale over een schietpartij in een appartement aan Wisconsin Avenue.'

Beide mannen verstijfden toen ze het adres noemde.

'Wat wilt u daarover weten?' vroeg Brassos op neutrale toon.

Maggie haalde een kopie van het politierapport tevoorschijn dat Brassos na het voorval had opgesteld. Ze deed alsof ze er iets in nakeek.

'Hebben jullie met een zekere Alma Goetz gesproken?'

Brassos lachte geforceerd. 'Die gekke buurvrouw. Ja, daar heb ik mee gepraat.'

'Waarom denkt u dat ze gek is?' vroeg Maggie.

'Niet echt gek, maar wel bemoeiziek. Alleenstaand, gebrek aan aandacht, zo'n type. Die komen we van tijd tot tijd tegen.'

'Ze zei dat ze een schot in het appartement van Dana Cutler, haar overbuurvrouw, had gehoord.'

Collins fronste zijn voorhoofd. 'Neem me niet kwalijk, agent Sparks, maar wat heeft dit met de Slachtermoorden te maken?'

Sparks glimlachte vriendelijk naar hem. 'Tijdens het onderzoek kwam Cutlers naam ter sprake. Wat kunt u me over dat schot vertellen?'

'Er is niet geschoten,' zei Brassos. 'We zijn naar de overkant gegaan. De deur was niet op slot. We klopten, maar er werd niet opengedaan. Toen zijn we naar binnen gegaan om te kijken of er iemand gewond was. Dat was niet het geval.'

'Hebben jullie het appartement doorzocht?'

'Ja, helemaal.'

'Hebben jullie iets gezien wat jullie vreemd vonden?'

'Nee, het was gewoon een appartement.'

'Waarom denkt u dat mevrouw Goetz er zo zeker van was dat ze een schot had gehoord?'

'Dat was de deur,' zei Brassos. 'Ze zei dat ze in haar eigen appartement was en dat ze door de muren zogenaamd het geluid van een schot hoorde. Ik zei toch dat de deur van het appartement van Cutler niet op slot was? Volgens mij heeft Goetz iemand met de deur horen slaan. Ze is nogal oud. Misschien hoort ze niet meer zo goed.'

Maggie knikte. 'Dat is één verklaring. Ik heb met haar gepraat en ze zei dat ze iemand in het appartement tegen jullie hoorde zeggen dat jullie niet moesten schieten omdat hij van de FBI was.'

Brassos' hoofd ging achterover en hij barstte in lachen uit. Maggie vond het geforceerd klinken.

'Ik zei toch dat er verder niemand was. Die Goetz is niet goed snik.'

'Ja, het leek ons ook geen betrouwbare getuige, maar hoe zit het dan met die gewonde man? Waar kwam die dan vandaan?'

'Waar hebt u het over?'

'Mevrouw Goetz zei dat ze een man zag, die door een andere man het appartement uit werd geholpen.'

'Ik zei toch dat er niemand in het appartement was,' zei Brassos.

'Is er omstreeks die tijd iemand uit een van de andere appartementen gewond geraakt?'

'Luister eens, ik zit hier uit beleefdheid met u te praten,' zei Brassos. 'Dit lijkt meer op een verhoor.' Hij ging staan. 'Als u iets op ons rapport hebt aan te merken, moet u een klacht indienen. Ik moet weer aan het werk. Kom mee, Jerry.'

Collins kwam ook overeind. Sparks deed niets om hen tegen te houden. Als het nodig mocht zijn, kon ze de agenten altijd nog dagvaarden.

Maggie ging staan. 'Het spijt me als ik jullie ergernis heb bezorgd,' zei ze als excuus.

'Daar geloof ik niets van,' zei Brassos, waarna de agenten naar buiten liepen.

Evans was tijdens het verhoor van Eric Loomis zo gespannen dat hij vergat dat hij helemaal uitgeput was, maar na het verhoor van de seriemoordenaar sloeg de vermoeidheid in alle hevigheid toe. Tijdens het verhoor had Evans zijn mobiele telefoon uitgeschakeld om niet afgeleid te worden. Toen hij keek of er gemiste gesprekken waren, zag hij dat Maggie Sparks een boodschap had ingesproken met de vraag of hij haar zo snel mogelijk terug wilde bellen. Evans sprak met haar af bij een bar in de buurt van Dupont Circle. Hij zat net een hap van zijn kaasburger weg te spoelen toen Maggie binnenkwam. Ze keek de bar rond en glimlachte toen ze Keiths opgestoken hand zag.

'Hoe ging het met het verhoor?' vroeg ze terwijl ze tegenover Evans in het zitje plaatsnam.

'Niet best, maar we hebben zo veel bewijzen dat we geen bekentenis nodig hebben. Hij gaat trouwens zichzelf verdedigen. Loomis denkt dat hij ons te slim af kan zijn.'

'Dat klinkt of we met iemand te maken hebben die echt last heeft van grootheidswaanzin.'

'Een klassiek geval.'

'Dat kan het voor de aanklager alleen maar gemakkelijker maken. Heeft hij uitgelegd waarom er een naakte vrouw in zijn souterrain zat en wat de bedoeling was van al die gebitten?'

'Uiteraard. Dat was allemaal ons werk om hem erin te luizen.'

'Ja, natuurlijk, dat was ik even vergeten.'

Sparks wenkte de ober en bestelde bier en een burger voor zichzelf.

'Wat zei hij toen je over Walsh begon?' vroeg ze toen de ober was vertrokken.

'Dat is interessant. Tijdens het verhoor was hij heel kalm, heel superieur. Hij leek het allemaal erg amusant te vinden. Meteen toen ik begon, ging hij een spelletje met me spelen. Maar toen ik Walsh noemde, ging hij helemaal over de rooie.'

'Wat is jouw indruk?'

'Ik geloof niet dat hij haar vermoord heeft.'

'Of hij dat nu gedaan heeft of niet, er is meer aan de hand. Ik heb de politierapporten over het voorval met Cutler opgevraagd. Er is er één, opgesteld door agent Peter Brassos. Hij zegt dat hij en zijn collega, Jermaine Collins, naar het appartement gingen naar aanleiding van een melding van de alarmcentrale over een schietpartij. In het rapport wordt een gesprek met mevrouw Goetz genoemd, dat overeenkomt met haar versie van het voorval, maar Brassos zegt dat hij geen bewijzen van een schietpartij in het appartement heeft kunnen vinden en er wordt nergens gesproken over een gewonde man die het appartement uit wordt geholpen.

Ik heb de chef van Brassos een gesprek laten regelen. Collins en Brassos hebben me verteld dat de deur van Cutlers appartement niet op slot zat, maar er was niemand binnen en niets dat erop wees dat er geschoten was.'

'Wat zeiden ze over die gewonde kerel?'

'Ze zeiden dat er geen gewonde man was.'

'Geloof je dat?'

'Nee. Ze waren de hele tijd dat ik met hen sprak erg nerveus. Ik weet zeker dat ze iets verborgen hielden, maar ik weet niet hoe we dat kunnen bewijzen. Er is geen enkel bewijs dat er in Cutlers appartement iemand is neergeschoten. Ik ben teruggegaan en heb met een paar andere buren gepraat. Niemand gaf toe dat ze een schot hadden gehoord of gezien hebben dat er een man het appartement uit werd geholpen. Hoe nu verder, baas?'

'Ik wil het liefst naar bed, maar ik heb de hele middag aan Dale Perry lopen denken. Die dwerg heeft me verdomme behoorlijk af zitten zeiken met zijn praatjes over belangrijke relaties.'

'Misschien zijn dat geen praatjes. Volgens mij gaat hij iedere middag om vier uur samen met de minister van Justitie en onze grote baas theedrinken en een broodje eten. Kerels als hij bewegen zich in kringen waar wij nog niet eens van durven dromen.'

'Maar voor de wet is iedereen gelijk, Maggie. Ik geloof nog steeds dat we in Amerika een klojo als Perry kunnen dagvaarden en dat hij de bak in draait als er genoeg redelijke verdenking bestaat. Laten we eens bij hem langs gaan en kijken of we hem een beetje op andere gedachten kunnen brengen. Wat denk je daarvan?'

Wanneer je alleen naar de afstand keek, lag het huis van Dale Perry in McLean, Virginia, niet eens zo ver van het appartement van Keith Evans in Bethesda, Maryland, maar in werkelijkheid waren beide gemeenschappen lichtjaren van elkaar verwijderd. Voor zover Evans wist, woonden er bij hem in de straat geen rechters van het Hooggerechtshof, dan wel leden van de Kennedy-familie of voormalige ministers van Defensie. Er stonden ook geen stenen muren rond de huizen. Bij hem in de straat stonden de huizen niet op terreinen van een paar vierkante kilometer en evenmin boden ze ook geen uitzicht op de Potomac.

'Laat die Dale maar schuiven,' was Maggies commentaar.

'Ik denk niet dat hij de komende tijd om geld hoeft te bedelen.'

'Tenzij het om miljarden gaat die bestemd zijn voor Boeing of Halliburton.'

'Precies.'

De rit die bij de Chain Bridge begon, eindigde bij het smeedijzeren punthek dat de oprit naar Perry's huis afsloot.

'Praat jij maar in de intercom,' zei Evans. 'Volgens mij mag hij mij niet en jij bent jong en sexy.'

'Dat zijn twee strafpunten. Als je nu ook nog vraagt of ik koffie voor je wil halen klaag ik je aan wegens seksuele intimidatie.'

Evans glimlachte en Sparks leunde uit haar raampje en sprak in een metalen kastje aan de muur. Ze wachtten, maar er kwam geen antwoord. Sparks zag dat er tussen de twee kanten van het hek een kleine opening was. Uit nieuwsgierigheid stapte ze uit en duwde ertegen. Het hek ging gemakkelijk open. Sparks gaf nog een duwtje, waardoor het hek ver genoeg open ging om Evans naar binnen te laten rijden.

'Wat zou hier aan de hand zijn?' vroeg Sparks toen ze weer was ingestapt.

'Geen idee, maar het hek had niet zomaar open mogen gaan en iemand had je via de intercom te woord moeten staan.'

Toen Perry's huis zichtbaar werd, voelde Evans een nerveuze kriebel in zijn buik. Het grootste deel van het drie verdiepingen tellende, in koloniale stijl gebouwde bakstenen huis lag in het donker.

'Hier klopt iets niet,' zei Sparks.

De oprijlaan maakte een bocht en leidde naar een voorhal met witte zuilen, die fraai contrasteerden met de roodbakstenen muren. Toen Evans uitstapte, was het zo stil dat hij de rivier achter het landgoed en de wind in het dichte bladerdak van de bomen kon horen. Evans liep de voorhal in en drukte op de bel. De agenten konden de bel door het huis horen galmen, maar er kwam niemand naar de deur. Evans boog voorover en pakte de deurknop. De deur ging open. Hij keek naar Sparks en de beide agenten trokken hun pistool.

Zelfs in de schaduw was de hal van Perry's huis indrukwekkend. Boven een vloer die als een dambord met zwart en wit marmer was ingelegd hing een kristallen kroonluchter. Een gepolijste eiken trapleuning ging met een boog langs de marmeren trap omhoog naar de eerste verdieping. Evans stelde zich voor hoe elegant de hal eruit zou zien als hij beschenen werd door het weerkaatste licht dat door het enorme ornament werd verspreid.

'Meneer Perry,' riep Evans luid. Er kwam geen antwoord.

'Daar,' zei Sparks, terwijl ze met haar wapen naar een gang rechts van de trap wees. Evans begreep wat ze bedoelde en de agenten liepen behoedzaam de nauwe gang in, in de richting van het licht dat uit een kamer aan het eind scheen. Evans gebaarde dat Sparks naast de deur moest gaan staan. Toen de deur bijna open was, glipte Evans met opgeheven pistool de kamer binnen, maar hij wist meteen dat hij geen wapen nodig had. De enige persoon in de kamer, Dale Perry, zat aan zijn bureau. Zijn hoofd hing achterover en zijn gebroken ogen staarden naar het plafond. Zijn rechterarm hing recht omlaag en de vingers van zijn rechterhand raakten bijna de gladde zijkant van een .38 Special. Een akelige, bloederige wond aan zijn slaap verklaarde zijn doodsoorzaak. Evans voelde even in Perry's hals naar een polsslag. Hij kwam weer overeind en stak zijn pistool in zijn holster.

'Bel de alarmcentrale en zeg maar dat we zo te zien een zelfmoord hebben ontdekt,' zei hij met een zucht.

24

Het was, na het hoofdonderwerp over de arrestatie van de Slachter en een discussie over de zwangerschap van Claire Farrington, het derde onderwerp bij het nieuws van elf uur. Dana Cutler hoorde het terwijl ze op het bed in haar motelkamer zat. Ze zat met haar rug tegen het hoofdeinde het zoveelste broodje ham en kaas te eten, maar haar eetlust verdween toen de nieuwslezeres over de zelfmoord van de vooraanstaande Washingtonse advocaat Dale Perry begon.

Volgens het nieuwsbericht had Perry tot zes uur in de namiddag gewerkt en was daarna naar huis gereden. Zijn butler zei dat het ongebruikelijk was dat Perry voor acht uur thuis kwam en Perry's kok zei dat hij geen avondeten had klaargemaakt omdat hem was verteld dat Perry met een cliënt uit eten ging en pas laat thuis zou komen. Perry had zijn personeel zonder opgave van reden de avond vrij gegeven. Hoewel de officiële doodsoorzaak pas kon worden vastgesteld als de autopsie achter de rug was, had een verslaggever uit een niet met name genoemde bron vernomen dat het waarschijnlijk om zelfmoord ging.

Toen Dana over de gevolgen van de dood van Perry nadacht, kwamen er een paar dingen in haar op. Volgens de verhalen over de moord op Walsh hadden niet met name genoemde bronnen tegen de pers gezegd dat de studente uit haar auto op het parkeerterrein bij het winkelcentrum van Dulles Towne Center was ontvoerd. Als Walsh een slachtoffer van de Slachter was, was dat tot daaraan toe, maar als de Slachter haar niet had vermoord, zo vroeg Dana zich af, hoe wist de moordenaar dan dat Walsh haar auto bij het winkelcentrum had geparkeerd en op welke plaats ze stond? De geheimzinnige cliënt van Dale Perry was daarvan op de hoogte. Dana had de cliënt gebeld en hem die informatie gegeven. Nu Perry dood was, zou het onmogelijk zijn om de identiteit van de cliënt te achterhalen.

Dana was ervan overtuigd dat Dale Perry geen zelfmoord had gepleegd en dat zij ook zou sterven zodra de mannen die Perry hadden vermoord haar op het spoor kwamen. Dana had erop gerekend dat ze haar foto's aan de president kon verkopen in ruil voor geld en een garantie voor haar veiligheid, maar nu de president zich van de tactiek van de verschroeide aarde bediende, leek die mogelijkheid van tafel. Wat nu? Ze kon maar één andere mogelijkheid bedenken.

De kantoren van *Exposed*, het roddelblad dat in Washington de grootste oplage had en voornamelijk bij supermarkten werd verkocht, namen twee verdiepingen in beslag van een omgebouwd pakhuis waarvandaan je de koepel van het Capitool kon zien. Het stond in een deel van de stad dat tussen verval en wederopbouw balanceerde. De kunstmatig opgedreven prijzen die door yuppies voor opgeknapte rijtjeshuizen werden betaald hadden de huren tot ongekende hoogte opgedreven en de oude in de buurt gevestigde bedrijven deels verdreven. Het gevolg was dat er tussen de modieuze nieuwe restaurants en hippe boetiekjes terreinen vol bouwmaterialen en winkels met lege etalages stonden.

Patrick Gorman, de eigenaar en hoofdredacteur van *Exposed*, was een veel te dikke man met een zware onderkin, een hangbuik en de eeuwig paarse gelaatskleur van een alcoholist. Hij had het pakhuis voor een schijntje gekocht toen zijn buren alleen nog maar junks en daklozen waren. Als hij zou besluiten om het pand te verkopen zou hij daarmee een fortuin kunnen verdienen, maar hij vond het veel te leuk om verhalen vol nepnieuws te slijten aan mensen die er behoefte aan hadden om te geloven in wonderen, het bestaan van fabeldieren en het idee dat het leven van rijke en beroemde mensen ongelukkiger en chaotischer was dan dat van hen. Het echte nieuws hield zich bezig met dood en ondergang. *Exposed* berichtte over een wereld vol wonderen.

Gorman was opgewekt toen hij even na acht uur het kantoor van *Exposed* verliet. Koppen waarin stond dat Elvis gezien was, verkochten altijd, maar het hoofdartikel in het nummer van deze week meldde dat Elvis aan boord van een UFO was gestapt. Twee vliegen in één klap, wat de verkoopcijfers alleen maar ten goede zou komen. Achter het gebouw was een klein parkeerterrein. De veiligheidsmedewerker hield de deur voor Gorman open en keek toe hoe hij naar zijn auto waggelde. Hoewel de meeste ongure figuren uit de buurt waren verdwenen liepen er nog steeds een paar zwervers rond die te lui waren om ergens anders naartoe te trekken. Je kon dus nooit voorzichtig genoeg zijn. Gorman wrong zich achter het stuur van zijn Cadillac. Zodra zijn portier op slot zat, stak hij zijn hand op naar de bewaker, die terug zwaaide en vervolgens terug naar zijn bureau in de hal ging om op een van zijn beeldschermen te kijken hoe Gorman wegreed. Gorman dacht aan de winst die de verkoop van het volgende nummer zou opleveren toen hij de loop van een pistool tegen zijn rechterslaap voelde drukken.

'Niet schrikken, meneer Gorman,' zei een stem vanaf de achterbank.

'Doe me geen pijn,' smeekte Gorman.

'Daar hoeft u niet bang voor te zijn,' zei Dana, terwijl ze de deken afschudde waaronder ze zich had verstopt. 'Ik ben Dana Cutler en ik ben naar u toe gekomen om u een Pulitzerprijs te helpen winnen.'

Fantastisch, dacht Gorman, ik word gevangen gehouden door een idioot. En hij liet daar hardop op volgen: 'Een Pulitzer winnen is altijd mijn liefste wens geweest.'

'Mooi. Verlaat nu het parkeerterrein voordat de bewaker argwaan krijgt en rijd de eerste zijstraat in, dan kunnen we praten.'

'Waar wilt u over praten?' zei Gorman, terwijl hij gekke gezichten trok in de hoop dat de bewaker zou begrijpen dat er iets niet in orde was.

'Ik zie in de spiegel wat u zit te doen. Stop daarmee en rijd weg. Ik zei al dat ik u geen pijn wilde doen. Ik heb een zakelijk voorstel. Als u erop ingaat, wordt u beroemd.'

Gorman was ervan overtuigd dat zijn belager aan grootheidswaan leed en kwam tot de conclusie dat hij niet het risico kon lopen dat ze overstuur zou raken. Hij reed het parkeerterrein af en sloeg de eerste zijstraat in, waar aan een kant een bouwterrein lag waar duurdere koopappartementen werden gebouwd. Dana zei dat hij in de schaduw tussen twee straatlantaarns moest parkeren.

'Goed, mevrouw Cutler. Wat wilt u van me?'

'Hebt u de zaak van de Slachter gevolgd?'

'Natuurlijk. Sinds hij als seriemoordenaar werd ontmaskerd hebben we er in ieder nummer over geschreven.'

Gorman liet er bijna op volgen: 'Het was geweldig zolang het duurde', maar hij hield wijselijk zijn mond.

'De politie denkt dat de Slachter zes slachtoffers heeft gemaakt,' zei Dana.

'Dat klopt.'

'Volgens mij waren het er vijf. Charlotte Walsh is door iemand vermoord die de werkwijze van de Slachter heeft nagebootst, en ik weet wie de moordenaar is.'

'Dat is een interessante theorie.'

'Het is meer dan een theorie. Ik kan het bewijzen.'

'En u wilt dat bewijs aan mij verkopen?' veronderstelde Gorman.

'Precies. Vertel me eens, hoeveel zou het u waard zijn om bewijs in handen te krijgen dat de president van de Verenigde Staten een verhouding met Charlotte Walsh had en dat ze op de avond dat ze vermoord werd bij hem was?'

De president! Ze is niet goed bij haar hoofd, dat kan niet anders, dacht Gorman.

'Een heleboel geld,' zei Gorman hardop om Dana gunstig te stemmen.

'Ziet u wel, we zijn het al ergens over eens. Hoeveel is een heleboel?'

'Eh… geen idee… Vijftigduizend dollar?'

'Ik dacht meer aan honderdvijftigduizend.'

'Dat klinkt redelijk. Kan ik u ergens afzetten? Dan ga ik proberen het geld bij elkaar te krijgen.'

Dana lachte. 'Ik weet dat u denkt dat ik gek ben, maar dat u ook denkt dat ik stom ben, vind ik een belediging.'

'Dat heb ik niet…'

'Geeft niet. Ik weet hoe krankzinnig ik op u overkom. Het is nu tijd om het bewijs te laten zien.'

Dana gaf Gorman een envelop met de beste opnamen die ze bij de boerderij had gemaakt en nog een paar andere foto's van Charlotte Walsh.

'Ik ben privédetective,' legde Dana uit. 'Een paar dagen voordat ze werd vermoord kreeg ik een opdracht om Walsh te schaduwen en alles wat ze deed aan een cliënt te rapporteren. Vraag me niet wie die cliënt is, want dat weet ik niet.

Op de avond dat ze werd vermoord ben ik Walsh naar het winkelcentrum in Dulles Towne Center achternagereden. Daar werd ze door een andere auto opgehaald. Ik heb Walsh tot op het platteland van Virginia achtervolgd. Op een gegeven moment kwamen we bij een boerderij. Er liepen gewapende bewakers op het terrein en er stond een auto die op naam staat van de Geheime Dienst bij het huis. Ik heb foto's gemaakt van het nummerbord van de auto die door de Geheime Dienst werd gebruikt. Ik kan u aanraden om zelf het nummer na te trekken. Op een paar foto's zijn ook de wapens van de bewakers te zien. Als u nagaat welke wapens de Geheime Dienst gebruikt, zult u zien dat het om hetzelfde type gaat.

Walsh ging naar boven. Ze had een man bij zich. Het licht in de kamer ging lang genoeg uit om seks met hem te kunnen hebben. Toen het licht weer aan ging, was Walsh woedend. Ze rende het huis uit en gilde naar iemand binnen. Ik heb een duidelijke foto van die man. Het is Christopher Farrington.'

Terwijl Dana praatte, had Gorman de foto's uit de envelop door zitten bladeren. Hij verstijfde toen hij de foto van de president zag, waarop hij de auto achternakeek die Walsh terug naar het winkelcentrum bracht. Dana zag zijn reactie en glimlachte. Ze wist dat ze hem overtuigd had.

'Op elke foto staat een datum en een tijd. Walsh vertrok vóór middernacht op de dag dat haar lijk in de afvalcontainer werd gevonden. Het kan zijn dat ze door de Slachter vermoord is, maar denk daar eens even over na. Farrington is met een verkiezingscampagne bezig, zijn vrouw is zwanger en zijn minnares, een tiener, heeft ruzie met hem. En dan wordt uitgerekend de enige die zijn kans op een verkiezingsoverwinning kan verzieken het willekeurige slachtoffer van een seriemoordenaar. Dat zou nog eens een meevaller zijn, toch?'

Gorman staarde naar de tijd en de datum op de foto.

'En, Pat, gaan we zakendoen? Ben je zover?'

'Waarom ik? *The Washington Post* kan veel meer betalen en dan komt het ook meteen in de krant. *Exposed* is een weekblad.'

'Als we het eens worden, kom jij met een extra editie. Dat is een van mijn voorwaarden.'

'Goed, maar je hebt me nog steeds niet uitgelegd waarom je per se met *Exposed* in zee wilt. Wij zijn niet het meest geloofwaardige tijdschrift. Ben je niet bang dat het Witte Huis gewoon beweert dat het bedrog is?'

'Heb je wel eens van Dale Perry gehoord?'

'Dat is toch die advocaat die zelfmoord heeft gepleegd?'

'Volgens mij was het geen zelfmoord. Dale is degene die mij heeft aangenomen om Walsh voor zijn cliënt te schaduwen. Ze hebben me gezien toen ik die foto's maakte. Een paar uur later werd ik in mijn appartement door twee mannen overvallen. Ze eisten de foto's. Ik heb er één neergeschoten en ben toen gevlucht.'

'Meen je dat nou?'

'Ik wou dat het niet waar was. Een paar avonden daarna had ik met Dale afgesproken in een bar om de verkoop van de foto's aan de president te regelen. Toen ik wegging, werd ik door nog meer mannen opgewacht, maar het lukte me om langs ze heen te glippen. Uit het feit dat Dale dood is, maak ik op dat de president niet van plan is om de foto's te kopen. Ik heb geld nodig om weg te vluchten. Jij bent de eigenaar van *Exposed*. Als ik met de *Post* ga praten duurt het een hele tijd voordat ik geld krijg. Om het bedrag dat ik wil los te krijgen zal een verslaggever van de *Post* eerst met zijn redacteur moeten overleggen, en die zal toestemming moeten vragen aan de raad van bestuur. En ze betalen natuurlijk pas als ze alles onderzocht hebben. Hoe langer ik wacht, hoe groter de kans is dat Farringtons mensen me vinden. Ik wil dat die foto's snel gepubliceerd worden. Als ze eenmaal op de voorpagina staan, heeft de president geen reden meer, behalve wraak, om me dood te willen. En als ik doodga, is hij de hoofdverdachte. Mijn enige hoop om in leven te blijven is dat het zo'n schandaal wordt dat Farrington me het liefst vergeet.'

'Hoe weet ik dat die foto's echt zijn? Digitale foto's zijn gemakkelijk te vervalsen.'

'Jij publiceert verhalen over de Verschrikkelijke Sneeuwman en ontvoeringen door buitenaardse wezens, Gorman. Wat kan het jou schelen of die foto's echt zijn?'

'Omdat dit verhaal niet over de Verschrikkelijke Sneeuwman gaat. Je kunt de president van de Verenigde Staten geen moordenaar noemen zonder dat je daar onweerlegbaar bewijs voor hebt.'

'Daar zit wat in, Pat. Kijk eens naar de kleding.'

Gorman begreep niet wat Dana bedoelde.

'Op de foto's staat Walsh met de kleren aan die ze droeg toen ze naar de boerderij ging. De slachtoffers van de Slachter zijn allemaal volledig gekleed aangetroffen. Kijk of je erachter kunt komen of de kleren die op Walsh' lijk zijn aangetroffen dezelfde zijn als op mijn foto's.'

Gorman was even stil. Toen draaide hij zich om en keek Dana aan.

'Als het bedrog is, ga ik die foto's niet publiceren, maar als ze echt zijn, zal ik alles doen wat ik kan om de waarheid boven water te krijgen.'

DEEL VI

Onthullingen

OREGON/WASHINGTON

25

Claire had net het hoofdstuk van die avond uit *Peter Pan* aan Patrick voorgelezen toen de president de slaapkamer van zijn zoon binnen kwam.

'Denk je dat ik kan vliegen, pap?' vroeg Patrick.

Chris zag wat ze zaten te lezen. 'Natuurlijk,' zei hij, 'als ze je maar met toverstof bestrooien.'

'Kun jij toverstof voor me krijgen?' vroeg Patrick hoopvol.

Chris liep naar het bed en streek door het haar van zijn zoon. 'Ik zal het ministerie van Defensie er meteen werk van laten maken. En nu oogjes toe. Ik moet nog iets met je moeder bespreken.'

Claire stopte Patrick in en volgde haar man naar een zitkamer vlak bij Patricks slaapkamer. De president deed de deur dicht. Het viel Claire nu pas op dat haar man een opgerold tijdschrift bij zich had.

'We hebben een probleem en ik vond dat ik je dat moest vertellen.'

Christopher hield haar het blad voor. De helderrode kop in *Exposed* gaf aan: '*Exposed* onthult rendez-vous van president met slachtoffer van tienermoord'.

Onder de kop stond een foto van Charlotte Walsh, die naar iemand stond te schreeuwen die in de deuropening van een huis half te zien was. Op een tweede foto stond de president voor het huis.

Claire keek met stomheid geslagen naar het hoofdartikel en de foto's.

'Dit begrijp ik niet,' zei ze.

Christopher sloeg zijn blik neer. Hij was niet in staat om zijn vrouw in haar niet-begrijpende ogen te kijken.

'Ik ben erg stom geweest, Claire. Ik weet dat ik je beloofd heb dat ik het nooit meer zou doen, en ik voel me vreselijk omdat ik je belazerd heb, maar...'

'Heeft iemand een foto van je gemaakt?' vroeg Claire ongelovig. Ze keek hem met grote ogen aan. 'Had je er niet genoeg aan om me te bedriegen? Wilde je ook nog dat de hele wereld het te weten kwam?'

De president bleef naar zijn schoenen staren. 'Ik… ik weet niet wat ik moet zeggen.'

'Hier valt niets over te zeggen, stomme klootzak.'

Claire las het verhaal onder de foto's. Toen ze het gelezen had, smeet ze het tijdschrift zo hard op de gepolijste houten salontafel dat het stuiterde.

'Je hebt me belachelijk gemaakt. Je hebt mij en je zoon voor schut gezet. Ik ben een volwassene. Ik kom hier wel overheen, ik heb die andere verhoudingen van je tenslotte ook overleefd, maar Patrick is nog een kind.'

Chris was slim genoeg om zijn neiging om hierop te reageren te onderdrukken. Claire ijsbeerde heen en weer. Haar ogen schoten vuur. Toen pakte ze het blad op en smeet het haar man in zijn gezicht. Hij maakte geen afwerend gebaar en het roddelblad viel op de grond.

Claire stond vlak voor hem. 'Zorg dat dit opgelost wordt. Hoor je me? Jij lost dit op. Als je deze verkiezingen verliest, ga ik bij je weg. Begrijp je dat? Dan kun jij weer in Portland op klanten gaan azen, maar dan zonder Patrick en mij.'

Claire draaide zich abrupt om en liep de kamer uit. Vlak voordat ze de deur dichtsloeg, hoorde Christopher haar zeggen: 'Ik hoop dat ze het waard was.'

26

Brad glimlachte zodra Ginny de bar van de Shanghai Clipper betrad. Ze waren begonnen om na werktijd bij het restaurant af te spreken en dat samenzijn was voor hem het mooiste stukje van zijn dag. Het rotste stuk van zijn dag was zijn werk, dat na zijn rampzalige gesprek met Susan Tuchman een week eerder een stuk lastiger was geworden. Brad bedacht dat hij werkloos zou zijn geweest als Richard Fuentes niet tegen de Dragon Lady had gezegd dat Brad er goed aan had gedaan door de bewering van hun cliënt dat hij feitelijk onschuldig was, na te trekken en de pinken over te dragen aan Paul Baylor, de zelfstandige forensische expert, en niet aan de politie. Maar Fuentes was er al net zo ongelukkig mee als Tuchman dat Brad de lijken had opgegraven en de pinken had verwijderd voordat hij met de compagnon, die immers zijn leidinggevende was, had overlegd.

'Het spijt me dat ik te laat ben,' zei Ginny terwijl ze in een stoel tegenover Brad neerplofte en een stukje stokbrood pakte.

'Geeft niet,' zei Brad, die aan zijn tweede biertje zat. Het ontging Ginny niet.

'Was het weer een rotdag?'

'Ik durf er donder op zeggen dat Tuchman iedereen heeft opgedragen om mijn hoeveelheid werk te verdubbelen in de hoop dat ik ontslag neem.'

'Dat moet je niet doen. Jij bent de enige op kantoor die zorgt dat ik niet knettergek word.'

'Misschien moeten we allebei opstappen.'

'Ik ben weg zo gauw ik een suikeroom vind die mijn studielening afbetaalt.'

Brad zuchtte. 'Soms voel ik me net een contractarbeider.'

'Is er al nieuws over de pinken? Heeft Paul Baylor al vingerafdrukken gemaakt?'

'Dat weet ik niet. Tuchman heeft me die zaak uit handen genomen en aan een andere medewerker gegeven. Ze wilde niet eens zeggen aan wie en dreigde dat ik ontslagen word als ze erachter komt dat ik iets in verband met de zaak-Little heb gedaan. Ik mag ook Baylors laboratorium niet bellen.'

'Wat een kreng is het toch.'

Brad haalde zijn schouders op. 'Dat doet er niet meer toe. Binnenkort werk ik waarschijnlijk niet meer voor haar en ook niet voor iemand anders op kantoor. Ik denk dat ik eruit lig op het moment dat de compagnons de volgende ronde functioneringsgesprekken gaan houden.'

'Wacht even,' zei Ginny toen haar aandacht werd getrokken door de televisie boven de bar.

'Wat?'

'Ssst,' zei ze. Ze hield haar hand op ten teken dat hij stil moest zijn.

Brad draaide zich om naar de televisie. Een nieuwslezer zei iets over een verhaal in een extra editie van *Exposed*.

'… op de foto's in het roddelblad staat mevrouw Walsh met president Farrington te ruziën, kort voor het tijdstip waarop ze volgens de schatting van de lijkschouwer werd vermoord. De studente van de American University draagt op de foto's dezelfde kleren die ze aan had toen haar lijk in een afvalcontainer achter een restaurant in een buitenwijk in Maryland werd gevonden.

Men ging er aanvankelijk van uit dat de jonge vrouw het slachtoffer van de Slachter van Washington was, een seriemoordenaar die de stad en haar omgeving al enige maanden terroriseert. In de zaak van de Slachter is een verdachte gearresteerd, maar vertrouwelijke bronnen hebben ons meegedeeld dat er reden is om aan te nemen dat Charlotte Walsh het slachtoffer was van een moordenaar die de werkwijze van de Slachter heeft nageaapt.

Exposed beweert dat de ontmoeting tussen Walsh en president Farrington plaats had op een boerderij op het platteland van Virginia, die door de CIA als schuiladres wordt gebruikt. De president heeft niet op het tijdschriftartikel gereageerd, zodat het publiek in het duister tast waarom hij een jonge studente ontmoette op een schuiladres van de CIA en waarom hij en mevrouw Walsh kort voordat ze werd vermoord een meningsverschil hadden.'

'Grote goden,' zei Ginny.

'Wat?'

Ginny leunde voorover en sprak op gedempte toon. 'Snap je niet wat er gebeurd is?'

'Wat moet ik snappen?'

'Charlotte Walsh, een tiener, heeft een verhouding met Christopher Farrington. Ze wordt vermoord. Laurie Erickson, een andere tiener met wie de president iets had toen hij nog gouverneur van Oregon was, is ook vermoord. In beide gevallen imiteert de moordenaar de werkwijze van een beruchte seriemoordenaar. Dat is wel heel erg toevallig, *amigo*.'

'Wacht even, Ginny. Ik weet dat je graag voor detective speelt, maar we weten niet of er iets waar is van wat we net gehoord hebben. De televisie noemde *Exposed* een roddelblad. Dat soort blaadjes hebben échte foto's van UFO's en van de Verschrikkelijke Sneeuwman. Waarschijnlijk zijn het allemaal verzinsels.'

'De Verschrikkelijke Sneeuwman kan ik nog begrijpen. Maar de president van moord beschuldigen is iets heel anders.'

'Ja, een manier om een heleboel exemplaren te verkopen, maar ze hebben Farrington nergens van beschuldigd. Ze hebben alleen maar gezegd dat hij ruzie had met de studente op de avond dat ze werd vermoord. Jij trekt meteen de conclusie dat ze niet door de Slachter is vermoord. Daar heeft de politie niets over gezegd. Wat zouden wij trouwens moeten doen als dat verhaal blijkt te kloppen? Die moord is vijfduizend kilometer hiervandaan gepleegd.'

'Maar het kan zijn dat er een verband is tussen die twee zaken. Weet je nog dat ik tegen je zei dat er geruchten waren dat Farrington met Erickson naar bed ging?'

'Ja, maar dat zijn alleen maar geruchten, meer niet.'

'Stel nu eens dat het waar is, dat hij inderdaad met haar naar bed ging. Ze dreigt dat ze het in de openbaarheid gaat brengen en Farrington besluit om haar het zwijgen op te leggen. De laatste die Erickson in leven heeft gezien was Farringtons rechterhand Charles Hawkins. Hawkins is bij de commando's geweest. Dat zijn moordmachines.

De enige reden dat Little voor de moord op Erickson is veroordeeld was het bewijs over de manier waarop ze vermoord is. De gouverneur werd natuurlijk steeds op de hoogte gehouden over de seriemoorden, die toen in Oregon groot nieuws waren. Ik neem aan dat Hawkins toegang had tot de politierapporten, en dat betekent dat hij wist hoe hij de werkwijze van Little moest imiteren.'

'Dat is alleen maar speculatie, Ginny, en hoe zouden we kunnen bewijzen dat het zo is? Vlieg je naar Washington om Hawkins een derdegraadsverhoor af te nemen? Het lukt je niet eens om het Witte Huis binnen te komen. En bovendien, als ik deze zaak weer ga onderzoeken word ik ontslagen. Moorden oplossen is een taak van de politie.'

'De politie is ervan overtuigd dat Clarence Little Laurie Erickson heeft vermoord. Ze zouden in een kwaad daglicht komen te staan als bleek dat de dader iemand anders is. Ik denk dat ze niet eens tijd aan ons willen besteden. En kun je je voorstellen wat er gebeurt als we bij het hoofdbureau binnen stappen en eisen dat een rechercheur een onderzoek wegens moord instelt naar de president van de Verenigde Staten? Als we geen keiharde bewijzen hebben, zal er niemand naar ons luisteren.'

'Dat probeer ik je al de hele tijd duidelijk te maken.'

'Dus moeten we bewijzen zien te krijgen.'

'Ik hoor dat ze bij de Wal-Mart keiharde bewijzen in de aanbieding hebben. Laten we eens gaan kijken.'

Ginny kneep haar ogen halfdicht. Ze leek boos. 'Grappige opmerkingen zijn niet je sterkste troef, Brad.'

'Ik ben alleen maar realistisch. Ik weet dat je helemaal opgewonden bent van het idee dat je kunt bewijzen dat Little Laurie Erickson niet vermoord heeft, maar als we tegen iemand zouden zeggen dat we Christopher Farrington ervan verdenken een seriemoordenaar te zijn lachen ze ons uit.'

Ginny's woedende blik verdween. 'Daar heb je gelijk in. Maar er moet toch íéts zijn wat we kunnen doen.'

Ze zeiden geen van beiden iets. Ginny stopte nog een sushi in haar mond en Brad nipte bedachtzaam van zijn bier.

'We zouden kunnen proberen of we Laurie Ericksons moeder te pakken kunnen krijgen en haar vragen of ze door Farrington is afgekocht,' zei Brad even later.

Ginny's gezicht klaarde op. 'Je bent een genie.'

Brad ontspande. Hij was blij dat Ginny niet meer boos op hem was.

'Dat is precies wat we gaan doen,' zei Ginny. 'Als mevrouw Erickson de geruchten bevestigt dat Farrington met haar dochter naar bed ging, zijn we al op de helft. En we kunnen ook proberen of we de tiener kunnen vinden met wie hij naar verluidt een verhouding had toen hij nog advocaat was. Als we kunnen aantonen dat Farrington op tienermeisjes valt, zou dat een grote plus voor onze geloofwaardigheid zijn.'

Ginny's enthousiasme werkte aanstekelijk en Brad voelde zijn neerslachtigheid verdwijnen. Toen schoot hem iets te binnen waardoor hij opnieuw in de put raakte.

'Je kunt hier niet samen met mij aan werken, Ginny. Ik moet alleen naar mevrouw Erickson toe.'

'Waar heb je het over?'

'Tuchman weet niet dat jij me hebt geholpen met het zoeken naar de lijken en de pinken. Ze denkt dat ik de enige ben die bij de zaak van Little betrokken is. Míjn baan hangt aan een zijden draadje. Ik wil niet dat ze ook boos op jou wordt.'

Ginny stak haar hand uit en pakte die van Brad beet. 'Dat is heel lief, maar ik ben er wel degelijk bij betrokken. Als blijkt dat wij gelijk hebben, wat kan Tuchman dan doen? We zullen als helden worden gezien. Misschien worden we wel beroemd. Weet je nog wat er met Woodward en Bernstein gebeurd is toen ze Nixon ten val brachten?'

'Ik ben er niet zo zeker van hoe de mensen zullen reageren, Ginny. Ben jij wel eens bij Tuchman op kantoor geweest? Ze heeft een muur vol met foto's van haar en Farrington en andere hoge pieten uit de politiek. Als we Farrington ten val brengen, brengen we ook zijn partij ten val en dan wordt Maureen Gaylord president. Daar maken we op kantoor geen vrienden mee. En ik weet ook niet zo zeker of ik wel bevriend wil zijn met de lieden die aan het hoofd van Gaylords partij staan.'

Ginny fronste haar voorhoofd. 'Daar zit wat in.'

'Ik ga ermee door. Ik heb toch niets te verliezen. Met de manier waarop Tuchman over mij denkt, word ik nooit compagnon, zelfs als ze me niet meteen ontslaan. Ik zou het vreselijk vinden als jij in moeilijkheden kwam.'

Ginny hield zijn hand nog steeds vast. Ze keek hem vanaf de andere kant van de tafel recht in zijn ogen. Brad voelde dat zijn wangen gingen gloeien, maar hij wendde zijn blik niet af.

'Hoe denk je dat ik me zou voelen als jij ontslagen werd en ik mijn baan hield? We gaan die klus samen klaren, maatje. Net als in *Titanic*. Ik ben Kate Winslet en jij Leonardo DiCaprio. Als we naar de haaien gaan, doen we dat samen.'

'Eh, volgens mij heb je de verkeerde film te pakken. Kate overleefde het en Leonardo verdronk.'

'O. Nou ja, ik was nooit erg goed in het onthouden van dat soort details uit films.'

'Geeft niet. Ik begrijp wat je bedoelt.'

Ginny hield haar hoofd schuin en keek Brad aandachtig aan. Ze had haar hand nog steeds niet teruggetrokken en hij hoopte dat ze dat ook nooit zou doen.

'Volgens mij is het jouw beurt om te betalen,' zei ze. 'Dan gaan we daarna naar mijn appartement om er verder over te praten... of niet.'

Brad wilde dat hij een of andere gevatte opmerking kon bedenken waaruit bleek hoe cool hij in dit soort situaties was, maar Ginny had gelijk gehad toen ze hem erop wees dat grappige opmerkingen niet zijn sterkste troef waren. Hij was trouwens te opgewonden om gewoon te kunnen denken. Hij gebaarde alleen maar dat ze de rekening moesten brengen.

27

Exposed werd belegerd. Achter de dranghekken die door de politie van Washington waren neergezet stonden vertegenwoordigers van de media opgesteld, zowel uit binnen- als buitenland, die vragen schreeuwden naar iedereen die de pech had dat hij het gebouw in of uit moest. Toen Keith Evans stapvoets langsreed om te voorkomen dat enkelen van de meer ambitieuze verslaggevers overreden werden, zag hij in gedachten het beeld voor zich van een middeleeuws beleg, waarbij fanatieke verslaggevers in hun koortsachtige jacht op een primeur met een reusachtige katapult door de ramen en de stenen muren van het *Exposed*-gebouw naar binnen werden gesmeten.

Voor de ingang van het parkeerterrein van het blad stond een versperring, die door agenten werd bewaakt. Evans liet de verveelde agent die aan zijn portierraampje leunde zijn legitimatie zien. Ze hadden tegen de agent gezegd dat hij Evans kon verwachten. Hij trok de versperring opzij en gebaarde dat hij door kon rijden. Een paar tellen later stortte een groepje journalisten zich als een door de geur van bloed aangetrokken school piranha's naar voren.

'Ik wou dat ik wat rauwe biefstuk had om naar ze toe te gooien,' zei Maggie toen ze uitstapten.

Gorman zat samen met nog iemand in Gormans kantoor op de eerste verdieping van het omgebouwde pakhuis te wachten. De muren van het kantoor waren versierd met ingelijste voorpagina's met de meest buitenissige koppen van *Exposed*. Gorman bleef zitten toen de FBI-agenten binnen werden gelaten, maar zijn metgezel kwam naar hen toe en gaf hun een hand. Het was een gedistingeerde heer van halverwege de zestig met wit haar. Als je op zijn Ermenegildo Zegna-krijtstreepkostuum en zijn gouden Patek Philippe-horloge mocht afgaan, was hij behoorlijk welgesteld.

'Ik ben Harvey Lang, de advocaat van de heer Gorman.'

'Keith Evans en Margaret Sparks. Aangenaam, meneer Lang.' Hij knikte naar de eigenaar van het blad. 'Meneer Gorman, dank dat u tijd voor ons hebt kunnen vrijmaken.'

'Had ik dan een keus?'

'Om eerlijk te zijn: ja. U had kunnen weigeren. Maar dan waren we in het holst van de nacht naar uw huis gegaan en hadden we u in een van onze geheime gevangenissen laten verdwijnen.'

Gorman zette grote ogen op. Evans lachte.

'Dat was gewoon een FBI-grapje. Mijn collega en ik hebben trouwens onze gummiknuppels en veeprikkers in de auto laten liggen. Dit hele gesprek is een informele aangelegenheid. U wordt al door genoeg mensen afgeluisterd. Ik wil alleen maar een ogenblik van uw tijd en dan vertrekken we weer.'

'Wat wilt u precies?' vroeg Lang.

'De naam van degene die u de foto's heeft gegeven die u bij uw verhaal over Charlotte Walsh en president Farrington hebt afgedrukt,' zei Evans, zich tot de eigenaar van *Exposed* wendend.

'Dat spijt me. Die foto's zijn uit vertrouwelijke bron afkomstig,' zei Lang. 'Ik neem aan dat u zich ervan bewust bent dat dergelijke informatie beschermd wordt door de bepalingen omtrent persvrijheid in het Eerste Amendement.'

'Waar ik me van bewust ben, zijn verslaggevers die wegens obstructie tot gevangenisstraf werden veroordeeld omdat ze dat standpunt innamen, maar ik denk niet dat we een strijd op leven en dood moeten gaan voeren om beide partijen tevreden te stellen. Ik weet bijna zeker wie die foto's heeft gemaakt en ik denk dat ze in groot gevaar verkeert.'

Gormans gezichtsuitdrukking veranderde binnen een paar tellen van onverschillig naar bezorgd en terug.

'We willen geen van allen dat deze persoon iets overkomt,' ging Evans verder. 'Ik heb dus een plan gemaakt waarin iedereen krijgt wat hij wil.'

'Laat maar horen,' zei Lang.

Evans wendde zich tot Patrick Gorman. 'Ik zal u de naam geven van degene die volgens mij de foto's heeft gemaakt. Het enige wat ik wil, is dat u mij bevestigt dat de naam juist is. Ik moet ook weten waar ze zou kunnen zijn. Toen ik zei dat ze gevaar liep, was dat geen loze opmerking. Ik geloof dat er al iemand geprobeerd heeft haar vanwege die foto's te vermoorden.'

'Wat krijgt de heer Gorman als hij u helpt?' vroeg Lang.

'Rust en vrede. Geen dagvaardingen, geen onderzoeksjury, geen opsluiting in een koude, vochtige cel terwijl u uw declarabele uren opdrijft door met een onderminister van Justitie discussies over het Eerste Amendement te voeren. Wat vindt u daarvan?'

'Ik moet mijn cliënt adviseren om zijn medewerking te weigeren teneinde zijn bron te beschermen.'

Evans glimlachte naar Gorman. 'Waarom speelt u een spelletje? Ik weet zeker dat Dana Cutler u die foto's heeft gegeven.' Gormans ogen schoten heen en weer. 'Ze achtervolgde Charlotte Walsh in opdracht van Dale Perry, een advocaat die een paar dagen geleden zogenaamd zelfmoord heeft gepleegd. We denken dat iemand Cutler op de avond dat ze de foto's had gemaakt in haar appartement heeft overvallen. De lieden die haar achternazitten houden niet van half werk. Als u iets weet wat ons kan helpen haar te vinden, zeg het dan. U wilt toch niet haar dood op uw geweten hebben?'

'Ik heb haar twee keer gesproken.'

'Pat…' begon Lang, maar Gorman stak zijn hand op.

'Ze weten het al, Harvey, en ik wil niet dat haar iets overkomt.'

'Daar ben ik het helemaal mee eens,' zei Evans.

'De eerste keer dat ik haar sprak, heeft ze me een paar van de foto's laten zien. Toen ik besefte dat het een heel groot verhaal zou worden ging ik akkoord met de prijs die ze vroeg.

De tweede keer dat ik haar sprak, heb ik haar voor haar verhaal en de foto's betaald. Ze vertelde me dat ze dacht dat president Farrington haar probeerde te vermoorden om de foto's in zijn bezit te krijgen. Ze hoopte dat hij daarvan af zou zien als ik de foto's eenmaal had gepubliceerd.'

'Waarom dacht ze dat de president achter die moordpoging zat?'

'Op de avond dat ze de foto's maakte, hadden zich twee mannen in haar appartement verstopt. Ze overvielen haar en eisten de foto's. Ze heeft een van die twee neergeschoten en is ontsnapt. Behalve de president waren Dale Perry en zijn cliënt de enigen die van het bestaan van de foto's op de hoogte waren, en ze kon geen enkele reden bedenken waarom die haar zouden willen vermoorden. Perry en de cliënt verwachtten namelijk dat ze de foto's aan hen zou overdragen.

Toen mevrouw Cutler hoorde dat Charlotte Walsh was vermoord sprak ze met Perry af. Ze wilde dat hij met de president over de verkoop van de foto's zou onderhandelen. Ze wilde geld en de garantie dat ze niet vermoord zou worden. Toen ze na het gesprek met Perry vertrok, werd ze door een paar mannen opgewacht, maar het lukte haar te ontkomen.'

'Heeft ze tegen u gezegd namens wie Perry optrad?'

'Nee. Dat heeft Perry haar nooit verteld. Ze zei tegen mij dat ze er nooit achter heeft kunnen komen wie de cliënt was.'

'Waar is mevrouw Cutler nu, meneer Gorman?'

'Dat weet ik niet. Ze had geen enkele reden om mij te vertellen waar ze heen ging en ik had ook geen reden om het haar te vragen.'

'Hebben we iets bereikt?' vroeg Sparks toen ze weer in hun auto zaten.

'We beginnen een volledig beeld te krijgen. Gorman heeft bevestigd dat Cutler de foto's van Walsh met Farrington heeft gemaakt en ze heeft tegen Gorman gezegd dat de lieden die in haar appartement zaten de foto's wilden hebben. De enigen die van het bestaan van de foto's op de hoogte waren, waren Perry en zijn cliënt, die verwachtten dat Cutler ze aan Perry zou geven, en de president. Dat is een redelijk sterk bewijs dat Farrington de mannen heeft gestuurd die Cutler hebben overvallen.'

'Dus draait het allemaal om Cutler. We moeten haar zien te vinden.'

28

Toen Charles Hawkins de oostelijke ingang van het Witte Huis binnen reed, lag Travis 'Jailbreak' Holliday op de vloer achter in Hawkins' auto onder een deken. Dat was niet eenvoudig. De advocaat uit Texas was een meter negentig lang en woog vijftien kilo meer dan de ruim 114 kilo die zijn enorme geraamte had moeten torsen in de tijd dat hij als lijnverdediger bij de Longhorns schitterde.

Holliday had zijn bijnaam te danken aan een columnist van *The Dallas Morning News*, die had geschreven dat Holliday in dienst nemen net zoiets was als een kanskaart met 'Verlaat de gevangenis zonder betalen' trekken bij Monopoly. Het had de columnist geërgerd dat de strafpleiter vlak daarvoor een vrijspraak had weten te bewerkstelligen voor een rijke boer die ervan beschuldigd werd dat hij zijn vrouw vermoord had na haar eerst te hebben gebrandmerkt. Er werd gezegd dat Hollidays slotpleidooi zo verwarrend was dat er nog steeds een team van het Institute for Advanced Studies aan de Princeton-universiteit bezig was om het te ontcijferen.

Eerder die avond was de advocaat in zijn privévliegtuig naar de luchtmachtbasis Andrews in Maryland gevlogen, waar ook de Air Force One staat. Hawkins had zitten wachten in een bruine Chevrolet, een merk dat niet door het personeel van het Witte Huis of de Geheime Dienst wordt gebruikt en dus minder snel zou opvallen. De bewakers bij de oostelijke ingang waren gewaarschuwd dat Hawkins een ongewone methode zou gebruiken om de strafpleiter naar zijn gesprek met de president te brengen, zodat het eenvoudig was om door de beveiliging te komen. Hawkins maakte zich meer zorgen over de verslaggevers die bij de westelijke ingang waren neergestreken. In sommige kringen stond het in dienst nemen van Travis 'Jailbreak' Holliday gelijk aan een bekentenis. Het nieuws dat Holliday het Witte

Huis was binnen gekomen zou meer negatieve persberichten opleveren dan een feitelijke aanklacht.

Nadat de bewakers bij de oostelijke ingang hem hadden doorgewuifd volgde Hawkins de hoefijzervormige oprijlaan tot de rozentuin en de Oval Office in zicht kwamen. Hij parkeerde achter het gebouw en hielp Holliday uit de auto. Vervolgens ging hij met de advocaat een deur tussen de Oval Office en de officiële eetzaal binnen en een trap op naar een studeerkamer in de presidentiële privévertrekken, waar Christopher Farrington zat te wachten.

Holliday had voor het gesprek op het Witte Huis niet de kleding aangetrokken die zijn handelsmerk was: een strikdas, een Stetson en laarzen van slangenleer, maar de voorkeur gegeven aan een eenvoudig kostuum, om niet meer aandacht te trekken dan zijn lengte en zijn postuur doorgaans toch al deden.

'Meneer de president,' zei Holliday, 'het is me een grote eer.'

Het viel Hawkins op dat het leek of 'Jailbreak' een groot deel van zijn Texas-accent dat zijn toespraken in de rechtszaal kenmerkte, was kwijtgeraakt.

'Dank dat u gekomen bent,' zei Farrington terwijl hij naar de andere kant van de kamer liep. 'Excuses voor de wat ongewone rit hierheen.'

'Dat geeft niet,' antwoordde Holliday met een brede glimlach. 'Het deed me een beetje denken aan een James Bond-film.'

'Het doet me genoegen dat ik een beetje opwinding in uw leven heb kunnen brengen. De afgelopen dagen is mijn leven beslist een avontuur geweest. Voor het geval u het nieuws nog niet gehoord hebt: senator Preston, een van Maureen Gaylords hielenlikkers, eist de benoeming van een onafhankelijke aanklager om na te gaan wat mijn betrokkenheid is bij de moord op dat arme meisje. Natuurlijk doet Maureen of ze boven het gekrakeel staat. Ze zegt dat we niet te snel moeten oordelen. Maar ze zegt het op een toon waardoor je zou denken dat ik een soort Ted Bundy ben en ieder woord dat ze zegt bevat zo veel insinuaties dat je er een heel nummer van dat roddelblaadje, *Exposed*, mee kunt vullen.'

'Ik vind het heel erg voor u dat u dit allemaal mee moet maken, meneer de president. Vooral omdat u midden in een verkiezing zit, en dan nog al het andere werk dat u moet verzetten.'

'Dank u. Heeft Chuck de zakelijke kant van onze relatie met u besproken?'

'Jawel, meneer. Het voorschot was erg genereus, dus laten we verder even alles vergeten en het alleen hebben over de manier waarop ik u kan redden uit de netelige situatie waarin u zich thans bevindt. Maar voordat we beginnen, moet ik de heer Hawkins vragen de kamer te verlaten.'

Hij wendde zich tot de medewerker van de president. 'Alles wat de president mij als cliënt vertelt is strikt vertrouwelijk. Als er een derde bij ons gesprek aanwezig is, kan hij het voorrecht van de advocaat-cliëntrelatie verspelen.'

'Dat is geen probleem,' zei Hawkins. Hij liep naar de deur, maar Farrington hield hem tegen.

'Ik ben een slechte gastheer,' zei de president tegen Holliday. 'U zult wel uitgehongerd zijn. Kan ik u iets te eten aanbieden?'

'Een biefstuk, medium rare, wat patat erbij en een Johnny Walker Black Label met ijs zou erg lekker zijn.'

'Chuck, wil jij de keuken vragen of ze daarvoor kunnen zorgen?' vroeg Farrington.

'Kunt u me vertellen wat me te wachten staat?' vroeg Farrington zodra zijn vriend de deur achter zich dichttrok.

'Tja, meneer de president, ik heb me een beetje verdiept in het werk van de onafhankelijke aanklager. Het lijkt erop dat uw voorgangers tot 1978 een bijzondere procureur benoemden om schandalen binnen hun regering te onderzoeken. Grant is daar in 1875 mee begonnen, toen hij generaal John B. Henderson een onderzoek liet instellen naar de zogeheten Whiskey Ring. Daarna hebben Garfield, Teddy Roosevelt, Truman en Nixon bijzondere procureurs benoemd. Het probleem was dat als zo iemand door de president werd benoemd, de president hem ook weer kon ontslaan, zoals Nixon deed toen hij Archibald Cox na de Saturday Night Massacre de laan uitstuurde. Dus nam het Congres in 1978 de wet op de Ethische Bestuursnormen aan en liet het selecteren van de onafhankelijke aanklager over aan een speciale afdeling van het Amerikaanse hof van beroep in het district Columbia, een commissie van drie rechters van het Circuit Court, die speciaal was ingesteld om zaken te behandelen waarbij een onafhankelijke aanklager moet worden ingeschakeld. Die onafhankelijke aanklager is belast met het onderzoek naar en de vervolging van bepaalde met name genoemde hooggeplaatste functionarissen binnen de regering, onder wie u.

De wet treedt in werking als de minister van Justitie inlichtingen krijgt over mogelijk crimineel gedrag door een van de personen op wie deze wet van toepassing is. De minister stelt een voorlopig onderzoek in. Als er geloofwaardig bewijs van crimineel gedrag wordt ontdekt of als wordt vastgesteld dat er bij de minister sprake is van tegenstrijdige belangen, wordt er een verzoek bij het hof ingediend waarin om de benoeming van een onafhankelijke aanklager wordt gevraagd.'

'Ik heb u aangenomen om dit probleem op te lossen. Denkt u dat u daartoe in staat bent?'

'Meestal lukt dat wel, meneer de president, meestal lukt dat wel.'

'Verdomme, Chuck, dit loopt uit de klauwen,' klaagde de president twee uur later toen Hawkins de studeerkamer op de tweede verdieping binnen kwam, nadat hij ervoor had gezorgd dat Travis Holliday ongezien naar luchtmachtbasis Andrews terug werd gebracht.

'Klikte het niet tussen jou en Holliday?'

'Nee, nee, Holliday is prima. Daar maak ik me geen zorgen over. De laatste opiniepeilingen geven aan dat mijn populariteit als een baksteen zinkt. Holliday zegt dat een onderzoek door de onafhankelijke aanklager jaren kan duren. Dat betekent dat het tot ver na de verkiezingen voorpaginanieuws is zonder dat er een duidelijke oplossing in zicht komt. We moeten zorgen dat de FBI me zuivert van de moord op Walsh of van het inschakelen van een huurmoordenaar.'

'We hebben altijd nog de Slachter.'

'Hij is aangeklaagd. Alle nieuwszenders hadden het erover. Hij beweert bij hoog en bij laag dat iemand hem erin heeft willen luizen voor de moord op Charlotte Walsh.'

'En hoe zit het met Cutler?'

'Hoe bedoel je?'

'Je hebt haar dossier gelezen. Ze heeft in een psychiatrische inrichting gezeten. Ze schaduwde Walsh. Ze wist waar ze haar auto had neergezet.'

'Wat zou zij voor motief gehad kunnen hebben om Charlotte te vermoorden?'

Hawkins haalde zijn schouders op. 'Dat moeten de FBI en de onafhankelijke aanklager maar uitzoeken. Vergeet niet dat Cutler op de vlucht is geslagen. Dat doen schuldigen altijd.'

'Nee, nee, Chuck. We kunnen niet een onschuldig iemand naar de gevangenis sturen.'

'Het zou niet de eerste keer zijn.'

'Clarence Little is een seriemoordenaar.'

Hawkins leunde voorover en keek zijn vriend recht in de ogen. 'Je zoon en je ongeboren kind hebben je nodig. Claire heeft je nodig. Het land heeft je nodig. Als Cutler daarvoor moet worden opgeofferd is dat een kleine prijs.'

'Ik weet het nog zo net niet, Chuck.'

'Maar ik wel. Zorg jij nu maar dat je een sterke campagne voert en dit land naar grootheid leidt. Laat mij dit maar afhandelen.'

De president trof zijn vrouw in de zitkamer naast hun slaapkamer aan. Ze zat thee te drinken en een roman te lezen. Toen hij de kamer binnen kwam, legde Claire haar boek naast het theeservies dat op het kleine walnoothouten bijzettafeltje bij haar elleboog stond.

'Hoe ging het allemaal?' vroeg Claire. Ze was kalm. De woede waarmee ze zijn bekentenis van ontrouw had ontvangen leek te zijn verdwenen.

Christopher liet zich in een stoel aan de andere kant van de salontafel zakken.

'Het komt allemaal in orde,' zei hij terwijl hij een kop thee voor zichzelf inschonk. 'Holliday is slim en hij weet waar hij mee bezig is. Hij heeft allerlei ideetjes.'

'Goed zo, Maureen zit achter dit schandaal. De kiezers zullen inzien dat ze jou verdacht probeert te maken. Haar hele plan zal zich tegen haar keren.'

'Dat hoop ik van harte. De pers heeft het verdomme al over Murdergate. Elke keer dat ik over mijn verkiezingsprogramma probeer te praten stellen ze alleen maar vragen over Charlotte Walsh.'

'Werk je samen met Clem aan je toespraak?'

'Ja. Hij klinkt behoorlijk goed. Bij god, ik zal Maureen bij de persconferentie aan de schandpaal nagelen. Dan kunnen we die hele inquisitie achter ons laten.'

Claire leunde over het tafeltje. Chris pakte haar hand beet.

'Ik hou van je,' zei Claire. 'Ik heb volledig vertrouwen in je. Je zult Maureen Gaylord verpletteren. Op de dag na de verkiezingen ben jij nog steeds president van de Verenigde Staten. Ons kind wordt in het Witte Huis geboren.'

'Ik hoop dat je gelijk krijgt,' zei Christopher. Hij klonk niet echt overtuigd.

Claire kneep hem stevig in zijn hand. 'Ik wéét dat ik gelijk krijg,' zei ze.

29

'Jake Teeny?' vroeg Keith Evans aan de zongebruinde man in T-shirt en spijkerbroek, die de deur van het vrijstaande huis in de buitenwijk opende.

'Ja?' antwoordde Teeny, de agent argwanend aankijkend. De fotojournalist was bijna een meter vijfenzeventig lang. Hij had golvend donkerblond haar en een vastberaden blik in zijn blauwe ogen. Evans schatte dat hij halverwege de dertig was, maar hij had nog steeds de brede borstkas en de smalle taille van iemand die zichzelf in topconditie houdt. Zijn huid had het verweerde, gelooide aanzien dat ontstaat door veel in de felle zon en de harde wind lopen.

Evans zwaaide met zijn legitimatie. 'Ik ben van de FBI, meneer Teeny, en ik wil graag uw hulp bij een onderzoek waar ik mee bezig ben.'

Teeny leek verbaasd. Evans glimlachte.

'Maakt u zich geen zorgen. Zover wij weten bent u er niet bij betrokken, maar uw naam dook op en ik zou, zoals ik al zei, uw medewerking op prijs stellen. Mag ik binnen komen?'

'Natuurlijk,' antwoordde Teeny terwijl hij opzij stapte om de agent binnen te laten. 'Excuseer de rommel. Ik ben voor een opdracht in het buitenland geweest en pas twintig minuten geleden thuisgekomen.'

De hal lag bezaaid met fotoapparatuur en reistassen. Evans liep eromheen en volgde Teeny de woonkamer in.

'Oké, waar gaat het onderzoek over?' vroeg Teeny toen ze waren gaan zitten.

'Hebt u van de Slachter van Washington gehoord?'

'Natuurlijk.'

'En kent u Dana Cutler?'

'Dana? Wat heeft zij met de Slachter te maken?'

'We kwamen haar naam tegen in verband met een van de slachtoffers van de Slachter. We hebben geprobeerd haar op te sporen, maar dat is niet gelukt. We hebben alleen de gegevens van haar telefoongesprekken gevonden. Daaruit blijkt dat ze vaak naar uw nummer heeft gebeld.'

'Dana en ik zijn goede vrienden. We bellen elkaar vaak.'

'En blijft ze wel eens slapen?'

'Ja, zo nu en dan. Hoe wist u dat?'

'Haar auto staat twee huizen verderop geparkeerd. Ik dacht dat ze misschien hier zou zijn.'

'Misschien wel, maar ik kom net thuis, dus daar kan ik niets over zeggen.'

'Kunt u even rondkijken om erachter te komen of ze hier is?'

'Luister eens, Dana is een goede vriendin. Wat heeft ze volgens u gedaan? Ik ga u niet helpen als zij daardoor in moeilijkheden komt.'

'Hebt u het artikel in *Exposed* gelezen?'

Teeny glimlachte. '*Exposed* is in Afghanistan niet te krijgen.'

'Komt u daar net vandaan?'

Teeny knikte.

'Goed. Ik zal u even bijpraten. De Slachter heeft een jonge vrouw vermoord die Charlotte Walsh heette. Mevrouw Cutler werkt toch af en toe als privédetective?'

Teeny knikte.

'We geloven dat ze rond de tijd dat mevrouw Walsh is vermoord bezig was haar te schaduwen. We weten dat mevrouw Cutler kort voor de moord foto's heeft gemaakt waar ze samen met president Farrington op staat.'

'De president?'

'Het heeft op alle voorpagina's gestaan. We willen weten wat mevrouw Cutler heeft gezien, maar we kunnen haar nergens vinden. Wilt u alstublieft even rondkijken om te zien of ze hier is geweest?'

Teeny liep eerst met Evans naar de slaapkamer. 'Ze zou tijdens mijn afwezigheid op het huis passen. Zo te zien heeft ze dat ook gedaan,' zei hij, naar het damesondergoed en de kleding wijzend waarmee de kamer bezaaid lag. Teeny glimlachte. 'Dana is niet al te netjes. Ik zeg altijd dat ze haar spullen op moet ruimen.'

In de badkamer wees Teeny naar Dana's toiletspullen.

'Ze komt waarschijnlijk terug, want haar tandenborstel en haar haarborstel liggen nog hier.'

'Beschikt mevrouw Cutler over meer dan één vervoermiddel?'

'Behalve haar auto, bedoelt u?'

'Precies.'

Plotseling schoot Teeny iets te binnen. 'Ik heb een Harley. Op de avond van mijn vertrek heb ik gezegd dat ze die kon gebruiken.'

'Dus misschien rijdt ze op uw Harley.'

'Als haar auto buiten staat, zou dat best kunnen.'

'Kunt u me het kenteken van uw motor geven? Kunt u kijken of hij hier staat?'

Teeny noemde het nummer en liep met Evans naar de garage. De motorfiets stond er niet. Teeny had net een beschrijving van de Harley gegeven toen Evans' mobiele telefoon ging.

'Ik moet dit even aannemen,' zei hij bij wijze van excuus. Hij klapte het apparaatje open en liep naar buiten, zodat Teeny hem niet kon horen. Het was Roman Hipple, zijn directe chef.

'Hoe snel kun je terug op het hoofdkwartier zijn?' vroeg Hipple.

'Over een half uur, misschien eerder.'

'Maak dan dat je terugkomt. Rechter Roy Kineer is net tot onafhankelijk aanklager benoemd in die affaire met Charlotte Walsh en hij wil dat jij voor hem gaat werken omdat je alles over de Slachter weet.'

Evans liep terug naar de garage, bedankte Teeny voor zijn medewerking en beloofde Dana's bezorgde vriend dat hij zijn best zou doen om haar te vinden. Zodra hij in zijn auto zat, stuurde hij een opsporingsbevel voor de Harley rond.

Roy Kineer leek meer op de vijfde Marx Brother dan op een boven alles uitstekend juridisch genie of een van de machtigste mannen in de Verenigde Staten, wat hij toen hij nog opperrechter bij het Hooggerechtshof was, was geweest. Hij was gedeeltelijk kaal en had een kuif van lang, zwart haar met grijze strepen dat er altijd ongekamd uitzag. Door zijn bril met jampotglazen en zijn overbeet zag hij er een beetje sullig uit, en hij liep altijd te grinniken alsof hij een grap had bedacht die niemand anders kon begrijpen. Al met al was Kineer niet iemand die serieus genomen werd, tenzij je zijn biografie kende.

De rechter was geboren in Cleveland. Hij was afkomstig uit de arbeidersklasse en zijn ouders hadden de genialiteit van hun zoon niet tijdig onderkend. Ze hadden zelfs vermoed dat Roy niet al te slim was, omdat zijn bewegingen slecht gecoördineerd waren en hij pas begon te praten toen hij al drie was. Maar toen hij eenmaal begon te praten was het duidelijk dat hun kind bijzonder was. Roy was de beste van zijn klas op de middelbare school en aan het Massachusetts Institute of Technology, waar hij natuurkunde had gestudeerd. Na een jaar in Oxford had Kineer rechten boven wetenschap verkozen en was voorspelbaar als beste van zijn klas aan Harvard geëindigd, waar hij redacteur van de *Law Review* was geweest. Nadat hij als griffier bij het Amerikaanse hooggerechtshof had gewerkt, verbaasde de rechter iedereen door in dienst te treden bij een organisatie in het diepe Zuiden, die zaken behandelde waarin de doodstraf werd geëist. Voordat hij aan de Yale Law School verder ging studeren, had Kineer voor dezelfde rechtbank waar hij als griffier had gewerkt met succes drie beroepszaken bepleit.

Kineer was niet iemand die vanaf de zijlijn toekeek. De rechter raakte actief betrokken bij de politiek toen hij juridisch adviseur werd van Randall Spaulding, de senator uit Connecticut die later minister van Justitie werd. Zodra hij tot minister was benoemd, vroeg Spaulding Kineer om landsadvocaat te worden en in die hoedanigheid de standpunten van de regering bij het hooggerechtshof toe te lichten. Toen de rechter bij wie Kineer als griffier had gewerkt met pensioen ging, benoemde de president Kineer, de scherpste juridische geest in het hele land, in diens plaats.

De voormalige rechter beschikte over uitstekende beroepskwalificaties en zijn privéleven was smetteloos. Hij had vier kleinkinderen, twee kinderen en was al vijfendertig jaar gelukkig getrouwd. Hij was nooit bij een schandaal betrokken geweest. Met andere woorden: hij was de ideale persoon om onderzoek te doen naar een president van de Verenigde Staten die ervan werd verdacht een moordenaar te zijn.

'Kom binnen. Ga zitten,' zei Kineer enthousiast toen Keith Evans de kleine vergaderruimte zonder ramen in het hoofdkwartier van de FBI betrad, die Kineer voor hun gesprek had uitgekozen.

'Meneer de Opperrechter. Edelachtbare,' zei Evans nerveus terwijl hij de levende legende de hand drukte.

'Zeg maar Roy. We laten de plichtplegingen voorlopig achterwege.'

'Ja, meneer.'

Kineer lachte. 'En ook geen gemeneer. Ga toch zitten.'

Evans had een bijeenkomst met een heleboel mensen verwacht, maar hij en de rechter waren de enigen in de kamer en er lag geen snippertje papier op de vergadertafel. Dat verbaasde Evans niet. Hij wist dat Kineer, zo werd gezegd, een fotografisch geheugen had.

'Weet je waarom ik met jou wil spreken voordat ik met anderen ga vergaderen, Keith? Je hebt er toch geen bezwaar tegen dat ik je Keith noem in plaats van agent Evans?'

'Als jij geen prijs stelt op de titulatuur kan ik ook wel zonder.'

Kineer grinnikte. 'Prima. Nogmaals, weet je waarom jij de eerste bent die ik voor dit project heb uitgezocht?'

'Nee.'

'Ik heb gehoord dat jij meer over het onderzoek naar de Slachter weet dan wie ook in Washington.'

'Dat zou wel eens kunnen kloppen.'

Kineer knikte. Toen leunde hij achterover en keek de FBI-man doordringend aan.

'Is Christopher Farrington een moordenaar?'

Evans dacht even na voordat hij antwoord gaf. 'Als president Farrington een loodgieter of een dokter was, zou niemand opkijken als we hem als verdachte beschouwden. Hij en Walsh hadden ruzie kort voordat ze werd vermoord. Als ze met elkaar naar bed gingen, hebben we een heel goed motief. Heb je de opiniepeilingen gezien?'

Kineer knikte.

'Een boze tienerminnares en een populaire zwangere echtgenote vormen de ergste nachtmerrie voor een president. Ik denk uiteraard niet dat Farrington zelf de dader is. Maar ik twijfel er niet aan dat hij iemand heeft kunnen vinden om het voor hem op te knappen.'

Evans zweeg even om alles op een rijtje te zetten. Kineer wachtte geduldig.

'Wat ik je net heb verteld is wat iedere lezer van *Exposed* ook weet, maar ik was al bezig met mijn onderzoek naar de relatie tussen de president en Charlotte Walsh voordat *Exposed* met zijn onthullingen kwam.'

Kineers wenkbrauwen schoten omhoog en hij keek Evans met hernieuwd respect aan. Zijn respect werd nog groter toen Evans hem vertelde over de tip die hem naar Andy Zipay had geleid, over de manier waarop de sporen van de schietpartij in Dana Cutlers appartement waren uitgewist en over zijn overtuiging dat Eric Loomis, de man die hij voor de Slachtermoorden had gearresteerd, niet de moordenaar van Charlotte Walsh was. Vervolgens vertelde hij Kineer over het verband tussen Dale Perry en Dana Cutler.

'Allemaal heel interessant,' zei Kineer toen Evans was uitgepraat. 'Wat moeten we volgens jou nu doen?'

'Ik wil graag met de agenten van de Geheime Dienst praten die bij president Farrington waren toen Walsh hem op zijn schuiladres bezocht, zodat we de president van rechtstreekse betrokkenheid bij de moord uit kunnen sluiten. Als het even kan, wil ik ook Eric Loomis uitsluiten als de moordenaar van Walsh. Ik heb een opsporingsbevel rondgestuurd voor de motorfiets waar Cutler volgens mij op rijdt. Misschien is Cutler de sleutelfiguur in dit alles. Ze heeft Patrick Gorman verteld dat er sinds ze Farrington en Walsh heeft gefotografeerd twee keer een aanslag op haar is gepleegd. Ik wil weten wat Cutler heeft gezien waardoor ze zo'n gevaar voor iemand vormt.'

'Je zei dat agent Sparks met je samenwerkt?'

'Ja.'

'Is ze goed in recherchewerk?'

'Volgens mij wel.'

'Dan laat ik haar aan mijn kantoor toewijzen. Zet alles wat je me verteld hebt zwart-op-wit en regel dan gesprekken met die agenten van de Geheime Dienst. Als je een dagvaarding nodig hebt, of wat dan ook, laat het me weten.'

'Er is nog iets. Ik heb geprobeerd het dossier van Dana Cutler bij de politie van Washington los te krijgen, maar het is geheim en ze doen daar erg moeilijk over.'

'Ik zal kijken of ik daar wat aan kan doen.'

'Bedankt.'

'Dit wordt een heel spannend project, Keith. Als we tot de conclusie komen dat de president iets met de moord op Charlotte Walsh te maken had, komen we in de geschiedenisboeken. Dan zullen de mensen nog steeds over ons lezen als wij er al lang niet meer zijn.'

30

Brad Miller had nog geen kans gezien om stiekem aan zijn onderzoek in de zaak-Little te werken omdat Susan Tuchman hem de hele tijd onder dossiers van andere zaken had bedolven. Hij wist dat ze probeerde hem zover te krijgen dat hij ontslag nam, maar hij was vastbesloten om haar dat genoegen niet te gunnen. Hij was net zo vastbesloten om haar geen excuus te geven om hem te ontslaan. Met zijn krankzinnige werklast betekende dat dat hij op kantoor moest blijven als iedereen, Ginny ook, al lang naar huis was. Als er een ding was waardoor hij op zijn besluit zou terugkomen, zou het zijn omdat zijn werk hem niet toestond tijd met haar door te brengen.

Op de avond dat ze vanuit de Shanghai Clipper naar haar appartement waren gegaan, waren ze voordat de deur dicht was elkaar in de armen gevallen. Toen ze ten slotte in bed lagen, was Brad zenuwachtig geweest, maar Ginny was zo aardig en geduldig dat de seks uiteindelijk fantastisch was. Of misschien was het meest fantastische eraan dat hij bij Ginny was.

Brad kwam tot de conclusie dat het nog te vroeg was om seks met Ginny te vergelijken met seks met Bridget Malloy, omdat hij pas één keer met Ginny naar bed was geweest. Hij herinnerde zich dat het de eerste keer dat hij met Bridget naar bed ging ook fantastisch was geweest. Een tijdlang was de seks met Bridget trouwens een verdwazende draaikolk vol ontdekkingen geweest. Dat was toen hij smoorverliefd was en zij, zo bedacht hij later, nog genoeg interesse had om zich helemaal te geven. Toen Bridgets interesse afnam, vrijden ze steeds minder vaak en werden hun vrijpartijen ook steeds minder avontuurlijk. Voordat Bridget de eerste keer hun relatie verbrak, waren ze gewend geraakt aan snelle nummertjes waarbij hij steeds boven op haar lag.

Toen ze tijdens de tweede bloei van hun relatie weer met elkaar naar bed gingen, vond Brad de seks nog steeds redelijk fijn. Maar toen begon Bridget uitvluchten te verzinnen om niet met hem naar bed te hoeven. Dat kwam omdat ze, zoals ze ten slotte bekende toen de relatie voor de tweede keer bijna op de klippen liep, met een kunstenaar uit Chelsea naar bed ging. Bridget beweerde dat ze hem bedroog omdat ze bang was zich te binden.

De derde keer dat ze weer een relatie begonnen had de seks op een verplichting geleken.

De relatie met Ginny had Brad doen inzien dat hij zichzelf wat zijn gevoelens voor Bridget betrof tijdens het grootste deel van hun relatie voor de gek had gehouden. Het lukte hem nu eindelijk het feit onder ogen te zien dat hij geobsedeerd was geweest door een Bridget die nooit echt had bestaan. Hij had geboft dat Bridget de bruiloft had afgezegd. Het zou het begin geweest zijn van een huwelijk dat gedoemd was te mislukken.

Terwijl hij tijdens de beoordeling van een plan om belasting te ontduiken, dat een van de compagnons voor een steenrijke cliënt had bedacht, zat te dagdromen, bedacht Brad dat het voornaamste verschil tussen Ginny en Bridget was dat Bridget zelfingenomen was en Ginny gewoon aardig. Hij kwam tot deze conclusie om dertien minuten over twee in de middag en hij stond op het punt om weer in de belastingwetten te duiken toen een vervelend pingeltje aangaf dat er e-mail op zijn computer binnen was gekomen. Brad opende het bericht en glimlachte toen hij zag dat het van Ginny kwam. In de e-mail stond: 'KOFFIE! NU! BIJ ONZE FAVORIETE TENT.'

Brad trof Ginny achter in de koffietent op de hoek van Broadway en Washington, waar ze na zijn eerste gesprek met Clarence Little ook hadden gezeten. Ze zat van een koffie verkeerd te nippen. Brad zwaaide naar haar terwijl hij naar de toonbank liep om iets te bestellen. Ginny glimlachte en wees naar de kop zwarte koffie die ze voor hem had gekocht. Brad probeerde zich te herinneren of Bridget in de hele tijd dat ze bij elkaar waren geweest ooit zoiets onbeduidends, maar toch zo attent, had gedaan, maar er schoot hem niets te binnen.

'Ik begon al te denken dat ik je met al de uren die ik in mijn werk steek nooit meer zou zien,' zei hij toen hij bij het tafeltje aankwam.

'Ook dit zal voorbijgaan. Tuchman zal een andere medewerker vinden die ze kan kwellen, en haar belangstelling voor jou verliezen. Gewoon volhouden.'

'Ik begin me af te vragen of het de moeite waard is. Ik wil een andere baan gaan zoeken, maar daar heb ik met mijn werkdruk geen tijd voor. Zeg, is er een reden voor dit heimelijke rendez-vous of mis je me gewoon?'

'Ik mis je wel, maar dat is niet de enige reden dat ik je naar onze favoriete cafeïnetent heb gesleept. Weet je wat ik ontdekt heb?'

'Het heeft toch niets met Clarence te maken, hoop ik?' vroeg Brad geschrokken.

'Ja wel, maar maak je geen zorgen. Ik heb een heleboel via internet kunnen vinden. En ik heb geen computer op kantoor gebruikt.'

'Wat heb je dan gevonden?'

'Wat er is gebeurd met die tiener die een van Farringtons cliënten was, en van wie gezegd werd dat hij met haar naar bed ging. Je weet toch wat *The Portland Clarion* is?'

'Die alternatieve krant?'

Ginny knikte. 'Tijdens Farringtons campagne voor het gouverneurschap heeft er in de *Clarion* een artikel over de geruchten over zijn seksuele misstappen gestaan. Die cliënt van Farrington heette Rhonda Pulaski, die bij een skiongeluk op Mount Hood gewond was geraakt. Farrington heeft een proces aangespannen tegen de eigenaar van de skihutten, waarbij hij aanvoerde dat ze een skihelling waarvoor Pulaski niet ervaren genoeg was, onjuist hadden aangegeven. De zaak werd buiten de rechter om geschikt. Het ging om een hoog bedrag, van zes cijfers.

Op de dag dat hij de cheque met het bedrag van de schikking kreeg, heeft Farrington een limousine besteld en Pulaski bij haar middelbare school opgehaald. Onderweg liet hij de cheque aan de chauffeur, Tim Houston, zien en schepte hij op over de schikking. Houston zei tegen de krant dat Farrington had gedronken en een fles champagne mee naar Pulaski's school had gebracht. Houston vond dat echt ongepast.

In plaats van Pulaski meteen naar huis te brengen liet Farrington de chauffeur rondjes rijden. Er zat matglas tussen de bestuurdersplaats en de achterbank, zodat Houston niet kon zien wat zich tussen Pulaski en Farrington afspeelde, maar hij beweert dat hij hoorde dat ze seks bedreven.'

'Wat heeft Pulaski gezegd?'

'Haar ouders wilden niet dat de politie of de krant met haar praatte. Er is nooit een aanklacht ingediend. Farrington dreigde dat hij een proces tegen de krant zou aanspannen. De *Clarion* heeft maar een beperkt budget en een advocaat inschakelen zou een faillissement hebben betekend. Ze hebben het bericht dus herroepen. Ik heb de krant gebeld. De verslaggever die het stuk heeft geschreven werkt daar niet meer, maar Frieda Bancroft, de hoofdredacteur, is er nog steeds. Ik wilde met Houston spreken, maar ze zei dat hij spoorloos is. Niemand weet waar hij is.'

'En Pulaski?'

Ginny leunde vooorover en sprak op gedempte toon verder. 'Zet je schrap. Ze is dood. Ze was het slachtoffer van een automobilist die is doorgereden. Ze hebben hem nooit kunnen vinden. De auto wel. Die was gestolen. De politie denkt dat het om een joyrider ging, maar de auto was grondig schoongemaakt, zodat ze geen vingerafdrukken, haren, vezels of iets anders hebben gevonden om de chauffeur op te sporen. Dus Pulaski is dood en de enige andere getuige is verdwenen, misschien wel voorgoed.'

'Ik begin het met de minuut minder interessant te vinden om hiermee door te gaan,' zei Brad nerveus.

'Doe niet zo laf.'

'Je haalt nu lafheid en voorzichtigheid door elkaar. Als we gelijk hebben, is Farrington verantwoordelijk voor de dood van drie tieners en een chauffeur. Ik wil daar niet nog eens twee medewerkers van een advocatenkantoor aan toevoegen.'

'Farrington weet niets van ons bestaan.'

'Nog niet. Als we rond blijven neuzen verschijnen we na verloop van tijd op zijn radar.'

'Brad, dit is te belangrijk om ermee te stoppen. Wil je echt dat Amerika door een moordenaar wordt bestuurd? Als hij voor al die moorden verantwoordelijk is, moeten we iets doen. Als we eenmaal de autoriteiten hebben ingelicht heeft Farrington geen reden meer om ons achterna te zitten. We dragen alles wat we weten over aan de politie. We zijn geen getuigen. Als hij ons vermoordt, schiet zijn verdediging daar niets mee op.'

'Je vergeet wraak. Dat is altijd een behoorlijk sterk motief voor moord.'

'Farrington heeft het veel te druk om zich met ons bezig te houden.

Wij zijn klein grut. Hij maakt zich al zorgen over het onderzoek van de onafhankelijke aanklager naar de moord op Walsh. Als hij zich ook nog zorgen moet maken over de dood van Erickson en Pulaski heeft hij geen tijd om aan ons te denken.'

'Daar heb je misschien gelijk in, maar wil je het risico lopen dat we allebei het leven erbij inschieten als je het bij het verkeerde eind hebt?'

'Zoals ik het zie, gaan we maar één ding doen: proberen om Laurie Ericksons moeder te vinden. Als ze niet met ons wil praten is daarmee de kous af. Als ze Farrington aanwijst, gaan we naar de politie of naar de FBI en dan nemen die het van ons over.'

'Wíj gaan niets doen. Ik heb al tegen je gezegd dat ik alleen naar mevrouw Erickson toe ga, zodat jij geen moeilijkheden met Tuchman krijgt.'

'Dus je gaat er wel mee door?'

Brad knikte. 'Je hebt gelijk. Dit is heel belangrijk. Maar we gaan alleen met Erickson praten en meer niet, toch? Daarna vergeten we die hele affaire met Clarence Little. Mee eens?'

Brad stak zijn hand uit. Ginny schudde zijn hand, maar Brad liet niet los. Hij keek haar recht in de ogen. Ginny beantwoordde zijn blik zonder met haar ogen te knipperen. Brad geloofde haar nog steeds niet.

31

In tegenstelling tot een nieuwe minister van Justitie in de Verenigde Staten, die zijn ambtsperiode begint met een bestaand kantoor, personeel en verdere benodigdheden, begint een onafhankelijke aanklager met alleen het document waarop zijn benoeming staat. Op zijn eerste werkdag heeft een onafhankelijke aanklager geen computers of telefoons, en ook geen bureaus om die op te zetten. Hij moet kantoorruimte zoeken en huren, die vervolgens meubileren, inrichten en zorgen voor alles wat hij verder nodig heeft: onderzoekers, vakliteratuur en advocaten. Dat verklaarde waarom Keith Evans voor zijn gesprek met Irving Lasker, het hoofd van de Geheime Dienst-eenheid die president Farrington op de boerderij in Virginia bewaakte, gebruikmaakte van een kamer in een goedkoop motel aan de rand van Washington.

Lasker was een pezige, streng uitziende man van middelbare leeftijd, met een strakke huid, ingevallen wangen en lichtblauwe ogen, waarmee hij, zo geloofde Evans bijna, dodelijke stralen kon uitzenden. Zijn kortgeknipte haar en zijn houding deden Evans vermoeden dat de agent van de Geheime Dienst een ex-militair was.

Lasker zat met kaarsrechte rug op een stoel met goudkleurige wieltjes, die bekleed was met rood kunstleer. Evans zat op eenzelfde soort stoel. Tussen de beide mannen stond een ronde houten tafel, waarboven een goedkoop koperen lichtarmatuur hing. Op een snelweg aan Keiths linkerhand raasden auto's voorbij. Aan zijn rechterhand stonden een klein tweepersoonsbed en een grote kast met een televisie waarop de gasten films konden bekijken. De kamer was donker en deprimerend. Het rook er naar schoonmaakmiddelen.

'Excuses voor de ontvangst,' zei Evans, het excuus gebruikend om het ijs te breken. 'Rechter Kineer is op dit moment op zoek naar kantoorruimte en ons budget staat niet toe dat we een kamer bij het Willard huren.'

'Dat begrijp ik,' zei Lasker stroef. Keith hoopte dat het gesprek niet zo moeizaam zou verlopen als Laskers houding hem deed vrezen.

'Bedankt dat u het logboek hebt meegebracht,' zei Evans.

'Het logboek werd in de dagvaarding genoemd.'

'Ja, maar u had het ons lastig kunnen maken.'

'Dat staat niet in mijn taakomschrijving, agent Evans. Stel me uw vragen en ik zal ze naar waarheid beantwoorden, zolang het niet om beschermende maatregelen of veiligheidsregelingen gaat.'

Evans bekeek het logboek, waarin de aankomst- en vertrektijden en de namen van de personen die het schuiladres hadden bezocht waren vastgelegd.

'Hier staat dat u de president om acht uur 's avonds naar de boerderij hebt gebracht.'

'Dat klopt. Hij zat bij me in de auto.'

'En is er niemand anders gekomen totdat Walsh arriveerde?'

Lasker schudde zijn hoofd.

'Dus Walsh komt om negen uur aan en vertrekt om zes minuten over half tien.'

'Dat kan kloppen.'

'Wie was haar chauffeur?'

'Sam Harcourt.'

'Is agent Harcourt hier?'

'Ja, hij zit bij de receptie te wachten.'

'Hebt u, toen mevrouw Walsh was uitgestapt, gehoord dat de president iets tegen haar zei of zij tegen hem?'

'Niet toen ze aankwam. Ik stond buiten. Toen ze wegging, hoorde ik haar tegen president Farrington schreeuwen.'

'Wat zei ze?'

'Dreigementen. Dat hij dacht dat hij haar kon gebruiken en daarna aan de kant zetten. Dat hij daar spijt van zou krijgen. Zoiets. Ik kan me de juiste woorden niet herinneren.'

'Heeft de president ook nog iets gezegd?'

'Hij was niet geëmotioneerd. Volgens mij zei hij dat ze kalm moest blijven. Maar ook hier kan ik me de juiste woorden niet herinneren.'

'Goed. En daarna wordt Walsh weggebracht?'

'Door agent Harcourt. Hij had haar bij het winkelcentrum in Dulles Towne Center opgehaald en bracht haar ook weer terug naar haar auto.'

'Heeft de president nog iets gezegd nadat Walsh bij de boerderij was vertrokken?'

'Hij heeft het niet over haar gehad, tenminste niet tegen mij.'

'Wat kunt u me over de vrouw in de bossen vertellen?'

'Goed… Op het moment dat mevrouw Walsh vertrok, zag Bruno Culbertson dat er een vrouw in de bossen foto's zat te maken. Hij ging haar achterna. Ze verstopte zich en heeft hem van achteren aangevallen. Richard Sanborne en ik hebben haar achtervolgd, en Sanborne heeft wat hij dacht dat het nummer van haar auto was, opgeschreven.'

'Bent u erachter gekomen van wie de auto was?'

'Als agent Sanborne het nummer correct heeft genoteerd, stond de auto die bij de boerderij wegreed op naam van een zekere Dana Cutler.'

'Hebt u, of heeft iemand anders bij uw weten, de mogelijkheid onderzocht dat mevrouw Cutler degene was die die foto's heeft gemaakt?'

'De heer Hawkins heeft tegen ons gezegd dat hij dat zou onderzoeken.'

'Bedoelt u Charles Hawkins, de naaste medewerker van de president?'

'Ja.'

'Worden mogelijke bedreigingen aan het adres van de president doorgaans niet door de Geheime Dienst onderzocht?'

'Ja, maar president Farrington zei dat we het onderzoek aan zijn naaste medewerker over moesten laten.'

'Heeft president Farrington dat persoonlijk tegen u gezegd?'

Lasker knikte. Evans vond dit heel ongebruikelijk. Hij dacht dat het misschien een belangrijk gegeven bij het onderzoek zou kunnen zijn.

'Is er een arrestatiebevel voor Dana Cutler uitgevaardigd wegens mishandeling van een federale agent?'

'Daar heeft de Geheime Dienst niet om gevraagd.'

'Waarom niet?'

'We weten niet zeker of Cutler Bruno heeft neergeslagen. Hij heeft de vrouw die hij achternazat niet goed kunnen zien en hij heeft niet gezien wie hem neersloeg. Rich Sanborne is ook niet zeker van het nummerbord. De heer Hawkins heeft toen tegen ons gezegd dat we het verder moesten laten rusten.'

'Dus Cutler staat niet als voortvluchtig te boek?'

'Voor zover ik weet niet.'

'Volgens het register is de heer Hawkins om kwart over elf bij de boerderij aangekomen.'

'Dat kan kloppen,' zei Lasker.

'Reed hij zelf of was er iemand bij hem?'

'Hij was alleen.'

'Hebt u iets gehoord van zijn gesprek met de president?'

'Nee. President Farrington was in de bibliotheek. Meneer Hawkins ging daar ook heen. Ik stond buiten.'

'Volgens het register is de heer Hawkins om tien voor twaalf bij de boerderij vertrokken.'

'Dat kan kloppen.'

'Wanneer bent u zelf vertrokken om de president terug naar het Witte Huis te brengen?'

'Kort na middernacht.'

'Wanneer kwam u bij het Witte Huis aan?'

'Rond een uur of een in de ochtend.'

'Was de president vanaf het moment dat de hij bij de boerderij arriveerde tot het moment dat hij naar het Witte Huis terugging steeds bij u in de buurt?'

'Als u me vraagt of hij dat meisje Walsh tussen acht en één uur vermoord kan hebben is mijn antwoord nee.'

Sam Harcourt was tweeënveertig jaar. Zijn ravenzwarte haar vertoonde sporen grijs, hij had rimpels in zijn gezicht en zijn ogen stonden net zo alert als die van de andere agenten van de Geheime Dienst met wie Evans in contact was gekomen. Hij had het idee dat deze mannen en vrouwen steeds bedacht waren op eventuele moeilijkheden, ongeacht de situatie. Hij vroeg zich af of ze zich ooit ontspanden.

'Was u de agent die de taak had om Charlotte Walsh bij het winkelcentrum in Dulles Towne Center op te halen en haar daar weer terug te brengen?'

'Ja.'

Evans had sterk de indruk dat er iets was wat Harcourt dwarszat.

'U lijkt, hoe zal ik het zeggen... een beetje overstuur,' zei Evans.

Harcourt verstijfde. 'Natuurlijk ben ik overstuur. Het was een aardige meid. Ze hebben haar dood gemarteld.'

'U mocht haar dus wel?'

'Ik heb nooit de kans gehad om haar te leren kennen. Misschien had ik moeten zeggen dat ik dácht dat ze een aardige meid was. Ik heb haar alleen ontmoet tijdens de ritten van en naar het winkelcentrum. Ze zei niet veel, vooral niet tijdens de terugrit.'

'Was haar stemming op de heenrit anders dan toen u terugreed?'

'Ja, heel duidelijk. Onderweg naar de boerderij was ze heel opgewonden. Niet dat ze veel zei, maar ik kon haar in de achteruitkijkspiegel zien.'

'Als ze iets zei, wat zei ze dan?'

'Niets belangrijks. Waar gaan we naartoe, hoe lang nog, dat soort dingen. Ik had instructies dat ik niet met haar mocht praten en dus ben ik nooit een gesprek met haar begonnen.'

'Wie heeft u die instructies gegeven?'

'Agent Lasker. Hij stond aan het hoofd van de eenheid. Hij zei dat de president niet wilde dat ik met Walsh sprak, en dus deed ik dat niet.'

Opnieuw vermoedde Evans dat Harcourt zich ergens over op zat te winden.

'En op de terugweg was mevrouw Walsh' stemming anders?'

'Ja zeker. Ze was erg overstuur. Ik kon zien dat ze tijdens een deel van de rit zat te huilen.'

'Heeft ze u uitgelegd waarom ze overstuur was?'

'Nee, en dat heb ik ook niet gevraagd, vanwege mijn instructies.'

'Hebt u wel met haar gesproken?'

'Ik herinner me dat ik haar vroeg of alles in orde was en of ze wat water wilde, maar ze zei dat er niets was en dat ze ook geen water hoefde.'

'Agent Harcourt, hebt u iets gehoord of gezien waaruit u meent te kunnen opmaken dat mevrouw Walsh met de president seks had bedreven?'

Harcourt aarzelde.

'Als u daarover iets weet, moet u het ons zeggen. Het is de taak van de onafhankelijke aanklager om vast te stellen of de president op een of andere manier betrokken was bij de dood van mevrouw Walsh. Als ze intieme omgang hebben gehad en zij boos op hem was, zou de president een motief kunnen hebben.'

Harcourt haalde diep adem. 'Toen Walsh het huis verliet, was ze woedend. Ik kon horen wat ze zei omdat ze vlak naast de auto stond. Ze schreeuwde naar de president. Ze zei: "Je kunt niet zomaar met me neuken en me dan als een gebruikte zakdoek weggooien." Dat waren haar letterlijke woorden.'

Evans keek de agent aandachtig aan. Zijn gezicht was rood geworden. 'U lijkt meer overstuur dan ik verwachtte. U lijkt boos. Is er nog iets met betrekking tot mevrouw Walsh waardoor u kritisch tegenover president Farrington staat?'

Harcourt knikte. Hij keek Evans recht in de ogen. 'Ik maakte deel uit van de eenheid toen de president naar Chicago ging voor een inzamelingsactie. Ik weet niet meer precies wanneer, maar het was vrij recent. Ik heb gezien dat Charles Hawkins Walsh de presidentiële suite binnen smokkelde. Ze was ongeveer een uur binnen toen Hawkins haar weer op kwam halen. Ze maakten gebruik van een dienstlift die in de keuken uitkomt.'

'Weet u of ze seksueel contact hadden?'

'Nee. Ik ben niet in de suite geweest terwijl zij binnen was.'

'Is er verder nog iets?'

Harcourt schudde zijn hoofd. 'Het is gewoon verkeerd. Ik ben christen en ik keur dit gedrag niet goed. Hij is getrouwd en mevrouw Walsh was nog heel jong.'

'Ik begrijp waarom u overstuur bent. Kunt u me zeggen of u, toen u terug bij haar auto kwam, iets verdachts hebt gezien?'

'Nee, en daar heb ik lang over nagedacht. Ik had het gevoel dat ik misschien iets had kunnen doen om haar te redden.'

'Hoe kijkt u daar nu tegenaan?'

'Om eerlijk te zijn: ik kan niet zeggen dat ik iets gezien heb wat voor uw onderzoek van belang kan zijn. Ik heb haar bij haar auto afgezet en gewacht tot ze was ingestapt. Toen ben ik weggereden.'

'U hebt daar dus niemand verdacht rond zien scharrelen?'

'Nee, maar er stonden wel andere auto's in de buurt geparkeerd. Het kan zijn dat iemand zich in een daarvan had verstopt, of zich erachter had verscholen. Dat zou me dan ontgaan zijn.'

'Hebt u mevrouw Walsh weg zien rijden?'

Harcourt fronste zijn voorhoofd. 'Nee, en nu ik erover nadenk: ik heb ook niet gezien dat haar koplampen gingen branden.'

'Als ze overstuur was, heeft ze misschien eerst een tijdje in haar auto gezeten om tot bedaren te komen voordat ze wegreed.'

'Misschien wel. Ik weet het niet. Het enige wat ik weet is dat het ontzettend jammer is dat zo'n aardige meid dood is.'

Evans drong aan op meer bewijzen van Farringtons ontrouw, maar Harcourt kon hem verder niets nuttigs vertellen.

Toen het gesprek met de laatste agent van de Geheime Dienst was afgelopen keek Evans of er nog berichten op zijn mobiele telefoon binnen waren gekomen. Er was er eentje van Sparks, waarin ze hem vroeg om terug te bellen.

'Hallo, Maggie. Wat is er aan de hand?' vroeg Evans toen Sparks opnam.

'Heb je een opsporingsbevel voor een Harley rondgestuurd?'

'Ja.'

'Er heeft net een agent gebeld uit Webster's Corner in West Virginia. Ze hebben de motor bij het Traveler's Rest-motel zien staan.'

32

Toen Keith Evans en Maggie Sparks de agent uit Webster's Corner langs een zijmuur van de Traveler's Rest volgden, troffen ze daar Dana Cutler aan, die aan een picknicktafel het laatste restje van haar avondmaaltijd zat te nuttigen. Tot dat moment was alles rustig voor Dana geweest. De zon begon juist onder te gaan en een zacht briesje rimpelde het oppervlak van de rivier die achter het motel langs liep. Vogels floten en een paar honderd meter naar het oosten veroorzaakte een speedboot golven in het blauwgroene water.

Dana kon zichzelf wel voor het hoofd slaan omdat ze niet gemerkt had dat er iets niet in orde was. Dezelfde agent was twee keer langs het motel gereden en toen bij de receptie naar binnen gegaan. De Harley stond vijfentwintig meter verderop. Ze droeg de gordel met het geld dat Gorman haar had betaald strak om haar middel. Dana ging staan, zodat ze naar de motor kon rennen als ze de kans daarvoor kreeg.

'Mevrouw Cutler?' vroeg Evans vriendelijk.

'Wie vraagt dat?' vroeg Dana. Haar intuïtie zei haar dat ze haar pistool moest trekken, maar de hand van de politieagent zweefde boven het wapen in zijn holster en ze bedacht dat ze niet veel kans zou maken. Ze had kunnen proberen om zich al schietend een uitweg te banen, maar Evans en Sparks joegen haar, in tegenstelling tot de mannen in haar appartement en in het steegje achter The 911, geen angst aan. Dana bedacht dat deze twee burgers haar, met de agent als getuige, niet zouden vermoorden.

'Ik ben Keith Evans van de FBI.' Evans gaf Cutler zijn kaartje. 'Dit is Margaret Sparks, mijn collega. We willen graag even met u praten.'

'Waarover?'

Evans glimlachte. 'Om te beginnen over een agent van de Geheime Dienst een klap op zijn kop geven.'

'Ik weet niet waar u het over hebt.'

'Dat geeft niet. We zijn hier niet om u te arresteren. Niemand heeft een klacht tegen u ingediend. Ik heb de taak om de onafhankelijke aanklager te assisteren bij zijn onderzoek naar president Farringtons eventuele betrokkenheid bij de moord op Charlotte Walsh. We komen u bescherming bieden. Uit wat ik gehoord heb, begrijp ik dat er al twee aanslagen op u zijn gepleegd. Tot nu toe hebt u geluk gehad, maar als het ons lukt om u te vinden, kunnen de lieden die geprobeerd hebben u te doden dat ook.'

'Ik weet nog steeds niet waar u het over hebt en u stoort me bij de maaltijd.'

'Let op uw woorden,' zei de agent. 'De motorfiets waar u op rijdt, staat niet op naam van een dame. Als ik een seintje krijg, gaat u de arrestantencel in tot we hebben uitgezocht of u gebruikmaakt van een gestolen vervoermiddel.'

'Dank voor uw hulp, agent Boudreaux,' zei Evans, 'maar we hoeven ons tegenover mevrouw Cutler niet keihard op te stellen. We willen alleen maar met haar praten. Laat ons nu het gesprek maar overnemen.'

'Haar houding staat me niet aan, dat is alles,' hield de politieman nors vol.

Terwijl Evans met de agent stond te praten werd Dana's aandacht getrokken door de twee mannen in de speedboot. Ze kwamen haar vaag bekend voor. De ene man bestuurde de boot en de andere keek met een verrekijker de kust af. De verrekijker werd op haar gericht en bleef even op haar rusten, waarna de man iets zei in een apparaat dat een mobiele telefoon of een walkietalkie zou kunnen zijn.

De boot kwam zo dichtbij dat Dana het geluid van de motor kon horen. Op hetzelfde moment trok het geluid van andere motoren op de weg voor het motel haar aandacht. De politieagent liep juist terug naar de weg toen er twee motorfietsen de hoek om scheurden. Op dat moment werden haar drie dingen duidelijk: de man met de verrekijker in de speedboot leek erg op de langharige blonde man die haar in haar appartement had bedreigd, de man die de boot bestuurde leek op de man die ze in haar appartement had neergeschoten en de mannen op de motorfietsen waren gewapend.

'Ga liggen!' schreeuwde Dana op het moment dat de voorste motorrijder de politieagent in zijn oog schoot.

Evans en Sparks reageerden traag omdat ze met hun rug naar de motorfietsen stonden, maar Dana liet zich op de grond vallen, trok haar pistool uit haar broekriem en schoot op de tweede schutter op het moment dat die op Evans richtte. Zijn motor schoot de lucht in, de wielen draaiden snel rond en slipten op het gras. De motor rolde opzij. Dana richtte op de andere motorrijder. De motor reed brullend voorbij. Dana's schot zat er meters ver naast. Ze wilde juist op haar buik gaan liggen om nog een keer te schieten toen een hoek van de tafel explodeerde. Sparks werd door een houtsplinter in haar wang geraakt en ze viel op de grond.

'Die boot!' schreeuwde Evans terwijl hij Sparks achter de tafel trok. Dana keek naar de rivier en zag dat de blonde man een hogedrukgeweer richtte. Evans ging op zijn hurken zitten, greep de rand van de tafel en duwde hem omver, zodat het tafelblad als een schild fungeerde. Een tweede kogel vloog dwars door het hout en miste hem op een haar na, maar Dana lette daar niet op omdat de schutter op de motorfiets weer aan kwam rijden. Terwijl hij zijn wapen richtte, dook hij ineen over het stuur om een zo klein mogelijk doelwit te bieden. Dana schoot haar pistool leeg. Een van de kogels raakte het achterwiel van de motor, die over de kop vloog en de schutter als een projectiel lanceerde. Hij kwam met een smak op de grond terecht en probeerde overeind te komen. Dana pakte het pistool aan haar enkel en rende al schietend naar hem toe. De moordenaar werd door twee kogels in zijn gezicht getroffen. Hij zakte achterover op het moment dat een kogel uit het geweer langs Dana's oor suisde. Ze dook op de grond en rolde terug naar de tafel naast Evans. Naast hen lag Sparks knarsetandend op de grond te kreunen. Ze drukte haar hand tegen de rechterkant van haar bloedende gezicht. De boot was nu dichtbij. Evans richtte nauwkeurig en schoot op de man aan het stuur. Hij miste, maar de voorruit vloog aan scherven. De bestuurder dook weg en de boot zwaaide heen en weer. De blonde man verloor zijn evenwicht en viel opzij. Hij liet bijna zijn geweer vallen. De bestuurder keerde de boot en voer stroomopwaarts. Evans zakte in elkaar en hapte naar lucht.

'Bel om versterking en regel een ziekenauto voor je collega,' beval Dana terwijl ze naar de politieman rende.

'Hij is dood,' riep ze naar Evans, die in zijn telefoon sprak.

'Die schutters ook,' zei ze nadat ze bij de twee motorrijders had gekeken. 'Hoe is het met je collega?'

'Het gaat wel,' zei Sparks met haar kaken op elkaar geklemd. 'Het doet alleen verdomd pijn.'

'De ziekenauto komt eraan,' zei Evans.

'Goed zo. Dan maak ik dat ik wegkom.'

'Wacht even,' zei Evans terwijl hij zijn pistool op Dana richtte.

'Je zult me moeten neerschieten, want ik ben niet van plan te wachten tot Farrington nog meer moordenaars op me af stuurt.'

Evans liet zijn pistool zakken. 'We zullen zorgen dat je op de lijst met beschermde getuigen komt.'

'Die beheerd wordt door het ministerie van Justitie, dat onderdeel is van de uitvoerende macht waarvan Christopher Farrington de baas is? Ik dank je hartelijk!'

Dana draaide zich om en rende naar haar Harley. Ze duwde hem tot voor haar kamer om haar spullen te pakken.

'Laat je haar gaan?' vroeg Sparks.

'Het alternatief was om haar neer te schieten, maar ze heeft ons leven gered.'

'Jíj hebt mijn leven gered,' zei Sparks.

Evans verschoot van kleur. 'Welnee, ik wilde je als menselijk schild gebruiken, maar ik kreeg je niet bijtijds overeind.'

Sparks probeerde te glimlachen, maar een hevige pijnscheut deed haar knarsetanden. In de verte hoorde Keith sirenen.

'Daar komt de cavalerie,' zei hij.

33

Brad had in de brugklas ooit een bestand met een scriptie gewist. Daarna was hij erg fanatiek met het maken van back-ups van belangrijke bestanden. Hij zorgde dat hij het schijfje altijd bij zich had voor het geval een brand, diefstal, tsunami, aardbeving of ander onheil hem van zijn harde schijf zou beroven. Susan Tuchman had Brad opgedragen om het dossier van de zaak-Little en zijn computerbestand met zijn aantekeningen over te dragen, maar Tuchman had Brad nooit gevraagd of hij een back-upschijf had. Brad was ervan overtuigd dat er op de schijf een recent adres stond van Marsha Erickson, Lauries moeder, dat hij in het dossier van haar advocaat had gevonden. Dat klopte, maar er stond geen telefoonnummer bij. Toen hij Inlichtingen belde, kreeg hij te horen dat het een geheim nummer was. Dat was de reden dat hij op een zondagmorgen kostbare tijd besteedde aan een autorit over een smalle onverharde weg die halverwege tussen Portland en de kust liep, in plaats van te werken of, nog beter, naar de wedstrijd tussen de Yankees en Boston te kijken.

De onverharde weg lag in de schaduw van een dik bladerdak van oregoneiken. Tussen de bomen kon Brad de laaggelegen heuvels en de helderblauwe hemel zien. Aan de voet van de heuvels lagen landbouwakkers, die verdeeld waren in zwartgeblakerde velden, waar afbranding was toegepast om de grond te verrijken, en andere velden met korengele en bleekgroene gewassen. Brad wilde dat hij dit prachtige landschap samen met Ginny had kunnen zien, maar hij wist dat hij dit gesprek in zijn eentje moest voeren om haar baan niet in gevaar te brengen.

Aan het eind van de weg stond een onopvallend houten huis, dat gebouwd was in de stijl van de ranchhuizen uit de koloniale tijd. Het leek of de tuin de laatste tijd niet was onderhouden en de verf van het huis bladderde af. Brad parkeerde op het grind van de oprit en belde aan. Hij kon het geklingel in het huis horen galmen. Toen er niet open werd gedaan belde hij weer. Een paar tellen later zag hij door het matglas naast de deur een gestalte naderen.

'Wie bent u?' vroeg een vrouwenstem. Het was pas een uur in de middag, maar ze sprak met dubbele tong.

'Ik ben Brad Miller, mevrouw. Ik ben medewerker van het advocatenkantoor Reed, Briggs uit Portland.'

Erickson had als secretaresse voor Christopher Farrington gewerkt in de tijd dat hij nog advocaat was, en Brad hoopte dat de naam van het kantoor indruk op haar zou maken. Een paar tellen nadat hij de magische woorden had gesproken ging de voordeur open. Op een foto die kort na de moord op haar dochter was genomen zag Marsha Erickson er vrij dik uit, maar ze leek in niets op de veel te zwaarlijvige vrouw in de wijde rood-geel-blauwe bloemetjesjurk die voor hem stond. Rond haar hals had ze ringen vet, ze had een onderkin en haar ogen, die bijna schuilgingen onder vlezige huidplooien, waren bloeddoorlopen.

'Wat wil Reed, Briggs van me?' vroeg ze strijdlustig. Haar adem liet geen twijfel bestaan waarom ze onvast ter been was en waarom haar woorden in elkaar overliepen.

'Reed, Briggs is een zeer gerenommeerd advocatenkantoor, maar we willen niet de indruk maken dat we alleen maar op geld uit zijn,' antwoordde Brad. Hij herinnerde zich de peptalk die Susan Tuchman hem had gegeven voordat ze hem met de zaak-Little had opgezadeld. 'Om iets terug te doen voor de mensen van Oregon nemen we pro-Deozaken aan, en een daarvan is aan mij toegewezen.'

'Kunt u ter zake komen?' vroeg Erickson ongeduldig.

'Ja, maar… kan dat binnen? Het is buiten nogal warm.'

'Nee, dat kan niet. Ik laat u pas binnen als u me vertelt wat u komt doen.'

'Het gaat om Clarence Little, mevrouw. Ik ben belast met zijn beroep bij het negende arrondissement inzake de afwijzing van zijn verzoek om voorgeleiding.'

Het bloed trok weg uit Ericksons gezicht.

'We hebben reden om aan te nemen dat meneer Little misschien niet verantwoordelijk is voor de dood van uw dochter,' flapte Brad eruit, bang dat Erickson de deur voor zijn neus dicht zou gooien.

'Wie heeft u hierheen gestuurd?' vroeg Erickson. Haar stem beefde.

'Reed, Briggs,' zei Brad terwijl hij haar zijn kaartje gaf. 'Ik wil u alleen maar een paar vragen stellen over de relatie tussen uw dochter en president Farrington.'

Ericksons hoofd schoot omhoog toen Brad de president noemde. 'Nee, nee. U moet weg gaan.'

'Maar…'

'Als u niet weggaat, bel ik de politie.'

'Mevrouw Erickson, heeft Christopher Farrington uw dochter ooit seksueel benaderd?'

Marsha Erickson staarde Brad wezenloos aan. Het leek of ze doodsbang was. 'U moet weggaan,' zei ze terwijl ze een stap achteruit deed.

'Maar, mevrouw Erickson…'

'U moet weggaan.'

Erickson smeet de deur dicht, Brad alleen achterlatend.

Ginny en Brad zaten naast elkaar op tweedehands tuinstoelen op het balkonnetje voor het raam van Ginny's woonkamer. Drie verdiepingen lager liepen de mensen over de trottoirs van Portlands chique Pearlwijk, waar slimme projectontwikkelaars pakhuizen hadden omgebouwd tot dure koopflats en appartementen, en dure eetgelegenheden, kunstgaleries en chique boetieks hadden aangetrokken. Ginny rechtvaardigde de hoge huur die ze voor haar kleine eenkamerappartement moest betalen met erop te wijzen dat ze benzinegeld uitspaarde door naar haar werk te lopen of de bus te nemen.

'Zo te horen ben je niet veel te weten gekomen,' zei Ginny toen Brad haar verslag had uitgebracht van zijn bezoek aan het huis van Marsha Erickson.

'Ik ben te weten gekomen dat Marsha Erickson doodsbang is van Christopher Farrington,' zei Brad. 'Ik wed dat hij haar heeft afgekocht. Ze is slim genoeg om te weten dat je de president van de Verenigde Staten niet moet belazeren.'

'En ik wed dat je een heleboel meer te weten zou zijn gekomen als ik erbij was geweest. Ze zou met een vrouw beter hebben kunnen opschieten.'

'Dat denk ik niet. Ik zei niet zomaar dat ze doodsbenauwd was. Toen ik de naam Farrington noemde, raakte ze meteen in paniek.'

'Verdomme.'

'Ik heb het geprobeerd.'

Ginny pakte zijn hand. 'Dat weet ik toch, en je hebt ook gelijk als je zegt dat het waarschijnlijk beter is dat ik niet met haar praat.' Ze zuchtte. 'Zonder de moeder van Erickson komen we nergens.'

'We hebben ons best gedaan. Het enige wat we nu kunnen doen is hopen dat Paul Baylor bewijst dat de pink van Laurie Erickson niet in de weckfles zit en dat degene die nu voor Tuchman aan de zaak werkt naar de politie stapt.'

'Die kans is klein zolang de Dragon Lady de leiding heeft. Je zei zelf dat ze dikke maatjes is met Farrington.'

'Ik wil je wat vertellen. Beloof je dat je niet boos op me wordt?' vroeg Brad aan Ginny.

'Dat ligt eraan wat je me vertelt.'

'Ik ben opgelucht dat mevrouw Erickson niet met me wilde praten en dat we verder geen aanknopingspunten hebben. Ik mag die Clarence Little helemaal niet. Little is een verdorven klootzak, die terecht in de dodencel zit. Deze zaak gaat me waarschijnlijk mijn baan kosten en brengt mogelijk jouw positie bij het kantoor in gevaar als Tuchman erachter komt dat jij me hebt geholpen. Ik ben blij dat het wat ons betreft afgelopen is. Ziezo, dat was wat ik te zeggen had. Als je nu een hekel aan me krijgt: ga je gang maar.'

Ginny kneep in Brads hand. 'Ik heb geen hekel aan je en ik vind het vreselijk dat de hele zaak je zo veel moeilijkheden heeft bezorgd. Ik vind alleen maar dat… Verdomme, ik geloof in ons rechtssysteem. Als het ook maar iets voorstelt, moet het zowel tuig als Little als fatsoenlijke mensen die in moeilijkheden komen, kunnen helpen. Maar je hebt gelijk, genoeg is genoeg. Ik zal je er niet meer mee lastigvallen. Ik wil je zelfs wel wat werk uit handen nemen zodat jij je achterstand in kunt lopen.'

'Dat hoeft niet.'

'Dat weet ik, maar twee van de compagnons voor wie ik werk zijn met vakantie, zodat ik wat tijd over heb. En ik wil dat jij ook wat tijd vrijmaakt, want ik ben zo geil als wat.'

'Nu?'

'Ja.'

'Verdorie, en ik had nog wel zo graag een paar slagbeurten van de Yankees willen zien.'

Ginny kwam overeind. Ze zette haar handen in haar zij. 'Met wie ga je liever naar bed, met mij of met George Steinbrenner?'

'Hoe lang heb ik om daarover na te denken?' vroeg Brad met een grijns.

Ginny pakte Brad bij een oor en trok hem overeind. 'Vooruit, Bradford Miller, naar de slaapkamer voordat ik echt boos word.'

34

Dana Cutler reed doelloos rond om de adrenaline in haar lichaam de tijd te geven tot rust te komen. Daarna ging ze tanken en vertrok toen naar Pennsylvania. Ze sliep die nacht op een boerenakker en reed vervolgens via achterafweggetjes dwars door Ohio, waar ze de volgende nacht doorbracht in een verlaten pakhuis even buiten Columbus. Dana was net halverwege een maaltijd bij een snelbuffet in Des Moines in Iowa toen ze besloot dat ze niet op de vlucht kon blijven. Ze had een heleboel geld, maar dat zou na verloop van tijd opraken, en de instanties die haar achternazaten waren veel beter in het opsporen van mensen dan zij in het eraan ontkomen. Daar was ze heilig van overtuigd, zeker na wat er bij de Traveler's Rest was gebeurd. Als ze wilde overleven, zou ze terug moeten vechten, maar hoe?

Dana liet Jakes motorfiets achter het restaurant staan. Ze vond het rot om afstand van de Harley te doen, maar de motor vormde een te groot risico. Ze nam zich voor om een nieuwe voor Jake te kopen als hij hem niet terugkreeg, als zij dan tenminste niet dood was of in de gevangenis zat.

Nadat ze in een toilet bij een benzinestation haar donkerblonde haar zwart had geverfd zette Dana de bril op die ze sinds haar ontsnapping bij The 911 had bewaard. Ze trok een eenvoudige, ruimvallende jurk met een patroontje aan, waardoor ze er armetierig en een beetje zielig uitzag. Vervolgens liep ze anderhalve kilometer naar de openbare bibliotheek op Grand Avenue, waar ze zo veel mogelijk te weten wilde zien te komen over Christopher Farrington. Ze hoopte dat ze de oplossing om te overleven ergens in Farringtons verleden zou kunnen vinden.

Iedere president kan een beroep doen op tientallen goed getrainde moordenaars. Hij is tenslotte de opperbevelhebber van de Amerikaanse strijdkrachten. Maar er is een verschil tussen het sturen van een leger om de vijanden van een land te bestrijden en het vermoorden van een studente. Dana twijfelde er niet aan dat Farrington een beroep kon doen op lieden die de opdracht van een president om een weerloze burger te vermoorden blindelings zouden uitvoeren, maar waar zou hij op korte termijn zo iemand hebben kunnen vinden? Tenzij Farrington al van plan was geweest om Charlotte Walsh te vermoorden vóór hij haar op de boerderij had uitgenodigd, was die beslissing genomen nadat ze van de boerderij was vertrokken en voordat ze terug was bij haar auto op het parkeerterrein bij het winkelcentrum. Dat deed vermoeden dat de moordenaar iemand uit de naaste omgeving van de president moest zijn.

Dana liep achter een jong stel naar binnen en liep door de bibliotheek tot ze een gereedstaande computer had gevonden. Ze logde in met het wachtwoord van het motel en begon 'Christopher Farrington' te googelen. Halverwege hield ze op. Bij het motel had ze iets zitten lezen toen ze onderbroken werd door het televisienieuws over de dood van Charlotte Walsh. Wat was dat geweest? Dana deed haar ogen dicht en probeerde het zich te herinneren. Een moord! Dat was het: Charles Hawkins was getuige geweest bij een proces wegens moord in Oregon. Het had iets te maken met een tiener die was komen babysitten.

Dana's vingers vlogen over het toetsenbord. Een paar tellen later had ze de naam van de zaak te pakken. Weer een paar tellen later had ze een aantal zoekresultaten waarin de naam 'Clarence Little' voorkwam. Hoe meer ze over de moord op Laurie Erickson te weten kwam, hoe vaster ze ervan overtuigd raakte dat Charles Hawkins en de president de werkwijze van Little in Oregon en die van Eric Loomis in Washington hadden nageaapt als dekmantel voor de moord op twee tieners die een bedreiging voor Farrington vormden. Uit een krantenbericht kwam ze te weten dat Clarence Little zijn veroordeling voor de moord op Laurie Erickson aanvocht door te beweren dat hij een alibi had, waarmee hij kon bewijzen dat hij op het moment van Ericksons dood ergens anders was. En Eric Loomis ontkende dat hij schuldig was aan de dood van Charlotte Walsh. Dana zag een patroon ontstaan. Die avond nam ze de bus naar Portland, Oregon, waar Brad Miller, die volgens het krantenbericht Clarence Little had verdedigd, als advocaat werkzaam was.

35

Keith Evans bleef bij Maggie Sparks terwijl de artsen in het ziekenhuis haar wang hechtten. Het was een gemene wond, maar gelukkig was er alleen cosmetische schade. Maggie maakte een grapje door te zeggen dat ze er door het litteken stoer zou uitzien. Nadat ze uit het ziekenhuis was ontslagen reed Evans met haar naar huis. Hij bood aan bij haar te blijven, maar ze zei dat ze het wel zou redden. Toen Evans eindelijk ging slapen was het drie uur in de ochtend. Hij stond pas om acht uur op.

Zodra hij op kantoor de lift uit stapte, werd Evans bestookt met vragen. Hij verzekerde iedereen dat hij en Maggie niets mankeerden. Hij was bijna bij zijn eigen kantoor toen de secretaresse van rechter Kineer hem bij de arm nam en met hem naar het kantoor van de rechter liep voor een gedetailleerd verslag, onder vier ogen, van de schietpartij bij het motel.

Evans kwam uiteindelijk pas om half elf op zijn eigen kantoor. Het eerste wat hem opviel, was een dikke map die prominent midden op zijn bureau lag. Hij ging zitten en las het etiket. Het was het geheime dossier van Dana Cutler. Evans sloeg de map open en knipperde met zijn ogen. Hij zat naar foto's te kijken van een tafereel dat zo gruwelijk was dat het even duurde voordat zijn hersens het konden verwerken.

Op verschillende plaatsen in een recreatieruimte lagen drie mannen uitgestrekt op de vloer. Midden op de foto stond een biljarttafel. Op de vloer zag Evans naast de rechterarm van een van de slachtoffers een biljartkeu liggen. Het slachtoffer was een stevig gebouwde man met een baard, die gekleed was in een spijkerbroek en een zwart T-shirt. Toen hij wat beter keek, drong het tot Evans door dat de rechterhand van de man niet aan zijn arm vastzat. Hij zag ook een aantal diepe snijwonden in het gezicht, de hals, de borst en de benen van de man. Het lijk baadde in een plas bloed.

Evans bladerde de stapel foto's door. De andere mannen waren ook aan stukken gehakt. Evans probeerde zich te herinneren of hij ooit een dergelijk bloedbad had gezien. Het dichtst in de buurt kwam een wraakactie van de Russische maffia waarbij een heel gezin was uitgeroeid. Maar die moorden waren efficiënt en zonder enige emotie gepleegd, omdat de beulen een boodschap wilden sturen. Deze moorden deden denken aan primitief geweld.

Op een tweede stel foto's stond een vierde slachtoffer, dat in de kelder was gevonden. Vlak bij het lijk lag een ketting met aan een kant een open handboei. Op een close-up van het gezicht van het slachtoffer was een scherp stuk glas te zien, dat uit het linkeroog van de man stak. Zijn gezicht vertoonde een aantal schotwonden.

De map bevatte een geluidscassette en een verslag van Dana Cutlers verklaring. Voordat hij naar de cassette luisterde, las Evans de politierapporten door. Een team van de narcoticabrigade uit Washington had gereageerd op een telefoontje van Dana, dat hen naar een huis op het platteland bij de kust van Maryland had geleid. Drie dagen eerder, toen de fabrikant van de pepmiddelen met wie ze op stap was hun was ontglipt, waren de agenten van de narcoticabrigade het contact met haar kwijtgeraakt. De agent die het verslag had opgesteld schreef dat Dana monotoon sprak en amper te verstaan was. Toen haar gevraagd werd om te vertellen wat er was gebeurd, weigerde ze dat en beperkte haar mededelingen tot aanwijzingen waardoor de politie haar zou kunnen vinden.

Toen de politie bij het huis arriveerde, troffen ze Dana aan in de recreatieruimte, in de buurt van de telefoon. Ze zat wezenloos voor zich uit te staren, naakt en onder het vuil. Naast haar lagen een bebloede bijl en twee .357 Magnum-revolvers. De dode mannen hadden allemaal een uitgebreid strafblad en waren in het verleden gearresteerd of aangeklaagd wegens meervoudige geweldpleging, verkrachting en moord. In een verslag dat was opgesteld door de arts die Dana in het ziekenhuis had behandeld las Evans dat ze over haar hele lichaam verschillende keren wreed was geslagen en herhaaldelijk was verkracht. Zodra haar fysieke verwondingen waren behandeld had men haar doorgestuurd naar een psychiatrisch ziekenhuis.

Evans stopte het bandje in een cassetterecorder en drukte de afspeelknop in. Hij moest het geluid harder zetten omdat Dana met nauwelijks hoorbare stem en erg onduidelijk sprak, waardoor het leek of ze onder de invloed van drugs stond of volkomen uitgeput was. Het gesprek stond onder leiding van rechercheur Aubrey Carmichael, die aan Dana vroeg wat er was gebeurd nadat ze bij het drugslaboratorium was gearriveerd.

'Ze hebben me geslagen,' antwoordde Dana.

'Hoe?' vroeg Aubrey.

'Op mijn hoofd. Ik kan me er niet veel van herinneren. Toen ik bij kennis kwam, lag ik met mijn voet aan een muur in de kelder geketend.'

'Wat is er gebeurd nadat je bij kennis was gekomen?'

'Ze sloegen me en ze hebben me verkracht. Ik was naakt. Ze hebben me naakt opgesloten.'

Evans hoorde snikken op het bandje. Aubrey bood Dana water aan. Het bleef even stil. Even later ging het gesprek verder.

'Hoe ben je ontsnapt?' vroeg de rechercheur.

'Brady stond bier te drinken voordat hij me ging verkrachten.'

'Brady is de baas van het laboratorium?'

'Ja. Hij zette de fles neer. Die was leeg. Hij vergat om hem mee te nemen. Later kwam hij naar beneden om me weer te verkrachten. Hij was alleen. Hij… hij drong bij me binnen. Hij had zijn ogen dicht. Toen hij keek, heb ik…'

'Geeft niet. We kunnen de details later wel invullen, als je weer wat beter bent.'

'Ik word niet beter. Nooit meer.'

Terwijl Evans zat te luisteren hoe Dana Cutler beschreef hoe ze de keldertrap op liep, met Brady's Magnum in haar ene hand en een bijl in haar andere, raakte hij het contact met zijn omgeving kwijt. Ze had de andere leden van de bende verrast terwijl ze stonden te biljarten en hen in hun benen en schouders geschoten, zodat ze geen verzet konden bieden. Daarna had ze hen stuk voor stuk met de bijl gedood. Er ontbraken stukken aan Dana's verhaal omdat ze zich een groot deel van wat ze gedaan had niet meer kon herinneren.

Rapporten uit het psychiatrische ziekenhuis gaven aan dat ze aan een posttraumatisch-stresssyndroom en zware depressies leed. Dana werd geplaagd door steeds weer terugkerende nachtmerries en flashbacks. Bijna een jaar nadat ze was opgenomen werd de behandeling poliklinisch voortgezet.

'Jezus christus,' mompelde Evans toen hij het hele dossier gelezen had. Hij kon zich geen enkele voorstelling maken van wat Dana tijdens haar beproeving had moeten doorstaan. Hij voelde een overweldigende behoefte om haar te vinden en te beschermen.

36

'We zitten met problemen,' zei Charles Hawkins tegen president Farrington.

'Daar wil ik nu even niets over horen, Chuck. Ik moet over tien minuten op televisie om te proberen mijn campagne te redden.'

'Maar dit moet je weten. Cutler is weer ontsnapt.'

Farrington keek zijn vriend met open mond aan. 'Wat mankeert jullie? Het gaat om één vrouw.'

'Ze is erg vindingrijk.'

'Je moet haar uitschakelen. Ze kan het verhaal dat ik aan het Amerikaanse volk ga vertellen onderuithalen. Ik wil haar dood.'

'Rustig maar. We krijgen haar wel.'

Farrington stond een paar tellen te zieden van woede. Hij zei niets. Toen viel hem op dat Hawkins keek alsof hij nog iets te zeggen had.

'Voor de draad ermee. Wat is er nog meer gebeurd?'

'Er zijn twee van onze mensen omgekomen, en ook nog een politieagent. En er is een agent van de FBI gewond geraakt.'

'Was ze betrokken bij die schietpartij in West Virginia?'

Hawkins knikte.

'Ieder journaal had het als hoofdonderwerp. Met een dode politieman en een gewonde FBI-agent kun je erop rekenen dat er een groot onderzoek komt.'

'Maak je niet ongerust. Ik heb alles in de hand.'

'Dat hoop ik.' Farrington schudde zijn hoofd. 'Een dode politieman en een gewonde FBI-agent. Hoe heeft dat in godsnaam kunnen gebeuren?'

'Tja… Dat met die politieman en die agent is gewoon pech, maar dat is niet het belangrijkste. Het gaat erom dat er niets is wat in de richting van het Witte Huis wijst, en dat zal ook niet gebeuren. Ze kunnen onze mensen niet traceren. Ze hebben geen legitimatie bij zich als ze aan een opdracht werken en hun vingerafdrukken zijn uit het systeem verwijderd.'

'Heb je soms nog meer slecht nieuws?'

'Er is nog een klein probleempje. Marsha Erickson moest Dale Perry bellen als zich ooit moeilijkheden zouden voordoen. Ze wist niet dat hij dood was toen ze belde. Mort Rickstein heeft het telefoontje aangenomen. Ze heeft tegen hem gezegd dat Brad Miller, een medewerker van Reed, Briggs uit Oregon, haar heeft benaderd voor informatie over jou en Laurie Erickson.'

'Wat heeft ze tegen Miller gezegd?' vroeg Farrington geschrokken.

'Niets. Ze weigerde hem te woord te staan, precies zoals we haar hebben opgedragen als er ooit iemand naar haar dochter zou vragen. En we hoeven ons over die medewerker geen zorgen te maken. Mort is bevriend met Susan Tuchman. Zij heeft de leiding over die knaap. Ze heeft beloofd dat ze hem eens flink op zijn nummer zou zetten.'

Farrington glimlachte. 'Arme klootzak. Als Sue zich ermee bemoeit, hoeven we ons geen zorgen te maken.'

'Precies, maar ik maak me toch zorgen over Erickson. Ze is zwaar aan de drank. Als de zaak van haar dochter heropend wordt, denk ik niet dat ze de druk aankan.'

Farringtons make-up werd ontsierd door een zweetdruppel. De grimeuse had, vlak voordat Hawkins binnen kwam en haar wegstuurde, erg haar best op hem gedaan.

'Mijn god! Als iemand de moord op Laurie in verband brengt met die op Charlotte…'

'Dat zal niet gebeuren. Daar zorg ik wel voor. Dat doe ik toch altijd? Maak je dus niet ongerust. Concentreer je op je toespraak. Terwijl jij het publiek op je hand probeert te krijgen zorg ik dat die kleinigheidjes worden weggewerkt.'

Hawkins besteedde nog een paar minuten aan het kalmeren van zijn vriend. Toen vertrok hij om een telefoongesprek te voeren. Hij maakte gebruik van een beveiligde lijn van het Witte Huis.

'Hallo,' zei hij tegen de man die opnam. 'Weet je nog dat we het over een mogelijk probleem hadden? Waarom los je dat niet even op? En probeer het nu eens niet te verkloten.'

Toen Christopher Farrington in de lens van de televisiecamera keek, was hij er zeker van dat hij er nederig en berouwvol uitzag. Dat kwam omdat zijn perssecretaris, Clem Hutchins, in het geheim een van de beste acteerdocenten uit New York had laten overkomen om hem te instrueren hoe hij er nederig en berouwvol uit moest zien als de situatie dat vereiste. Vlak naast hem stond Claire Meadows Farrington, zichtbaar zwanger en het prototype van de liefhebbende, tot steun zijnde echtgenote.

'Landgenoten! Een paar dagen geleden heeft een tijdschrift in Washington een verhaal gepubliceerd waarin werd gesuggereerd dat ik een buitenechtelijke verhouding met een jonge vrouw, een zekere Charlotte Walsh, heb gehad. Het droevige aan dit verhaal was het tragische feit dat mevrouw Walsh door een gedegenereerde crimineel om het leven is gebracht. Gelukkig is deze dankzij het schitterende werk van een taakeenheid van de FBI inmiddels gearresteerd.

Ik kan natuurlijk de aantijgingen in dit blad negeren, maar dat zou betekenen dat ik de belangen van het Amerikaanse volk negeer. En u bent juist degene aan wie ik vraag om mij de komende vier jaar de leiding van ons land toe te vertrouwen. Hoe kan ik u vragen om mij met uw stem dat vertrouwen te schenken als ik niet bereid zou zijn om deze aantijgingen open en eerlijk met u te bespreken?'

Hier boog Farrington zijn hoofd, zoals hem dat was geleerd. Vervolgens haalde hij diep adem. Het leek of het hem moeite kostte om kalm te blijven, maar toen richtte hij zich opnieuw tot zijn publiek.

'Ik heb mevrouw Walsh heel even ontmoet op mijn campagnehoofdkwartier, waar zij als vrijwilligster werkte. Zonder dat ik dat wist, had ze tegen mijn medewerker Charles Hawkins gezegd dat ze onze campagne wilde steunen door zich voor te doen als een aanhanger van senator Maureen Gaylord en als infiltrant haar hoofdkwartier binnen te dringen. De heer Hawkins zei haar dat het niet ethisch was om senator Gaylord te bespioneren en ging niet op haar aanbod in. Helaas heeft mevrouw Walsh zich, ondanks de duidelijke waarschuwing van de heer Hawkins om dat niet te doen, toch als vrijwilligster bij het hoofdkwartier van senator Gaylord gemeld.

Het tijdschriftartikel verscheen in *Exposed*, een wekelijks verschijnend roddelblad, dat niet bepaald bekendstaat om zijn eerlijke berichtgeving. De zogenaamde feiten achter het verhaal werden toegeschreven aan een niet met name genoemde bron en er werden geen pogingen ondernomen om de waarheid van de aantijgingen te controleren voordat het verhaal werd gepubliceerd.

Bij het verhaal in *Exposed* stonden foto's waarop ik samen met mevrouw Walsh sta afgebeeld. Op de avond dat deze foto's werden gemaakt heeft mevrouw Walsh de heer Hawkins opgebeld en tegen hem gezegd dat ze beschikte over kopieën van documenten die bewezen dat senator Gaylord over een geheim smeergeldfonds beschikt. Ze zei niet hoe ze aan die documenten was gekomen. Een dergelijk smeergeldfonds is duidelijk in strijd met de wetgeving op het gebied van de financiering van verkiezingscampagnes. Ze bood aan hem deze documenten te komen brengen. Het was de bedoeling dat de heer Hawkins mij zou vergezellen naar een boerderij waar ik deel zou nemen aan een vergadering waarin zaken betreffende staatsveiligheid werden besproken. Over de details hiervan kan ik nu geen nadere mededelingen doen. Hij regelde dat mevrouw Walsh naar de boerderij werd gebracht waar de foto's gemaakt zijn.

Er deed zich een onverwachte samenloop van omstandigheden voor, waardoor de situatie ontstond waarin ik mij thans bevind. Om te beginnen had ik mijn vrouw gevraagd om mij te vertegenwoordigen bij een inzamelingsactie waar ik een toespraak had moeten houden. Vlak voordat ik naar mijn vergadering vertrok, vertelde Claire me dat ze zwanger was. Ik was daar dolgelukkig mee, maar ik maakte me er ook zorgen over dat ze in haar delicate toestand in het openbaar zou gaan spreken.'

Er verscheen een warme glimlach op Farringtons gezicht. 'Degenen onder u die haar kennen, weten dat de first lady bijzonder taai is. Je wordt geen lid van het nationale volleybalteam en ook geen arts als je niet met druk kunt omgaan. Claire verzekerde me dat ze het allemaal best aankon, maar ik stond erop dat de heer Hawkins met haar mee zou gaan. Chuck is een van onze oudste en meest dierbare vrienden en ik wilde er zeker van zijn dat hij bij Claire in de buurt was voor het geval er iets mis zou gaan.'

Op dit strategische moment keek Claire, zoals haar was opgedragen, haar echtgenoot liefdevol aan en pakte zijn hand beet. De president beantwoordde haar bewonderende blik op dezelfde manier en wendde zich vervolgens weer tot zijn toehoorders.

'Toen ik bij de boerderij aankwam, kreeg ik te horen dat de mensen met wie ik zou vergaderen op het laatste moment hadden moeten afzeggen. Op dat moment arriveerde mevrouw Walsh. De heer Hawkins had me over zijn gesprek met haar ingelicht, maar ik had, vanwege de opwinding over Claires zwangerschap en mijn voorbereidingen voor de vergadering, helemaal niet meer aan mevrouw Walsh gedacht.

Ik ging samen met mevrouw Walsh naar boven om de documenten die ze had meegebracht te bespreken. Zodra we alleen waren, gaf mevrouw Walsh me een lijst die naar haar zeggen de namen bevatte van geheime sponsoren aan de campagne van senator Gaylord. Toen vertelde ze me dat ze zich als vrijwilligster had voorgedaan om het campagnehoofdkwartier van senator Gaylord binnen te dringen en dat ze de lijst uit het bureau van Reginald Styles, de campagneleider van senator Gaylord, had gestolen. Zodra ik erachter kwam wat ze gedaan had, zei ik dat ik de lijst niet kon aannemen omdat het om gestolen gegevens ging. Op dat moment begon mevrouw Walsh seksuele avances te maken.

Een president is ook maar een mens en mevrouw Walsh was erg aantrekkelijk. Ik moet u bekennen dat ik even in de verleiding kwam, maar ik zweer u dat ik de verleiding om mijn vrouw te bedriegen van me afzette. Ik zei dat ze daarmee op moest houden. Ik legde uit dat ik net had gehoord dat mijn vrouw in verwachting was van ons tweede kind en dat ik erg veel van haar hield en haar nooit zou bedriegen. Ik zei tegen mevrouw Walsh dat haar gedrag erg ongepast was en wees haar er nogmaals op dat stelen van senator Gaylord in strijd was met de wet. Daarna vroeg ik haar te vertrekken.

Op dat moment begon mevrouw Walsh tegen me te schreeuwen. Ik verliet de kamer. Mevrouw Walsh zette haar tirade voort terwijl ze de trap af liep. Ze liet doorschemeren dat ze net met me naar bed was geweest en rende schreeuwend het huis uit. Dit was bijzonder gênant, maar in het licht van wat we sinds dit voorval hebben ontdekt geloof ik dat ik een verklaring voor haar gedrag kan bieden. Ik denk dat mevrouw Walsh de hele tijd van plan was om de campagne van mijn tegenstander te steunen.

Toen mevrouw Walsh uit de kamer op de bovenverdieping wegrende, liet ze de documenten over het zogenaamde smeergeldfonds liggen. Een analyse van de documenten heeft ons tot de conclusie gebracht dat het om een vervalsing gaat. Als we die lijst openbaar hadden gemaakt zou dat mijn campagne in verlegenheid hebben gebracht. Ik weet niet of senator Gaylord of de mensen die voor haar werken mevrouw Walsh hebben gebruikt om te proberen een schandaal te creeren om zo de senator aan de overwinning in de presidentsverkiezingen te helpen of dat mevrouw Walsh het plan in haar eentje had bedacht. Ik weet wel dat er maar erg weinig mensen wisten wáár mevrouw Walsh de heer Hawkins zou ontmoeten, maar toevallig dook er een fotograaf bij de boerderij op, die foto's maakte waarop het lijkt of mevrouw Walsh en ik als minnaars staan te ruziën. En toevallig verschenen die foto's in *Exposed*.'

De president kneep Claire in haar hand en keek rechtstreeks in de lens van de camera.

'De lieden achter dit plan hebben een fout gemaakt door ervan uit te gaan dat ik gebruik zou maken van fraude om een verkiezing te winnen. Ze hebben zich ook vergist toen ze dachten dat ik mijn huwelijksgeloften zou schenden. En ten slotte hebben ze zich ook misrekend door te denken dat u, het Amerikaanse volk, deze laster zou geloven.

Claire Farrington is de belangrijkste persoon in mijn leven. Zij ís mijn leven. Ik zou haar, noch mijn zoon Patrick, noch het kind dat Claire draagt ooit te schande maken door het schandelijke gedrag dat werd gesuggereerd in het verhaal dat in *Exposed* heeft gestaan. Dat verklaar ik u plechtig, landgenoten, en ik vertrouw erop dat u zult beoordelen of ik de waarheid heb gesproken, ik vertrouw erop dat u door dit web van leugens dat door iemand is gesponnen heen ziet. Ik dank u.'

Farrington knikte naar de camera en vertrok samen met Claire. Ze liepen hand in hand. Zodra ze buiten bereik van de camera waren, wendde Claire zich tot haar echtgenoot.

'Je was geweldig.'

'Clem en Chuck hebben de toespraak geschreven,' zei Chris. Hij bloosde.

'Maar jij hebt hem uitgesproken. Ik ben heel benieuwd naar de opiniepeilingen.'

Charles Hawkins bleef lang genoeg rondhangen om naar de verslaggevers te luisteren en zo een idee te krijgen hoe goed de toespraak over was gekomen. Er waren heel wat kritische geluiden, maar een belangrijk deel van de mediavertegenwoordigers leek toch te zijn overtuigd door wat Farrington had verteld. Enkele anderen waren er niet zeker van waar de waarheid lag. Hawkins geloofde dat het Amerikaanse volk veel lichtgeloviger was dan de pers, die voor het grootste deel uit beroepsscptici bestond. De kans was groot dat de kiezers het verhaal zouden slikken als een aanzienlijk deel van de persvertegenwoordigers het geloofde. De enige smet op het geheel was Dana Cutler, die gezien had dat het licht in de slaapkamer op de boerderij uit ging en wist hoe lang het uit was gebleven, iets wat niet duidelijk werd uit de foto's die in *Exposed* hadden gestaan. Een tweede probleem dat door Cutler werd gevormd was dat ze zou kunnen verklaren dat ze in opdracht van Dale Perry werkte en niet voor iemand die in dienst was van senator Gaylord.

Hawkins verliet de perskamer en begaf zich in de richting van zijn kantoor toen een forse man met rossig haar hem de weg versperde.

'Meneer Hawkins,' zei Keith Evans terwijl hij zijn legitimatie liet zien, 'hebt u een paar minuten voor me?'

'Ik heb het vreselijk druk. Waar gaat het over?'

'Ik ben Keith Evans. Ik heb de leiding in het FBI-onderzoek naar de Slachter.'

'O, ja. Dat was uitstekend werk.'

'Dank u. Ik hoop dat we het Witte Huis goed op de hoogte hebben gehouden over de vorderingen in de Slachter-zaak. Ik heb geprobeerd ervoor te zorgen dat u steeds een compleet stel van onze onderzoeksrapporten kreeg.'

'De president stelt het uitstekende werk dat u hebt gedaan zeer op prijs. Waarover wilt u me spreken? Kunnen we u op een of andere manier helpen bij deze zaak?'

'Ik ben niet gekomen om over Eric Loomis te praten. Ik werk nu tijdelijk voor rechter Kineer, de onafhankelijke aanklager.'

Hawkins' vriendelijke glimlach verdween. 'Bedoelt u de grootinquisiteur? Waarom denkt u dat ik wil meewerken aan Maureen Gaylords heksenjacht?'

Evans lachte. 'We zien ons werk liever als een officieel onderzoek dat door het Congres is goedgekeurd. Ik wil u alleen maar een paar algemene vragen stellen.'

'En dat zijn?'

'De president zei in zijn toespraak dat u Charlotte Walsh op het schuiladres had uitgenodigd.'

'Dat waren zijn woorden.'

'En vervolgens heeft president Farrington u gevraagd om met zijn vrouw naar de inzamelingsactie te gaan.'

'Dat weet u allemaal uit de toespraak.'

'Precies. Maar wat ik niet weet is waar u en de president over hebben gepraat toen u naar de boerderij kwam.'

Er verscheen een kille glimlach op Hawkins' gezicht. 'Ik neem aan dat u zult begrijpen dat ik geen mededelingen doe over mijn gesprekken met de president van de Verenigde Staten.'

'U bent toch geen advocaat, en ook geen pastoor?'

'Nee.'

'Dan kunt u zich niet beroepen op een geheimhoudingsplicht, ook niet waar het vertrouwelijke gesprekken betreft.'

'Wat is uw volgende vraag?'

'Ik kan u laten dagvaarden.'

'Doe wat u moet doen, agent Evans.'

Evans merkte dat Hawkins niet toegaf en ging verder.

'Waar bent u nadat u van het schuiladres vertrok naartoe gegaan?'

'Weet u, u zou eigenlijk onderzoek moeten doen naar senator Gaylord en haar mensen.'

'Waarom?'

'Ik ben niet gek, agent Evans. Uit het gesprekje dat we hadden voordat u me vertelde dat u voor Kineer werkt, werd me duidelijk dat ik volgens u wist hoe de Slachter te werk ging en dus zijn methode kon imiteren, zoals het verhaal in *Exposed* suggereerde. Volgens mij beschikten de mensen van Gaylord over dezelfde informatie en hadden ze ook een uitstekend motief om zich van Walsh te ontdoen om te voorkomen dat ze zou verklaren dat Gaylord haar tot die stunt bij de boerderij had aangezet.'

'Dat is interessant. Daar had ik nog niet aan gedacht. Dank u.'

'Goed. Als er verder nog iets is…'

'Ja, er is nog iets waarover ik u wat wilde vragen.'

'En dat is?'

'Chicago.'

'Wat is er met Chicago?' vroeg Hawkins, op zijn hoede.

'Hebt u Charlotte Walsh naar Chicago gebracht om de president te ontmoeten, of heeft een ander lid van uw personeel dat gedaan?'

Alle emotie trok weg uit Hawkins' gezicht. Het ene moment had Evans met een menselijk wezen staan praten, en het volgende moment stond hij tegenover een machine.

'Het was me een genoegen,' zei Hawkins. 'U kunt tegen de leden van de taakeenheid die aan de Slachter-zaak hebben gewerkt zeggen dat ze uitstekend werk hebben verricht en dat de president dat zeer op prijs stelt.'

Hawkins draaide de agent de rug toe en liep weg. Evans keek toe hoe hij verdween en liep vervolgens naar de nog aanwezige leden van de pers. Hij had Harold Whitehead al eerder gezien. Whitehead werkte voor *The Washington Post* en ze waren elkaar sinds Evans naar Washington was verhuisd al een paar keer tegengekomen. De verslaggever was begin zestig en hij werkte al in de krantenindustrie voordat de grote maatschappijen en de non-stopnieuwszenders het nieuws van informatie in ontspanning hadden veranderd, iets waar hij zijn lezers voortdurend aan herinnerde. In het begin van zijn carrière had hij verslag gedaan vanuit oorlogsgebieden en rampgebieden bezocht, maar een slechte heup en een zwaar hartinfarct hadden een einde gemaakt aan zijn wereldreizen en hem in het politieke circuit doen belanden.

'Ik hoor dat je samenwerkt met Kineer, de onafhankelijke aanklager,' zei Harry.

'Dat heb je goed gehoord,' antwoordde Evans terwijl ze elkaar een hand gaven.

'Heeft Farrington volgens jou die studente koud gemaakt?'

'Zo gauw ik daarachter kom, laat ik het je weten. Trek in een biertje?'

'Altijd,' zei Whitehead, Evans achterdochtig aankijkend. Verslaggevers waren altijd op zoek naar hoofden van taakeenheden die seriemoorden onderzochten en naaste medewerkers van onafhankelijke aanklagers, niet andersom.

'Ken je The Schooner in Adams-Morgan?'

'Natuurlijk.'

'Dan zie ik je daar.'

Tijdens de rit van het Witte Huis naar de bar dacht Evans aan Maggie Sparks. Terwijl hij met haar op de ziekenwagen had zitten wachten, had Evans beseft dat ze heel veel voor hem betekende. Hij dacht aan alle redenen die hij had verzonnen om geen pogingen te ondernemen om haar beter te leren kennen en was tot de conclusie gekomen dat die allemaal nergens op sloegen. Hij nam zich voor dat hij, als hij even tijd had om op adem te komen, zou proberen erachter te komen hoe zij over hem dacht.

Adams-Morgan in Washington was een heel gezellige buurt, vol met jazzclubs, pizzatenten, Ethiopische restaurants en bars. Veel van de plaatselijke bars trokken yuppies of studenten, maar de klanten van The Schooner waren arbeiders, brandweerlieden, politieagenten en heren die tijdelijk zonder werk zaten. Evans kwam om tien over twee bij de bar aan. Harold was twaalf minuten eerder gearriveerd en de agent trof de verslaggever aan met een biertje in een van de zitjes achter in de bar.

'Voor de draad ermee, Keith. Waar gaat dit over?'

'Kan iemand niet eens meer op een biertje trakteren zonder dat er sprake is van een verborgen agenda?'

'Jij bent een onderbetaalde ambtenaar, Evans, en je moet je alimentatie betalen. Je verdient niet eens genoeg om een biertje voor me te kunnen kopen.'

'Droevig, maar waar.'

'En dus?'

'Dit blijft tussen ons, anders krijg je geen biertje.'

'Lul dat je bent.'

'Akkoord, of niet?'

'Ja, ja,' antwoordde Whitehead met tegenzin.

'Het gaat om Charles Hawkins. Ik wil alles weten wat je me over hem kunt vertellen.'

'Vanwaar die belangstelling voor de waakhond van de Farringtons?'

'We proberen erachter te komen wat er gebeurd is op de avond dat Charlotte Walsh werd vermoord. Ik heb Hawkins ernaar gevraagd, maar ik kwam nergens. We weten dat hij op de boerderij was nadat Walsh was vertrokken, maar daar wil hij niets over zeggen. Ik wil weten met wie ik te maken heb.'

'Een heel gevaarlijke kerel, volgens de geruchten. Een ex-commando met gevechtservaring.'

'Je noemde hem net "de waakhond van de Farringtons".'

Whitehead knikte. 'Hawkins is volledig aan de Farringtons toegewijd. Hij doet alles voor ze. Hij is net een Ridder van de Ronde Tafel, volledig toegewijd aan de koning en de koningin. Hawkins had zijn voordeel kunnen putten uit zijn relatie met de president, maar ik heb nog nooit gehoord dat hij er ook maar een cent beter van is geworden. Volgens mij zou hij dat niet eervol vinden.'

'Nu je het zegt… Hij kleedt zich ook niet met het oog op succes, zoals ik dat wel van andere invloedrijke lieden heb gezien.'

'Door zijn relatie met de Farringtons is Hawkins een van de invloedrijkste en machtigste mensen in Washington, maar als je hem ziet zou je dat niet zeggen. Hij koopt confectiekostuums, en draagt geen Rolex zoals de meeste grote jongens in Washington. En hij rijdt nog steeds rond in de Volvo die hij al had voordat Farrington gouverneur van Oregon werd.'

'Hoe hebben Hawkins en de president elkaar leren kennen?'

'Ze hebben samen in Oregon op de universiteit gezeten. De president was de ster van een basketbalteam dat het tot de finales heeft gebracht. Hawkins speelde ook in dat team, maar hij zat het grootste deel van de tijd op de reservebank. Het waren allebei uitstekende studenten, maar Hawkins was, zo is mij verteld, een ploeteraar, terwijl het Farrington allemaal kwam aanwaaien. Het grootste verschil tussen hen was zelfvertrouwen. Farrington had dat in overvloed, maar Hawkins niet. De mensen die hen op de universiteit gekend hebben, hebben me verteld dat Farrington een duidelijk beeld van zijn toekomst had, maar dat Hawkins geen idee had wat hij met zijn leven aan wilde en dus dienst nam in het leger.'

'Ik herinner me dat ik ergens gelezen heb dat Claire Farrington ook aan de universiteit van Oregon heeft gestudeerd.'

'Daar heeft Hawkins haar leren kennen. Zij was de ster van het volleybalteam. In het laatste jaar van hun studie kregen ze verkering. Claire kende de president toen al. Farrington had zo nu en dan een vriendinnetje en dan gingen ze gingen vaak met z'n vieren op stap. Na de universiteit verloor ze Farrington uit het oog. Tijdens het tweede jaar van zijn rechtenstudie kwam Farrington Claire toevallig tegen op een feestje van een coassistent van de medische faculteit waar zij studeerde. Tegen de tijd dat Hawkins uit het leger kwam, had Claire een relatie met Christopher.'

'Was hij boos toen hij erachter kwam dat Farrington zijn vriendinnetje had ingepikt?'

'Toen hij uit het leger kwam, had Hawkins grotere problemen. Hij was op het slagveld gewond geraakt. Toen hij naar Portland terugkwam, was hij depressief en verslaafd aan pijnstillers. De enigen die zich iets van hem aantrokken, waren Claire en Christopher. Claire heeft gezorgd dat hij kon afkicken en hem geholpen bij zijn herstel. Christopher verdedigde hem gratis toen hij juridische problemen met de Veteranenbond had. Toen Hawkins uit de ontwenningskliniek kwam, vroeg Farrington hem of hij voor hem wilde werken bij zijn campagne voor de senaatsverkiezingen in Oregon en of hij getuige wilde zijn bij zijn huwelijk. Uit wat ik heb gehoord maak ik op dat Hawkins niet verbitterd was omdat Farrington er met zijn vriendin vandoor ging.'

'Is Hawkins ooit getrouwd?'

'Nee. Zo nu en dan zie je hem met vrouwen, bij inzamelingsacties of op feestjes, maar het gerucht gaat dat Claire de grote liefde van zijn leven was.'

'Dat klinkt een beetje triest, vind je niet?'

'Verspil geen tijd aan medelijden hebben met Hawkins. Hij kent geen moraal waar het de Farringtons betreft. Als je het mij vraagt, is hij niet helemaal in orde.'

37

'Goedemorgen, Brad,' zei Susan Tuchman.

'Goedemorgen,' antwoordde Brad zenuwachtig terwijl hij tegenover zijn wraakgodin ging zitten. De Dragon Lady was gekleed in een zwart broekpak en een zwarte coltrui. Ze zag eruit zoals een vrouwelijke superschurk uit een stripverhaal eruit zou zien als die in het geheim een leidinggevende compagnon van een heel groot advocatenkantoor was.

'Ik krijg heel wat positieve reacties op je werk,' zei Tuchman met een glimlach die bedoeld was om Brad een vals gevoel van veiligheid te geven. 'Ik hoor dat je tot 's avonds laat doorwerkt en onderzoekswerk van hoog niveau levert.'

'Dank u,' antwoordde Brad terwijl hij wachtte tot de aap uit de mouw kwam.

Tuchman leunde voorover en glimlachte vriendelijk. 'Ik hoop niet dat je het idee hebt dat we je overbelasten.'

'Nee. Toen ik aangenomen werd, verwachtte ik al dat het een drukke baan was.' Brad glimlachte geforceerd. 'En medewerkers worden toch verondersteld hard te werken?'

'Zeer zeker. Daarom beginnen jullie al meteen na je studie flink te verdienen, als jullie nog helemaal niet weten hoe het er in de praktijk aan toegaat. Maar zo te zien ben je je salaris dubbel en dwars waard. Ik hoor dat je zo hard werkt dat je je achterstand hebt ingelopen.'

'Ingelopen is misschien niet het juiste woord,' zei Brad. Hij was doodsbang dat Tuchman op het punt stond hem nog een groot project toe te wijzen. 'Maar ik ben aardig opgeschoten.'

'Zover zelfs dat je tijd hebt om de zondag op het platteland door te brengen,' zei Tuchman kalmpjes. 'Mijn herinnering laat me soms in de steek, Brad. Misschien kun jij het me zeggen: had ik je niet duidelijk opgedragen om je niet meer met de zaak-Clarence Little te bemoeien?'

'Ja.'

Tuchman leunde achterover en keek Brad aan met de blik van een insectenverzamelaar die op zoek is naar de beste plaats is om de volgende speld in een zielig slachtoffer te steken.

'Ken je Kendall, Barrett & Van Kirk?'

'Dat is toch een groot kantoor in Washington?'

'Precies. Ik kreeg een schokkend telefoontje van Mort Rickstein. Mort is een van de voornaamste compagnons bij Kendall, Barrett en een goede vriend. We hebben een paar jaar geleden samen een antitrustzaak verdedigd en hebben elkaar toen goed leren kennen. Maar goed, Mort belde me dus vanmorgen op. Zo te horen had een van de cliënten van het kantoor hem gebeld. Een zekere Marsha Erickson. Weet je wie dat is?'

'Ja,' antwoordde Brad terwijl het hart hem in de schoenen zonk.

'Als het niet zo is, moet je het zeggen, maar is zij niet de moeder van die jonge vrouw die vermoord is? En is Clarence Little niet voor die moord veroordeeld?'

'Dat klopt.'

'Was zij niet een van de getuigen bij het proces?'

Brad had er genoeg van om als slachtoffer van Tuchmans kat-en-muisspelletje te fungeren en dus knikte hij alleen maar.

'Volgens Mort was mevrouw Erickson erg van streek, Brad. Nee, laat ik duidelijker zijn. Ze was heel, héél erg van streek. Het lijkt erop dat er op zondagmiddag een medewerker van dit kantoor bij haar aan de deur is geweest en haar lastig heeft gevallen.'

'Ik heb haar niet lastiggevallen. Ik heb haar alleen maar een paar vragen gesteld. Ik had geen idee dat ze daar zo overstuur van zou raken.'

Tuchman leek even in de war gebracht. 'Even voor de duidelijkheid: ik hoop dat ik je goed begrijp, maar dacht je dat mevrouw Erickson niet overstuur zou raken als je op een zondagmiddag onaangekondigd, vanuit het niets, bij haar op de stoep staat en de herinnering aan haar vermoorde dochter oprakelt en haar er ook nog eens aan herinnert dat het lieve kind op een vreselijke manier dood is gemarteld?'

'Ik had wel rekening gehouden met die mogelijkheid, maar ik…'

Tuchman stak haar hand op. Ze glimlachte nu niet meer. 'Dus je geeft toe dat jij de medewerker was die mevrouw Erickson zo veel pijn heeft veroorzaakt dat ze haar advocaat in Washington heeft gebeld om haar beklag te doen?'

'Ik ben daar wel geweest, maar...'

'Genoeg. Meer hoef ik niet te weten. Ik had je duidelijk opgedragen om met de zaak-Clarence Little te stoppen en je er niet meer mee te bemoeien. Je hebt zelf toegegeven dat je afgelopen zondag een getuige in die zaak hebt ondervraagd. Je stelt me erg teleur, Brad. Het doet me pijn, maar ik ben gedwongen om deze kwestie bij de eerstvolgende directievergadering ter sprake te brengen.'

'Mevrouw Tuchman, u kunt me ontslaan als u dat wilt, maar ik vind dat u moet weten waarom ik met de zaak-Little ben doorgegaan, ook nadat u me had opgedragen om ermee te stoppen. Als u bij de compagnons uw beklag over mij gaat doen, moet u wel weten wat de feiten zijn.'

Tuchman leunde achterover en drukte haar vingertoppen tegen elkaar. 'Vertel ze me maar.'

'Goed, eh... het klinkt waanzinnig, nee, niet waanzinnig, maar wel ongelooflijk, maar ik ben ervan overtuigd dat er meer achter zit.'

'Kom ter zake, meneer Miller. Over vijf minuten heb ik een telefonische vergadering.'

'Oké, goed dan. Ik geloof niet dat Clarence Little Laurie Erickson heeft vermoord. Volgens mij heeft de moordenaar de werkwijze van Little nageaapt om iedereen in de waan te brengen dat Little de dader was. Ik geloof ook dat dezelfde moordenaar in Washington dezelfde truc heeft toegepast. Daar is pas ook iemand vermoord. Waarschijnlijk bent u daarvan op de hoogte. Het is uitgebreid in het nieuws. Charlotte Walsh had een verhouding met president Farrington en de politie denkt dat ze door de Slachter van Washington is vermoord, kort nadat mevrouw Walsh naar bed was geweest met...'

'Geen woord meer nu,' zei Tuchman. Ze klonk boos. 'Je herhaalt nu onbevestigde geruchten uit een roddelblad. Geruchten over iemand die ik tot een van mijn beste vrienden reken.'

Brad besloot dat hij niets te verliezen had. Hij haalde diep adem en gooide alle remmen los.

'Ik weet dat president Farrington uw vriend is, maar het kan zijn dat hij betrokken is bij twee moorden. Ik vermoed dat hij seks had met Laurie Erickson en dat mevrouw Erickson zwijggeld heeft gekregen. Ik denk dat Laurie Erickson en Charlotte Walsh vermoord zijn door iemand die voor president Farrington werkt en dat de dader de werkwijze van plaatselijke seriemoordenaars heeft geïmiteerd om de politie op een dwaalspoor te brengen.'

Tuchman keek niet boos meer. Ze leek volkomen verbijsterd.

'Ik weet dat je ongehoorzaam bent, Miller, maar ik had nooit gedacht dat je ook... Ik ben sprakeloos. Ik heb geen woorden voor je absurde gedrag.'

'En wat dacht u van de onafhankelijke aanklager? Het Congres denkt dat de president iets met de dood van Walsh te maken had.'

'Correctie, Miller: een van de twee partijen in het Congres beschuldigt onze president van immoreel gedrag, en die partíj gelooft niet dat Chris schuldig is aan wat dan ook. Ze geloven dat deze heksenjacht alleen maar bedoeld is om Maureen Gaylord aan het presidentschap te helpen.'

Het leek of er zojuist een zware storm over Tuchmans gezicht was getrokken. Misschien had ze daarnet iets grappigs aan Brads theorieën kunnen ontdekken, maar nu was ze haar gevoel voor humor kwijt.

'Even de zaken op een rijtje zetten,' zei ze, voorover leunend en met een priemende vinger naar Brad wijzend. 'Waarschijnlijk heb je je langste tijd bij dit kantoor gehad, maar je gaat niet de tijd die je nog rest besteden aan het verspreiden van roddels over een groot man. Dit kantoor heeft niets te maken met Maureen Gaylords schaamteloze truc. Hoor je wat ik zeg?'

'Ik...'

'Ik heb genoeg tijd verprutst. Ik moet verder met mijn werk. Dit gesprek is afgelopen. Ik neem zo snel mogelijk contact met je op over je toekomst bij Reed, Briggs.'

'Wat ga je nu doen?' vroeg Ginny.

Brad haalde zijn schouders op. Meteen na het gesprek met Tuchman was hij naar haar kantoor gelopen. Daar zaten ze nu met de deur dicht.

'Ik heb wat vrienden bij andere kantoren. Twee daarvan hebben me geholpen bij afspraken voor sollicitatiegesprekken, maar ik weet niet of iemand me nog aanneemt als ze de brieven hebben gelezen die Tuchman over mijn functioneren bij Reed, Briggs gaat opstellen.'

'Je functioneert uitstekend. Susan Tuchman, dat is je probleem. Tuchman is een bekrompen bullebak.'

'Ze is ook een van de meest gerespecteerde advocaten in Portland. Ik moet misschien eens ernstig aan een ander beroep gaan denken, schoenpoetser bijvoorbeeld, of kassier bij een supermarkt.'

'Daar hoef je je geen zorgen over te maken. Iedereen die een sollicitatiegesprek met je voert, begrijpt meteen waarom ze je zo rot behandeld hebben. Je bent ontslagen omdat je het wat al te voortvarend voor een cliënt hebt opgenomen.'

'En omdat ik de president van de Verenigde Staten van moord heb beschuldigd. Je kunt ervan op aan dat Tuchman dat stukje informatie aan iedere toekomstige werkgever die om referenties vraagt doorgeeft.'

'Weet je, ontslagen worden bij Reed, Briggs, is misschien nog niet eens zo slecht. Je past niet echt in het team. Je bent veel te aardig. En je bent slim genoeg om een andere baan te krijgen. Ik heb ook een stuk of wat vrienden. Ik zal ze eens bellen.'

'Dank je.' Brad ging staan. 'Ik ga nu terug naar mijn eigen kantoor. Ik ga proberen mijn bureau op te ruimen, zodat ik naar huis kan.'

'Je kunt vannacht bij mij blijven. Ik wil niet dat je alleen bent.'

'Daar moet ik even over nadenken. Ik bel je wel als ik klaar ben om te vertrekken.'

Brad sjokte met afhangende schouders en zijn hoofd voorover de gang door naar zijn kantoor. Het leek of hij een klap verwachtte. Het geruchtencircuit bij Reed, Briggs werkte snel en hij stelde zich voor dat iedereen die hij passeerde stond te wachten tot hij buiten gehoorafstand was en ze hun fluistercampagne konden voortzetten.

'Brad,' zei zijn secretaresse zodra ze hem zag.

'Wat is er, Sally?'

'Er heeft al een paar keer een dame gebeld. Ze zegt dat ze met je wil spreken, maar ze heeft geen naam of telefoonnummer achtergelaten.'

'Zei ze waar het over ging?'

'Nee, ze zei alleen maar dat ze terug zou bellen.'

'Ik wil nu even met niemand praten. Je hoeft niemand door te verbinden.'

Brad deed de deur van zijn kantoor achter zich dicht, plofte in zijn stoel en keek naar de berg werk op zijn onderlegger. Hij wist dat zijn verbeelding hem parten speelde, maar het was of de stapel hoger leek dan voor zijn gesprek met Susan Tuchman. Konden dossiers zich als konijnen vermenigvuldigen? Het leek er wel op. Hij wist dat er geen eind aan kwam. De ingewanden van Reed, Briggs braakten juridisch werk uit zoals een kwaadaardige Hoorn des Overvloeds rot fruit produceert. Het enige positieve aan zijn situatie was de grote kans dat deze papieren oogst waarschijnlijk over niet al te lange tijd tot het verleden zou behoren. Misschien had Ginny gelijk. Misschien was het geen gek idee om naar een andere baan uit te kijken. Hij zuchtte. Of het nu een goed of een slecht idee was, hij zou hoe dan ook binnenkort van baan veranderen. Maar voorlopig moest hij verder met de oogst, als hij tenminste de salarischeques wilde blijven ontvangen die hij nodig had voor voedsel en onderdak.

Brad liep van kantoor naar huis omdat dat voor hem de enige manier was om aan lichaamsbeweging te komen. Van zijn voornemen om een paar keer per week naar de sportschool te gaan was niets terechtgekomen, omdat hij begraven werd onder de bergen papierwerk waar Susan Tuchman hem mee opzadelde. Hij had eigenlijk naar Ginny's appartement willen gaan, maar hij vond het uiteindelijk verstandiger om een time-out te nemen. Toen hij het op kantoor voor gezien hield, was hij zo moe dat hij alleen nog maar energie had om te slapen.

Brad deed de deur van zijn appartement open, deed het licht aan en sleepte zich naar de keuken om iets te eten klaar te maken. Hij bleef even voor de koelkast staan om naar een tanker te kijken, die over de Willamette in de richting van Swan Island voer. Brad kon dag en nacht genieten van het uitzicht dat hij had. Als de zonsondergang Mount Hood en de Willamette aan het zicht onttrokken, gaven de gloed aan de oostkant van de stad en de lichten van het zich traag voortbewegende scheepsverkeer op de rivier hem een vredig gevoel. Maar plotseling sloeg dit gevoel om in een gevoel van onbehagen. Er was iets mis. Toen Brad de verduisterde woonkamer in tuurde, drong het tot hem door dat zijn uitzicht deels werd belemmerd door het silhouet van een hoofd. Hij sprong achteruit en greep een mes uit de houten standaard op het aanrecht.

Een zwarte gedaante kwam overeind van de bank. 'Leg dat mes neer, meneer Miller. Ik heb een groter wapen dan u.'

De gedaante veranderde in een vrouw met een pistool. Brads hart sloeg een slag over en hij had moeite met ademhalen. De vrouw was lang en atletisch. Ze droeg een strakke spijkerbroek en een zwartsatijnen jasje van de Trailblazers, met daaronder een zwart met rood Trailblazers-T-shirt. Uit de doordringende blik in haar groene ogen en haar grimmige mond begreep Brad meteen dat er niet met haar te spotten viel.

'Geen paniek, meneer Miller. Ik ben Dana Cutler en ik wil alleen maar met u praten. Ik kom u niet vermoorden.'

'Wat heeft dit te betekenen?'

'Het mes,' zei Dana, met haar pistool naar Brads hand wijzend. Hij keek omlaag en zag tot zijn verbazing dat hij het heft nog steeds beethield.

'Laten we dit gesprek in de woonkamer voortzetten,' zei Dana terwijl ze het licht aandeed en gebaarde dat Brad in een van de leunstoelen moest gaan zitten. Ze zei dat hij zijn handen, met de palmen omlaag, op de armleuningen moest houden en ging tegenover hem op de bank zitten.

'Geen plotselinge bewegingen. Ik zou het niet leuk vinden als ik u neer moest schieten.'

Brad keek zenuwachtig naar Dana's pistool. 'Hoe bent u hierbinnen gekomen?'

'Dat was gemakkelijk. U hebt geen alarm en het slot was kinderspel.'

'Als u een inbreker bent, kan ik u zeggen dat ik niets heb wat de moeite van het stelen waard is. En als u een advocaat zoekt: ik behandel geen strafzaken.'

'Daar bent u momenteel mee bezig. Clarence Little.'

Brad verborg zijn verbazing. 'Dat is niet zo,' zei hij. 'Die zaak is me uit handen genomen. Als u daar met iemand over wilt praten bent u aan het verkeerde adres.'

'Wanneer hebben ze u die zaak uit handen genomen?'

'Een paar dagen geleden.'

'Waarom?'

'Mijn leidinggevende vond dat ik er te veel bij betrokken raakte.'

'Betrokken raakte? Hoe bedoelt u?'

'Daar kan ik echt niet met u over praten. Dat zou een inbreuk op mijn geheimhoudingsplicht zijn.'

'Zijn we in de rechtszaal, Brad?' ging Dana op minder formele toon verder. 'Denk je echt dat er regels gelden als degene die je een vraag stelt een geladen pistool op je ballen gericht houdt?'

'Daar zit wat in,' antwoordde Brad zenuwachtig.

'Ik ben blij dat je het met me eens bent. Vertel me nu eens waarom ze je die zaak uit handen hebben genomen. Waar was je mee bezig?'

'Ik was tot de conclusie gekomen dat Clarence Little misschien niet de moordenaar van Laurie Erickson is. Ik was bewijsmateriaal aan het verzamelen om zijn onschuld aan te tonen.'

'Waarom denk je dat Little onschuldig is?' vroeg Dana, nieuwsgierig geworden door de wending die het gesprek nu nam.

'Om te beginnen zei hij dat hij het niet gedaan had.'

'Hij zit in de dodencel. Wat had je verwacht dat hij zou zeggen?'

'Tja… maar hij had bewijs.'

Brad legde uit dat hij de lijken in het bos en de verzameling pinken had gevonden. In zijn verhaal vermeed hij zorgvuldig de naam van Ginny te noemen.

'Heeft de forensisch expert al vingerafdrukken gemaakt?'

'Dat weet ik niet. Ik mag me onder geen enkele voorwaarde nog met de zaak bemoeien. Waarschijnlijk word ik ontslagen om wat ik gedaan heb.'

'Ontgaat me nu iets? Hoe kunnen ze je ontslaan als je probeert te bewijzen dat je cliënt onschuldig is?'

'Er zit meer achter.'

Dana Cutler luisterde aandachtig terwijl Brad haar uitlegde dat Christopher Farrington volgens hem Charles Hawkins opdracht had gegeven om de werkwijze van Clarence Little te imiteren om zo de seriemoordenaar erin te luizen voor de moord op Laurie Erickson en dat hij geloofde dat Hawkins op dezelfde manier te werk was gegaan bij de moord op Charlotte Walsh, waarbij hij de werkwijze van de Slachter had nageaapt.

'Heel interessant,' zei Dana toen Brad was uitgepraat. 'Ik ben tot dezelfde conclusie gekomen.'

'Is dat zo?'

'Ik heb het probleem vanuit een andere hoek benaderd, maar ik vind het veelzeggend dat we allebei op hetzelfde uit zijn gekomen.'

Een nieuwe emotie maakte zich van Brad meester. Angst maakte plaats voor nieuwsgierigheid. 'Eerst inbreken en me dan onder schot houden. Waarom zo'n melodrama?' vroeg hij.

'Er is al een paar keer een aanslag op mijn leven gepleegd. Ik kan dus niet meer overdag in het openbaar met mensen praten. Vanwege de privacy leek dit me de beste oplossing.'

'Wie ben je eigenlijk?'

'Heb je Murdergate gevolgd?' vroeg Dana, de naam noemend die de pers aan het schandaal had gegeven.

Brad knikte.

'Ik ben de fotograaf die de foto's heeft gemaakt die in *Exposed* hebben gestaan, en ik ben ervan overtuigd dat Charles Hawkins in opdracht van de president Walsh en Erickson heeft vermoord.'

'Hawkins is de meest voor de hand liggende verdachte, maar we hebben geen enkel bewijs.'

'Hij moet wel de dader zijn,' hield Dana vol. 'Farrington kan geen van beide vrouwen vermoord hebben, want hij was bij die inzamelingsactie in de bibliotheek van Salem op het moment dat Erickson verdween en toen Walsh vermoord werd was hij óf op de boerderij óf bij de Geheime Dienst óf bij zijn vrouw.'

'Ik denk niet dat de Geheime Dienst zou liegen om een moord te verdoezelen, maar Farringtons vrouw misschien wel.'

'Maar de tijden kloppen niet. Er zijn geloofwaardige getuigen die kunnen vertellen waar Farrington die avond was tot hij zich terugtrok in zijn privévertrekken op het Witte Huis. Als Claire Farrington heeft gelogen toen ze zei dat haar man bij haar in bed lag, zou hij ongemerkt het Witte Huis hebben moeten verlaten. En dan duurt het nog op z'n minst drie kwartier om bij het winkelcentrum te komen. Dus kan hij daar nooit geweest zijn op het moment dat Walsh werd vermoord. Nee, ik denk dat we de president als de feitelijke moordenaar van Walsh kunnen schrappen.'

'Dus jij houdt het op Hawkins?' vroeg Brad.

'Hawkins ging terug naar het huis van de gouverneur om de gegevens voor Farringtons toespraak te halen. Daar was hij alleen met Erickson. Hij ging door de achterdeur naar binnen, die zich naast de deur van de kelder bevindt waar de stortkoker uitkomt. Hij pakt de paperassen voor de toespraak, vermoordt Erickson en laat haar in de koker zakken. En daarna rijdt hij met zijn auto tot voor de deur van de kelder en legt haar in de kofferbak.'

'En Walsh dan?' vroeg Brad. 'Hawkins ging van het hotel naar de boerderij en sprak daar met de president. Als we aannemen dat Farrington hem opdracht heeft gegeven om Walsh te vermoorden, had hij daar dan tijd genoeg voor?'

'Haar auto was onklaar gemaakt. Ze had toch niet weg kunnen rijden.'

'Maar Walsh moet gedood zijn vlak nadat ze bij het winkelcentrum terug was. In de nieuwsberichten werd gezegd dat ze lid was van de wegenwacht, maar die heeft ze niet gebeld. Ze heeft ook niemand anders gebeld om om hulp te vragen of haar op te komen halen.'

'Het kan zijn dat Hawkins naar de boerderij heeft gebeld en iemand heeft gestuurd om Walsh te vermoorden,' zei Cutler. 'Op de avond dat Walsh werd vermoord hebben twee mannen geprobeerd me te doden om de foto's die ik had gemaakt in handen te krijgen, en er zijn nog meer aanslagen op mijn leven gepleegd. We weten dat de president en Hawkins de beschikking hebben over moordenaars, maar daar zit hem juist de kneep.'

Brad keek haar niet-begrijpend aan. 'Dat snap ik niet.'

'Hawkins en de president kunnen nú een beroep doen op de CIA, de commandotroepen en de medewerkers van de militaire inlichtingendienst, maar dat konden ze niet toen Erickson werd vermoord. Farrington was toen nog maar gouverneur van Oregon.'

'Hawkins is bij de commando's geweest. Misschien had hij vriendjes in het leger op wie hij een beroep kon doen.'

'Dat is zo, maar Hawkins was de enige die ze het huis van de gouverneur binnen hebben zien gaan. Hij is degene die beweert dat hij de laatste was die Erickson in leven heeft gezien. Erickson was een tenger meisje. Ze zou iemand als Hawkins niet veel tegenstand hebben kunnen bieden. Als hij bij haar is geweest, had hij daar geen hulp bij nodig. Als Farrington wilde dat Erickson werd vermoord op de avond van de inzamelingsactie in de bibliotheek houd ik het erop dat Hawkins dat gedaan heeft.'

'Weet je dat er misschien sprake kan zijn van een derde moord?'

'Wát?!'

Brad vertelde Dana over het verkeersongeluk dat Rhonda Pulaski het leven had gekost en over de verdwijning van Tim Houston.

'Dat is jammer genoeg allemaal giswerk,' zei hij. 'We hebben geen enkel concreet bewijs dat Hawkins iemand heeft vermoord. We hebben niet eens bewijs dat Farrington en Erickson met elkaar naar bed gingen. De enige die ons daarbij kan helpen is Ericksons moeder Marsha, en die heeft geweigerd om met me te praten.'

'Vertel me daar eens over.'

Zodra Brad klaar was met zijn verhaal over zijn bezoek aan Marsha Erickson ging Dana staan.

'Pak je jas,' zei ze.

'Waar gaan we heen?'

'Naar mevrouw Erickson.'

'Het is nu te laat om daar vanavond nog naartoe te gaan. Ze woont op het platteland. Ze ligt waarschijnlijk te slapen.'

'Als ze dit ziet, is ze meteen wakker,' zei Dana terwijl ze haar pistool optilde. 'Ze mag dan geweigerd hebben om met jou te praten, maar ik verzeker je dat ze wel met mij praat.'

Even voor half twaalf sloeg Brad de weg naar het huis van Marsha Erickson in. Dana zei dat Brad zijn lichten moest doven. Ze reden verder in het maanlicht tot het huis in zicht kwam.

'Hier stoppen,' beval Dana vlak voordat ze de plek bereikten waar de weg overging in de oprijlaan.

'Heb je die auto de vorige keer ook gezien?' vroeg Dana, naar een zwarte suv wijzend, die met de voorkant naar de weg voor de garage stond geparkeerd.

'Nee, maar misschien stond hij toen in de garage.'

'Waarom nu dan niet, en waarom staat hij klaar om er snel mee vandoor te gaan? Ga daar tussen die bomen staan,' zei Dana tegen hem.

Toen ze uit het zicht stonden, haalde Dana het pistool uit de holster aan haar enkel en hield het Brad voor.

'Wat moet ik daarmee?' vroeg hij, zonder aanstalten te maken het wapen aan te nemen.

'Weet je hoe je moet schieten?'

'Nee. Ik heb nog nooit een wapen zelfs maar vastgehouden.'

'Als je het moet gebruiken, richt dan op de borst en blijf schieten.'

'Ik ga niet iemand neerschieten,' zei Brad geschrokken.

'Brad, ik hoop in godsnaam dat die suv van Marsha Erickson is, want de lieden die mij achternazitten zullen niet aarzelen om je te vermoorden. Dus zet die slappe houding over wapenbezit maar snel van je af.'

Brad staarde even naar het wapen en greep het toen beet met hetzelfde enthousiasme dat hij ook getoond zou hebben als Dana hem een dood dier had gegeven. Ze stapte uit Brads auto.

'Als je schoten hoort, bel dan het alarmnummer, maak melding van een inbraak en maak dat je wegkomt. Onder geen voorwaarde kom je achter me aan naar binnen. Begrijp je dat?'

'Ja, maar…'

'Geen gemaar. Als je schoten hoort, meteen ervandoor.'

Dana deed het portier dicht en rende naar de achterkant van Marsha Ericksons huis. Toen ze de hoek omsloeg, hoorde ze een hoge gil. De woonkamer had een schuifdeur die uitkwam op een terras achter het huis. Het slot was geforceerd en de deur stond ver genoeg open om haar binnen te laten. In de woonkamer was het donker, maar vanuit een kleine gang viel wat licht naar binnen.

'Breng haar naar de woonkamer,' hoorde Dana iemand zeggen. De stem klonk haar bekend in de oren, maar ze had geen tijd om te bedenken waar ze hem eerder had gehoord. Ze dook weg achter een grote leunstoel en ging op haar hurken zitten. Een paar tellen later sleepte een gezette kerel Marsha Erickson de woonkamer binnen. Haar handen en haar enkels zaten met plastic handboeien vast, maar ze bood behoorlijk tegenstand. De man moest zich schrap zetten om haar over het tapijt te kunnen slepen. De blonde man uit haar appartement, dezelfde die Dana vanuit de speedboot had beschoten, kwam achter Erickson de woonkamer binnen.

'Help me eens met dat kreng. Ze weegt verdomme een ton,' klaagde Ericksons belager.

De blonde man gaf Erickson een harde klap in haar maagstreek. Ze staakte haar verzet omdat ze naar adem moest happen. De blonde kerel pakte haar benen en hielp zijn collega om hun slachtoffer op het vloerkleed in de woonkamer te leggen. Toen knielde hij bij haar hoofd en praatte tegen haar op de kalme toon waarop je tegen een tegenstribbelend kind spreekt.

'Gedraag je, dikzak, dan hoef je ook geen pijn te lijden. Als je lastig gaat doen, duurt het heel lang voordat je doodgaat. Begrepen?'

Erickson was weer op adem gekomen. Ze kreunde van ja.

'Goed zo,' zei de blonde man. Toen sloeg hij met een gehandschoende vuist keihard op Ericksons neus. Dana hoorde kraakbeen breken. Bloed spoot op de vloer.

'Dat is omdat je het ons lastig hebt gemaakt.'

De blonde wendde zich tot zijn metgezel. 'Sla het een en ander aan stukken. Het moet op een inbraak lijken.'

De dikke liep naar het televisietoestel. Dana ging staan en schoot hem neer. Hij had de grond nog niet geraakt toen de blonde achter de bank wegdook. Haar tweede schot ging er ver naast en versplinterde een vaas. De blonde schoot terug. Dana had het gevoel dat haar linker-schouder door een penhamer werd verbrijzeld. Ze viel op haar rug. Haar pistool vloog uit haar hand.

'Jij!' zei de blonde terwijl hij op haar af kwam.

'Ik had je dood moeten schieten toen ik de kans had,' zei Dana, haar gezicht vertrokken van de pijn.

'Moeten, willen, kunnen,' zei de man lachend. 'We hebben allemaal wel ergens spijt van. Ik heb er spijt van dat ik je niet genaaid heb toen ik de kans had. Nu doet die mogelijkheid zich weer voor, maar je zit helemaal onder het bloed en, geloof me of niet, dan krijg ik hem niet overeind. Ik denk dat ik je dan maar dood moet schieten.'

Achter de schouder van de blonde man zag Dana Brad over het ter-ras kruipen. Ze trok haar benen op en ging in foetushouding liggen.

'Niet schieten, alsjeblieft,' smeekte ze terwijl haar hand naar haar enkel gleed.

'O, o, lieverd. Ken je dat oude gezegde "een ezel stoot zich in 't ge-meen…"? De eerste keer was dat pistool aan je enkel een pracht-vondst, maar dat lukt je geen tweede keer. Doe langzaam je broekspijp omhoog en gooi dat ding deze kant uit.'

'Ik heb daar geen pistool.'

'Neem me niet kwalijk als ik je niet geloof.'

Dana schoof langzaam haar broekspijp omhoog. 'Waar is het?' vroeg de man dreigend.

'Handen omhoog,' zei Brad. Zijn stem beefde zo erg dat hij de woorden amper uit kon brengen.

'Niet lullen! Schieten!' gilde Dana naar Brad, die het pistool uit de holster aan Dana's enkel met beide handen beethield en moeite moest doen om het stil te houden.

De blonde draaide zich vliegensvlug om en schoot. Een kogel vloog rakelings langs Brads oor. Het glas van de schuifdeur spatte aan scher-ven. Brad deed zijn ogen dicht en haalde net zolang de trekker over tot de hamer een lege kamer raakte. Toen hij zijn ogen opendeed, stond er niemand meer voor hem. Hij keek omlaag en voelde zijn knieën knik-ken. De blonde man lag languit op de vloer. Hij lag met zijn hoofd voorover en kreunde.

'Mijn god! Ik heb hem neergeknald,' zei Brad. Hij liet het pistool vallen en tastte naar de muur om zichzelf overeind te kunnen houden.

'Je hoeft jezelf niet op de borst te slaan,' zei Dana met haar tanden op elkaar. 'Je schoot steeds mis. Eigenlijk een hele prestatie, om van minder dan drie meter te missen. Maar je zorgde voor afleiding. Terwijl hij met jou bezig was, heb ik mijn pistool weer kunnen pakken.'

Brad leek teleurgesteld. Dana sloeg haar ogen ten hemel. 'Pak het pistool van die klootzak en bel het alarmnummer, zoals ik je gezegd heb. En zorg dat er een ambulance voor mij en mevrouw Erickson komt.'

Met heel veel moeite lukte het Dana om zich half overeind te hijsen en met haar rug tegen de bank te gaan zitten, zodat ze de blonde in het oog kon houden terwijl Brad behoedzaam in de richting van de gewonde man schuifelde.

'Ik heb hem zes keer geraakt, verdomme,' zei Dana. 'Je hoeft alleen maar zijn pistool te pakken.'

'Sorry hoor, maar ik heb nog nooit een schietpartij meegemaakt. Ik ben een beetje van slag.'

'Wat jij bent is een idioot. Heb ik niet gezegd dat je moest maken dat je wegkwam als je schoten hoorde?'

'Ik ben een idioot,' zei Brad terwijl hij het pistool van de gewonde pakte, 'maar het is toch allemaal goed afgelopen, of niet soms?'

Dana zuchtte. 'Ja hoor. Ik ben je erg dankbaar. Bel nu de ziekenauto.'

Brad belde het alarmnummer vanaf zijn mobiel. Hij had een licht gevoel in zijn hoofd en hij was een beetje misselijk, maar hij wist zichzelf in bedwang te houden terwijl hij met de coördinator sprak. Zodra het gesprek was afgelopen, bukte hij zich om de plastic handboeien van mevrouw Erickson los te maken.

'Gaat het een beetje?' vroeg hij.

Het gezicht van Marsha Erickson was een bloederige massa en ze kon zich amper concentreren. Brad had een rotgevoel. Hij was ervan overtuigd dat zijn eerste bezoek de aanleiding was geweest tot de reeks gebeurtenissen die tot haar mishandeling hadden geleid. Toen Erickson hem herkende zette ze grote ogen op.

'Jij!'

'Het spijt me vreselijk, echt waar.'

'Wat heb je me aangedaan?'

'Ik heb niemand iets aangedaan. Christopher Farrington heeft de kerels gestuurd die u kwamen vermoorden. Als wij er niet geweest waren, was u nu dood geweest.'

'Er zou hier niemand naartoe zijn gekomen als jij je hier nooit had laten zien.'

'Dat is onzin,' zei Dana. 'U bent een risico dat Christopher Farrington uit de weg wilde ruimen. Hij zou ook geprobeerd hebben u te vermoorden als Miller u niet had bezocht. Als u in leven wilt blijven is het beter dat u nadenkt over wat u over uw dochter en de president weet en daarover praat.'

Dana werd suf van de pijn en ze had moeite om haar pistool op de blonde gericht te houden. Ze wist dat ze bewusteloos zou kunnen raken, en dat zou betekenen dat Brad Miller de zaak in de hand moest houden. Ze had er niet veel vertrouwen in dat hij daartoe in staat was. Als de gewonde man ook maar enigszins tot vechten in staat was, zou Brad zonder meer het onderspit delven.

En dan was er ook nog het probleem met de politie. De mensen uit de buurt zouden nooit geloven dat de mannen die ze had neergeschoten door de president waren gestuurd. Ze zouden het beschouwen als een uit de hand gelopen inbraak. Als mevrouw Erickson zich tegen hen keerde, zou de politie haar en Brad zelfs kunnen arresteren. Dana besloot het erop te wagen. Ze diepte haar portefeuille op en smeet die naar Brad.

'Er zit een kaartje in met het nummer van Keith Evans, een agent van de FBI die voor de onafhankelijke aanklager werkt. Bel hem en geef me dan de telefoon. Als ik bewusteloos raak, zeg dan tegen hem dat we de man te pakken hebben die vanuit de speedboot op hem heeft geschoten. Zeg dat hij snel iemand stuurt om het van de plaatselijke politie over te nemen als hij getuigen wil hebben die de president met de moord op Charlotte Walsh in verband kunnen brengen.'

Brad belde het nummer. Nadat de telefoon drie keer was overgegaan nam Evans op. Brad gaf de telefoon aan Dana. Ze legde het pistool naast zich neer en pakte hem aan.

'Agent Evans, met Dana Cutler hier. Brad Miller, een medewerker van een advocatenkantoor uit Portland, is hier bij me. Ik heb net twee mannen neergeschoten die probeerden om Marsha Erickson te vermoorden, een getuige die kan bewijzen dat de president betrokken was bij een moord in Oregon toen hij nog gouverneur was.'

'Dat is niet waar,' gilde Marsha Erickson.

Dana hield haar hand over het mobieltje. 'Nog één kik en ik laat mijn vriend tape over uw mond plakken.'

Dana haalde haar hand weg. 'Ik wil dat je hier snel een paar agenten naartoe stuurt, want de plaatselijke politie is al onderweg. Brad zal je wel vertellen naar welk ziekenhuis ze mij en Marsha Erickson brengen. Zet bewakers neer bij onze kamers en bij de kamer waar ze de overlevende naartoe brengen. Dat is de kerel die ons vanaf die speedboot heeft beschoten.'

'Waar ben je nu?'

Dana gaf hem het adres en vertelde hem hoe hij er moest komen. Vervolgens liet ze Brad het nummer van Marsha Ericksons vaste lijn oplezen en gaf dat aan Evans door.

'Ik ben bereid om mee te werken,' zei Dana. 'Maar ik wil bescherming voor mezelf, voor Miller en voor de getuige.'

'Is alles in orde met je?' vroeg Evans. 'Je klinkt een beetje vreemd.'

'Nee, want ik heb een bloedende schouderwond en misschien raak ik bewusteloos. Maar ik hoor sirenen en ik denk wel dat het in orde komt. Niet verder praten, maar snel een paar agenten hierheen sturen. En wees er zeker van dat je ze kunt vertrouwen, want de president zal op z'n minst proberen om de touwtjes weer in handen te krijgen. In het ergste geval wil hij ons allemaal laten vermoorden.'

38

Brad liep op en neer door de gang op de vierde verdieping van het Medisch Centrum St. Francis in afwachting van de resultaten van Dana Cutlers operatie toen de liftdeuren opengingen en Susan Tuchman naar buiten stormde. Ze wierp Brad een vernietigende blik toe. Hij kon bijna het rode puntje ter hoogte van zijn hart zien waarop Tuchman haar dodelijke laserstraal ging afvuren.

'Wat heb ik gezegd dat er zou gebeuren als ik merkte dat je weer aan de zaak-Little zat te knoeien?' zei Tuchman terwijl ze op hem af stormde.

Brad bleef volkomen kalm onder haar woede-uitbarsting. Tot nu toe hadden Brads confrontaties met Susan Tuchman hem nerveus of depressief gemaakt, maar nu miste het verbale geschut van de woedende advocate de kracht om iemand die zojuist een schietpartij met echte kogels had overleefd nog schrik aan te jagen.

'Heb je mijn vraag gehoord, Miller?' vroeg Tuchman terwijl ze een paar centimeter voor hem bleef staan.

'Wat komt u hier doen?'

'In plaats van je zorgen te maken over wat ík hier kom doen, kun je je beter zorgen maken over waar jíj morgen moet gaan werken. Laat ik je geruststellen. Je hoeft je geen zorgen meer te maken over je aanstelling bij Reed, Briggs. Vanaf dit moment ben je niet meer bij ons in dienst. Je bent ontslagen.'

'Prima,' zei Brad koeltjes. 'Voor een stelletje slavendrijvers werken vond ik toch al niet zo leuk.'

Tuchman knipperde met haar ogen. Dit was helemaal niet de reactie die ze had verwacht.

'Ik wil nog wel een antwoord op mijn vraag,' hield Brad vol. 'Waarom duikt u plotseling midden in de nacht in dit ziekenhuis op?'

'Daar heb jij niets mee te maken, Miller.'

'Heeft uw vriendje bij Kendall, Barrett soms gezegd dat u Marsha Erickson het zwijgen op moet leggen?'

'Dit gesprek is afgelopen,' zei Tuchman terwijl ze langs hem heen liep.

'Mevrouw Erickson zou dood zijn geweest als ik ook maar enige aandacht had geschonken aan uw onethische opdracht om de mogelijke onschuld van een cliënt van Reed, Briggs te negeren,' riep Brad haar na, maar Tuchman luisterde niet meer en liep door naar de verplegerspost.

Brad wilde dat hij Tuchman kon dwingen te antwoorden, maar zo veel macht had hij niet. Zijn baan was hij kwijt, en daarmee zijn salaris en het eventuele aanzien dat een medewerker van Reed, Briggs genoot. Hij was ontslagen, wat gevolgen kon hebben voor zijn toekomst in de advocatuur. Het kon Brad niets schelen. Hij had zijn waardigheid en zijn integriteit, en hij was, om eerlijk te zijn, opgelucht dat hij niet meer bezig hoefde te zijn met veertien uur per dag saaie problemen oplossen voor een stelletje egotrippers die daar toch geen waardering voor hadden.

De liftdeuren gingen weer open. Er kwam een grote, kalende man met rossig haar naar buiten stappen, die beantwoordde aan de beschrijving die Dana Cutler hem van Keith Evans had gegeven. Hij had een erg aantrekkelijke vrouw met afschuwelijke hechtingen op haar rechterwang bij zich.

'Agent Evans?' vroeg Brad.

De man bleef staan. 'Bent u Brad Miller?'

'Ja.'

'Aangenaam kennis te maken. Dit is mijn collega Margaret Sparks. We zijn zo snel mogelijk hierheen kom vliegen. Hoe gaat het met Dana Cutler?'

'Ze zijn haar aan het opereren. Ze is in haar schouder geschoten. De dokter zei dat er sprake was van hevig bloedverlies, maar dat ze er wel doorheen komt. Hij kon alleen nog niet zeggen hoe ernstig die schouderwond was.'

'Kunt u me vertellen wat hier gebeurd is?'

'Dat kan wel wachten tot we Susan Tuchman hebben tegengehouden. Ze heeft een machtspositie bij Reed, Briggs, het grootste advocatenkantoor in heel Oregon. Ik ben er zeker van dat ze op weg is naar de kamer van Marsha Erickson om te proberen te voorkomen dat ze met u praat.'

Evans glimlachte. 'Dat zal haar niet meevallen.'

Toen ze bij de kamer van Marsha Erickson aankwamen, stond Susan Tuchman woedend uit te varen tegen een stevig gebouwde jonge man die voor de deur van de patiëntenkamer stond.

'Ik begrijp dat u advocaat bent, mevrouw, maar ik mag alleen medisch personeel toelaten,' zei Ericksons bewaker.

'Geef me de naam van je chef,' eiste Tuchman.

'Hallo. Ik ben Keith Evans en ik heb opdracht gegeven om mevrouw Erickson te bewaken. Wat is het probleem?'

Tuchmans woede sloeg om in verwarring toen ze Brad naast Evans zag staan, maar ze herstelde zich snel.

'Ik ben Susan Tuchman, de advocaat van mevrouw Erickson, en ik heb het recht om met haar te spreken.'

'Misschien wel, als ze gearresteerd zou zijn, maar ze is een slachtoffer en heeft dus geen advocaat nodig.'

'Dat kan ik het best beoordelen,' zei Tuchman.

Evans glimlachte geduldig. 'In dit geval niet, mevrouw Tuchman. Een echte rechter zal moeten beoordelen of u mevrouw Erickson kunt bezoeken. Maar ik ben wel nieuwsgierig. Hebt u mevrouw Erickson in het verleden vertegenwoordigd?'

'Nee.'

'Hoe komt u er dan bij dat u de advocaat van mevrouw Erickson bent?'

'Dat valt onder mijn geheimhoudingsplicht.'

Evans knikte. 'Dat respecteer ik. Maar ik begrijp het toch nog niet helemaal. Ik heb contact gehad met de politie en met de agenten die ik naar het huis van mevrouw Erickson had gestuurd. Ik heb ook met het ziekenhuis gesproken. Volgens mijn informatie heeft mevrouw Erickson vannacht geen telefoongesprekken gevoerd. Als u haar nooit hebt vertegenwoordigd en ze u ook niet heeft gevraagd om hierheen te komen, waarom zouden we u dan bij haar toelaten?'

Voor de eerste keer sinds Brad haar had leren kennen maakte Tuchman een onzekere indruk. Het leek of ze niet wist wat ze moest zeggen. Evans glimlachte weer.

'Het spijt me dat het ten koste van uw nachtrust gaat, mevrouw Tuchman, maar momenteel kunt u hier niet veel doen.'

'Ik ben gebeld door Morton Rickstein van Kendall, Barrett, een advocatenkantoor uit Washington. Misschien hebt u daar wel eens van gehoord?'

'Dat heb ik zeker,' zei Evans.

'Kendall, Barrett vertegenwoordigt mevrouw Erickson en de heer Rickstein heeft me gevraagd de zaken waar te nemen tot hij zelf hier kan zijn. Ik hoop dat dat voldoende voor u is, agent Evans. En nu wil ik graag met mijn cliënt spreken.'

'Er is nog een probleem. Als mevrouw Erickson niet om hulp heeft gebeld, kan ze ook de heer Rickstein niet gevraagd hebben om haar bij te staan. We zijn dus terug bij af. Als u me nu wilt excuseren? Ik heb nog het een en ander te doen.'

Tuchman was woedend, maar ze was slim genoeg om te weten wanneer ze terug moest krabbelen.

'Ik zal contact opnemen met uw meerderen, agent Evans. Goedenacht.'

'Het ziet ernaar uit dat u nu eens één keer niet uw zin krijgt,' zei Brad.

Tuchman keek hem woedend aan en beende er zonder verder nog een woord te zeggen vandoor. Evans wendde zich tot Brad.

'Voordat ik met mevrouw Erickson ga praten, lijkt het me een goed idee dat u me vertelt waarom u denkt dat president Farrington betrokken was bij de moord op haar dochter.'

Marsha Erickson was er slecht aan toe. Haar gebroken neus zat in het verband en haar rechterwang was gehecht. Toen Evans en Sparks haar kamer betraden, volgde ze de agenten met een wantrouwende blik in haar bezeerde, bloeddoorlopen ogen.

'Goedenavond, mevrouw Erickson. Hoe voelt u zich?' zei Evans.

'Wie bent u?' vroeg ze.

Evans hoorde hoe haar stem beefde en glimlachte vriendelijk om haar gerust te stellen. Hij was er zeker van dat ze had liggen huilen.

'U hoeft niet bang voor ons te zijn. Ik ben Keith Evans. Ik ben agent bij de FBI en werk op het bureau van de onafhankelijke aanklager. Dit is Margaret Sparks, mijn collega. Wij zijn hier om u te beschermen tegen de lieden die u proberen te vermoorden. Ik heb geregeld dat er agenten voor uw deur staan zolang u in het ziekenhuis ligt en ik ben gekomen om u bescherming te bieden als u ontslagen wordt.'

'Wat moet ik daar voor doen?' vroeg Erickson. Naast achterdocht klonk er nu ook angst in haar stem door.

'Mevrouw Erickson, het Amerikaanse Congres heeft ons kantoor opgedragen om vast te stellen of president Farrington eventueel betrokken is geweest bij de moord op een jonge vrouw, Charlotte Walsh. Ik neem aan dat u daarvan op de hoogte bent omdat het overal voorpaginanieuws is geweest.'

Erickson knikte voorzichtig.

'Hebt u van de Slachter van Washington, de seriemoordenaar, gehoord?'

Erickson knikte weer.

'We gingen er aanvankelijk van uit dat mevrouw Walsh een van de slachtoffers van de Slachter was. Nu denken we dat degene die haar vermoord heeft de werkwijze van de Slachter heeft nageaapt om ons om de tuin te leiden. We hebben ook bewijzen die lijken aan te tonen dat president Farrington een verhouding met mevrouw Walsh had.'

'Wat heeft dat met mij te maken?'

'Een andere seriemoordenaar, een zekere Clarence Little, is veroordeeld wegens de ontvoering van en de moord op uw dochter terwijl ze bij Christopher Farrington aan het babysitten was toen hij nog gouverneur van Oregon was. We hebben bewijzen die suggereren dat Laurie door iemand anders is vermoord, die daarbij de werkwijze van Little op dezelfde manier heeft nagebootst als degene die mogelijk de werkwijze van de Slachter in de zaak-Walsh heeft geïmiteerd.

Ik weet dat u een heel moeilijke tijd achter de rug hebt. U hebt de dood van een kind moeten verwerken, en ook nog deze brute aanslag. Ik wil u niet nog meer pijn veroorzaken, maar ik moet deze vraag stellen. Hebt u enige reden om aan te nemen dat president Farrington een intieme verhouding met uw dochter had?'

'Daar kan ik niets over zeggen.'

'Dat zal helaas wel moeten, en wel om verschillende redenen. De voornaamste is dat u in leven blijft als u ons de waarheid vertelt. Ik weet wat zich in uw huis heeft afgespeeld. Als Dana Cutler en Brad Miller u niet gered hadden, was u nu dood geweest. Als u Christopher Farrington blijft beschermen, en als blijkt dat hij achter die aanslag zat, zal dat u niet helpen om in leven te blijven. Het zal hem altijd beter uitkomen als u er niet meer bent. Dan kunt u namelijk nooit vertellen wat u weet.

En u kunt uw geheim toch niet bewaren, want de onafhankelijke aanklager kan u dagvaarden. Ik kan u altijd voor een onderzoeksjury laten verschijnen. Als u de vragen die daar gesteld worden niet beantwoordt, kunt u wegens obstructie naar de gevangenis gestuurd worden. Van die mogelijkheid maak ik liever geen gebruik omdat ik het vreselijk vind wat u allemaal hebt meegemaakt. Het zou wreed zijn om u op die manier te straffen. Maar ik ben bereid om te doen wat ik moet doen om erachter te komen wat u weet.

Als u erover nadenkt, zult u zien dat uw belangen en onze belangen dezelfde zijn. We willen allebei dat u in leven blijft. Denkt u ook eens na over het volgende: als we eenmaal weten wat u weet, heeft de president geen enkele reden om u te vermoorden omdat het dan geen geheim meer is. Wat hebt u daarop te zeggen?'

Erickson keek omlaag naar haar deken en Evans gunde haar de tijd om na te denken. Toen ze opkeek, stonden haar ogen vol tranen.

'Ik weet niet wat ik moet doen. Hij was zo goed voor me en hij zei dat hij dat allemaal niet had gedaan. Hij zei dat hij me het geld gaf omdat ik altijd een goede secretaresse was geweest en omdat hij het vreselijk vond dat Laurie uit zijn huis was ontvoerd.'

'Maar u had toch ook reden om hem niet te geloven?' vroeg Evans vriendelijk.

Erickson beet op haar lip. Toen knikte ze.

'Waarom geloofde u niet dat Farrington de waarheid sprak?'

Erickson probeerde te spreken, maar haar stem was verstikt. Er stond een glas water op haar nachtkastje. Sparks gaf het aan haar. Ze nam een slokje. Toen kneep ze haar ogen dicht en begon te huilen.

'Ze was alles wat ik had. Ze was zo lief. Toen ze zei dat ze…' Erickson schudde haar hoofd. 'Ik voel me zo schuldig. Ik wilde haar niet geloven. Ik zei dat ze loog en dreigde dat ik haar zou straffen als ze ooit weer zoiets zei. Maar ze had nog nooit eerder tegen me gelogen. Niet over iets belangrijks. Ik had haar moeten geloven.'

'Wat heeft ze u verteld, mevrouw Erickson?' vroeg Evans.

'Ze zei dat… ze zei dat Chris… dat de gouverneur haar lastig had gevallen.'

'Wanneer was dat?'

'Maanden eerder. Ik weet niet meer precies wanneer, maar maanden voordat ze…'

'Neem rustig de tijd.'

Erickson nam nog een slokje water.

'Kunt u ons precies vertellen wat uw dochter u heeft verteld? Heeft ze aangegeven op welke manier gouverneur Farrington haar lastigviel?'

Erickson knikte. 'Ze zei dat hij haar op bepaalde plaatsen aanraakte, haar borsten. Soms sloeg hij een arm om haar schouders en trok haar dicht tegen zich aan. Ze zei dat hij ook een keer heeft geprobeerd haar te kussen.'

'Zei ze dat ze zich had verzet?'

'Ja, ze zei dat ze het niet fijn vond.'

'Hoe reageerde ze toen u tegen haar zei dat u dacht dat ze loog?'

'Ze was erg overstuur. Ze huilde en ze… ze vloekte tegen me.'

'Hebt u het er later nog wel eens met haar over gehad?'

'Nee.'

'Heeft zij er nog iets over gezegd?'

'Nee.' Erickson schudde haar hoofd en nam nog wat water. In haar ogen blonken tranen. 'Ik had haar moeten geloven, maar ik was bang. En in het begin geloofde ik haar ook niet. Chris was altijd zo goed voor me… voor ons. Toen mijn man ervandoor ging, heeft Chris ervoor gezorgd dat ik financieel niets tekortkwam. Hij heeft de scheiding gratis behandeld. Hij was ook goed voor Laurie. Hij kocht mooie verjaardagscadeaus voor haar en…'

Erickson zweeg. Ze leek volkomen uitgeput.

'Hebt u gemerkt u dat uw dochter zich tussen de tijd dat ze haar beklag deed en het moment van haar dood anders ging gedragen?'

'Ja. Ze werd afstandelijker, koeler. Ze begon make-up te gebruiken en zich anders te kleden, meer volwassen.'

'Hoe bedoelt u?'

'Uitdagender.'

'Sexyer?' vroeg Sparks.

'Ja. En ze gedroeg zich ook, hoe zal ik het zeggen, meer als een volwassene. Ik ergerde me aan haar gedrag, maar als ik er met haar over sprak, draaide dat altijd op ruzie uit.'

'Heeft ze het ooit nog over de gouverneur gehad? Klaagde ze over hem?'

Erickson schudde haar hoofd.

'Mevrouw Erickson,' zei Evans, 'ik heb geruchten over een ander meisje gehoord, die mogelijk ook door de heer Farrington lastig is gevallen, een zekere Rhonda Pulaski. Is u daar iets van bekend?'

Erickson keek Evans niet rechtstreeks aan. 'Daar heb ik iets over gehoord toen ik als secretaresse voor hem werkte. Hij was haar advocaat. Er gingen geruchten, maar daar geloofde ik ook niets van.'

'U hoeft uzelf niets te verwijten,' zei Evans. 'Het is altijd moeilijk om het ergste te geloven over iemand die je goed kent.'

Erickson reageerde niet.

'Mevrouw Erickson, u zei dat de heer Farrington u na de dood van uw dochter geld heeft gegeven.'

'Ja.'

'Waren er voorwaarden verbonden aan die betalingen?'

'Ik moest beloven dat ik nooit tegen iemand zou zeggen dat ik geld van hem had gekregen en ik moest beloven dat ik nooit met iemand over Laurie en de gouverneur zou praten. Als ik dat toch deed, zouden de betalingen worden stopgezet. Daarom was ik bang toen die advocaat aan de deur kwam.'

'Brad Miller?'

'Ja. Dat geld is alles wat ik heb. En het huis. President Farrington is de eigenaar van mijn huis. Dat zou ik dan ook kwijtraken.'

'Van wie kreeg u het geld?'

'Van Dale Perry. Hij was advocaat bij Kendall, Barrett in Washington. Ik heb gehoord dat hij dood is.'

'Dat klopt.'

'Hij kwam uit Oregon. Hij heeft samen met Chris gestudeerd. Hij zei me dat de gouverneur vanuit de goedheid van zijn hart handelde, dat het niet iets was wat hij per se hoefde te doen. Het was om mij te helpen.'

'Hebt u een overeenkomst getekend toen u het geld kreeg?'

'Ja.'

'Dus het staat zwart-op-wit?'

'Ja.'

'Hebt u een kopie van dat document?'

'Meneer Perry zei dat hij me een kopie zou sturen, maar dat heeft hij nooit gedaan.'

'Hebt u erom gevraagd?'

'Ik had het zo druk met de begrafenis en alles daaromheen dat me dat even ontschoot. Maar daarna kwam het geld iedere maand binnen en dacht ik dat ik geen overeenkomst nodig had.'

Evans wist zijn opwinding te onderdrukken. Hij zou het document laten dagvaarden om aan te tonen dat Farrington Erickson zwijggeld had betaald en hij zou ook de bankafschriften laten dagvaarden waarop de betalingen stonden vermeld. Hij stond op het punt de ondervraging van mevrouw Erickson voort te zetten toen de deur openging en een fors gebouwde agent zijn hoofd om de hoek stak.

'We hebben een probleem. De onbekende arrestant heeft een advocaat ingeschakeld.'

'Hoe is dat mogelijk?' vroeg Evans. 'Ik heb duidelijke instructies gegeven dat hij niet naar buiten mocht bellen.'

'Hij heeft niet gebeld. Hij is nog steeds buiten kennis. Die kerel kwam gewoon binnenlopen. Hij zegt dat hij Joseph Aiello heet en dat de arrestant hem een voorschot heeft betaald.'

'Het lijkt wel een circus,' zei Sparks. 'Er komen alleen geen clowns uit het autootje, maar advocaten.'

Evans fronste zijn voorhoofd. Sparks had gelijk. Er doken te veel advocaten op, en allemaal op veel te korte termijn. Hoe wist Rickstein, die bijna vijfduizend kilometer uit de buurt woonde, iets over een schietpartij in de rimboe van Oregon? Waarom had iemand hem daar in de kleine uurtjes van de ochtend van op de hoogte gebracht? Degene die de anonieme arrestant had uitgestuurd om Marsha Erickson te vermoorden moest hebben begrepen dat er iets niet in orde was toen de anonymus niet terug had gerapporteerd. Hij zou er door naar de politieradio te luisteren ook achter kunnen zijn gekomen dat 'meneer X' was neergeschoten en zich in het Medisch Centrum St. Francis bevond. En dat betekende…

Evans wendde zich tot de agent. 'Als jij hier bent, wie staat er dan bij de kamer van de arrestant op wacht?'

De agent keek Evans nerveus aan. 'Ik heb gezegd dat hij niet naar binnen mocht.'

'Verdomme. Maggie, blijf jij hier, dan ga ik dit even regelen.'

Evans liep achter de agent aan de gang door.

'Dat is hem,' zei de agent, naar een kale, zwaar gebouwde man wijzend, die gekleed was in een duur driedelig kostuum en een montuurloze bril droeg. De man hinkte weg uit de kamer van de anonieme arrestant. Meteen nadat de agent had gesproken, draaide Aiello zich naar hen om en schoot. Evans dook weg achter een karretje met een stapel handdoeken en trok zijn pistool. Hij had geen schot gehoord, maar de agent was in elkaar gezakt en er stroomde bloed uit een groot gat tussen zijn ogen.

Een geluiddemper, dacht Evans. Dat betekende dat hij met een beroepsmoordenaar te maken had en ook dat de anonieme arrestant waarschijnlijk dood was.

Evans keek vanachter het karretje en zag Aiello de hoek om hinken. Hij rende hem achterna. Op het moment dat hij de hoek om sloeg, botste Aiello tegen een verpleegkundige op. Ze viel achterover en Aiello probeerde de deur van een uitgang te openen. Evans schoot. Het geluid van zijn schoten weerkaatste door de gang. De verpleegkundige begon te gillen en Aiello zakte op de vloer in elkaar. Evans liep naar de huurmoordenaar toe. Een paar tellen later kwam Maggie Sparks de hoek om rennen.

39

Voor zover hij zich kon herinneren had Brad op de plaats van het misdrijf zijn verhaal verteld aan vertegenwoordigers van de politie van Oregon, twee agenten, een rechercheur en een substituut-officier van justitie uit het district waar de schietpartij had plaatsgevonden. Hij kon zich ook herinneren dat hij in het ziekenhuis niet alleen ondervraagd was door agenten Sparks en Evans, maar ook door een hulpofficier van de federale justitie, maar hij was er zeker van dat hij iemand was vergeten. Tegen de tijd dat Brad klaar was met de laatste geïnteresseerde vertegenwoordiger van de uitvoerende macht te vertellen wat er in het huis van Marsha Erickson gebeurd was, was hij volkomen uitgeput.

Tussen de vraaggesprekken door had Brad Ginny gebeld en haar genoeg over het gebeurde verteld om haar van streek te brengen. Hij had haar verzekerd dat alles met hem in orde was en haar beloofd dat hij zo snel mogelijk langs zou komen. Dat was de reden dat Brad, zodra Evans tegen hem had gezegd dat hij naar huis kon gaan, naar Ginny's appartement reed. Hoewel het half vier in de ochtend was, deed Ginny de deur open voordat Brad goed en wel had aangeklopt. Ze sloeg haar armen om zijn nek en er volgde een stevige omhelzing.

'Alles in orde, zie je wel? Geen schrammetje,' verzekerde hij haar.

'Ik heb er nooit bij stilgestaan dat ik je leven in gevaar zou brengen toen ik volhield dat we Littles bewering moesten onderzoeken. Ik ben zo blij dat het nu voorbij is.'

'Het is voorbij, en op meer dan één manier. Ik liep in het ziekenhuis Susan Tuchman tegen het lijf.'

'Wat kwam zij daar doen?'

'Rickstein, die advocaat van dat kantoor in Washington, had haar gestuurd om Marsha Erickson bij te staan, maar de FBI wilde Tuchman niet bij haar toelaten. Ze was pisnijdig toen ze vertrok.'

'Dat zal best.'

'Ik was de eerste die ze zag toen ze uit de lift stapte. Je kunt een heleboel van Tuchman zeggen, maar dom is ze beslist niet. Ze begreep meteen dat ik haar instructie om me niet meer met de zaak-Little te bemoeien had genegeerd en dus heeft ze me ter plekke ontslag aangezegd.'

'O, Brad. Wat erg voor je.'

'Ik vind het niet erg, hoor. Het was te verwachten. Ik ben eigenlijk best blij dat ik bij Reed, Briggs weg ben. Ik paste niet in het team. Het enige waar ik me zorgen over maak, is dat Tuchman kwaad over me gaat spreken, zodat ik nooit meer als advocaat aan de bak kom. Maar ik kan natuurlijk altijd nog voor mezelf beginnen.'

'Maak je geen zorgen over een baan. Uit wat je me via de telefoon verteld hebt, maak ik op dat je Marsha Ericksons leven hebt gered. Je bent een held. De mensen zullen je bewonderen om wat je hebt gedaan. Je hebt bewezen dat je voor een cliënt tot het uiterste gaat.'

Even verscheen er een spottende glimlach op Brads gezicht. 'Ik hoop dat ik niet moet beloven dat ik met een advocaat van de tegenpartij moet duelleren om een baan te krijgen. Eén vuurgevecht is genoeg voor mijn hele leven.'

Ginny raakte zijn wang aan. 'Alles komt in orde. Let maar op.'

'Morgen ga ik me zorgen maken over een baan. Nu heb ik alleen maar erge honger.'

'Daar kan ik wat aan doen. Kom mee naar de keuken.'

Brad keek hoe ze bij hem wegliep en glimlachte. Ginny was sexy, en ook erg aardig. Ze was alles wat een man van een vrouw kon verlangen. Hij besloot dat dit het juiste moment was om dat tegen haar te zeggen.

'Weet je, op een gegeven moment dacht ik dat ik daar het loodje zou leggen. Daar werd ik heel droevig van, omdat ik jou dan nooit meer zou zien en ik wil in het vervolg juist heel veel van je zien.'

'Probeer je nu dubbelzinnig te zijn?'

Brad lachte. 'Heb ik je ooit verteld dat je een perverse geest hebt? Ik probeer juist romantisch te zijn en jij maakt schuine grappen.'

'Sorry,' zei Ginny met een schalkse glimlach. 'Ik beloof dat ik nooit meer over seks zal beginnen.'

'Zover hoef je niet te gaan, maar ik hoop dat ik je niet beledig als ik zeg dat het enige waar ik nu trek in heb eten is, en slaap.'

'Ik zal wat te eten voor je maken, maar slapen kun je pas als je mij alles verteld hebt over wat er vannacht is gebeurd.'

De zon begon op te komen. Keith Evans had haast geen energie meer over. Zijn vlucht in het FBI-vliegtuig van de ene kant van de Verenigde Staten naar de andere had hem een jetlag bezorgd en onderweg had hij zijn honger gestild met donuts, een afschuwelijk broodje tonijn en smerige koffie. Evans had erop aangedrongen dat Maggie naar hun hotel ging om wat broodnodige rust te krijgen. Hij benijdde haar. Hij was bereid om al zijn wereldse bezittingen te ruilen voor een fatsoenlijke maaltijd, een douche en acht uur slaap. Maar helaas lag er werk te wachten.

Al met al, als hij tenminste zijn eigen welzijn niet meerekende, was alles goed gegaan. Marsha Erickson werkte mee en de verwondingen van Dana Cutler waren niet van ernstige aard. Ze waren de anonieme arrestant kwijt, maar ze hadden de kerel die hem had vermoord te pakken. Evans hoopte dat die ruil in hun voordeel zou werken.

'Hoe is Aiello eraan toe?' vroeg Evans aan de agent die voor de kamer van de moordenaar op wacht stond.

'De laatste dokter die ik heb gesproken zei dat de verdoving over een poosje uitgewerkt zou zijn. Dat was een half uur geleden. De dokter zei dat hij geboft had. Geen van de kogels heeft een vitaal orgaan geraakt.'

Wij hebben ook geboft, dacht Evans met enige spot. Als ik een beetje had kunnen schieten zouden we geen getuige hebben.

Evans deed de deur open. Terwijl hij naar de andere kant van de kamer liep en naast Aiello's bed ging staan, keek deze hem met fletsblauwe ogen aan. Evans vermoedde dat hij met een harde jongen te maken had. Maar hoe hard stond nog te bezien.

'Ik ben Keith Evans van het bureau van de onafhankelijke aanklager. Hoe gaat het?'

De man gaf geen antwoord.

'Ik heb goed nieuws en slecht nieuws, Joe.' Evans zweeg even. 'Je hebt er toch geen bezwaar tegen dat ik je Joe noem, of Aiello? Ik neem aan dat je niet echt zo heet, maar meer kan ik niet doen tot we een rapport over je vingerafdrukken krijgen.'

De gevangene gaf nog steeds geen antwoord.

'Goed, zoals je wilt. Wat wil je eerst horen, het goede nieuws of het slechte?'

Evans wachtte even. 'Als je geen keus kunt maken, zal ik je eerst het goede nieuws geven. De artsen zeggen dat je er weer bovenop komt. Dat is ook het slechte nieuws, omdat je voor het federale hof terecht moet staan wegens moord op een FBI-agent en in Oregon voor de moord op onze getuige. Dat houdt in dat je de doodstraf kunt krijgen. Maar er is nog meer goed nieuws. Jij bent nu onze getuige. Als je het slim speelt, kun je een dodelijke injectie voorkomen.'

'Je vindt jezelf zeker grappig?' bracht de man met moeite uit. Zijn woorden waren onduidelijk vanwege de nawerking van de verdoving.

'Daar heb je volkomen gelijk in. Ik kan soms heel leuk uit de hoek komen. Maar misschien kan ik de humor beter achterwege laten en serieus worden. In alle ernst, Joe, ik zou je graag zien sterven omdat je een keurige jongeman hebt vermoord. Je bent nog niet eens goed genoeg om zijn schoenen te poetsen, maar ik moet mijn persoonlijke voorkeur niet laten meespelen en gewoon mijn werk doen. Ik ben beroepshalve veel meer in geïnteresseerd in de lieden die je hebben gestuurd om onze getuige te vermoorden dan in jouw dood. Vertel me alles wat je weet, dan kunnen we tot een compromis komen. Als je blijft zwijgen, betekent dat je dood.'

'Dat zullen we nog wel eens zien,' zei de man. Zijn droge lippen vertoonden een glimlach die de agent zei dat Aiello dacht dat Evans ongelooflijk naïef was.

'Je denkt dat je vriendjes je zullen beschermen, maar dat zal niet gebeuren,' zei Evans. 'Iemand die de doodstraf te wachten staat, wil maar al te graag praten, en dus ben je nu een probleem voor ze. Denk eens na over de manier waarop je baas problemen oplost. Cutler was een getuige die hem kwaad kon doen. Wat deed hij? Hij stuurde jou en de man die je net vermoord hebt eropuit om Cutler te doden.'

Er verscheen een valse blik in Aiello's ogen. Het ontging Evans niet.

'Ja, Joe, we hebben Dana Cutler jouw foto laten zien en ze zegt dat jij beslist de man bent die ze in haar appartement heeft neergeschoten. Ze zegt ook dat jij een van de kerels was die in West Virginia vanuit die speedboot een aanslag op haar hebben gepleegd. De artsen zeggen dat je een recent litteken op je dijbeen hebt, dat het gevolg kan zijn van een kogelwond. Toevallig precies op de plek waar Cutler zegt dat ze je heeft geraakt.'

Aiello zei niets.

'Je kunt blijven zwijgen, maar denk ook eens even na. Denk eens na over wat er gebeurd is nadat je maat was gearresteerd. Jij werd eropuit gestuurd om hem te vermoorden omdat je baas zich niet kan veroorloven dat er getuigen in leven blijven. Nu ben jij de getuige, wat betekent dat je een enorm blok aan zijn been bent. Zodra hij erachter komt dat je nog leeft, stuurt hij nog meer lieden om je het zwijgen op te leggen. Hij moet wel. Hij kan zich niet veroorloven dat jij gaat praten.'

De moordenaar glimlachte nog steeds, maar toen de woorden van Evans tot hem doordrongen, werd zijn glimlach een stuk minder breed.

'Er staan maar twee wegen voor je open. Je kunt een advocaat in de arm nemen, of met ons meewerken. Als je de eerste mogelijkheid kiest, betekent dat je dood. Als je niet al vóór je proces vermoord wordt, sterf je na je veroordeling in de gevangenis. En als je vrijgesproken wordt, maken ze je af zo gauw je op vrije voeten komt. Als je meewerkt, zullen we proberen de kerels die willen dat je sterft achter de tralies te krijgen en ons best doen om te zorgen dat je blijft leven. Wat denk je daarvan?'

'Krijg de tyfus.'

'Hé, Joe, let op je woorden. Ik ben al doodop. Ik kan er ook niet nog eens tyfus bij hebben. Wat ik wil doen is gaan douchen, wat rusten en dan een stevig ontbijt nemen. Daarna kom ik terug en praten we verder. Ik stel voor dat jij ondertussen nadenkt over wat ik heb gezegd.'

40

Een week na de schietpartijen aan de westkust – in het ziekenhuis en in het huis van Marsha Erickson – zaten Erickson en Dana Cutler veilig ondergedoken op verschillende schuiladressen in de buurt van Washington en baadde Keith Evans weer in het zweet in de vochtige hitte van de hoofdstad des lands, waar de temperatuur op dat moment ruim tweeëndertig graden bedroeg. Op vrijdagmorgen om negen uur nam Evans, na een stevig ontbijt met spek, eieren, gortpap en zwarte koffie, in een vergaderzaal op het kantoor van de onafhankelijke aanklager plaats tegenover Charles Hawkins en diens advocaat Gary Bischoff. Evans had een stenograaf, Maggie Sparks en Gordon Buss, een hulpofficier van de federale justitie, bij zich.

Bischoff was een slungelachtige man met peper-en-zoutkleurige krullen. Zijn hobby was marathonlopen. Hij had ingevallen wangen en zijn oogkassen waren net zo diep als die van een slachtoffer van een Afrikaanse hongersnood. Bischoff was gekleed in een duur kostuum, dat vanwege zijn skeletachtige postuur op maat was gemaakt, maar Hawkins had zich zoals gewoonlijk gehuld in een onooglijke combinatie van goedkoop jasje en dito pantalon. Evans vond dat de adviseur van de president minder zelfvertrouwen uitstraalde dan tijdens hun gesprek bij de persconferentie van zijn baas.

'Kunt u ons zeggen waarom u mijn cliënt voor dit gesprek hebt laten dagvaarden?' vroeg Bischoff nadat iedereen aan elkaar was voorgesteld.

'Natuurlijk,' antwoordde Evans. 'Wij denken dat hij verantwoordelijk is voor een aantal moorden en pogingen daartoe, in Virginia, Maryland, het Columbia-district, West Virginia en Oregon.'

Evans zweeg en telde het aantal op zijn vingers na. Toen hij zeker wist dat hij er niet een had overgeslagen, knikte hij.

'Ja, dat zijn de jurisdicties die naar verwachting zijn uitlevering zullen eisen. Ik geloof niet dat ik er een vergeten ben. Als dat wel zo is, horen we dat wel, dus dan komt u daar vanzelf achter.

Er is in deze zaken ook een aantal malen sprake van geweldpleging, een paar inbraken en ik weet zeker dat ik ook nog een paar aanklachten vergeten ben. De heer Buss werkt bij het OM. Hij kan u inlichten over alle misdrijven waarvoor de heer Hawkins mogelijk zal worden aangeklaagd, maar u kunt ook met de officieren van justitie praten die de aanklachten in gaan dienen.'

Bischoff hield zich al dertig jaar bezig met strafrecht op het hoogste niveau en had dus al het een en ander meegemaakt. Evans amuseerde hem. Hij schoot in de lach.

'U hebt natuurlijk de agenda van de heer Hawkins niet onder ogen gehad. Volgens mij heeft hij niet eens tijd om zijn tanden te poetsen, laat staan dat hij tijd heeft om het land af te reizen om moorden te plegen.'

'Ik heb niet gezegd dat hij al die misdrijven zelf heeft gepleegd.' Evans richtte zijn blik op Hawkins. 'Daar had hij hulp bij. Zo heeft hij bijvoorbeeld iemand die zich voordeed als advocaat en het pseudoniem Joseph Aiello gebruikte naar het Medisch Centrum St. Francis in Portland, Oregon gestuurd om een van zijn huurmoordenaars te doden, die we gelukkig hadden kunnen inrekenen. "Aiello" heeft onze getuige vermoord, maar het lukte hem niet om te ontsnappen. Inmiddels heeft hij doorgeslagen en ons al een heleboel interessants over de heer Hawkins verteld.'

'Iemand die de doodstraf gaat krijgen zegt van alles,' opperde Bischoff.

'Dat is zo, maar ik zal uw cliënt wat stof tot nadenken geven. Aiello heet in werkelijkheid Oscar Tierney. Oscars vingerafdrukken zitten niet in het systeem. Als hij ons zijn echte naam niet had gegeven zouden we daar nooit achter gekomen zijn, dus nu weet u dat hij met ons praat. Hij zegt ook dat hij en de kerel die hij in het ziekenhuis heeft vermoord deel uitmaken van een geheime eenheid die vanuit de CIA opereert. Een van zijn opdrachten was Dana Cutler vermoorden, die, zo hadden ze hem wijsgemaakt, voor de Chinezen spioneerde. Hij beweert dat uw cliënt hem heeft verteld dat Cutler de foto's van Farrington en Walsh ging gebruiken om de president te chanteren en druk op hem uit te oefenen om beslissingen te nemen die niet in het landsbelang waren. Ik zal u de verklaring van Tierney te zijner tijd sturen, dan kunt u zelf lezen hoe uw cliënt in staat is om moorden te plegen en tegelijkertijd het land te helpen besturen.'

Bischoff glimlachte geduldig. 'Dat lijkt verdacht veel op het soort verhaal dat mensen verzinnen als ze op heterdaad betrapt worden en geen verweer hebben.'

'Ja, het zou inderdaad vergezocht zijn als Dana Cutler, de eerste persoon op wie Tierney werd afgestuurd om te vermoorden, ons niet had verteld dat Tierney wilde dat zij hem de foto's gaf die ze van de president *in flagranti* had gemaakt. Dat was om een uur of twee in de ochtend, minder dan drie uur nadat Cutler de foto's had gemaakt. De enigen die op dat moment van het bestaan van de foto's op de hoogte waren, waren Cutler, die ze had gemaakt, de president, de agenten van de Geheime Dienst die de president bewaakten en uw cliënt. Cutler heeft geen zelfmoordneigingen, dus ze zal Tierney niet zelf naar haar appartement hebben gestuurd. Dat maakt de lijst met verdachten een stuk kleiner. Bent u dat met me eens?'

'Ik hoop dat u de heer Hawkins hier niet naartoe hebt laten komen in de verwachting dat hij toegeeft betrokken te zijn geweest bij de waanzinnige dingen waarvan u hem beschuldigt.'

'Dat zou me een heleboel tijd en moeite schelen. Als de heer Hawkins bekent én verklaart welke rol president Farrington bij zijn misdadige praktijken heeft gespeeld, kan dat de heer Hawkins ook helpen om de doodstraf te ontlopen.'

'Hebt u soms nog meer bewijzen die suggereren dat de heer Hawkins een moderne Al Capone is?'

'Reken maar, en ik zal hem ook van tevoren inzage in onze stukken geven, zodat hij een weloverwogen beslissing kan nemen of hij wel of niet wil meewerken. Uiteraard is het onderzoek momenteel nog aan de gang, zodat we binnenkort meer bewijsmateriaal hebben, maar een deel van wat we nu hebben kan ik u nu al geven.'

'We zijn een en al oor.'

Evans richtte zijn woorden tot Hawkins. Hawkins' gezicht vertoonde geen enkele uitdrukking.

'Toen de heer Hawkins uit het leger kwam, had president Farrington een advocatenpraktijk. Hij had in die tijd ook een seksuele verhouding met een middelbare scholiere, Rhonda Pulaski. Pulaski was niet alleen minderjarig, ze was ook een van zijn cliënten. Als daar ook maar iets van bekend zou worden, kunt u zich wel voorstellen wat er met onze opperbevelhebber zou zijn gebeurd. Gevangenisstraf en royement, om nog maar te zwijgen van een uitgebreid civiel proces. En die mogelijkheden dreigden, want Farrington had seks met mevrouw Pulaski gehad op de achterbank van een limousine die bestuurd werd door Tim Houston, die zo geschokt was door het gedrag van de president dat hij naar de politie ging.

De heer Hawkins was de Farringtons een heleboel verschuldigd en hij was ook buitengewoon loyaal. We geloven dat hij het probleem uit de wereld wilde helpen door de familie Pulaski af te kopen en Rhonda Pulaski en Houston te vermoorden.'

'Hebt u daar ook maar enig bewijs voor?' vroeg Bischoff.

'Daar wordt aan gewerkt.'

De advocaat glimlachte terug. 'Waarom vertelt u ons niet iets wat u wél kunt bewijzen?'

Evans negeerde de schimpscheut. 'Toen Farrington nog advocaat was, had hij een secretaresse die Marsha Erickson heette, die een dochter had, Laurie. Toen Farrington tot gouverneur van Oregon werd gekozen, bleef Marsha bij hem in dienst. Laurie zat op de middelbare school. Ze was ongeveer even oud als Rhonda Pulaski. Farrington kreeg haar in de gaten, maar zijn bedoelingen waren niet eerbaar. Algauw probeerde hij haar te versieren. Zie je een patroon ontstaan, Gary?'

'Ga verder,' zei Bischoff op vlakke toon.

'Met genoegen. Na verloop van tijd ging Farrington met Laurie naar bed. Vanaf dat moment vormde ze een bedreiging voor Farringtons politieke toekomst. Op een avond moest de gouverneur naar een inzamelingsactie in de bibliotheek in Salem. Laurie paste op het zoontje van de gouverneur. Uw cliënt ging terug naar het huis van de gouverneur, onder het voorwendsel dat hij wat aantekeningen voor de toespraak van de gouverneur moest halen, en vermoordde Laurie Erickson.

In die tijd was er in de buurt van Salem een seriemoordenaar, Clarence Little, bezig vrouwen te vermoorden. Uw cliënt had toegang tot de politierapporten waarin de werkwijze van Little tot in detail werd beschreven. Hij liet de moord op het werk van Little lijken. Little werd voor de moord op Laurie tot de doodstraf veroordeeld. We hebben nu forensisch en ander bewijsmateriaal dat sterk de indruk wekt dat Little Laurie Erickson niet vermoord heeft.

De heer Hawkins heeft bij het proces tegen Little verklaard dat hij rond de tijd dat Laurie verdween bij haar was. Volgens zijn eigen zeggen was hij de laatste die haar in leven heeft gezien. Na het vertrek van de heer Hawkins heeft men niemand anders het terrein rond het huis zien betreden.'

'Zit die Little nog steeds in de dodencel vanwege de zaak-Erickson?' vroeg Bischoff.

'Jawel.'

'U hebt dus geen bewijs dat mijn cliënt Pulaski vermoord heeft en Little is door een jury schuldig bevonden aan de moord op Erickson,' vatte de advocaat samen.

'Klopt.'

'Weet u, hier zou je een prachtige film van kunnen maken, *Mission Impossible XII* of zo, maar ik ben er meer in geïnteresseerd om het soort bewijzen te horen dat bij een proces toelaatbaar is.'

'Goed, dan zal ik u iets vertellen over een zaak waarvan u vast op de hoogte bent. Die zaak was trouwens de reden dat er een onafhankelijke aanklager werd benoemd. Charlotte Walsh studeerde aan The American University. Ze was heel aantrekkelijk en ongeveer even oud als Laurie Erickson en Rhonda Pulaski waren toen Farrington zich met hen ging bemoeien. Walsh had politicologie als hoofdvak en ging op het campagnehoofdkwartier van Farrington werken. We denken dat Farrington Walsh door uw cliënt naar Chicago heeft laten brengen om haar over te halen om als spion bij de campagne van senator Maureen Gaylord te gaan werken. We denken dat de president in Chicago seks met Walsh heeft gehad, maar we weten ook dat ze bij de campagne van Farrington weg is gegaan toen ze naar Washington terugkwam en zich meteen daarna als vrijwilliger bij het hoofdkwartier van Maureen Gaylord heeft gemeld.

Op de avond dat ze vermoord werd, heeft Walsh documenten uit het hoofdkwartier van Gaylord gestolen en geregeld dat ze die op een boerderij in Virginia, die door de CIA als schuiladres wordt gebruikt, aan de president zou geven. Walsh kreeg opdracht om met haar auto naar het parkeerterrein bij het winkelcentrum in Dulles Towne Center te gaan. Daar werd ze door een agent van de Geheime Dienst opgehaald en naar de boerderij gebracht.

Het was de bedoeling dat Farrington naar een inzamelingsactie voor zijn campagne in het Theodore Roosevelt-hotel zou gaan, maar hij wist zijn vrouw ertoe over te halen om zijn plaats in te nemen. Vlak voordat hij uit het Witte Huis vertrok, vertelde de First Lady hem dat ze in verwachting was. Farrington zei dat de heer Hawkins samen met mevrouw Farrington naar de manifestatie moest gaan.'

Evans keek Hawkins rechtstreeks aan. Hawkins beantwoordde zijn blik zonder met zijn ogen te knipperen.

'U kent Dale Perry toch, meneer Hawkins?'

Bischoff stak zijn hand op en wendde zich tot zijn cliënt. 'Niet antwoorden, Chuck.'

'Meneer Evans, ik verbied u om mijn cliënt, Charles Hawkins, vragen te stellen,' zei de advocaat, zich ervan overtuigend dat de stenograaf dit verbod vastlegde. 'Als u wilt dat hij een vraag beantwoordt, zou ik graag zien dat u die vraag aan mij stelt, dan zal ik hem adviseren of hij die vraag wel of niet moet beantwoorden.'

'Daar heb ik geen probleem mee,' antwoordde Evans, 'maar het doet er niet toe wat uw cliënt over zijn relatie met Perry zegt. Ze zaten op de universiteit van Oregon in hetzelfde jaar. We hebben verschillende getuigen die kunnen bevestigen dat Perry, Christopher Farrington en uw cliënt bevriend waren. Na hun studie nam de heer Hawkins dienst in het leger en president Farrington ging in Oregon rechten studeren. De heer Perry ging rechten studeren aan de universiteit van Chicago. Na zijn rechtenstudie ging hij bij het advocatenkantoor van Kendall, Barrett werken.

Een van hun cliënten heeft Dale Perry in de arm genomen om te regelen dat mevrouw Walsh geschaduwd werd. Door een advocaat in te schakelen kon die cliënt een beroep doen op de geheimhoudingsplicht, zodat hij anoniem kon blijven. Perry schakelde Dana Cutler, een privédetective, in om Walsh te achtervolgen, maar hij vertelde haar niet in opdracht van wie ze dat moest doen. De cliënt wilde foto's van iedereen die met Walsh sprak en hij wilde dat Cutler hem doorlopend verslag uitbracht als Walsh ergens naartoe ging of iets deed. Om haar in staat te stellen die verslagen uit te brengen kocht Perry twee mobiele telefoons. Een daarvan gaf hij aan de cliënt en de andere aan Cutler. Cutler kreeg de opdracht om boodschappen in te spreken als ze iets te melden had.

Op de avond dat Walsh werd vermoord volgde Cutler haar naar het parkeerterrein bij Dulles Towne Center en gaf de plaats waar Walsh haar auto had geparkeerd aan de cliënt door. Dat betekent dat die cliënt een van de weinige personen was die precies wisten waar Walsh na haar bezoek aan de boerderij zou zijn. Cutler achtervolgde de agent van de Geheime Dienst en Walsh naar de boerderij waar Walsh met president Farrington heeft gesproken. Toen Walsh de boerderij verliet en terug naar het winkelcentrum ging, gaf Cutler dat aan de cliënt door, maar Cutler werd door een bewaker opgemerkt en moest de achtervolging van Walsh staken.

Dana Cutler heeft de mobiele telefoon die ze van Dale Perry had gekregen nog steeds. Ze heeft ons ook het nummer gegeven dat ze moest bellen om haar berichten voor de cliënt in te spreken en ook de datum en de tijd waarop ze de cliënt heeft gebeld met de informatie over de plaats van Walsh' auto. Toen we eenmaal het nummer van de cliënt hadden, konden we ook de provider achterhalen. De berichten die mevrouw Cutler had ingesproken werden bij de centrale op een back-upcomputer opgeslagen en de provider heeft die berichten aan ons gegeven, samen met de tijd waarop ze werden opgehaald.

Als iemand ingesproken berichten op zijn mobiele telefoon wil ophalen moet hij vanaf zijn mobiel het nummer van de voicemailbox bij de provider bellen. Het systeem vraagt de beller om een wachtwoord. Als de beller het wachtwoord heeft ingetoetst krijgt hij zijn boodschappen te horen. De provider kon ons wel het nummer van de voicemailbox van de geheimzinnige cliënt geven, maar ze hadden geen gegevens over de telefoontjes naar de voicemailbox van de cliënt tussen het moment dat Cutler het bericht over Walsh' parkeerplaats had ingesproken en het moment dat ze werd vermoord. Ze hadden geen gegevens omdat de ontvangst die avond slecht was. Dat komt met tussenpozen wel vaker voor. In dit geval kon de cliënt zijn mobiele telefoon niet gebruiken om zijn boodschappen op te halen en moest hij dat via een vaste lijn doen.

Zodra we vermoedden dat de heer Hawkins de geheimzinnige cliënt was, probeerden we erachter te komen waar hij zich bevond op het moment dat Cutler haar boodschap insprak over de plaats waar Walsh' auto stond. We kwamen erachter dat hij in het Theodore Roosevelt-hotel was. Een van de agenten van de Geheime Dienst herinnert zich dat de heer Hawkins rond tien over half tien op zijn mobiel werd gebeld. De agent herinnert zich ook dat de heer Hawkins klaagde over de ontvangst en de zaal uit liep om een beter signaal te krijgen.

Het hotel heeft bevestigd dat de heer Hawkins een suite voor mevrouw Farrington had gereserveerd, zodat de First Lady kon gaan rusten als haar zwangerschap haar te veel zou vermoeien. Hij had uit veiligheidsoverwegingen ook de suite ernaast gereserveerd. Enkele agenten van de Geheime Dienst herinneren zich dat de heer Hawkins, kort nadat hij over de slechte ontvangst op zijn mobiele telefoon had geklaagd, uit een van de door hem gereserveerde suites kwam.

We zijn naar de provider gestapt om de gegevens over alle telefoontjes die op die datum en rond die tijd naar het nummer van hun voicemailplatform in Washington en omstreken zijn gepleegd. Dat waren er duizenden, omdat iedereen die van deze provider gebruikmaakt dat nummer moet bellen om berichten op te halen, maar er waren er maar een paar uit het Theodore Roosevelt-hotel. Toen we eenmaal hadden vastgesteld dat er uit het hotel was gebeld, hebben we de gegevens van het hotel opgevraagd om erachter te komen vanuit welke kamers die telefoontjes kwamen. Een daarvan was een kamer in de suite naast die van mevrouw Farrington.'

Evans zweeg. Bischoff wachtte tot het duidelijk was dat de agent was uitgepraat en alle informatie over zijn zaak had gegeven die hij kwijt wilde.

'Is dat alles?' vroeg de advocaat.

'Me dunkt dat ik de heer Hawkins voorlopig genoeg stof tot nadenken heb gegeven.'

'Dus u gaat Chuck aanklagen op grond van wat u hebt gehoord van iemand die meervoudig ter dood is veroordeeld en een mobiel telefoontje?'

'We hebben nog andere bewijzen, maar daar kan ik op dit moment niets over zeggen,' blufte Evans.

De advocaat ging staan. 'Een heel onderhoudend gesprek, maar de heer Hawkins en ik hebben nog meer te doen. We hebben het erg druk.'

'Dat begrijp ik, maar u moet ook iets begrijpen. Ik ga het hier niet bij laten, want daar zijn de verdenkingen tegen de heer Hawkins te sterk voor. De enige reden dat ik eventueel bereid ben om een schikking met hem te treffen is mijn overtuiging dat de president erbij betrokken zou kunnen zijn. Als dat zo is, is er maar één manier voor uw cliënt om het er levend af te brengen en dat is meewerken. Ik ga niet een hele tijd zitten wachten tot u belt. Ik verwacht zeer binnenkort uw telefoontje.'

'Ik zal u het standpunt van de heer Hawkins laten weten zodra we kans hebben gehad om te overleggen,' zei Bischoff terwijl hij zijn cliënt het kantoor uit loodste.

'Wat denken jullie?' vroeg Evans aan Maggie Sparks en Gordon Buss zodra de deur dicht was.

'Ik zou niet bij de telefoon gaan zitten wachten,' antwoordde de hulpofficier. 'Jij hebt evenveel kans om een schikking met Hawkins te treffen als ik met Osama bin Laden.'

'Ben jij het daarmee eens, Maggie?' vroeg Evans.

'Volgens mij praat je pas weer met Hawkins als hij bij een federaal hof in de getuigenbank zit.'

Evans zuchtte. 'Daar heb je waarschijnlijk gelijk in. Ik wist dat het een gok was, maar ik moest het gewoon proberen.'

Roy Kineer was er niet, zodat Evans niet meteen verslag kon uitbrengen van zijn gesprek met Hawkins en Bischoff. In plaats daarvan ging hij terug naar zijn kantoor en las een rapport door dat hij die morgen uit Oregon had ontvangen. Er waren vingerafdrukken gemaakt van Clarence Littles pinkenverzameling. Laurie Ericksons pink zat er niet bij, maar die van Peggy Farmer wel. Het rapport concludeerde dat het hoogst onwaarschijnlijk was dat Little Farmer en haar vriend in midden-Oregon had kunnen vermoorden en dan op tijd in Salem terug had kunnen zijn om de moord op Laurie Erickson te plegen. Evans werd een beetje vrolijker van het rapport, want hij had het idee dat het gesprek met Hawkins op een volledig fiasco was uitgelopen.

Even voor twaalf uur zei Kineers secretaresse tegen Evans dat rechter Kineer terug was en een verslag van het gesprek wilde. Evans zat een uur bij de rechter, waarna zijn chef met een aantal leden van het House Judiciary Committee ging lunchen.

Evans liet zijn secretaresse een broodje voor hem halen, dat hij aan zijn bureau opat. Hij had het half op toen de receptioniste meldde dat Gary Bischoff aan de telefoon was. Evans reageerde verrast.

'Wat is er, Gary?'

'Heb je het druk?' vroeg Bischoff. Evans vond dat de advocaat nogal opgewonden klonk.

'Nee, waarom?'

'We moeten praten. Kun je naar mijn kantoor komen?'

'Wanneer?'

'Nu meteen. Hawkins wil een schikking treffen.'

Evans was verbijsterd. 'Dat kan,' zei hij zo nonchalant mogelijk.

'En kom alleen. Dit gaat tussen ons drieën.'

'Ik kom eraan.'

Bischoff hing op zonder gedag te zeggen. Evans staarde uit het raam, maar hij zag niets. Hij moest geloven dat Hawkins overwoog om, tegen het advies van zijn advocaat in, schuld te bekennen, maar hij kon niet bedenken wat hij gezegd kon hebben om iemand met zo veel macht als Hawkins zo'n schrik aan te jagen dat hij nu over een bekentenis wilde onderhandelen.

41

Gary Bischoffs advocatenkantoor in Georgetown nam een deel van de begane grond in beslag van een sierlijk negentiende-eeuws roodbakstenen huis in een rustige straat met aan weerszijden bomen. Het deftige huis was in 1826 gebouwd door een rijke koopman, maar Keith Evans was zo in gedachten verzonken dat hij geen enkele aandacht schonk aan het antiek, de olieverfschilderijen en de stijlmeubelen waarmee Bischoff het huis had gemeubileerd.

Bischoffs secretaresse liet de agent binnen in een kantoor aan de achterkant van het huis. De glas-in-loodramen boden uitzicht op een uitstekend onderhouden tuin, waar een erg aantrekkelijke vrouw in een limoenkleurige bikini lag te zonnebaden. Evans herinnerde zich dat hij een paar jaar geleden ergens had gelezen dat Bischoff en zijn eerste vrouw in een akelige scheiding waren verwikkeld. Hij vermoedde dat de vrouw in de achtertuin Bischoffs trofeevrouw was, wat een verklaring kon zijn voor Bischoffs fanatieke trainingsschema. Ze was minstens vijftien jaar jonger dan de advocaat, die sinds hun gesprek van die morgen een stuk ouder leek te zijn geworden.

'Ik wil dat je goed beseft dat ik de heer Hawkins heb afgeraden om deze weg te bewandelen,' zei Bischoff, die grote moeite moest doen om zijn professionele houding intact te laten, 'maar hij is nu eenmaal de cliënt en het is aan hem om de uiteindelijke beslissing over de te volgen koers te nemen.'

'Prima, Gary, daar heb ik alle begrip voor.'

Evans nam Hawkins aandachtig op. De presidentiële medewerker zat met zijn benen over elkaar in een leunstoel met een hoge rugleuning. Hij maakte, in tegenstelling tot zijn geagiteerde advocaat, een uiterst kalme indruk.

'Kan ik rechtstreeks met de heer Hawkins praten?'

Bischoff gebaarde met zijn hand naar Evans, ten teken dat hij niets te maken wilde hebben met wat zich ging afspelen.

'Meneer Hawkins, mag ik dit gesprek opnemen?' vroeg Evans terwijl hij een cassetterecorder uit zijn jaszak haalde.

Hawkins knikte. Evans noemde de datum, de tijd, de plaats waar het gesprek plaatsvond en de namen van alle aanwezigen. Vervolgens wees hij Hawkins op zijn rechten.

'Meneer Hawkins, waarom zijn we hier?' vroeg hij zodra Hawkins had bevestigd dat hij begreep wat zijn rechten waren.

'Ik wil een bekentenis afleggen.'

'Geeft u alles toe wat u ten laste wordt gelegd?' vroeg Evans, niet in staat zijn verbazing te onderdrukken.

'Voordat ik daar antwoord op kan geven moet ik eerst de aanklachten zien. Maar ik ben bereid om verantwoordelijkheid te dragen voor de misdaden die ik heb begaan.'

'Bent u zich ervan bewust dat een veroordeling voor een aantal van deze misdaden de doodstraf kan betekenen?'

'Ja.'

'Gary zegt dat hij u duidelijk heeft gemaakt dat dit gesprek nadelig voor u kan uitpakken. Klopt dat?'

'Hij heeft tegen me gezegd dat u niet over harde bewijzen beschikt. Naar zijn mening zal het voor een aanklager erg moeilijk zijn om er een veroordeling uit te slepen.'

'Waarom wilt u dan een bekentenis afleggen?'

'Ik ben katholiek. Ik heb een geweten. Ik heb vreselijke dingen gedaan en ik wil daarvoor boeten.'

Evans geloofde niets van de religieuze invalshoek, maar hij was niet van plan om Hawkins tegen te houden als die een bekentenis af wilde leggen.

'Ik wil u geen woorden in de mond leggen,' zei de agent. 'Kunt u me zelf vertellen welke misdaden u gepleegd meent te hebben?'

'Niet op ingaan, Chuck,' smeekte Bischoff. 'Laat mij op z'n minst proberen om een paar toezeggingen van de overheid los te krijgen.'

'Dat stel ik op prijs, Gary, maar ik weet waar ik mee bezig ben. Als de overheid me genade wil schenken, krijg ik die. God zal over me oordelen en ik ben bereid om zijn oordeel te accepteren.'

Evans had de indruk dat de advocaat en zijn cliënt Hawkins' standpunt vóór zijn komst al vele malen hadden bediscussieerd en dat

Bischoff daarbij steeds aan het kortste eind had getrokken.

'U had in alles gelijk,' zei Hawkins tegen Evans. 'Ik heb Rhonda Pulaski vermoord, en Tim Houston…'

'Is dat de chauffeur die heeft gezien dat president Farrington seks had met Pulaski?'

Hawkins gezicht verstrakte. Toen hij sprak was zijn stem net zo kil als de blik in zijn ogen.

'Laten we over één ding duidelijk zijn. Ik ben schuldig aan een heleboel dingen, maar ontrouw aan Christopher Farrington hoort daar niet bij. Hij is niet verantwoordelijk voor mijn daden en ik wil niet over hem praten. Als u erop staat om vragen over de president van de Verenigde Staten te stellen is dit gesprek afgelopen.'

'Goed, daar kan ik inkomen. Gaat u verder.'

'Ik heb de heer Houston vermoord. Ik heb ook Laurie Erickson en Charlotte Walsh om het leven gebracht.'

'Waarom hebt u Erickson vermoord?'

'Omdat ze de president vals wilde beschuldigen. Ze eiste geld. Ook al waren de beschuldigingen vals, zouden ze toch het einde van zijn carrière hebben betekend.'

'Hoe hebt u Erickson gedood?'

'Ik had met opzet de paperassen voor Chris' toespraak in het huis laten liggen om me een excuus te geven om terug te gaan. Ze was erg tenger. Ik sloeg haar bewusteloos, wikkelde haar in lakens en liet haar in de stortkoker voor de vuile was zakken. In de kelder heb ik haar geboeid en een prop in haar mond gestopt, en haar toen via de kelderdeur naar buiten gesmokkeld en in de kofferbak van mijn auto gelegd. Daarna ging ik terug naar de inzamelingsactie. Ik had de politierapporten over de misdaden van Clarence Little gelezen. Later die avond heb ik zijn werkwijze nageaapt.'

'Was Laurie Erickson tijdens de inzamelingsactie nog in leven?'

Hawkins knikte. Het beeld van het doodsbange meisje in het verstikkende duister, geboeid en met een prop in haar mond, maakte het Evans moeilijk om kalm te blijven.

'En wat is er met Charlotte Walsh gebeurd?'

'Cutler stuurde me een voicemail waarin ze zei waar Walsh haar auto had geparkeerd. Ik maakte haar auto onklaar en wachtte tot ze terug naar de parkeerplaats kwam. Daar heb ik haar bewusteloos geslagen, haar vastgebonden en een prop in haar mond gestopt en in mijn kofferbak gelegd. Daarna ben ik naar de boerderij gereden om met de president te praten.'

'Lag Walsh in uw kofferbak terwijl u op de boerderij was?'

Hawkins knikte.

'En was ze toen nog in leven?'

Hawkins knikte weer. 'Zo gauw ik weg kon, heb ik haar vermoord. Daarbij heb ik de werkwijze van de Slachter geïmiteerd. Daarna heb ik haar in de container gedumpt.'

'Waarom hebt u Dale Perry Dana Cutler laten inschakelen?'

'Ik vertrouwde Walsh niet. Ik wist wat er met Pulaski en Erickson was gebeurd. Die meiden vormden een bedreiging voor de carrière van de president. Hij is een groot man. Het land heeft hem nodig. Ik kon niet toestaan dat die hoeren hem ten val brachten.'

Voor het eerst beefde Hawkins' stem van emotie. Evans had nog wel een paar vragen over de betrokkenheid van de president, maar over de mate waarin Hawkins trouw aan hem bleef bestond geen enkele twijfel.

'Als u al het idee had dat Walsh een bedreiging vormde, waarom vond u het dan toch nodig om haar te achtervolgen?'

'Dat hoeft u volgens mij niet te weten.'

Evans zag in dat er problemen aan Hawkins' verhaal kleefden, maar hij besloot Hawkins nu niet onder druk te zetten. Hij zou hem laten uitpraten, hem achter de tralies stoppen en hem verder ondervragen als hij de sfeer van de gevangenis had geproefd.

'Heeft Dale Perry zelfmoord gepleegd, hebt u hem vermoord of hebt u Oscar Tierney of iemand anders opdracht gegeven om achter Cutler aan te gaan?'

'Ik wil niet over de dood van Dale Perry praten.'

'We gaan een schikking treffen met Tierney, dus wat u zegt kan niet nadelig voor hem zijn.'

'Misschien ben ik niet duidelijk geweest, agent Evans. Ik wil u vertellen wat ik gedaan heb, maar ik ga niet iemand anders lopen beschuldigen. Ik ben bereid om te sterven voor wat ik heb gedaan, maar ik wil anderen geen moeilijkheden bezorgen. En probeert u niet om me op andere gedachten te brengen. Ik word toch geëxecuteerd, dus u hebt niets om me mee te bedreigen.'

Evans kon niets bedenken om de presidentiële medewerker van zijn standpunt af te brengen.

'Meneer Hawkins, op grond van wat u me verteld hebt ga ik u arresteren in verband met de ontvoering van Charlotte Walsh naar een andere staat. We zullen de aanklachten en de standpunten van de verschillende jurisdicties later wel bekijken. Gaat u alstublieft met uw handen op uw rug staan.'

Hawkins deed wat hem gezegd werd. Evans deed hem een paar handboeien om.

'Maggie,' zei Evans in zijn mobiele telefoon, 'ik ben op het kantoor van Gary Bischoff. Ik heb jou en Gordon hier nodig. Charles Hawkins heeft een aantal moorden bekend.'

Evans zweeg even terwijl Sparks iets zei.

'Daar hebben we het later wel over. We moeten Hawkins naar de gevangenis brengen en ik moet rechter Kineer verslag doen. Kun je hem voor een gesprek naar het hoofdkwartier laten komen?'

Evans hing op en richtte zijn aandacht weer op de medewerker van de president.

'Ik stel uw openhartigheid op prijs, meneer Hawkins, maar volgens mij is uw loyaliteit jegens de president misplaatst. U zou loyaal moeten zijn aan het ambt en de natie die Christopher Farrington gezworen heeft te dienen in plaats van aan de persoon. Als de president met u heeft samengezworen om de misdaden te plegen die u hebt bekend, heeft hij zijn eed geschonden en het Amerikaanse volk verraden.'

Rechter Kineer had Maggie Sparks opgedragen om, zodra hij weer op kantoor was, een spoedoverleg te organiseren. Halverwege de maaltijd had hij zijn lunchgezelschap van congresleden in de steek gelaten. Toen Keith Evans, Gordon Buss en Maggie Sparks Hawkins bij de gevangenis hadden afgeleverd en weer terug op kantoor kwamen, troffen ze daar een vergaderzaal vol advocaten en detectives die zaten te wachten op een verslag van wat er gebeurd was.

'Kun je ons precies uitleggen wat er volgens jou aan de hand is?' vroeg Kineer aan Evans toen deze klaar was met zijn samenvatting van zijn gesprek met Hawkins en Bischoff.

'Dat lijkt me nogal duidelijk. Hawkins stort zich op zijn zwaard om de president te beschermen.'

'Hawkins veroordelen is niet echt een overwinning als Farrington betrokken is bij de dood van die meisjes en vrijuit gaat. Kunnen we iets doen om dat te voorkomen?' vroeg Kineer.

'Alles draait om Hawkins,' zei Evans. 'Ik kan niemand bedenken die Farrington aan de kaak kan stellen als Hawkins blijft zwijgen, en geloof maar dat ik aan niets anders heb lopen denken sinds Hawkins me heeft verteld dat hij niet over Farrington wil praten.'

Kineer keek de vergaderzaal rond. 'Dames en heren, ik stel voor dat we hier onze volle aandacht aan schenken, want onze opdracht is om vast te stellen wat de eventuele betrokkenheid van president Farrington bij deze moorden was. Als hij onschuldig is: het zij zo. Als hij schuldig is, moeten we dat bewijzen. We moeten beslissen of we dat zonder de medewerking van Hawkins kunnen doen. Heeft iemand suggesties?'

Na drie kwartier vruchteloos discussiëren verzocht Kineer iedereen, behalve Evans, te vertrekken.

'Het viel me op dat je niet veel aan onze discussie had toe te voegen,' zei de rechter.

'Ik wist niet wat ik moest zeggen.'

'Is Farrington schuldig, Keith?'

De opwinding die Keith had gevoeld toen Hawkins zijn bekentenis aflegde, was verdwenen. De agent maakte een terneergeslagen indruk.

'Mijn intuïtie zegt van wel, maar ik denk niet dat we hem iets kunnen maken als Hawkins niet wil praten.'

'Kun je hem aan het praten krijgen?'

'Dat zal niet meevallen. Hawkins is loyaal op het fanatieke af. Sinds zijn studietijd ziet hij Farrington als zijn grote held. Hij heeft het idee dat hij zijn leven aan hem te danken heeft. Hij heeft geen gezin. Hij heeft wel kennissen, maar behalve de Farringtons heeft hij geen vrienden. Zijn hele leven draait om de president. Dat is al lang zo. Ik vermoed dat hij gaat zeggen dat hij al die misdaden in z'n eentje heeft gepleegd. Iedereen zal hem geloven omdat hij overkomt als een waanzinnige moordenaar die zichzelf heeft wijsgemaakt dat die moorden noodzakelijk waren.

Maar stel nu eens dat hij met een ander verhaal komt en Farrington erbij betrekt. De advocaat van de president zal Hawkins onderuit halen door al de verklaringen terug te lezen waarin hij Farrington vrijpleit. Volgens mij heeft hij ons te pakken, edelachtbare.'

DEEL VII

Hartenvrouw

WASHINGTON

42

Brad kwam even voor drieën terug in zijn appartement. Hij was die ochtend en een deel van de middag voor een sollicitatiegesprek bij een advocatenkantoor geweest. Zodra hij gekeken had of er nog ingesproken berichten of e-mails waren, kleedde hij zich om in sporttenue. Hij had nu alle tijd, zodat hij eindelijk zijn voornemen om aan lichaamsbeweging te doen kon waarmaken.

Vlak na de schietpartij was het trainen niet eenvoudig geweest. Elke keer dat hij zijn appartement verliet, moest hij spitsroeden lopen langs een haag van verslaggevers die wilden weten wat er in het huis van Erickson was gebeurd. Op het parkeerterrein bij zijn appartement stonden reportagewagens van televisieploegen en zijn telefoonlijnen werden de hele tijd door verslaggevers bezet gehouden. Brad wilde iedereen vertellen wat hij over de zaak-Clarence Little wist, maar Keith Evans had hem uitgelegd dat het onderzoek van de onafhankelijke aanklager gevaar liep als hij met de pers zou praten, zodat Brad gedwongen was zich te beperken tot 'geen commentaar'.

Kort nadat de laatste verslaggever hem over de schietpartij had gebeld, belde er een journalist van *The Portland Clarion*, Portlands alternatieve krant, die Brad om commentaar vroeg op het rapport van Paul Baylor, waarin stond dat de pink van Peggy Farmer tussen de rest van de vingers zat, maar dat die van Laurie Erickson onvindbaar was. Brad was op de hoogte van het rapport, omdat Ginny haar vrouwelijke listen had gebruikt om informatie los te krijgen van de medewerker die door Tuchman met de verdere behandeling van het beroep van Little was belast, maar hij had geen idee hoe de journalist iets over de pinken te weten was gekomen. Toen de journalist zei dat hij die informatie uit vertrouwelijke bron had, vermoedde Brad meteen dat Ginny het had laten uitlekken. Zijn vermoeden werd nog sterker toen de journalist hem vertelde dat de anonieme beller het had doen voorkomen dat de banden die Susan Tuchman met de president had de oorzaak waren van Brads ontslag vanwege de ijver die hij bij de zaak-Little aan de dag had gelegd.

Een paar dagen later werd Tuchman in een vlijmscherp redactioneel commentaar in de *Clarion* gehekeld, omdat ze een medewerker had ontslagen die meer had gedaan dan er van hem verwacht werd om te bewijzen dat een cliënt ten onrechte wegens moord was veroordeeld. Het commentaar stelde dat Brad zijn principes zwaarder had laten wegen dan de publieke opinie door zijn leven te riskeren om het recht te laten zegevieren, ook al was de cliënt in dit geval een verachtelijk sujet.

Na het joggen nam Brad een douche, waarna hij Ginny belde om hun plannen voor die avond te bespreken.

'Met Reed, Briggs, Stephens, Stottlemeyer en Compton.'

'Kunt u me doorverbinden met Ginny Striker?'

'Wie kan ik zeggen?'

'Jeremy Reid van Penzler Electronics.'

'Ogenblikje, alstublieft.'

Brad wachtte tot Ginny opnam.

'Hallo,' zei hij.

'Goddank was je zo verstandig om een andere naam te gebruiken. Je hebt geen idee hoe *persona non grata* je hier bent sinds dat commentaar in de *Clarion* heeft gestaan.'

'Tuchman verdient niet beter.'

'Helemaal mee eens, maar als ze erachter komen dat we een relatie hebben kost me dat mijn baan.'

'Hebben we die dan? Ik dacht dat ik seks kreeg in ruil voor eten.'

'Viespeuk. Hoe ging de sollicitatie trouwens?'

'Prima. Dat vertel ik je vanavond wel. Wil je meteen na je werk naar de bioscoop of heb je genoeg tijd om eerst naar huis te gaan, je om te kleden en dan weer naar de stad te komen?'

'Ik weet niet zeker of ik tijd heb voor de bioscoop en een etentje. Ik bel je wel als ik wat meer kijk heb op wat ik allemaal nog moet doen. Ben je thuis?'

'Op het moment wel. Ik ben de rest van de middag hier.'

'Goed. Dan ga ik proberen om mijn bureau op te ruimen. Tot straks.'

Brad voelde zich een klein beetje schuldig omdat Ginny moest werken terwijl hij de hele dag kon doen waar hij zin in had. Naast het joggen had hij ook wandelingen in de bergen en langs de kust gemaakt en was hij een paar keer naar de bioscoop geweest. Dan waren er nog de aangename middagen op zijn balkon met een boek en een koel drankje. Dit leven zonder baan beviel hem veel beter dan het zwoegen in de krochten van Reed, Briggs, maar Brad wist dat daar binnenkort een einde aan zou komen. Hij zou snel een baan moeten zien te krijgen als hij voor eten en een dak boven zijn hoofd wilde zorgen.

Als Ginny's werk het toeliet, was ze in het weekend bij hem en hij bleef door de week bij haar slapen als ze niet te moe was. Brad kon redelijk koken. Hij was twee keer een hele middag bezig geweest om een uitgebreid menu voor hun avondmaaltijd samen te stellen. Ginny had hem terugbetaald met de beste seks die hij ooit gehad had en hem ook alle roddels van kantoor verteld die haar te binnen schoten.

Als Brad niet aan het wandelen, koken of solliciteren was, bracht hij zijn tijd ook nog op een andere manier door: door het onderzoek van de onafhankelijke aanklager te volgen. Hij had alles verslonden wat er in *Exposed*, *The New York Times* en andere publicaties had gestaan. Hij wist meer over de zaak dan menig ander. Tijdens de rit naar het huis van Marsha Erickson had Dana Cutler hem verteld wat er gebeurd was nadat Dale Perry haar had ingeschakeld om Charlotte Walsh te schaduwen. Het grootste deel van die informatie had ook in *Exposed* gestaan, maar Brad was nu ook op de hoogte van de schietpartij bij het motel, die had plaatsgevonden nadat ze Patrick Gorman haar verhaal had verteld.

Keith Evans belde hem van tijd tot tijd, omdat Brad een van zijn getuigen was. Tijdens hun gesprekken probeerde Brad de FBI-agent nieuwtjes te ontfutselen, maar Evans was niet erg spraakzaam en Brad kreeg maar zelden iets te horen wat nog niet in de media had gestaan.

Om de tijd te doden tot Ginny belde, las Brad een bericht over nieuwe bewijzen tegen Charles Hawkins, die door *The New York Times* waren ontdekt. Een fotograaf had in de vergaderzaal van het Theodore Roosevelt-hotel een foto gemaakt, waarop Hawkins te zien was met zijn mobiele telefoon aan zijn oor, terwijl op de voorgrond de first lady voor de klok van president Roosevelt poseerde voor de laatste foto's met de sponsoren. De klok gaf aan dat het zeven minuten over half tien was, ongeveer de tijd waarop Dana Cutler naar haar zeggen de geheimzinnige cliënt had gebeld met het nieuws dat Charlotte Walsh terug op weg was van de boerderij naar het parkeerterrein in Dulles Towne Center.

Er was iets aan de foto wat Brad dwarszat, maar hij kwam er niet achter wat dat was. Hij liep naar de keuken, schonk een kop koffie in en liep ermee naar het balkon. Terwijl hij naar het verkeer op de rivier keek, nipte hij van zijn koffie en dacht erover na, maar er schoot hem niets te binnen. Hij stond nog steeds voor een raadsel toen Ginny belde.

Brad was verdwaald in een moeras en vocht zich een weg door de modder die aan zijn schoenen zoog en door de massa's takken die zo dik waren dat hij amper kon zien waar hij liep. De ondraaglijke hitte hing als een zware deken om hem heen en maakte het moeilijk om te bewegen of adem te halen. Van ergens diep in het moeras smeekten twee vrouwen hem om hulp. Hij wanhoopte dat hij niet genoeg tijd had om hen allebei te redden. Hij wilde het opgeven, maar dat lukte hem niet.

In de droom stond Ginny vlak naast hem. In plaats van hem aan te moedigen zei ze doodkalm tegen hem: 'Het lukt gewoon niet. Je hebt niet genoeg tijd om eerst naar de ene plek te lopen en daarna naar de andere.'

Brad schoot overeind in bed. Zijn hart bonkte. Hij wist wat hem de vorige dag dwars had gezeten. Toen hij na het joggen met Ginny had gesproken had Brad gevraagd of ze genoeg tijd had om naar huis te gaan en zich om te kleden voordat ze naar de stad kwam of dat ze vanuit haar werk rechtstreeks naar de bioscoop ging. Ginny had tegen hem gezegd dat ze misschien geen tijd had om naar de bioscoop en ook nog uit eten te gaan.

Brad tastte naar het lampje op zijn nachtkastje en knipte het aan. Hij baadde in het zweet en haalde zwaar adem. Hij zwaaide zijn benen over de rand van het bed en probeerde tot rust te komen. Het belangrijkste was dat hij moest proberen die droom te onthouden. In de droom raakte Brad in paniek omdat hij niet genoeg tijd had om op twee plaatsen tegelijk te zijn. Zijn onderbewuste probeerde hem duidelijk te maken dat Charles Hawkins op de avond van de moord op Charlotte Walsh voor hetzelfde probleem had gestaan. Had iedereen dan van de verkeerde kant tegen deze zaak aangekeken?

Het klokje op Brads nachtkastje gaf aan dat het twee minuten voor zes was. Hij wist dat het hem niet zou lukken om weer in slaap te komen, en dus begaf hij zich naar de badkamer om zich voor te bereiden op de nieuwe dag. Terwijl Brad zijn tanden stond te poetsen, bedacht hij een actieplan. Hij ging ontbijten en daarna alles herlezen wat met het tijdprobleem te maken had. Op het moment dat hij onder de lauwwarme straal van de douche ging staan schoot hem iets te binnen. Terwijl het water langs zijn gezicht en zijn borstkas stroomde, bleef hij met het stuk zeep in zijn hand staan. Er had iets in het autopsierapport van Laurie Erickson gestaan waar hij tijdens het lezen geen aandacht aan had geschonken, maar nu maakte de herinnering aan die passage een angstaanjagende gedachte bij hem los.

Toen hij klaar was in de badkamer zette Brad koffie en stopte een bagel in het broodrooster. Zodra hij ontbeten had, begon hij het dossier van de zaak-Clarence Little en de artikelen die hij over de moorden op Erickson en Walsh had verzameld te herlezen. Het was bijna acht uur toen hij het stuk had gelezen dat hij met opzet voor het laatst had bewaard: het autopsierapport van Laurie Erickson. Brad leunde achterover en staarde naar de lege muur tegenover de bank. Boven de open haard hing een kleurige reproductie die hij van een straatartiest in Greenwich Village had gekocht, maar hij zag het kunstwerk niet. Hij was met zijn hoofd heel ergens anders.

Toen hij over het probleem had nagedacht ging Brad naar zijn slaapkamer en pakte zijn agenda. Een paar weken geleden had een van de compagnons hem opgedragen om 's avonds het privénummer van een arts te bellen nadat de zitting in een proces wegens medische nalatigheid was verdaagd. Hij had het nummer in zijn agenda genoteerd. De getuige was de enige arts die hij in Portland kende. Zodra de arts opnam, stelde Brad hem een vraag. Toen de arts antwoord gaf, werd Brad misselijk. Hij hing op en bleef even doodstil zitten. Toen vond hij het kaartje van Keith Evans en belde zijn mobiele nummer. Nadat de telefoon een paar keer over was gegaan nam de agent op.

'Met Brad Miller. Ik bel vanuit Portland.'

'Wat is er, Brad?'

'Ik kreeg een idee.'

'Ja?' drong Evans aan toen Brad aarzelde.

'Het is een beetje een idioot idee.'

'Ik luister.'

'Kun je me eerst antwoord geven op een vraag over het autopsierapport uit de zaak van Charlotte Walsh?'

'Ja, als ik die vraag tenminste kan beantwoorden.'

'Is er bewijs dat Walsh een steekwond in haar hersenstam had?'

Evans zweeg even terwijl hij zich de details uit het rapport voor de
geest probeerde te halen.

'Ja, daar stond geloof ik iets over in het rapport,' antwoordde hij.
'Waarom?'

'Je zult het niet prettig vinden wat ik te zeggen heb, maar ik denk dat
je een probleem hebt.'

43

De gebeurtenissen die volgden op Brads telefoontje naar Keith Evans zouden erg opwindend zijn geweest als Brad niet doodsbenauwd was geweest. Om te beginnen was er de zwarte auto met ernstig uitziende FBI-agenten, die hem binnen een uur nadat Evans had opgehangen in zijn appartement kwamen ophalen. Daarna was er de non-stopvlucht in een FBI-toestel naar een militair vliegveld ergens in de buurt van Washington, gevolgd door de rit van het vliegveld naar het schuiladres waar Dana Cutler woonde, en de waarschuwing dat hij binnen moest blijven en niet bij de ramen moest gaan staan om geen gemakkelijk doelwit voor sluipschutters te vormen. En daarna kwam het meest beangstigende deel van de hele zaak, althans voor iemand die wel een goede, maar geen geweldige advocaat was: zijn theorie uitleggen aan de gepensioneerde rechter van het Amerikaanse hooggerechtshof, Roy Kineer, een van de knapste koppen op het gebied van historische jurisprudentie.

Brad vermoedde dat rechter Kineer veel ervaring had met het begroeten van met ontzag vervulde beginnende advocaten, want toen Keith Evans hem en Dana Cutler de vergaderruimte in het kantoor van de onafhankelijke aanklager binnen leidde, deed Kineer wat hij kon om Brad op zijn gemak te stellen.

'Meneer Miller, hartelijk dank voor uw komst,' zei de rechter terwijl hij breed glimlachend zijn hand uitstak. 'Agent Evans was vol lof over uw deductieve vermogens en ik ben erg benieuwd naar uw theorie.'

Brad wist niet wat hij moest zeggen en glimlachte nerveus.

'Kan ik u iets te drinken aanbieden?' vroeg Kineer. 'We hebben koffie, thee en frisdrank. Misschien kunnen we zelfs een koffie verkeerd voor u regelen, of iets wat bij u in de omgeving populair is? Ik heb gehoord dat er hier vlakbij een Starbucks zit.'

'Van origine ben ik eigenlijk een New Yorker. Ik ben nog maar kort geleden naar Portland verhuisd. Dus een zwarte koffie graag, als het niet te veel moeite is.'

Kineer richtte nu zijn glimlach op Dana. 'Het is me een genoegen dat ik eindelijk ook met u kennis kan maken, mevrouw Cutler. Hoe maakt u het?'

'Prima, dank u.'

'Naar wat ik gehoord heb, hebt u dat niet aan Charles Hawkins te danken. Ik hoorde dat u een paar keer op het nippertje bent ontsnapt. Kan ik u ook iets aanbieden?'

'Nee, dank u wel. '

De rechter stuurde een jonge medewerker eropuit om koffie voor Brad te halen. Vervolgens wendde hij zich tot de nerveuze advocaat.

'Laten we ter zake komen, Brad. Kun je hier bij me komen zitten? Ik ben een beetje doof.'

Kineer liep naar het hoofd van een kleine vergadertafel. Evans ging aan het andere eind zitten, met Cutler naast zich. Tegenover Brad zaten een man van middelbare leeftijd en een vrouw van begin dertig. De man had een notitieblok voor zich. De vrouw maakte een gespannen indruk. Kineer stelde hen voor als juridische stafmedewerkers.

'Wat heb je voor ons?' vroeg hij aan Brad, die plotseling begon te twijfelen aan iedere slimme deductie die hij had gemaakt. In zijn appartement over de zaak nadenken was één ding, maar het aan Roy Kineer uitleggen was iets heel anders.

'Misschien zit er ik helemaal naast,' begon Brad aarzelend.

'Meneer Miller, ik waardeer mensen die buiten de geijkte kaders durven denken. Met een goed geheugen kun je bij je rechtenstudie goede examencijfers halen, maar zonder wat creativiteit kun je nooit een echte zaak winnen. Laat maar horen. Het ergste wat er kan gebeuren is dat je het bij het verkeerde eind hebt.' Kineer glimlachte. 'Mocht dat zo zijn, beloof ik dat het niet in je staat van dienst komt te staan. En als je gelijk hebt, wat volgens agent Evans het geval zou kunnen zijn, heb je voorkomen dat we allemaal voor gek staan.'

'Goed dan. We weten dat president Farrington niet zelf de moord op Charlotte Walsh gepleegd kan hebben.'

'Mee eens,' zei Kineer.

'Maar de heer Hawkins kan het ook niet gedaan hebben. Je doet er ongeveer drie kwartier over om van het Theodore Roosevelt-hotel naar het winkelcentrum in Dulles Towne Center te rijden en van het winkelcentrum naar het schuiladres is ongeveer een uur. Je doet er ook pakweg een uur over om van het hotel naar het schuiladres van de CIA te rijden. De foto in *The New York Times* bewijst dat Hawkins om zeven minuten over half tien nog steeds in het hotel was.

We weten dat Charlotte Walsh omstreeks elf uur bij het winkelcentrum werd afgezet en volgens het logboek van de Geheime Dienst is Hawkins om kwart over elf bij de boerderij aangekomen. Als Hawkins om half elf bij het winkelcentrum was geweest en daar tot elf uur heeft gewacht om Walsh te vermoorden kan hij nooit om kwart over elf op het schuiladres zijn geweest. Als hij van het hotel naar de boerderij is gereden en daar om kwart over elf aankwam, kan hij Walsh nooit hebben vermoord nadat ze bij haar auto terug was.'

'Daar waren we ook al achter gekomen,' zei de rechter, 'maar het is een hele steun voor ons dat je zo veel over de zaak weet dat je dezelfde conclusie hebt kunnen trekken.'

'Goed, eh… Hawkins heeft mensen in dienst die bereid zijn om een moord voor hem te plegen. Die heeft hij naar het appartement van Dana, naar het huis van Marsha Erickson, naar het ziekenhuis en naar het motel in West Virginia gestuurd. Het is dus heel goed mogelijk dat Hawkins medeplichtig is aan de moord op Walsh. Maar er is een probleem met deze theorie. Hawkins kon op z'n vroegst om acht uur, toen Cutler haar verslag heeft ingesproken, weten waar Walsh haar auto bij het winkelcentrum had geparkeerd. Er zijn echter, tot het telefoontje dat omstreeks kwart voor tien vanuit de suite naast die van de first lady werd gepleegd, geen gegevens over telefoontjes van mensen die vanaf een plek in het Theodore Roosevelt-hotel die verband houdt met Hawkins hebben gebeld om voicemail op te halen. Als Hawkins op dat moment pas de plaats van Walsh' auto te weten kwam, had hij eerst op zoek moeten gaan naar Tierney en dan de aanslag zo moeten plannen dat Tierney voor elf uur bij het winkelcentrum kon zijn. Ik neem aan dat dat mogelijk is, maar het is niet eenvoudig.

Tierney ontkent ook dat hij of een ander lid van zijn eenheid Walsh heeft vermoord. Het kan zijn dat hij liegt, maar omdat hij al een aantal andere moorden heeft toegegeven, heeft het voor hem niet veel zin om de moord op Walsh te ontkennen.'

'We kunnen je tot nu toe volgen, Brad,' zei Kineer.

'Toen het eenmaal tot me doordrong dat president Farrington en

Hawkins Walsh niet zelf vermoord konden hebben en het onwaarschijnlijk was dat de mensen die voor Hawkins of de president werken het hadden gedaan, begon ik me af te vragen of iedereen de zaak wel van de goede kant benaderde. We zijn ervan uitgegaan dat Rhonda Pulaski, Laurie Erickson en Charlotte Walsh vermoord zijn omdat ze een bedreiging vormden voor Christopher Farringtons politieke carrière, maar ze hebben ook nog iets anders gemeen. Farrington bedroog zijn vrouw met alle drie de meisjes, en dat gaf Claire Farrington een van de oudste motieven die er zijn om ze te vermoorden. Toen dat in me opkwam, herinnerde ik me iets wat ik in het autopsierapport van Laurie Erickson had gelezen.

Volgens de lijkschouwer werd Erickson bijna onthoofd toen Clarence Little met een scherp voorwerp op elke centimeter van haar hals en nek inhakte. Haar huid werd aan flarden gereten. In het rapport stond ook dat Little ná Ericksons dood verschillende lichaamsdelen had verwijderd. Het enige punt waar de lijkschouwer een vraagteken bij zette, was de ontdekking van een bloeding onder het harde vlies boven de hersenstam, waarvan hij de oorzaak niet kon verklaren.

Ik heb bij een dokter in Portland navraag gedaan over die bloeding onder het harde hersenvlies. Hij zei dat door een steek met een scherp voorwerp onder in de nek, tussen de schedel en de eerste halswervel, de wervelkolom kan worden doorgesneden, waarna de dood onmiddellijk intreedt. Hierbij is geen sprake van hevig bloedverlies. Als de lijkschouwer de hersenen niet had verwijderd zou het enige bewijs van de doodsoorzaak een bloeding onder het harde hersenvlies zijn geweest.

De lijkschouwer in Oregon ging onzorgvuldig te werk en liet de hersenen door zijn assistent verwijderen. Daardoor heeft hij de wond niet *in situ* kunnen bekijken. Hij kon de plek waar het scherpe voorwerp was binnengedrongen niet onderscheiden, omdat de nek aan stukken was gehakt en hij heeft ook niet naar de oorzaak van de bloeding onder het harde hersenvlies gezocht, want hij was er zo stellig van overtuigd was dat Little Erickson had vermoord dat hij geen aandacht schonk aan de verwonding aan de wervelkolom.

Ik heb agent Evans een paar vragen gesteld over het autopsierapport van Walsh. Hij heeft me verteld dat er rondom de hals en nek een groot aantal snijwonden zat, wat overeenkomt met de verwondingen bij Laurie Erickson. Hij vertelde me ook dat er een verschil was tussen de manier waarop de aanslag op Walsh was gepleegd en de aanslagen op de andere slachtoffers van de Slachter. De andere slachtoffers werden verminkt vóórdat ze stierven, maar de meeste verwondingen bij Walsh zijn ná haar dood toegebracht.

En nu komt het cruciale stukje informatie over de autopsie van Walsh: ze overleed doordat er een scherp voorwerp aan de onderkant in haar nek werd gestoken, tussen de schedel en de bovenste halswervel, precies zoals bij Erickson. Hierdoor werd Walsh' wervelkolom doorgesneden, wat onmiddellijk de dood veroorzaakte en waarbij nauwelijks bloedverlies optrad. De arts die de lijkschouwing van Walsh verrichtte ontdekte de wond toen hij de hersenen verwijderde.

Ik heb de arts in Portland gevraagd of Laurie Erickson met een scalpel vermoord kon zijn. Hij zei dat dat mogelijk was. Claire Farrington is arts. Zij heeft vast een scalpel en weet ook hoe ze dat zou moeten gebruiken om iemand te doden op de manier waarop Erickson en Walsh om het leven zijn gebracht. Claire Farrington beschikte over de middelen en had ook een motief om beide meisjes te vermoorden.'

'De heer Hawkins heeft Erickson toch in leven gezien toen mevrouw Farrington bij de inzamelingsactie in de bibliotheek was?' vroeg Kineer.

'We hebben alleen Hawkins' verklaring dat Erickson nog in leven was toen hij haar zag. Stel nu dat mevrouw Farrington haar zoon een slaapmiddel had gegeven zodat hij de hele nacht door zou slapen, en Laurie vermoord heeft vlak voordat ze naar de bibliotheek ging, haar in lakens heeft gewikkeld en in de stortkoker heeft laten zakken? Bij de inzamelingsactie vertelt ze Hawkins wat ze gedaan heeft. Hawkins haast zich terug naar het huis van de gouverneur, onder het voorwendsel dat hij zijn aantekeningen moet gaan halen, ontdoet zich van het lijk en doet het vóórkomen dat de moord het werk van Clarence Little is.'

'Waarom zou Hawkins dat doen?' vroeg Kineer.

'Daar zijn drie redenen voor. Eén: hij is al sinds zijn studietijd verliefd op mevrouw Farrington, twee: hij is buitengewoon loyaal aan de Farringtons, en drie:...' Hier zweeg Brad even. '... hij had het vaker gedaan.

Edelachtbare, ik heb hier geen enkel bewijs, maar de politie is er nooit achter gekomen wie Rhonda Pulaski vermoord heeft. Stel dat Claire Farrington haar heeft overreden en dat tegen Charles Hawkins heeft gezegd? En dat Hawkins de auto die Claire daarbij gebruikt heeft, heeft schoongemaakt om haar te beschermen en vervolgens de chauffeur uit de weg heeft geruimd?'

'Dat is een interessant idee, maar, zoals je net al zei, er is geen bewijs om je theorie te ondersteunen. Hawkins neemt de volledige verantwoordelijkheid voor de moorden op Pulaski en Houston op zich.'

'Dat is zo, maar president Farrington had niet het geld om de Pulaski's af te kopen om te voorkomen dat ze naar de autoriteiten stapten toen ze erachter kwamen dat hij een intieme verhouding met hun dochter had. Daar had hij zijn vrouw voor nodig, die uit een rijke familie kwam. Als dat zo is, kun je ervan uitgaan dat mevrouw Farrington wist wat er aan de hand was.'

'Je kunt een aanklacht niet op gissingen baseren, dus laten we het nu over Charlotte Walsh hebben. Als we aannemen dat je gelijk hebt en dat mevrouw Farrington Laurie Erickson inderdaad vermoord heeft, hoe heeft ze dan Charlotte Walsh vermoord terwijl ze in haar suite in het Theodore Roosevelt lag te slapen?'

'Agent Evans heeft me verteld dat Claire Farrington rond tien uur naar haar suite ging en even na één uur is vertrokken. In die paar uur heeft er niemand gekeken of ze daar ook werkelijk was. Mevrouw Farrington had aan Hawkins gevraagd om ook de suite ernaast te reserveren. Stel dat ze vermoedde dat haar man een verhouding met Charlotte Walsh had? Misschien heeft iemand hen in Chicago samen gezien. Het kan best zijn dat zij degene is geweest die Dale Perry heeft gevraagd om iemand in te schakelen om Walsh te schaduwen en aan haar te rapporteren.'

'Bedoel je dat Claire Farrington die geheimzinnige cliënt van Dale Perry was?'

'Ja. We weten dat president Farrington Hawkins meteen heeft gebeld toen Charlotte Walsh naar buiten was gerend. Volgens mij was dat het telefoontje dat hij om zeven minuten over half tien kreeg, toen mevrouw Farrington voor de klok met de sponsoren stond te poseren. De ontvangst was slecht. De Geheime Dienst heeft hem uit de suite naast die van mevrouw Farrington zien komen. Ik denk dat hij uiteindelijk de vaste lijn in die suite heeft gebruikt om erachter te komen waarom de president had gebeld.

Volgens mij heeft Claire Farrington, toen ze eenmaal alleen in haar suite was, geprobeerd haar voicemail op haar mobiel te checken. Toen ze ontdekte dat ze geen verbinding kreeg vanwege de slechte ontvangst heeft ze misschien de telefoon in de suite ernaast gebruikt, zodat het niet leek alsof er vanuit haar suite was gebeld. Op dat moment hoorde ze waar Walsh haar auto had geparkeerd. Ze had met iemand die wist dat ze twee suites had besproken, Dale Perry bijvoorbeeld, kunnen regelen dat er een stel kleren klaarlag in de suite en dat er ergens op straat een auto klaarstond. Mevrouw Farrington kan misschien via de andere suite naar buiten zijn gegaan en via de trap naar beneden zijn gelopen. Dan had ze vlak voordat Walsh aankwam bij het winkelcentrum kunnen zijn, Walsh' auto onklaar kunnen maken, haar met het scalpel vermoorden en Hawkins weer kunnen bellen om zich van het lijk te ontdoen. Vervolgens heeft ze misschien tegen Hawkins gezegd dat Dale Perry te veel wist en heeft Hawkins misschien geregeld dat hij vermoord zou worden op zo'n manier dat het leek of hij zelfmoord had gepleegd.'

'Dat zijn nogal wat "misschiens",' zei Kineer.

Terwijl hij sprak, had Brad meer zelfvertrouwen gekregen en was hij ook meer overtuigd geraakt van zijn gelijk.

'Hoe groot is de kans dat twee vrouwen die ieder aan een andere kant van het land wonen en een relatie met Christopher Farrington hebben, met een scalpel tussen hun schedel en de bovenste halswervel worden doodgestoken en dat hun hals en nek vervolgens worden verminkt om de plaats waar het scalpel is binnengedrongen te maskeren?' vroeg Brad aan de rechter. 'Hoe groot is de kans dat twee verschillende moordenaars, één aan de ene kant van de Verenigde Staten en één aan de andere, hun moord op deze twee vrouwen op het werk van een actieve seriemoordenaar laten lijken?

Daar komt nog bij dat als de moordenaars wilden dat de politie zou denken dat Little en Loomis Erickson en Walsh hadden vermoord, waarom ze hen dan vermoord hebben op een manier die niet overeenkwam met hun werkwijze? Aan de andere kant wordt het volkomen begrijpelijk als de slachtoffers opzettelijk met een steekwond in hun hersenstam zijn vermoord en de beslissing om de werkwijze van Little en Loomis te imiteren pas werd genomen toen de slachtoffers al dood waren.'

'Dat snap ik, maar we zitten nog steeds met een heleboel veronderstellingen. Wat vind jij, Keith?'

'Volgens mij valt er heel wat te zeggen voor Brads ideeën. We hebben de gegevens over de telefoongesprekken vanuit het Theodore Roosevelt-hotel nagetrokken. Er is twee keer gebeld vanuit de suite naast die waar Claire Farrington lag te slapen. De telefoontjes vonden rond tien uur 's avonds plaats, maar wel binnen vijf minuten. We kunnen jammer genoeg niet precies vaststellen op welk moment de agenten van de Geheime Dienst Hawkins uit de suite ernaast hebben zien komen. We kunnen dus niet bewijzen dat beide telefoontjes niet van hem afkomstig waren, maar de tijd ertussen doet vermoeden dat het om twee verschillende bellers gaat.

En dan hebben we ook nog dit,' zei Evans terwijl hij rechter Kineer gaf twee korrelige zwart-witfoto's. Op de ene foto liep iemand in spijkerbroek en met handschoenen en een trui met capuchon aan een trap op. Op de andere liep dezelfde persoon naar beneden.

'Deze foto's zijn afkomstig van een beveiligingscamera in het trappenhuis dat uitkomt in de foyer van het Theodore Roosevelt-hotel. Ze zijn kort na tien uur genomen. Ik heb een agent dezelfde route af laten leggen. Iemand die om die tijd vertrekt en 's avonds rijdt, als er weinig verkeer op de weg is, zou voldoende tijd hebben om naar de plek bij het winkelcentrum te rijden waar Walsh haar auto had geparkeerd, de auto onklaar te maken en zich te verstoppen.'

'Is er een manier om vast te stellen of de persoon op deze foto's een man of een vrouw is?' vroeg Kineer. 'Ik kan het niet zien.'

Evans schudde zijn hoofd. 'We kunnen niet vaststellen of het een man of een vrouw is.'

Kineer keek de vergaderruimte rond. 'Heeft iemand enig idee hoe we verder moeten?'

Kineer glimlachte toen er geen reactie kwam. 'Zijn er vrijwilligers die een zwangere first lady ervan willen beschuldigen een seriemoordenaar te zijn?'

44

Keith Evans had vuurgevechten overleefd en gevochten met nietsont-ziende psychopaten, maar nu hij achter de agent van de Geheime Dienst de trap op liep naar de privévertrekken in het Witte Huis voel-de hij zich toch onzeker. De FBI-agent probeerde zichzelf te overtuigen dat dit net zoiets was als elk ander getuigenverhoor, maar dat lukte hem helemaal niet. Hij was niet samen met rechter Kineer op weg om een of andere onbeduidende drugshandelaar het vuur aan de schenen te leggen. Ze gingen de first lady van de Verenigde Staten ondervragen, een aanstaande moeder die gehuwd was met de machtigste man ter wereld. Evans wist dat zijn carrière afgelopen was als hij het verknalde.

De agent van de Geheime Dienst hield een deur voor Kineer en Evans open. Ze stapten een gezellige zitkamer binnen. Het meubilair was gestoffeerd met een fleurig bloemetjespatroon, dat goed paste bij de gordijnen die voor een aantal ramen hingen die van het plafond tot de vloer liepen. Langs de muren stonden een kersenhouten schrijf-bureau en hoge kasten met tinnen bekers en serviesgoed uit de kolo-niale tijd. Pastorale landschappen in vergulde lijsten versterkten het gevoel dat de bezoekers voor hun verhoor naar het huis van een acht-tiende-eeuwse landheer waren gekomen.

Bij de deur stond een in donkerblauw kostuum geklede man van gemiddelde lengte hen op te wachten. Hij had een verzorgde peper-en-zoutkleurige baard en droeg een montuurloze bril.

'Goedemiddag, Mort,' zei Roy Kineer tegen Morton Rickstein.

'Goedemiddag, meneer de rechter,' antwoordde Rickstein. De ver-zorgd uitziende advocaat en de voormalige rechter waren geen vrienden, maar ze waren elkaar vaak genoeg bij recepties en juridische bijeenkom-sten tegengekomen om te kunnen zeggen dat ze goede kennissen waren.

'Ken je dokter Farrington?' vroeg Rickstein.

'We hebben elkaar een paar keer gesproken,' antwoordde Kineer, zich tot de vrouw wendend die voor een hoog raam zat waar zonlicht door naar binnen viel. Claire Farrington zat met haar rug recht. Ze nam haar bezoekers aandachtig op met een vaag geamuseerde glimlach om haar lippen, op de manier waarop een koningin naar een smekeling uit een afgelegen deel van haar rijk kijkt.

Kineer was vergeten hoe groot en sterk Claire Farrington eruitzag. De eerste tekenen van haar aanstaande moederschap namen zijn gevoel niet weg dat het voor haar eenvoudig geweest moest zijn om meisjes als Charlotte Walsh en Laurie Erickson te overmeesteren.

'Mevrouw Farrington, dit is Keith Evans,' zei Kineer. 'Hij werkt bij de FBI, maar ik heb hem aan mijn staf laten toevoegen omdat hij het onderzoek in de zaak van de Slachter van Washington heeft geleid.'

'Aangenaam, agent Evans,' zei Farrington. 'Uw arrestatie van Eric Loomis was een knap staaltje werk.'

'Dank u,' zei Evans. Het ontging hem niet dat ze hem niet had gecomplimenteerd met de arrestatie van Charles Hawkins.

Kineer en Evans vonden een zitplaats op een bank schuin tegenover de rechte stoel van Claire Farrington. Evans zette zijn diplomatenkoffertje op de vloer naast een salontafel van donker gepolijst hout.

'Waarom vind je het nodig om mevrouw Farrington te verhoren?' vroeg Rickstein zodra Evans en de rechter gezeten waren.

'Omdat ze goed bevriend is met Charles Hawkins,' antwoordde rechter Kineer.

'Je bent toch niet van plan om haar als getuige op te roepen?'

'Dat kan ik niet met zekerheid zeggen. Mevrouw Farrington was op de avond van de moord op Charlotte Walsh in gezelschap van de heer Hawkins. Misschien beschikt ze over bewijzen die voor de zaak van belang kunnen zijn.'

'Ik heb begrepen dat de heer Hawkins heeft bekend en van plan is om zichzelf schuldig te verklaren. Als er toch geen proces komt, waar heb je mevrouw Farrington dan voor nodig?'

'Een bekentenis is op zich niet voldoende,' zei Kineer tegen de advocaat, waarna hij zijn aandacht op de first lady richtte. 'We moeten er zeker van zijn dat de heer Hawkins de misdaden die hij heeft bekend ook werkelijk heeft gepleegd. Soms bekennen mensen een misdaad die ze niet gepleegd hebben omdat ze geestelijk gestoord zijn of publiciteit zoeken, of omdat ze de echte dader willen beschermen.'

Er kwam geen verandering in de gezichtsuitdrukking en de houding van Farrington.

'Heb je reden om aan de bekentenis van de heer Hawkins te twijfelen?' vroeg Rickstein.

'We hebben wat moeite met een paar onderdelen ervan, dus moeten we helaas ons onderzoek voortzetten.'

'Om welke onderdelen gaat het?' vroeg Rickstein.

Kineer glimlachte. 'Daar kan ik tot mijn spijt op dit moment niets over zeggen. Geheimhoudingsplicht en zo. Dat zul je begrijpen, Mort.'

'Natuurlijk. Laten we verdergaan. Jij stelt je vragen en mevrouw Farrington zal die beantwoorden tenzij ik haar dat afraad of als ze het zelf niet wil.'

'Dat is goed,' zei Kineer. Hij wendde zich tot Evans. 'Keith is beter op de hoogte van de zaken, dus hij zal de vragen stellen. Keith?'

'Dank u dat u tijd hebt willen vrijmaken om met ons te praten. Ik weet dat u het vreselijk druk hebt,' zei Evans.

'Chuck is een goede vriend. Ik kan niet geloven wat hem allemaal overkomt.'

Evans knikte vol medeleven. 'Waar hebt u elkaar leren kennen?'

'We zaten allemaal in hetzelfde jaar op de OSU.'

'De staatsuniversiteit van Oregon?'

'Ja. En we deden allemaal aan sport. Hij en Chris waren lid van het basketbalteam en ik speelde volleybal.'

'Ik heb gehoord dat u heel goed was.'

'Dat was ik ook,' antwoordde Claire zonder aarzelen.

'Was meneer Hawkins ook erg goed?'

'Niet echt. Hij was geen lid van de kernploeg zoals Chris. Hij heeft een paar goede wedstrijden gespeeld, maar het grootste deel van de tijd zat hij op de reservebank.'

'Ik heb begrepen dat u tijdens uw studie verkering had met de heer Hawkins.'

'Dat klopt.'

'Ging u in die tijd ook wel eens met de president op stap?'

'We gingen vaak met z'n vieren uit, Chuck met mij en Chris met wie hij op dat moment verkering had.'

'Dus de president en de heer Hawkins waren goede vrienden?'

'Ja.'

'Had de president tijdens zijn studie geen vaste verkering?'

Er verscheen er een blik van afkeer op het gezicht van de presidents-vrouw, maar die was meteen weer verdwenen.

Haar antwoord klonk stijfjes. 'Chris was de grote man op de campus. Hij had geen moeite met vrouwen naar zich toe te trekken.'

'Wanneer kreeg u verkering met de president?' vroeg Evans.

'Ga je nu niet wat te ver?' vroeg Rickstein. 'Mevrouw Farrington heeft een druk schema en ze is zo vriendelijk geweest om tijd voor jullie uit te trekken, maar als je over onderwerpen begint die in elke krant en in elk tijdschrift die over de campagne schrijven hebben gestaan zitten we hier morgen nog.'

'Daar zit wat in,' moest Evans toegeven. 'Mevrouw Farrington, is de heer Hawkins naar uw mening buitengewoon loyaal aan u en aan de president?'

'We hebben hem na zijn diensttijd door een heel moeilijke periode heen geholpen en daar is hij ons altijd erg dankbaar voor geweest.'

'Dus hij doet alles voor u en de heer Farrington?'

'Ik kan niet namens Chuck spreken.'

'Maar hij zou niet aarzelen om u te helpen als u problemen had?'

'Nogmaals, ik kan niet namens de heer Hawkins spreken.'

'Heeft hij u of de president geholpen als er privéproblemen waren?'

'Wat bedoelt u?'

'De heer Hawkins heeft bekend dat hij Rhonda Pulaski en Tim Houston heeft vermoord.'

De first lady verstarde. 'Wat heeft dat met mij te maken?'

'De Pulaski's hebben zwijggeld gekregen in verband met de seksuele verhouding die uw man met hun tienerdochter had en…'

'Mijn man heeft Rhonda Pulaski bij een proces verdedigd, en met succes. Ze werd inhalig en probeerde hem te chanteren met een waanzinnige beschuldiging. Er heeft niemand zwijggeld gekregen.'

'De Pulaski's zeggen dat ze geld hebben gekregen om erover te zwijgen.'

'Dan liegen ze.'

'Agent Evans,' onderbrak Kineer. 'De heer Hawkins heeft die moorden bekend. Ik zie niet in wat de first lady ermee te maken kan hebben.'

'Mevrouw Farrington, hebt u uw man geld gegeven om de Pulaski's af te kopen?' vroeg Evans.

'Ik ga niet nog meer vragen over die mensen beantwoorden.'

'Ik denk dat we beter op het volgende onderwerp over kunnen stappen, Keith,' zei Kineer op vriendelijke toon.

'Hebt u op de avond van de inzamelingsactie in het Theodore Roosevelt-hotel iets ongewoons aan het gedrag van de heer Hawkins gemerkt?'

'Nee, maar ik had het veel te druk met mijn toespraak en ik voelde me ook niet goed. Ik had vreselijk last van ochtendziekte.'

'Daar heb ik iets over gehoord. Had u niet speciaal voor dit soort eventualiteiten een suite gereserveerd?'

'Ja.'

'Op de dag van de inzamelingsactie?'

'Ja.'

'Twee suites, om precies te zijn? Naast elkaar?'

'Dat is juist. We moesten er om veiligheidsredenen zeker van zijn dat de suite ernaast niet bezet was.'

'Ik heb begrepen dat de heer Hawkins dat heeft geregeld.'

'Ja.'

'De Geheime Dienst heeft ons verteld dat u op weg naar uw fotosessie gebruik hebt gemaakt van het toilet omdat u zich niet goed voelde.'

'Dat klopt.'

'Hebt u terwijl u in het toilet was toevallig uw voicemail gecheckt?'

De first lady aarzelde en keek Evans wantrouwend aan voordat ze zijn vraag beantwoordde.

'Nee,' zei ze kortaf.

Evans haalde twee zwart-witfoto's uit zijn diplomatenkoffertje en hield ze omhoog, zodat mevrouw Farrington en Mort Rickstein ze konden zien. Op de ene foto liep iemand in een spijkerbroek en met handschoenen en een trui met capuchon aan een trap op. Op de andere foto liep dezelfde persoon naar beneden.

'Hebt u enig idee wie dit kan zijn?' vroeg de agent.

Farrington boog zich voorover en bekeek de foto's een paar tellen aandachtig. Vervolgens schudde ze haar hoofd.

'Het spijt me, maar ik herken deze man niet.'

'We weten niet honderd procent zeker of het een man is,' zei Evans. 'Het kan ook een uit de kluiten gewassen vrouw zijn.'

'Wat heeft dit met de heer Hawkins te maken?' vroeg Mort Rickstein.

'We weten niet zeker of het iets met hem te maken heeft.'

'Waarom laat u mij dan die foto's zien?' vroeg Farrington.

'Deze foto's zijn, kort na tien uur op de avond van de inzamelings-actie waar u bij aanwezig was, genomen door een beveiligingscamera in het trappenhuis van het Theodore Roosevelt-hotel. Tegenover de suite naast die waar u lag te rusten is een deur naar het trappenhuis. Dale Perry heeft de agent van de Geheime Dienst die de uitgang van het trappenhuis in de gaten hield die avond twee keer weggelokt. Als iemand via het trappenhuis het hotel in en uit wilde glippen zou hij of zij daar op het moment dat de bewaker niet op de deur van het trap-penhuis lette de gelegenheid voor hebben gehad.'

'Wat kan mij dat schelen? Ik heb van tien tot even voor enen liggen slapen.'

'Bent u op een gegeven moment naar de suite ernaast gegaan om te telefoneren?'

'Nee, waarom? Er stond een telefoon op het nachtkastje in de suite waar ik lag te slapen. Als ik had willen bellen had ik die wel gebruikt.'

Het leek of Rickstein argwaan begon te krijgen. 'Wat is hier aan de hand?'

'Er zijn twee telefoontjes gepleegd vanuit de suite naast die waar mevrouw Farrington lag te slapen. De heer Hawkins heeft rond tien uur een van die telefoontjes gepleegd. We proberen erachter te komen of allebei die telefoontjes van hem afkomstig waren,' zei Keith.

Rickstein fronste zijn voorhoofd. 'Ik dacht dat dit gesprek over Chuck Hawkins zou gaan, maar ik begin te vermoeden dat je met iets anders bezig bent, Roy. Wat is hier aan de hand?'

'Er zijn bepaalde feiten aan het licht gekomen die ons doen veron-derstellen dat mevrouw Farrington misschien betrokken is bij de moorden op Pulaski, Erickson en Walsh.'

Rickstein was stomverbaasd. 'Betrokken? Hoe dan?'

'Daar kan ik helaas niets naders over zeggen,' antwoordde Kineer.

'Dan vrees ik dat ik een einde aan dit gesprek moet maken.'

Tijdens deze woordenwisseling had Evans Claire Farrington aan-dachtig zitten opnemen. Ze had niets gezegd, maar ze had aan een stuk door naar Roy Kineer zitten kijken met een blik waaruit volgens Evans pure haat sprak.

'Goedemiddag, mevrouw Farrington,' zei rechter Kineer. 'Dank dat u tijd hebt kunnen vrijmaken voor dit gesprek.'

Farrington reageerde niet. Even nadat de FBI-agent en de rechter de zitkamer hadden verlaten ging de deur open en kwam Mort Rickstein naar buiten.

'Wacht even, Roy,' riep hij.

Kineer en Evans draaiden zich om.

'Wat is er aan de hand?' wilde Rickstein weten toen hij zich bij hen had gevoegd.

'Precies wat ik zei.'

'Je verdenkt Claire er toch niet echt van dat ze op een of andere manier direct betrokken is bij deze moorden?'

'We hebben een paar bewijzen die in die richting wijzen.'

Rickstein leek even met stomheid geslagen, maar hij herstelde zich snel.

'Ken je die spreuk van Emerson: "Als je een koning aanvalt, moet je hem doden"? Dat geldt ook voor een koningin. Als ik jou was, zou ik met geen woord over je verdenkingen reppen tenzij je over keiharde bewijzen beschikt dat Claire iets verkeerds heeft gedaan.'

'Maak je geen zorgen, Mort. Ik vat mijn functie heel serieus op. Ik val je cliënt pas aan als ik zeker weet dat het raak is.'

Rickstein keek de jurist doordringend aan. Toen schudde hij zijn hoofd en liep terug naar de zitkamer.

'Wat denk jij?' vroeg Kineer toen de advocaat buiten gehoorsafstand was. 'Volgens mij is het 1-0 voor de first lady.'

'Mee eens. Volgens mij zit ze er tot over haar oren in, maar misschien kunnen we dat niet bewijzen.'

'We weten nu tenminste waarom Hawkins zo snel doorsloeg,' zei Evans. 'Dat was vanwege de telefoontjes. Hij wilde niet dat we zouden denken dat mevrouw Farrington de telefoon in de suite ernaast had gebruikt om de voicemail van Cutler op te halen.'

'Hawkins is de enige die Claire Farrington aan de kaak kan stellen,' zei Kineer. 'Denk je dat we hem zover kunnen krijgen?'

'Die vent is een samurai, edelachtbare. Hij pleegt harakiri voor zijn keizer en keizerin.'

'Wat gaan we nu doen?'

Evans schudde zijn hoofd. 'Geen idee.'

De president vergaderde met de gezamenlijke stafchefs, maar zodra de vergadering was afgelopen haastte hij zich terug naar zijn privévertrekken om te horen waarom rechter Kineer die middag met zijn vrouw wilde spreken. Claire zat in de slaapkamer te wachten.

'Wat is er gebeurd?' vroeg bij bezorgd.

'Ik denk dat ze het weten,' zei Claire op kalme toon.

Farrington plofte neer in een leunstoel. Hij maakte een verslagen indruk.

Claire glimlachte. 'Ze weten het, maar ze kunnen niets bewijzen, Chris. Je hoeft je geen zorgen te maken. Alles komt goed.'

Farrington keek op. 'Maar als ze…?'

'Dat lukt ze nooit. Wees sterk. Kijk eens waar we zijn,' zei ze, terwijl ze de weidse kamer rond gebaarde. 'Ik wist dat we hier ooit terecht zouden komen. Dit kan niemand ons afnemen.'

Claires gezichtsuitdrukking verhardde zich. Het was of de deur van een kluis met kostbaarheden dicht werd gesmeten. Als zijn vrouw in zo'n stemming was, werd hij altijd bang van haar.

'Niemand,' herhaalde ze op een toon die zo kil was dat er geen twijfel bestond over hoever ze bereid was te gaan om hem in het Witte Huis te laten blijven en te zorgen dat haar huwelijk niet door andere vrouwen werd bedreigd.

45

Toen Keith Evans de woonkamer van het schuiladres binnen kwam, zaten Dana Cutler en Brad Miller op CNN naar het verslag van Charles Hawkins' bekentenis te kijken. Hawkins had erop gestaan dat hij meteen voor een rechtbank in de staat Maryland schuld zou bekennen inzake de moord op Charlotte Walsh. Gary Bischoff had geweigerd Hawkins bij te staan, zodat hij een nieuwe advocaat in de arm had genomen, wiens glimlach voor de televisiecamera's de indruk wekte dat hij er niet het minste probleem mee had om een cliënt te verdedigen die misschien niet eens schuldig was aan een moord waarvoor de doodstraf kon worden geëist.

'Waarom ben je niet in de rechtszaal?' vroeg Brad.

'Ik kon het niet opbrengen. Het is allemaal zo triest. Hawkins vangt de klappen op voor de Farringtons en zit misschien de rest van zijn leven in de gevangenis of wordt terechtgesteld wegens misdaden die hij niet heeft begaan.'

'Maar hij is ook niet helemaal onschuldig, Keith,' zei Brad. 'Waarschijnlijk heeft hij Houston, de chauffeur, vermoord en heeft hij die kerels op Dana afgestuurd om haar te vermoorden. Hij heeft op z'n minst Claire Farrington gedekt toen ze Rhonda Pulaski vermoordde, zodat ze ook Erickson en Walsh uit de weg kon ruimen.'

'Moorden waarvoor ze door Hawkins nooit zal boeten,' zei Evans bitter.

'In het leven gaat het anders dan in films,' zei Dana Cutler. 'Meestal loopt het niet goed af.'

'Je geeft het toch niet op, hoop ik?' vroeg Brad.

'Nee, en rechter Kineer ook niet. Het onderzoek vordert gestaag, maar het loopt niet echt lekker. Maar genoeg ontmoedigend nieuws. Nu iets anders.' Evans glimlachte. 'Ik kom jullie vertellen dat jullie vanaf vanmiddag weer een normaal leven kunnen gaan leiden. Nu Hawkins heeft bekend, denken we dat jullie geen gevaar meer lopen. Brad, ik heb voor jou een eersteklas vliegticket terug naar Portland. Dana, jij zult er genoegen mee moeten nemen dat ik je in mijn roestbak terug naar je appartement rijd.'

'Ik wil zo graag dat er een einde komt aan dit huisarrest dat ik op een driewieler naar huis zou kunnen rijden,' zei Dana.

'Het is een voorrecht geweest jullie te leren kennen,' zei de agent tegen hen. 'Ik vind het alleen jammer dat jullie inspanningen er niet toe hebben geleid dat de Farringtons voor hun misdaden hebben geboet.'

'Nóg niet,' zei Brad.

'Ik help het je hopen,' zei Evans.

Brad en Dana gingen naar boven om hun spullen te pakken. Dana kwam als eerste naar beneden. Terwijl ze wachtten tot Brad terugkwam, praatte ze met Evans over van alles en nog wat. Ze namen afscheid van elkaar, waarna Brad in een auto stapte die hem naar het vliegveld bracht.

'Ben je zover?' vroeg Evans aan Dana.

Ze gooide de plunjezak met haar kleren op de achterbank van Evans' auto en ging naast hem zitten.

'Wat zijn je plannen voor de toekomst?' vroeg Evans toen ze een tijdje onderweg waren.

'Dezelfde die ik had voordat ik met machtige beroemdheden te maken kreeg: zorgen dat ik niet opval en genoeg geld verdienen om te kunnen eten en de huur te betalen.'

'Ik hoop dat het je allemaal lukt. Volgens mij heb je genoeg opwinding voor een heel mensenleven achter de rug.'

'Dat had ik al voordat Dale Perry me inhuurde,' zei Dana bits.

Evans richtte zijn aandacht op de weg. Hij schaamde zich omdat hij vergeten had wat Dana Cutler allemaal had meegemaakt. Als Dana zich aan hem ergerde, liet ze dat niet merken. Tijdens de rest van de rit leek ze in gedachten verzonken.

'Heb je toevallig afdrukken van de foto's van die geheimzinnige persoon in het trappenhuis van het Theodore Roosevelt-hotel?' vroeg Dana toen Evans voor de deur van haar appartement parkeerde.

'Waarom?'

'Dat zeg ik liever niet. Maar ik wil graag afdrukken hebben van de foto's en een compleet stel van de politierapporten over de plaats van het misdrijf bij het winkelcentrum in Dulles Towne Center.'

Evans nam de privédetective aandachtig op. Dana's gezichtsuitdrukking verried niets.

'Ik zal kijken wat ik kan doen,' zei Evans.

Dana knikte. Ze stapte uit en ging naar binnen. Zodra ze de deur van haar appartement achter zich had gesloten haalde Dana haar mobiele telefoon tevoorschijn.

'Jake, ik ben het, Dana,' zei ze zodra Teeny opnam.

'Waar heb jij verdomme al die tijd gezeten?'

Het deed Dana genoegen dat hij bezorgd klonk.

'Dat is een lang verhaal, en ik wil het je graag vertellen, maar mijn auto staat bij jou in de straat en ik heb geen vervoer.'

'Waar is mijn Harley?'

'Dat is ook een lang verhaal.'

'Weet je dat ik door de FBI ondervraagd ben? Wat heb je je allemaal op de hals gehaald?'

'Kom hierheen, dan zal ik het je vertellen. We gaan uit eten. Ik trakteer. Geloof me, het verhaal is de moeite van de rit waard. O, en breng alsjeblieft de envelop met de dvd mee die ik op het bureau in je werkkamer heb laten liggen.'

Jake hing op en Dana liep met haar plunjezak naar de slaapkamer. Ze was blij dat ze iemand als Jake had om mee te praten, en het kon geen kwaad dat hij een genie was op fotogebied. Terwijl ze haar kleren sorteerde, dacht ze na over het idee dat haar bezighield sinds Keith Evans haar had verteld dat Claire Farrington ongestraft moorden kon plegen. Dana's hart ging uit naar Rhonda Pulaski, Laurie Erickson en Charlotte Walsh. Drie aardige meiden, die allemaal veel te jong gestorven waren. Dana vond het een groot schandaal dat Claire Farrington hen om het leven had gebracht, en elke keer dat ze besefte hoe weinig het had gescheeld of ze was zelf deel gaan uitmaken van de verzameling lijken van de first lady voelde ze blinde woede in zich opkomen.

Haar afgrijselijke ervaring in de kelder van het drugslaboratorium had niet veel goeds opgeleverd, maar de dood zo nabij voelen dat je afscheid van je leven nam, deed je angst voor de dood verdwijnen. Maar dat betekende niet dat je ook echt wilde sterven. Claire Farrington had Dana's recht om te leven gewoon opzijgeschoven. Dana zwoer dat ze het haar betaald zou zetten.

46

Morton Rickstein was doodop. Het was half tien 's avonds en hij was al sinds half acht die ochtend op kantoor bezig met de voorbereiding van een getuigenverklaring. Gewoonlijk kleedde Rickstein zich tot in de puntjes, maar hij was zo moe dat hij niet eens de moeite nam om de mouwen van zijn overhemd omlaag te doen voordat hij zijn colbert aantrok, en hij liet zijn das half los hangen toen hij zijn koffertje pakte en naar de lift sjokte die hem naar de parkeergarage zou brengen. In de lift bedacht Rickstein hoe heerlijk het zou zijn om straks met een whisky met ijs in zijn studeerkamer te zitten.

De liftdeuren gingen open en Rickstein liep de parkeergarage in. Hij bleef vaak laat op kantoor, maar hij had nooit kunnen wennen aan de onheilspellende stilte die op dit uur van de avond in de betonnen ondergrondse garage heerste. De meeste auto's waren vertrokken en het grootste deel van de garage was in schaduwen gehuld. Rickstein stelde zich voor dat zich in het verborgene van de pikdonkere nissen de verschrikkelijkste dingen afspeelden en keek onwillekeurig met angstige blik naar de dikke betonnen pilaren die het dak ondersteunden. Een moordenaar zou zich er ongezien achter kunnen verbergen tot er een nietsvermoedend slachtoffer langskwam.

Er stonden drie pilaren tussen de lift en zijn auto. Bij elke pilaar die hij passeerde kreeg hij een gespannen gevoel. Rickstein haalde zijn sleutel met afstandsbediening uit zijn zak en deed de portieren van slot, zodat hij zo snel mogelijk in kon stappen. Hij hoorde het geruststellende piepje en versnelde zijn pas. Toen hij ongedeerd bij zijn Lexus aankwam, slaakte hij een zucht van verlichting en boog zich voorover om het portier te openen.

'Meneer Rickstein.'

De advocaat draaide zich razendsnel om. Zijn hart sloeg een paar keer over. Vanuit het niets was een vrouw opgedoken. Haar zwarte spijkerbroek en motorjack maakten de indruk dat er met haar niet te spotten viel.

'Het spijt me dat ik u heb laten schrikken. Ik ben Dana Cutler. Ik ben privédetective en ik heb voor uw kantoor gewerkt. Het meeste werk was voor Dale Perry.'

Het duurde even voordat Rickstein zich haar naam herinnerde en in verband bracht met de cliënt die naar Dale Perry had gebeld om haar beklag te doen nadat ze door een medewerker van Reed, Briggs lastig was gevallen. Dana Cutler was de vrouw die betrokken was geweest bij de schietpartij in het huis van Marsha Erickson in Oregon.

'Mevrouw Cutler, ik heb een lange dag achter de rug. Als u iets met me wilt bespreken kunt u morgen mijn secretaresse bellen om een afspraak te maken.'

'Dit kan niet tot morgen wachten. Het gaat over een andere cliënt van Kendall, Barrett: Claire Farrington.'

Dana stak haar hand uit naar Rickstein. Ze hield een envelop vast.

'Ik wil dat u deze envelop aan de first lady geeft. Er zitten een foto en een mobiele telefoon in. Het staat u vrij om de telefoon te laten onderzoeken om er zeker van te zijn dat het geen bom is, maar als ik u was zou ik niet naar de foto kijken. Het is beter voor u dat u niet weet wat er op staat. Misschien bent u dan niet langer in staat om uw cliënt bij te staan.

Als u de envelop aan mevrouw Farrington geeft, wilt u haar dan vertellen dat ik tegen de politie heb gelogen toen ik zei dat ik niet naar het parkeerterrein bij het winkelcentrum in Dulles Towne Center terug ben gegaan. Ik was niet van plan om terug te gaan toen ik de voicemail voor haar had ingesproken, maar ik werd nieuwsgierig. U kunt tegen haar zeggen dat ik een paar heel interessante foto's heb gemaakt die niet in de envelop zitten. Ik zal haar op het mobieltje bellen en haar zeggen hoe ze aan die foto's kan komen.'

'Ik weet niet wat u van plan bent, maar ik wil hier niets mee te maken hebben.'

'Ik kan geen andere manier bedenken om met mevrouw Farrington in contact te komen. Mensen als ik kunnen niet gewoon aanbellen bij het Witte Huis en vragen of ze de first lady kunnen spreken.'

'Wat u voorstelt klinkt als chantage en ik ga u daar niet bij helpen. En nog iets: als ik hoor dat u doorgaat met uw intriges stap ik naar de politie, dan kunnen die met u afrekenen.'

'Het lijkt me beter dat u dat niet doet, meneer Rickstein. Tenminste niet als u het beste met uw cliënt voor hebt. Herinnert u zich die foto's in *Exposed* die president Farringtons problemen hebben veroorzaakt? Die heb ik gemaakt, en ik heb geprobeerd redelijk te zijn. Voordat ik ergens anders naartoe ben gestapt, heb ik met de heer Perry gesproken en aangeboden dat ik de foto's aan de president wilde verkopen. Dale en de president hebben me belazerd, en dus heb ik ze aan *Exposed* verkocht. De verhalen in *Exposed* gaan Farrington waarschijnlijk de verkiezingsoverwinning kosten. De foto in die envelop kan uw cliënt het leven kosten. U moet beslissen wat u gaat doen, maar wel snel. Als u er niet op ingaat, bel ik Patrick Gorman bij *Exposed*. Hij heeft me na zijn succes met mijn eerste serie opnamen met een verborgen camera zijn privénummer gegeven.'

Op de ochtend na haar gesprek met Rickstein belde Dana de advocaat op zijn kantoor om erachter te komen wanneer hij met Claire Farrington zou gaan praten. Dana vermoedde dat Rickstein tijdens de eerste tien minuten van het gesprek de envelop zou overhandigen en haar boodschap zou doorgeven. Als Farrington de foto eenmaal had bekeken zou ze Rickstein vragen om te vertrekken omdat ze niet wilde dat de advocaat hem zag of haar gesprek met Dana zou afluisteren. Dana berekende dat de first lady ongeveer een kwartier na de aankomst van Rickstein de foto wat aandachtiger zou gaan bekijken. Op dat moment belde ze. Ze wilde dat Farrington de foto bekeek, maar ze wilde haar niet veel bedenktijd gunnen voordat ze haar eisen stelde.

Toen de telefoon twee keer was overgegaan nam de first lady op.

'Mevrouw Farrington?'

'Wie anders zou deze telefoon kunnen hebben?' vroeg Farrington op nijdige toon.

'Met ergernis lost u uw probleem niet op. Dit is voor mij zuiver een zakelijk voorstel. Ik heb geprobeerd dat aan Dale Perry en uw man uit te leggen, maar die vonden het beter om me te vermoorden dan om op mijn alleszins redelijke eisen in te gaan. Dat is ze zuur bekomen. Dale is dood en uw man zit in november waarschijnlijk zonder werk. Ik kan u verzekeren dat hij de verkiezingen verliest en dat u de gevangenis in draait als ik de foto's van u op het parkeerterrein in Dulles Towne Center aan *Exposed* verkoop, maar die betalen op geen stukken na zo veel als u.'

'Wat wilt u van me?'

'Drie miljoen dollar, vandaag telefonisch over te maken op het rekeningnummer dat u in de envelop vindt. Als het geld veilig op mijn rekening staat, krijgt u de foto's.'

'Ik heb geen idee wat die foto's volgens u met mij te maken hebben. Er staat alleen maar iemand in een trui op die een autoportier opent. Je kunt zijn gezicht niet zien. Je ziet niet eens of het een man of een vrouw is.'

Dana lachte. 'Ik merk dat u zich zorgen maakt dat ik dit gesprek opneem. Dat doe ik niet. Maar om u gerust te stellen: ik ga u niet vragen om iets belastends te zeggen.

Om nog even terug te komen op de redenen waarom u gaat betalen: het staat buiten kijf dat de persoon op mijn foto's dezelfde is als de figuur in het trappenhuis van het Theodore Roosevelt-hotel. Maar wat belangrijker is, is dat ik ook nog een heel fraaie foto heb, die ik niet aan u heb gegeven omdat ik bang was dat Mort Ricksteins nieuwsgierigheid de overhand zou krijgen. Op die foto zit de capuchon ver genoeg naar achteren om te kunnen zien hoe u dreigend in de auto van Charlotte Walsh kijkt. Als je die uitvergroot kunt u zeker zijn van een ontmoeting met de beul.'

'Ik geloof niet dat u foto's hebt die me ook maar iets kunnen maken. Maar zelfs áls ik die foto's zou willen kopen lukt het me niet om vandaag drie miljoen dollar bij elkaar te krijgen. En ik zou zeker geen rooie cent betalen aan een afperser zonder die volgens u zo belastende foto's gezien te hebben.'

'Als u die foto's wilt zien voordat u betaalt, moet u vandaag om middernacht naar het parkeerterrein bij Dulles Towne Center komen. We spreken af op de plek waar Charlotte Walsh haar auto had geparkeerd. 's Avonds staat daar niemand, en ik wil er zeker van zijn dat u alleen komt.'

'Het zou buitengewoon moeilijk voor me zijn om zonder geleide van de Geheime Dienst naar u toe te komen.'

'Zeg dan dat u geen geleide wilt.'

'Zo eenvoudig is dat niet. De Geheime Dienst doet niet wat ik zeg als ik gevaar zou kunnen lopen. Er zal een agent met me mee moeten.'

'Goed, u kunt u door een agent laten rijden, maar als u van plan bent om me te laten arresteren of te vermoorden zou ik daar maar eens goed over nadenken. Ik weet dat het afgezaagd klinkt, maar ik heb echt een tweede stel foto's aan een advocaat gegeven, die ze naar *Exposed* stuurt als ik voortijdig kom te overlijden.'

'U stelt belachelijke eisen. Als ik me ook maar iets zou aantrekken van uw waanzinnige beschuldigingen, zou ik me ook zorgen maken dat u, zodra ik u betaald heb, om nóg meer geld gaat vragen. Afpersers houden nooit op met eisen als ze eenmaal beet hebben.'

'Daar zit wat in, maar u hebt geen andere keus. U moet me wel vertrouwen. Ik denk niet dat u het leuk zou vinden als u landelijk op televisie komt terwijl u geboeid het Witte Huis uit wordt geleid. En als u nog steeds boos op me bent, moet u onze transactie maar zo zien: die drie miljoen is smartengeld, voor de mentale schade die ik heb opgelopen doordat ik de afgelopen weken heb moeten proberen om in leven te blijven. Ik weet zeker dat een jury me méér zou toewijzen als ik een proces aanspande. Maar zoiets neemt jaren in beslag. Ik geef de voorkeur aan één snelle transactie.

En u hoeft u echt geen zorgen te maken dat ik nog meer ga eisen. Als u iets over mijn achtergrond hebt gehoord weet u waarom ik bij de politie weg ben gegaan. Als u me betaalt, verdwijn ik voorgoed uit uw leven. Het enige wat ik wil is met rust gelaten worden. Aan drie miljoen dollar heb ik voor de rest van mijn leven genoeg.'

Nadat Dana Cutler het gesprek had beëindigd bleef Claire Farrington nog even met de mobiele telefoon in haar hand zitten. Toen legde ze het apparaatje naast zich op de bank en staarde naar de foto van de figuur met de capuchon die naast de auto van Charlotte Walsh stond. Het leek of de foto vanaf een afstandje vanaf de bestuurderskant van Walsh' auto was genomen. Op de foto was een figuur met een capuchon te zien die naast het portier aan de bestuurderskant stond. Er was iets aan de foto wat haar dwarszat. Het duurde een paar tellen voordat ze zag wat het was. Toen drong het tot haar door dat de figuur met de capuchon op de foto dezelfde was als de figuur met de capuchon op de foto van de beveiligingscamera in het trappenhuis van het Theodore Roosevelt-hotel.

Claire bleef nog even aandachtig naar de foto kijken. Ze glimlachte. Nu wist ze zeker dat de foto net zo nep was als Dana Cutlers verhaal. De figuur met de capuchon stond zó dat het leek of ze met haar rechterhand de portierkruk vasthield. Dat klopte niet. Toen ze Walsh had vermoord had ze de kruk met haar linkerhand beetgepakt zodat ze de deur open kon rukken zonder dat ze er zelf voor stond. Als ze dat met haar rechterhand had gedaan, zou dat het geval zijn geweest.

In haar laatste voicemail had Cutler gezegd dat ze de achtervolging van Walsh had gestaakt. Dat was ook zo. Cutler was niet op het parkeerterrein toen ze Walsh vermoordde. De first lady slaakte een zucht van verlichting. Ze wist niet hoe Cutler de foto had vervalst, maar ze wist wel dat de foto niet echt was. Claire belde Irving Lasker, het hoofd van haar Geheime Dienst-eenheid.

Een paar minuten later zat Lasker naast Farrington.

'Irv, weet jij hoe je een foto moet vervalsen of ken je iemand die daar ervaring mee heeft?'

'Ik weet wel ongeveer hoe je dat moet doen.'

Farrington gaf Lasker de foto en zei dat de figuur met de capuchon verdacht veel leek op de persoon op de foto die de beveiligingscamera had gemaakt.

'Hoe kun je het zo laten lijken dat de persoon met de capuchon naast die auto staat, terwijl hij daar in werkelijkheid nooit is geweest?' vroeg ze.

'Dat kan met Photoshop. Dan moet je eerst de foto's van de auto en van de man met de capuchon scannen en opslaan. Als je dat gedaan hebt, gebruik je een techniek die "*feathering*" heet om de pixels aan de rand van de afbeelding te bewerken. Met feathering maak je de afbeeldingen op de plaats waar je ze aan elkaar wilt plakken wat wazig. Je neemt een paar pixels aan elke kant van de afbeelding en laat die in elkaar overlopen. Dan lijkt het net een echte foto.'

'Is er een manier om erachter te komen of er bij deze foto *feathering* is gebruikt om de foto van de figuur met de capuchon op de foto van de auto te plakken?'

'Natuurlijk. Je hoeft hem alleen maar uit te vergroten. Als de foto met *feathering* is bewerkt zien de pixels er niet zo helder en scherp uit als op een echte foto.'

'Kun je die foto door iemand laten bekijken en me laten weten wat de bevindingen zijn? Ik moet het zo gauw mogelijk weten. Kan dat meteen?'

Zodra Lasker de kamer uit was, verscheen er een glimlach op het gezicht van de first lady. Dana Cutler negeren was verstandig, maar Dana had Chris' kansen op een tweede ambtstermijn de grond in geboord door naar *Exposed* te stappen. Daar zou ze voor boeten. Als bleek dat de foto een vervalsing was, en daar twijfelde Claire niet aan, zou ze om middernacht naar Dana toe gaan. Maar hun gesprek zou beslist niet zo verlopen als mevrouw Cutler het zich had voorgesteld.

47

Om middernacht stonden er geen auto's op het afgelegen gedeelte van het parkeerterrein bij het winkelcentrum waar Charlotte Walsh was vermoord. Dana wachtte in de schaduw achter een lantaarnpaal, een paar rijen bij de plek vandaan waar ze met Claire Farrington had afgesproken. Vijf kwartier nadat Dana begonnen was de plek in de gaten te houden kwam er een auto aanrijden, die vlak bij de plaats waar Charlotte Walsh' auto had gestaan parkeerde. Irving Lasker stapte uit. De first lady bleef in de auto wachten terwijl de agent van de Geheime Dienst het terrein verkende. Toen hij het sein 'veilig' gaf, stapte ze uit en liep naar de plek waar Charlotte Walsh had geparkeerd. Farrington was gekleed in een spijkerbroek en een geelbruin trainingsjack. Ze had een honkbalpet op, waarvan ze de klep omlaag had getrokken. Dana wachtte een paar tellen en liep toen met haar handen opzij van haar lichaam op hen af.

'Ik neem aan dat u me op wapens wilt fouilleren,' zei ze. Lasker knikte en fouilleerde haar vervolgens grondig. Toen hij er zeker van was dat Dana ongewapend was, deed hij een stap opzij.

'Ik wil graag onder vier ogen met haar spreken, Irv,' zei Farrington.

Lasker liep naar de chauffeur, die naast de auto stond en het parkeerterrein in de gaten hield.

'Laat die foto eens zien,' zei Farrington zonder enige inleiding toen ze er zeker van was dat haar begeleiders haar niet konden horen.

Dana pakte een envelop uit haar jaszak en gaf die aan de first lady. Farrington haalde een foto uit de envelop en bekeek die aandachtig. Iemand had een foto van haar gezicht in de capuchon van de trui gemonteerd. Het was niet zo zorgvuldig gedaan als bij de eerste foto, zodat de vervalsing des te meer opviel.

Farrington hield de foto omhoog en keek over haar schouder naar Lasker.

'Wil jij dit even vasthouden?' vroeg ze, waarbij ze een eerder die avond afgesproken teken gaf. Lasker en de andere agent kwamen nonchalant op hen af. Toen Lasker een paar passen bij Farrington vandaan stond, trok hij zijn pistool. De first lady ging achter de andere agent staan.

'U staat onder arrest, mevrouw Cutler. Wegens afpersing.'

Er verscheen een triomfantelijke glimlach op Claire Farringtons gezicht. 'Je denkt zeker dat ik achterlijk ben. Ik heb Charlotte Walsh niet vermoord, en dus wist ik dat de foto's die je me hebt gestuurd vervalsingen waren. Een deskundige heeft dat bevestigd.'

Farrington stond op het punt verder te gaan toen er drie auto's aan de rand van het winkelcentrum opdoken en hun kant uit kwamen.

'Instappen,' zei Lasker tegen Farrington.

'U hoeft u geen zorgen over de first lady te maken,' zei Dana. 'Dat is de FBI. Ik heb geregeld dat ze hierheen zouden komen.'

Farrington leek in de war. Lasker zei nogmaals dat ze in de auto moest stappen. Ze gehoorzaamde, maar haar ogen bleven op de auto's gericht, die een paar tellen later tot stilstand kwamen. Keith Evans stapte uit en liet zijn legitimatie zien.

'Dag, agent Lasker, weet u nog wie ik ben?'

'Wat doe jij hier, Evans?'

'Voordat ik daar antwoord op geef, moet ik u eerst een paar vragen stellen,' zei Evans op gedempte toon, zodat Farrington hem niet kon horen. 'Hoe wist u waar u vanavond heen moest rijden?'

'Dat heeft de first lady me verteld.'

'Wat heeft ze tegen u gezegd?'

'Dat ze naar dit winkelcentrum wilde.'

'Wat zei of deed ze toen u bij het winkelcentrum kwam?'

'Ze gaf ons aanwijzingen om naar een bepaalde plek op het parkeerterrein te rijden.'

'Wat waren haar letterlijke woorden?'

'Ik weet niet meer wat ze precies heeft gezegd, maar als ik het me goed herinner zei ze dat we om de hoek van het winkelcentrum moesten rijden en dan naar deze rij. We moesten de auto bij deze parkeerplaats neerzetten.'

'Heeft ze u nauwkeurige aanwijzingen gegeven?'

'Ja. Wat is hier aan de hand?'

'Ik ben bang dat de first lady zwaar in de problemen zit,' zei Evans.

'Wacht even,' zei Lasker toen Evans en Sparks naar het achterportier van Farringtons auto liepen.

'Wilt u zich hier niet mee bemoeien, agent Lasker?' zei Evans. De FBI-agenten uit de andere auto's kwamen op Lasker en de chauffeur af. De agenten van de Geheime Dienst beseften dat ze in de minderheid waren.

Claire had haar portierraampje omlaag gedraaid om te kunnen horen wat er gezegd werd.

'Goedenavond, mevrouw Farrington,' zei Evans.

'Goedenavond, agent Evans. We hebben zojuist Dana Cutler gearresteerd, die me drie miljoen dollar wilde afpersen voor een serie foto's waarop ik zogenaamd bezig ben om Charlotte Walsh te vermoorden. Jammer voor haar, maar ik wist dat de foto's niet echt konden zijn. Ik heb ze door een deskundige laten onderzoeken.'

Evans glimlachte. 'Die foto's zijn vervalst en we weten dat mevrouw Cutler u er drie miljoen dollar voor heeft gevraagd, maar dat had niets met afpersing te maken. Ze heeft ons geholpen met het bewijs te leveren dat u Charlotte Walsh hebt vermoord.'

Farrington leek het amusant te vinden. 'Hoe kan dat met een serie vervalste foto's?'

'O, het gaat niet om die foto's. Die zouden we nooit bij een proces als bewijsmateriaal indienen. Maar aan de andere kant hebben ze u wel naar dit parkeerterrein gelokt. Agent Lasker heeft me net verteld dat u precies de plek wist waar Charlotte Walsh haar auto had neergezet, de plek waar ze is vermoord. Kunt u ons vertellen hoe u dat te weten bent gekomen?'

Farrington wilde iets zeggen, maar ze bedacht zich.

'Geeft niet,' zei Evans. 'U hoeft mij niets te vertellen. U hebt het recht om te zwijgen omdat alles wat u zegt door de rechter kan en zal worden gebruikt om tot een veroordeling te komen. U hebt ook recht op een advocaat. Als u geen advocaat kunt betalen zal de rechtbank u een advocaat toewijzen.'

'Dit is belachelijk.'

'O ja? Het lijk van Charlotte Walsh werd gevonden in een container achter een restaurant in Maryland. Het publiek weet niet beter of ze is daar vermoord. Er gingen geruchten dat de moord hier had plaatsgevonden, maar we zijn erg terughoudend geweest over de exacte plek waar haar auto stond. We hebben de auto weggesleept zonder dat de pers te weten kwam waar we hem hadden gevonden. Er zijn trouwens maar heel weinig mensen op de hoogte van de exacte plek waar ze vermoord werd.'

'Charles Hawkins...'

'... heeft een moord bekend die hij onmogelijk gepleegd kan hebben. We kunnen bewijzen dat hij onmogelijk de dader kan zijn. Hij had niet genoeg tijd om van het hotel naar de boerderij te rijden, daar om kwart over elf met de president te praten en mevrouw Walsh om elf uur op dit parkeerterrein te vermoorden. Maar u had tijd om ongezien het hotel te verlaten toen Dale Perry de bewaker bij het trappenhuis had weggelokt, mevrouw Walsh te vermoorden en voor één uur weer terug in het hotel te zijn.'

'Dit gesprek is afgelopen,' zei Farrington tegen de agenten, waarna ze naar Lasker riep.

'Irv, kun je me terugbrengen naar het Witte Huis?'

'Het spijt me, mevrouw Farrington, maar daarvan kan op dit moment geen sprake zijn,' zei Keith Evans. 'Ik arresteer u. We zullen er niet veel ruchtbaarheid aan geven. Ik heb al geregeld dat er een rechter beschikbaar is en Mort Rickstein zal u bij de federale rechtbank opwachten. Gezien uw positie neem ik aan dat hij u meteen weer in vrijheid kan laten stellen. Iedereen in dit land zal dolbenieuwd zijn naar wat er daarna gebeurt.'

48

Pas om drie uur in de ochtend was Dana klaar met de FBI een gedetailleerde uiteenzetting te geven. Normaal gesproken had ze doodop moeten zijn, maar toen ze bij het bureau van de onafhankelijke aanklager wegreed, verkeerde ze in een roes die dezelfde uitwerking had als een driedubbele espresso. Charlotte Walsh, Laurie Erickson en Rhonda Pulaski hadden hun wraak gekregen. Hun geest kon nu in vrede rusten, want ze had Claire Farrington aan de schandpaal genageld.

Toen Dana op de oprit van Jake Teeny's huis parkeerde, was ze nog steeds te opgewonden om te kunnen slapen. Voordat ze haar sleutel kon pakken had Jake de voordeur al geopend.

'Is alles in orde met je?' vroeg hij. Zijn bezorgdheid was duidelijk aan zijn stem en zijn gezicht te merken.

Dana trok Jake naar zich toe en kuste hem. Jake verstijfde. De hevigheid van haar kus kwam als een verrassing. Toen sloeg hij zijn armen om haar heen en omhelsde haar. 'Ik hou van je,' zei Dana. 'Ik hou al heel lang van je, maar ik was steeds zo in de war dat ik het je niet kon vertellen.'

Jake hield Dana op armlengte van zich af. Hij staarde haar aan alsof hij niet zeker wist dat hij haar goed had verstaan. Dana's roes verdween onmiddellijk. Ze had iets gezegd zonder erbij na te denken en ze wist dat ze wat er tussen Jake en haar bestond had verknald door te zeggen dat ze van hem hield.

'Het spijt me,' zei ze. 'Dat had ik niet moeten…'

'Nee. Ik hou ook van jou. Het is alleen dat… Door alles wat er met jou gebeurd is…'

Dana's hart begon weer te kloppen. Ze voelde zich lichter dan lucht. Alles zou goed komen. Ze legde haar hand op Jakes wang.

'Jij bent mijn grote steun en toeverlaat, Jake. Jij hebt gezorgd dat ik doorging toen ik het op wilde geven, toen het me niet kon schelen wat er met me gebeurde. Maar jij trok het je aan.'

'Dat was niet moeilijk. Jij bent een heel bijzonder iemand.'

'Verdomme,' zei Dana terwijl ze een traan wegveegde die plotseling langs haar wang biggelde. Jake kuste haar hand en kuste toen de plek waar de traan had gezeten.

'Ik ben helemaal niet goed in dit soort sentimentele dingen,' zei Dana.

'Je hoeft niets te zeggen,' zei Jake. Hij pakte haar hand en liep met haar naar binnen. Voor deze ene keer gaf Dana Cutler zich zonder strijd gewonnen.

De volgende morgen werd Dana bij het krieken van de dag wakker. Jake lag nog vast te slapen. Ze kroop het bed uit, kleedde zich aan zonder geluid te maken en liet een briefje op de keukentafel achter zodat Jake zich geen zorgen zou maken. Dankzij de hulp van Keith Evans en de FBI was Jakes Harley weer terechtgekomen. Dana duwde de motorfiets de straat op en startte hem pas toen ze er zeker van was dat het lawaai de slaap van haar minnaar niet zou verstoren. Zo gauw ze kon gaf Dana vol gas en reed razendsnel naar haar bestemming.

De man van het drugslaboratorium had Dana na zonsondergang naar de boerderij gebracht en ze hadden haar vóór zonsopgang bevrijd, zodat ze de plek waar ze was mishandeld alleen 's nachts had gezien. In het felle zonlicht zag de boerderij er minder afschrikwekkend uit. Het was een verlaten, in verval geraakt en verwaarloosd huis, dat door een troosteloos uitziend erf van een veld vol hoog, welig tierend gras werd gescheiden.

De treden van het trapje dat naar de veranda leidde, kraakten onder haar voeten. De nog resterende stukken politietape wapperden in de kille herfstwind tegen de voordeur. Dana pakte de deurkruk beet. De deur was niet op slot. Haar hart bonsde en toen ze de voorkamer betrad, voelde ze de hitte van paniek. Een van de vloerplanken kraakte, het zonlicht bescheen spinnenwebben en stofwolkjes wervelden in het zog van de harde koude wind.

Dana haalde diep adem en dwong zichzelf de keuken in te lopen. Ze bleef voor de deur naar het souterrain staan en staarde ernaar. Het was gewoon een deur, zei ze bij zichzelf, en het souterrain was gewoon een souterrain, met een betonnen vloer en goedkope planken langs de muren. De geesten die daar beneden rondwaarden, bestonden alleen maar in haar verbeelding.

Dana pakte de kruk en opende de deur. De elektriciteit was afgesloten, maar ze had de grote zaklantaarn bij zich die ze had gebruikt toen ze Charlotte Walsh door de bossen naar het schuiladres was gevolgd. De lichtstraal verlichtte de traptreden. Er viel wat licht naar binnen door de smalle, met vuil overdekte ramen. Dana bleef onder aan de trap staan en bescheen de plek waar ze drie dagen lang naakt en doodsbang op de grond had gelegen en herhaaldelijk verkracht en mishandeld was. Ze werd misselijk. Ze kneep haar ogen dicht en haalde langzaam en diep adem. Terwijl ze met haar ogen dicht stond, zag ze in gedachten het gezicht van Jake voor zich. Ze beeldde zich in dat hij glimlachte en herinnerde zich hoe heerlijk het was om in zijn armen te liggen. Hij bezorgde haar een veilig gevoel.

Dana deed haar ogen open en glimlachte. Ze voelde zich nu veilig. Er waren hier geen geesten, alleen maar stof, spinnenwebben en beton. Hier was niets wat haar kwaad kon doen. Een vredig gevoel maakte zich van Dana meester. Gisteravond had ze de rusteloze geesten van de drie meisjes die door Claire Farrington waren vermoord bevrijd. En vandaag had ze haar eigen geest bevrijd van de angsten die hadden geprobeerd haar van binnen kapot te maken.

49

Brad Miller sloeg zijn armen om de schouders van Ginny Striker. Ze liepen dicht tegen elkaar aan terwijl ze zich een weg baanden door de menigte die op de avond van de verkiezingen de foyer van het Benson-hotel in de binnenstad van Portland bevolkte. Ze liepen naar buiten, de motregen in die al de hele avond viel. De verkiezingsoverwinning van Maureen Gaylord kwam niet als een verrassing. Na de arrestatie van de first lady kon de overwinning haar niet meer ontgaan. En de positie van de president was er benarder op geworden toen de Pulaski's en Marsha Erickson in elk televisieprogramma opdoken dat hun de ruimte bood om te vertellen hoe ze door Christopher Farrington waren afgekocht om te zwijgen over zijn seksuele betrekkingen met hun dochters.

'Ik denk dat het Amerikaanse volk geen seriemoordenaar en een geperverteerde seksmaniak in het Witte Huis wil,' had Ginny gezegd toen NBC bekendmaakte dat Ohio zich met grote meerderheid vóór Gaylord had uitgesproken, waarmee de senator zeker was van haar overwinning. Zelfs Oregon had met grote meerderheid tegen hun enige zoon gestemd die het ooit tot president had gebracht.

'Ik hoop dat ze allebei de bak in draaien,' zei Brad.

'Eerst zien, dan geloven.'

'Ze verdienen niet beter.'

'Het lijkt erop dat de rijken en machtigen der aarde ongestraft misdaden kunnen plegen,' zei Ginny terwijl ze zich losmaakten uit de luidruchtige menigte voor het hotel.

'Een paar juridische commentatoren denken dat er niet genoeg bewijzen tegen Claire Farrington zijn om haar te kunnen veroordelen,' zei Brad. Hij klonk ontmoedigd.

Ginny pakte zijn bovenarm stevig beet en kneep erin. 'Dat is ons probleem niet meer. Ik ben alleen maar blij dat het achter de rug is. Ik verheug me op een nieuw begin.'

'Ik hoop dat je baan bij dat kantoor in Washington je beter bevalt dan de tijd die je bij Reed, Briggs hebt doorgebracht,' zei Brad.

'Dat denk ik niet, maar ik moet nog steeds leningen afbetalen en de huur opbrengen. Wat dat betreft heb ik aan jou niet veel.'

Brad grijnsde. Ze had gelijk. Brads baan als griffier bij het Amerikaanse hooggerechtshof zou op geen stukken na het salaris opleveren dat Ginny verdiende, maar na die baan zouden overal in het land de deuren naar elke juridische betrekking voor hem openstaan.

'Vind je het erg dat ik om je geld met je trouw?' vroeg Brad.

'Ik dacht dat je alleen in mijn lichaam was geïnteresseerd.'

'Ook dat. Maar als je zou kunnen koken, zou je een volmaakte echtgenote zijn.'

'Je bent behoorlijk kieskeurig voor een man die in bed niets tekortkomt. Je zou tevreden moeten zijn met wat je hebt.'

'Dan moet ik me maar met jou behelpen tot er een rijke, sexy vrouw met een Cordon Bleu-diploma langskomt.'

Ginny mepte hem op zijn hoofd en hij kuste haar. Het leven lachte hem toe, en zijn enige echte zorg was dat hij rechter Kineer, die de betrekking bij het hooggerechtshof voor hem had geregeld, teleur zou stellen. Hij wist dat de andere griffiers tijdens hun studie hoofdredacteur van de juridische tijdschriften van Harvard, Penn, NYU en andere toonaangevende opleidingen waren geweest, en maakte zich een beetje nerveus over wat zijn plaats binnen dat pantheon van intellectuelen zou zijn. Maar elke keer dat hij zich zorgen maakte over zijn geschiktheid voor de baan herinnerde hij zich de woorden van rechter Kineer, die hem had verzekerd dat hij altijd iemand die met succes moordenaars had overbluft, een first lady ten val had gebracht en bewezen had dat de voormalige Amerikaanse opperrechter ongelijk had, zou verkiezen boven een wereldvreemde academicus.

Tijdens de rit naar Brads appartement begon het harder te regenen. Om de stortregen te ontwijken renden ze voorovergebogen van Brads parkeerplaats naar zijn voordeur. Zodra ze binnen waren, knipte Brad het licht in zijn halletje aan.

'Ik ga even in de badkamer mijn haar drogen,' zei Ginny.

'Dan zet ik ondertussen theewater op.'

Brad trok zijn regenjas uit en hing hem aan de kapstok. Hij stond op het punt de keuken in te lopen toen hij een langwerpige witte envelop op de vloer van het halletje zag liggen. Hij bukte zich en raapte hem op. Zijn naam en adres waren met de hand geschreven. Er stond geen afzender op. Er zat ook geen postzegel op, zodat hij wist dat iemand de brief speciaal bezorgd had en onder de deur door had geschoven. In de envelop zat één geel, gelinieerd notitievelletje. Brad las wat erop stond en voelde een kilte die niets met het weer te maken had.

Beste Brad,

Ik wist dat ik je kon vertrouwen. Ik heb net gehoord dat mijn vonnis voor de moord op het meisje Erickson nietig wordt verklaard en dat is allemaal te danken aan jouw harde werk. Ik word wel geëxecuteerd, maar daar kan ik – met excuses voor de woordspeling – mee leven. Ik wilde je uitnodigen voor de executie, maar ik weet dat je nogal gauw misselijk wordt. Het enige wat me spijt is dat ik niet naar de rechtszaal kon om de uitspraak bij te wonen. Dan had ik misschien voor de allerlaatste keer mijn mooie verzameling pinken kunnen zien. Maar ja, je kunt nu eenmaal niet alles hebben. Veel succes in je nieuwe baan en in je huwelijk met die lieve Ginny. Ze is een schat. Jammer dat ik niet de kans krijg om haar beter te leren kennen.

Je vriend Clarence

Brad verfrommelde de envelop en de brief en haastte zich naar de vuilnisemmer in de keuken. Hij duwde ze onder het andere afval om er zeker van te zijn dat Ginny de brief van Clarence Little nooit te zien zou krijgen.

'Hé, je staat te trillen op je benen,' zei Ginny toen ze de keuken binnen kwam. 'Daar kan ik wel wat aan doen.'

Ginny sloeg haar armen om Brad heen en drukte zich stevig tegen hem aan. Gewoonlijk kon Ginny hem doen geloven dat alles goed zou komen, maar haar omhelzing kon het gevoel van ontzetting dat Littles brief hem had bezorgd niet wegnemen. Hoe wist hij van Ginny? Wie had die brief bezorgd? Brads angst maakte plaats voor woede toen hij besefte dat Clarence zich zat te vervelen en weer een spelletje met hem speelde. Hij verwachtte waarschijnlijk dat Brad zich naar Salem zou haasten om over de brief te praten. Maar dat was hij niet van plan. Hij zou Clarence tot de dag waarop hij terechtgesteld werd alleen in zijn cel laten zitten. Het was afgelopen met de geintjes van meneer Little. In elk geval niet meer ten koste van Brad.

Brad drukte Ginny dicht tegen zich aan en kuste haar vurig.

'Hé jochie, wat is er met je?'

'Niets meer, Ginny. Jij hebt mijn kwade geesten verdreven. Bridget Malloy, Clarence Little en Susan Tuchman zijn allemaal met iets anders bezig. Mij zullen ze niet meer lastigvallen. Voortaan gaat het alleen om ons tweeën, wijfie.'

Ginny glimlachte en gaf Brad een zoen. Hij glimlachte terug. Het leven was goed en hij had het gevoel dat het nog beter ging worden.

EPILOOG

Christopher Farrington zat alleen in zijn huis in West Hills, Portland. Hij staarde uit het raam van zijn studeerkamer. Het kindermeisje had Patrick naar bed gebracht. Het was erg stil in het huis. De diepe stenen open haard hielp om de kilte te bestrijden die door de aanhoudende regen werd veroorzaakt. In februari was het in Oregon nat, en net zo kil en duister als de onontkoombare gedachten in zijn hoofd.

Sinds Claires arrestatie had het de Farringtons niet meegezeten. Ondanks alle inspanningen van 'Jailbreak' Holliday was Claire niet op borgtocht vrijgekomen. Het grote aantal aanklachten wegens moord en haar rijkdom hadden in haar nadeel gewerkt toen de aanklager had gewezen op de motivatie en de mogelijkheden die ze had om naar een jurisdictie te vluchten waarmee geen uitleveringsverdrag bestond. Christophers enige bezoek aan Claire in de gevangenis was een nachtmerrie geweest. Nadat hij spitsroeden had moeten lopen langs de paparazzi was hij gedwongen geweest om naar Claires krankzinnige geraaskal te luisteren. Ze gaf hem de schuld van alles. Ze beschuldigde hem ervan dat hij haar tot moord had aangezet om hun huwelijk te beschermen en liet doorschemeren dat ze wraak op hem zou nemen als ze eenmaal op vrije voeten kwam.

En dan was er nog zijn eigen benarde situatie: hij was niet met pensioen, hij leefde in ballingschap, verstoten door iedereen behalve de dolgedraaide media die hem als een kudde jakhalzen achtervolgden. Toen de herrie van de voortdurende vragen van de pers eenmaal verstomd was, was er alleen nog doodse stilte om hem heen. Er kwam niemand op bezoek, er kwam niemand langs behalve de advocaten die de zaak van Claire en de civiele processen die tegen hen waren aangespannen kwamen bespreken.

Het was niet eerlijk. Hij had alleen maar wat gerotzooid. Dat hadden wel meer presidenten gedaan. Verdomme, Kennedy had het met maffiahoeren gedaan en Eisenhower had er naar verluidt ook een minnares op na gehouden. En aan Clinton wilde hij niet eens denken. Wat was er dan zo verkeerd? Waarom kon Claire niet inzien hoe onschuldig het allemaal geweest was? Waarom had ze zo overdreven gereageerd op wat in feite niet meer dan een paar tijdelijke affaires waren, die hij meteen na de seks weer was vergeten?

Farrington vermoedde dat hij een fout had begaan door op te biechten wat hij met Rhonda Pulaski had gedaan toen hij haar achter in de limousine de cheque van haar schikking had gegeven. Hij had het geld van Claires familie nodig gehad om de familie af te kopen en zij had geweigerd om met haar vader te praten tot hij haar alles tot in de kleinste details had verteld. Hij had zich zo berouwvol getoond dat hij er zeker van was dat ze het hem had vergeven, en ze had ook niets gezegd wat hem deed geloven dat ze zo gewelddadig zou reageren.

Chuck had hem over de aanrijding verteld en gewezen op de noodzaak om Claire een alibi te verschaffen als dat ooit nodig mocht zijn. Dat was goddank nooit nodig geweest, omdat Chuck de rotzooi van Claire had opgeruimd, maar moord… Hij had nooit gedacht dat Claire tot moord in staat zou zijn.

En daarna had ze het weer gedaan. Farrington kon zich niet eens voorstellen wat de gevolgen voor zijn carrière geweest zouden zijn als Chuck zich niet terug naar het huis van de gouverneur had gehaast om zich van het lijk te ontdoen voordat iemand het zou vinden.

Farrington aarzelde even. Natuurlijk kon hij zich voorstellen wat er gebeurd zou zijn. Het gebeurde op dit moment. Maar hij had nergens schuld aan. Het was allemaal de schuld van Claire. Zij had die meisjes vermoord. Het enige wat hij gedaan had was aan Chuck voorstellen dat die zijn vrouw een handje zou helpen. Maar dat kon hem toch niet verweten worden?

Voordat hij dat morele dilemma te lijf kon gaan, werd Farrington in zijn sombere overpeinzingen afgeleid door de koplampen van een auto op zijn oprijlaan. Hij liep naar het raam en zag dat er een limousine voor zijn deur stond geparkeerd. Een lid van zijn Geheime Dienst-eenheid stond met de chauffeur te praten. Een paar tellen later deed de chauffeur het achterportier open en stapte Susan Tuchman uit. Ze dook weg in het portiek.

Farrington haastte zich naar de hal om haar te begroeten. Hij hoopte dat ze goed nieuws kwam brengen. Claires familie hadden hun financiële steun gestaakt toen ze van zijn overspel hoorden, en hij had niet, zoals andere ex-presidenten, goedbetaalde uitnodigingen gekregen om als spreker op te treden. Een lucratief contract voor een boek was in de wacht gezet terwijl zijn advocaat de haalbaarheid onderzocht van vorderingen die door de families van Claires slachtoffers konden worden ingesteld om beslag te leggen op zijn voorschot en de toekomstige royalty's.

'Susan,' zei Chris met een geforceerd warme glimlach zodra de advocaat binnen kwam.

'Chris,' antwoordde Susan stijfjes. Het viel hem op dat ze zijn glimlach niet beantwoordde.

'Kom mee naar de studeerkamer. De haard brandt. Kan ik je iets te drinken aanbieden?'

'Nee, dank je. Ik kan niet lang blijven. Ik heb straks een vergadering met een paar buitenlandse investeerders die een samenwerkingsverband met een van onze cliënten overwegen.'

'Kun je het nooit eens kalm aan doen?' vroeg Chris. Hij probeerde het gesprek luchtig te houden. Tuchman antwoordde niet.

'Wat is er aan de hand?' vroeg Chris toen ze waren gaan zitten.

'Niet veel goeds, vrees ik,' antwoordde Tuchman. 'De compagnons hebben je voorstel om als extern adviseur voor ons te gaan werken besproken. We zijn tot de conclusie gekomen dat dat, gezien je huidige situatie, op dit moment niet raadzaam is.'

Farrington wilde vragen waarom zijn oude vrienden hem in de steek lieten, maar hij wist dat het antwoord alleen maar vernederend kon zijn.

'Maar dat is niet de enige reden dat ik hier ben. Er is nog iets heel onplezierigs, maar we zijn al zo lang bevriend dat ik vond dat het mijn plicht was om je dat persoonlijk te vertellen.'

Chris moest moeite doen om te blijven glimlachen.

'Zoals je weet zit ik in het bestuur van de Westmont Country Club. Gisteravond was er een buitengewone vergadering. Een meerderheid van het bestuur wilde Claire en jou royeren. Ik ben erin geslaagd om het bestuur te overtuigen dat het voor iedereen beter zou zijn als we je de kans boden om zelf jullie lidmaatschap op te zeggen.'

Farrington was met stomheid geslagen. Westmont was Portlands meest prestigieuze buitensociëteit. De leden waren zijn en Claires beste vrienden en zijn trouwste politieke aanhangers. Het was een toevluchtsoord, waar hij in alle rust een partijtje golf kon spelen of iets kon drinken zonder lastig gevallen te worden door journalisten en mensen die hem om een gunst kwamen vragen.

'Dat begrijp ik niet.'

Susan ervoer een voor haar vreemde emotie: gêne. Er was heel veel wilskracht voor nodig om haar vriend recht in de ogen te kijken.

'We kennen elkaar al een hele tijd, Chris. Je weet dat ik je altijd heb gesteund, maar dit… dit is me allemaal te veel.'

'Claire is nergens voor veroordeeld. Dit is Amerika. Ze wordt geacht onschuldig te zijn.'

'Die regel geldt in de rechtszaal, maar niet bij Westmont. We hebben de feiten in haar zaak door een bijzondere commissie laten beoordelen. Ik weet niet wat er in de rechtszaal gaat gebeuren. Travis Holliday heeft de reputatie dat hij bij een jury wonderen kan verrichten. Maar we weten allebei dat Claire schuldig is aan meervoudige moord. En jouw verhoudingen, Chris. Het waren kinderen, en die zijn dood vanwege jou.'

'Je denkt toch niet dat ik iets met die moorden te maken had?'

'Ik heb geen idee wat jij wist over wat Claire deed. Maar Pulaski was jouw cliënt, Erickson was jouw oppas en Walsh werkte voor jouw campagne. Als je zelf niet inziet dat het verkeerd was om met hen naar bed te gaan, kan ik je dat ook niet uitleggen. Ik stel voor dat je het lidmaatschap van de club zo snel mogelijk opzegt. Als je opzegt, laat dat de mogelijkheid open om in de toekomst, als je problemen zich op een gunstige manier hebben opgelost, opnieuw lid te worden.'

'Bedankt dat je me hebt geholpen om van die mogelijkheid gebruik te kunnen maken en bedankt dat je de moed had om me dit persoonlijk te komen vertellen.'

Susan stak haar hand uit en raakte die van Farrington aan. 'Ik wens je het allerbeste, Chris.'

Ze ging staan. 'Ik moet er nu echt vandoor.'

Farrington kwam overeind. 'Dat begrijp ik.'

Hij liep met haar naar de deur en keek toe hoe de limousine wegreed. Toen de auto uit het zicht was verdwenen liep hij terug naar de studeerkamer. Nog maar een paar maanden geleden was hij de machtigste persoon ter wereld geweest. Hij had over de macht beschikt om de wereld met een druk op de knop te vernietigen. En nu…

Farrington staarde in de open haard. De vlammen verspreidden warmte, maar die kon de kille atmosfeer niet wegnemen.

Bibliotheek Slotermeer
Plein '45 nr:
1064 ... Amsterdam
Tel.: 020 - 613.10.67

350

EEN WOORD VAN DANK

Lezers die mij niet persoonlijk kennen, zouden ten onrechte kunnen denken dat ik, vanwege de technische informatie over medische onderwerpen, het functioneren van de Geheime Dienst, tandheelkundige procedures, telecommunicatie enzovoort die in *Recht van spreken* aan de orde komen, een wandelende *Encyclopædia Britannica* ben, maar al die informatie is afkomstig van een aantal voortreffelijke deskundigen die bereid waren om hun drukke werkzaamheden te onderbreken om me te helpen mijn boek realistischer te maken. Ik wil dus graag dank zeggen aan dr. Karen Gunson, Dennis Balske, dr. Daniel Moore, Ken Baumann, Al Bosco, Andrew Painter, Andy Rome, Ed Pritchard, Joe Massey en Mark Miller. Ik kan ook 'So You Think You Want to be an Independent Counsel' van Donald C. Smaltz aanbevelen aan iedereen die zelf onafhankelijk aanklager wil worden of er alleen maar een heleboel over wil weten.

Ik stel het zeer op prijs dat Susan Svetkey, Karen Berry, Ami Margolin Rome, Jerry en Judy Margolin, Pam Webb en Jay Margulies tijd hebben genomen om mijn eerste kladversie te lezen en hun ideeën over hoe ik het boek kon verbeteren aan me wilden doorgeven.

In het bijzonder wil ik Marjorie Braman bedanken voor haar uitstekende werk bij het redigeren van *Recht van spreken*. Dank zij haar commentaar en haar suggesties is het een veel beter boek geworden. Een speciale Pulitzerprijs voor het bedenken van titels gaat naar Peggy Hageman. En woorden schieten tekort om mijn waardering uit te spreken voor het medeleven dat iedereen bij HarperCollins me tijdens de vreselijkste periode van mijn leven heeft betoond.

Zoals altijd stonden Jean Naggar, Jennifer Weltz en iedereen bij het Jean Naggar Literair Agentschap ook nu weer voor me klaar.

Woorden kunnen niet uitdrukken hoe geweldig de steun was die ik en mijn fantastische kinderen, Daniel en Ami, sinds het overlijden van Doreen hebben ondervonden. Doreen was bij alles wat ik in mijn leven heb gedaan mijn muze en mijn inspiratie, en dat zal ze altijd blijven.

Bibliotheek Slotermeer
Plein '40 - '45 nr. 1
1064 SW Amsterdam
Tel.: 020 - 613.10.67